講談社文庫

どんまい

重松 清

講談社

どんまい　目次

どんまい

イニング1

1

知らず知らずのうちにうつむいて、とぼとぼと歩いていて、こんなのじゃだめだ、と顔を上げたときに、掲示板の貼り紙に気づいた。

真新しい貼り紙だった。今朝通りかかったときにはなかった。たとえ貼ってあったとしても、それに目を留める余裕はなかっただろう。嫌な一日だった。重苦しくて、やりきれなくて、もう二度と味わいたくないような一日の終わりに——その日初めて、洋子《ようこ》は、ふうん、と笑った。

掲示板の正面に立ち、微笑《ほほえ》みを浮かべたまま、貼り紙をじっと見つめた。先を歩いていた香織《かおり》が「お母さん、なにしてるの？」と振り返って訊《き》いても、放っておいた。

ポスターと呼ぶほど手間をかけたものではなかった。画用紙に太いサインペンで、野球のボールとバットの絵と必要事項が書いてあるだけ。

〈メンバー募集〉とあった。〈大至急！　欠員補充のため、未経験者大歓迎！〉とも。

団地の自治会の検印は捺《お》していない。無許可なのだろう。明日には、もしかしたら今夜中に、役員に見つかって剝《は》がされてしまうかもしれない。それを思うと、たまたま目にしたことが、なにか大きな幸運のような……最悪の日曜日に、ひとつぐらいは幸運めいたことがあったっていいじゃないか、という気がしないでもなかった。

「ねえ、どうしたの？」

小走りに戻ってきた香織は、母親のまなざしをなぞって貼り紙に目をやり、「なに、これ」と怪訝《けげん》そうに言った。「野球チーム？」

「うん……早朝野球とか草野球とか、そういうんだと思うけど」

「絵も字も下手だけど、子どものチームじゃないの？」

「でも、ほら、ここ」

洋子は貼り紙の下のほうを指さした。

〈年齢・性別ともに不問〉

「性別って」香織はプッとふきだした。「オンナでもいいってわけ？」

洋子は笑わなかった。貼り紙からも目をそらさなかった。

「ちぐさ台カープ……お母さん、聞いたことある？」

黙って首を横に振った。

ちぐさ台は、公団の団地を中心に造成されたこのニュータウンの名前だった。そして、カープは、プロ野球の広島《ひろしま》カープと同じ。

「カープって『鯉』だよね。複数形でもsが付かないんだって、知ってるもんね」

香織は来月――四月に、中学二年生に進級する。クラス替えと同時に、苗字が「遠《えん》藤《どう》」から「三《み》上《かみ》」に変わる。今日はそれにまつわる話し合いのために都心まで出かけて、朝から夕方までつぶれてしまった。クラスでは「ひょーきん者のエンちゃん」で通っている明るい性格が、苗字が変わるとどうなってしまうのか、洋子にも、香織自身にも、まだなにもわからないでいる。

「でも、なんで『鯉』なわけ？」

香織が訊いた。「べつに鯉のいる池とか川とか、ないよね、ここ」とつづけ、なんの反応も見せない洋子の顔の前で手を軽く振った。

「おーい、ヨーコ、生きてるかぁ？」

物真似だった。「ヨウコ」ではなく、「ヨーコ」と伸ばすところが、コツ。

「いまのわかった？　お父さんなんだけど」

さっきまで、都心のホテルのラウンジで会っていた。洋子と香織の苗字を背負って遠くへ行ってしまう男は、二人にただ「すまない」と繰り返すだけだった。

「……お母さん、もう行こうよ」

洋子はなにも応えない。陽はだいぶ陰ってきた。香織はショッピングセンターの袋を提げ直し、「重いしさあ」と唇をとがらせたが、知らん顔をした。

袋の中からパック詰めの赤飯が顔を出していた。夕食と明日の朝食用の惣菜と一緒に買った。再出発のお祝いなんだから、とカートに放り込んだ。レジの順番待ちをしているときに「お母さん、意地になってない？」と言われ、真顔でにらんだ。どっさり買い込んだ食べ物を一人で食べ尽くして、食後には胸焼け。胃薬を服《の》んで、おなかがふくふくして眠れない、と文句を言って……家庭崩壊の危機を迎えた半年ほど前から、何度となく繰り返してきたことだ。

「ねえ、先に帰ってていい？　帰っちゃうね、もう」

香織は歩きだして、すぐに立ち止まり、「お母さん！」と少し強く声をかけた。「落ち込むんだったら、家に帰ってからにしてよ！」

洋子は、やっと口を開いた。

ミズハラユウキ——と、つぶやいた。

「なに？」

「ミズハラ、ユウキ」

「ひとの名前？」

「わたし……ミズハラユウキになりたかったんだ、昔……」

貼り紙を見つめたまま、放心したような横顔で、洋子は言った。

家に帰って、朝から放っておいた家事を二人で手分けしてこなしている間も、洋子は心ここにあらずの表情を浮かべていた。洗濯機を回すのも、惣菜をレンジで加熱するのも、とんちんかんな失敗ばかりだった。

夕食をとりながら香織に「ミズハラユウキ」の説明をしたときだけ、声に張りが出た。

水原勇気。水島新司《みずしましんじ》の野球マンガ『野球狂の詩《うた》』に登場するヒロイン――マンガの世界ではあっても、日本のプロ野球史上初めての、女性選手。

「ドリームボールっていうのを投げてたの」

「消える魔球とか、そういうの？」

「まあ……そんな感じかな」

「で、お母さんと、なんの関係があるわけ？」

「憧れてたの」

「マンガの主人公に？」

「そうじゃなくて、野球に」

「だってお母さん、ナイターとか全然見てないじゃん」

「だから、野球を見るんじゃなくて……やりたかったのよ、自分で。中学生の頃だけど」

「なんで？」

「そんなの、好きだったからに決まってるでしょ」

微妙に本音をずらして答えた。「好きだったから」よりも、「悔しかったから」のほうが正しい。

「野球なんて、やったことあるの？」

「小学生の頃ね。けっこううまかったんだよ、男子と一緒にやってても、エースで三番バッターだったんだから」

「マジ？」

洋子は赤飯を頰張《ほおば》って、うなずいた。

香織はきょとんとした顔のまま、スケッチの構図を決める画家のように目を細め、距離を詰めたり広げたりして母親を見つめて、「噓《うそ》だぁ」と笑った。

洋子は口の中の赤飯をお茶で吞《の》み込んで、「信じなくてもいいけどね」とため息交じりにつぶやき、もう一口、赤飯を食べた。まなざしが、また遠くへ飛んだ。赤飯でつっかえたため息が、胸に押し戻される。

　二つ上の兄がいたせいか、ものごころついた頃から、子ども用のバットやグローブやボールが身近にあった。兄に付き合ってボール遊びをしているうちに、野球が好きになった。小学生の頃は、近所や同級生の男子に交じって毎日のように野球をしていた。「ヨーコって、野球うまいよな」と男子に言われ、クラスのチームに欠かせない戦力になって、「オンナのくせに！」「オトコオンナ！」と野次《やじ》ってくる連中には、ときどきビーンボールもお見舞いしてやった。あの頃がいちばん楽しかったなあ、と思う。

　中学に入ると、野球との縁は無理やり断ち切られてしまった。テニス、バレー、バスケット、卓球、水泳、陸上……中学校の運動部はほとんど男子と女子の両方があったのに、野球部に入れるのは男子だけだった。「女子にはソフトボール部があるだろう」と体育の教師に言われ、その言い方にカチンと来て、意地でもソフトボール部には入らない、と決めた。

　オンナは損だ、と思うようになったのは、それがいちばんのきっかけだったかもしれない。

　母は同い歳の父に敬語をつかっていた。父の帰りが遅い夜も、決して先に風呂に入ろうとしなかった。小学三年生の頃、筆箱を買い替えた。文具店の棚から青い蓋《ふた》の筆箱を取ると、「青は男の子の色でしょう。ピンクのにしなさい」と母に言われた。父は兄がパンツ一丁であぐらをかいていてもなにも言わないのに、洋子が体育座りをしてテレビを観ているだけで、「おい、パンツ見えるぞ、パンツ」と顔をしかめた。小学校の児童会は、男子が会長で、女子が副会長と決まっていた。会計は男子、書記は女子。男子のほうが算数が得意だし、女子のほうが字がうまいから……。

小学校時代は「そういうものなんだ」と受け容れていたことが、中学生になるといちいちひっかかる。納得がいかない。悔しい。マンガの中で活躍する水原勇気を見るたびに、憧れて、うらやんで、自分を取り巻く現実が腹立たしくなって、しだいに野球を見ることが嫌いになってしまった。

あの頃、無理やりでもいいから野球部に入っていたら。

野球をつづけていたら。

そこから先のいろいろなことがすべて変わっていたかもしれないな——とも、いま、思った。

赤飯をお茶なしで呑み込んだ。みぞおちを軽く叩いて息を整え、テレビのバラエティー番組に笑っていた香織に言った。

「入ろうかな」

声は音楽と歓声にかき消されて、香織の耳に届かなかった。

一瞬、ほっとした。やっぱりやめようか、と決意が揺らぎかけたが、それを奮い立たせて、もう一度、もっと大きな声で。

「お母さん、入っちゃおうかな」

香織はかたちだけ振り向いて、気のない声で「お風呂？　いいよ」と言った。

「違うって。お風呂なんてどうでもいいの」

「え？」

「野球チーム、入ろうかな、って」

あ、そう、と軽くうなずいた香織は、次の瞬間、「はあっ？」と声を裏返らせた。目が合った。洋子は「入るから」と念を押した。「お母さん、絶対に入るからね」

——薬用クリームを肌に塗り込むように、繰り返した。

唖然《あぜん》とする香織を残して、部屋を出た。三階から一階まで、エレベータを待ちきれずに階段を駆け下りた。

ちぐさ台団地は、AからJまでの十棟が二列に雁行《がんこう》して建ち並んでいる。ドミノ倒しの駒のようだといつも思い、航空写真を見たときには、カステラを切って並べたみたいだ、とも思った。

洋子の部屋は、C棟。奥から二列目の右側。敷地の出入り口にある自治会の掲示板までは、二百メートルほどの道のりだった。最初は早足に、やがて小走りになって、自転車を使えばよかったと息が切れてから悔やんで、それでも休むことなく急いだ。

貼り紙が剝がされていないことを願った。欠員補充というからには、募集の人数は一人、せいぜい二、三人だろう。まだ埋まっていないことを祈った。さらに、〈年齢・性別ともに不問〉がただの言葉の綾《あや》ではないことを……。

掲示板が見えてきた。外灯の真下にある掲示板の様子は、少し離れたところからでもはっきり見て取れる。貼り紙は、夕方と同じ場所にあった。

それを確かめて、やっと足をゆるめることができた。部屋着の──香織のお古のトレーナーの上に着たダウンジャケットのスナップボタンを一つはずして、火照《ほて》った胸元に風を入れた。

あー、あー、と喉の調子を整えながら、掲示板に近づいていった。ジャケットのポケットには携帯電話がある。その場でチームの代表者に電話をするつもりだった。善は急げ。電話番号をメモして家に帰る途中に決意が萎《な》えてしまうのも、ちょっと不安だった。

あと二、三メートル、というところで、自転車のベルが横の暗がりから聞こえた。思わず立ち止まると、無灯火の自転車が団地の敷地に入ってくるところだった。

若い男が乗っていた。

出端《でばな》をくじかれた洋子が露骨にムッとして一歩あとずさると、男は軽く会釈して掲示板と洋子の間を走り抜け……なかった。

ギギッ、と軋《きし》んだブレーキ音をたてて、自転車が停まる。

男の顔は掲示板に向いていた。ああ、あったあった、これだ――声ではなく、背中や肩の小さな動きで伝わった。

男は自転車の向きを変え、ペダルを軽く踏み込んで、掲示板にさらに近づいた。ちぐさ台カープの貼り紙を、じっと見つめていた。

2

男はしばらく身動きしなかった。ウインドブレーカーを着た背中は、広く、分厚く、いかにもスポーツで鍛えているふうだった。

汗が退《ひ》いて肌寒くなった洋子が小さく咳払《せきばら》いしても、掲示板の前から立ち去る気配はない。肝心の貼り紙も、男の大柄な体に隠されて、なにも見えなくなってしまった。

まいったなあ、と洋子はダウンジャケットのボタンを留め直した。もう夜九時をまわっている。あまり遅く電話をかけるのも非常識だし、といって明日の朝まで待っていると気が変わってしまうのが怖い。そして、なにより、この男も新メンバーに応募するつもりなのだろうか……。

あと十秒待っても動かなかったら、もういい、無理やり掲示板の前に出て、電話をかけてやろう、と決めた。

声に出さずにカウントダウンを始めた。

十、九、八、七……六で、洋子の携帯電話が鳴った。男が驚いた顔で振り向いた。洋子はあわてて背を向け、ジャケットのポケットから携帯電話を取り出した。ディスプレイに表示されたのは、〈英明《ひであき》（携帯）〉――夫の名前だった。

留守録にして放っておこうかと思ったが、また時間をおいてかかってくるのも面倒なので、通話ボタンを押した。

「ああ、俺だけど……いま、ちょっといいかな」

声は静けさを背負っていた。ちぐさ台とは違う私鉄沿線の、住所は知っていても一度も訪ねたことのないマンションの一室から、かけているのかもしれない。

「どうしたの？」と洋子は返した。ひらべったい声になった。

「いや、うん……さっきウチに電話したら、香織が、お母さん出かけてるって言ったから」

「ウチじゃないでしょ、もう」

「……まあ、そうだけど」

「それで、なに？」

つっけんどんに訊いた。「ウチ」もそうだし、「香織」を呼び捨てにされたのも耳に障《さわ》った。

「昼間はわざわざ悪かったな。ほんとうは晩飯も一緒に食べたかったんだけど」

「用はなに？」

英明は、ふーう、とため息をついて、「用事があるわけじゃないんだ」と言った。

「ただ、昼間はほとんど話せなかったし……」

英明は弁護士の友人を連れていたのだ。離婚届を明日提出する前の、最後の話し合いだった。関係を修復するためではなく、今後よけいなトラブルが起きないよう、慰謝料や養育費や香織と英明の面会日などの取り決めを、ひとつずつ確認した。それが終わると、離婚届の用紙に署名と捺印《なついん》をした。用紙を折って封筒にしまうときに英明がほっとした顔になったのを、洋子は見逃さなかった。英明にとっては半年越しの願いがかなったことになる。洋子にしてみれば、半年間の籠城のすえに陥落、といった感じだった。もしも、いまほんとうに英明が自宅から電話をかけているのなら、同じ部屋には、明日から英明の妻になる女性がいるだろう。夕食は、赤飯だったかもしれない。

「でもさ……」英明は薄く笑った。「香織を連れてくるとは思わなかったよ」

「自分から行きたいって言ったの」

「みたいだな、さっきちょっと話したときも、そんなこと言ってた。お母さんの付き添いしてあげたの、って」

「ふうん」

「なんか、ほんと、香織にもヨーコにも迷惑かけちゃって……悪いと思ってる……」

「そういう言い方、やめてほしいんだけど」

「いや、だけどさ、やっぱり……」

英明は、いつも洋子と香織を被害者扱いする。すぐに自分を責める。けれど、愛人と別れて我が家に戻ろうとはしない。妻と娘を捨てた、ひどい男――が好きなのだろう、と洋子は思う。

掲示板のほうをちらりと見た。自転車に乗った男は、携帯電話を手に持っていた。メールを打つようなしぐさだった。もしかしたら貼り紙の電話番号を入力して、あとでかけるつもりなのかもしれない。

英明はまだぐずぐずと話しつづけている。今度は、前触れなく弁護士を連れてきたことを詫《わ》びていた。ヨーコや香織には冷たい奴だと思われたかもしれないけど――そういう男にもなりたいのだろう。

「あのね」

洋子は言った。自転車の男にも聞こえるように、声を張り上げた。

「わたしね、草野球のチームに入るの」

「え？」

耳には英明の驚いた声が飛び込み、目には自転車の男の驚いた顔が飛び込んだ。

「もう決めたの、いまから電話して、入れてもらうの。だから、横から割り込んだりしないでくれない？」

「いや、俺はべつに割り込んだりは……」と英明が言う。

自転車の男は、僕のことですか？　と自分の顔を指差した。

そうそうそう、あんたのことよ、と洋子はうなずき、男が携帯電話から指を離したのを確かめて、ちょっと待ってて、と手振りで伝えた。

「な、おい、いま、なんて言った？　草野球って、あの草野球のことか？」

英明は声をうわずらせて訊いた。予定外のことに弱いタイプなんだよね、と洋子は苦笑した。そういう男が、十五年前に結婚したときには思いもよらなかった顚末《てんまつ》で女房子どもを捨てるのだから、世の中はわからない。わからないから、面白い——はずだ、と決めた。

「わたしね、野球するの。ピッチャーになるの。じゃあね、さよなら」

電話を切った。自転車の男に、ごめん、もうちょっとだけ、と片手拝みをして、英明の携帯電話の番号を着信拒否にして、アドレス帳からも削除した。離婚届に署名捺印をしたときより、ずっとすっきりした。

自転車の男はまだ若い。といって「少年」と呼ぶほどではない。髪を茶色に染めているところはいまどきの「若者」らしかったが、体つきががっしりしているぶん古めかしい印象で……めったにつかうことのない「青年」という言い方がいちばんぴったりくる。

だから――。

「青年」と、洋子は言った。

きょとんとする青年にかまわず、こっちの告げたいことだけ一方的に告げた。

「青年ねー、悪いんだけど、この貼り紙を先に見つけたの、おばさんなの。で、いま、電話しようと思って来たわけ。青年はさー、ほら、友だちもたくさんいるでしょ？　その子たちと遊べばいいじゃない。ね、おばさん、このチームに入るから、もう決めたんだから、悪いけど、ごめんっ、そこどいて」

掲示板に向かって歩きだすと、青年は気《け》おされたように自転車を少しバックさせて道を空けた。素直でよろしい、と洋子は満足して青年の前を通り、貼り紙に向き合った。自分で自分を「おばさん」と呼んでしまえば、たいがいのものには動じずにすむ。

「あの……すみません……」

青年が声をかけてきた。体形にふさわしい太い声だったが、その芯は意外と細そうに聞こえた。

「なに？」

「おばさんが……入るんですか？」

「そうよ。悪い？」

「でも……」

「ここに書いてあるじゃない、ほら、見て、ここ、〈年齢・性別ともに不問〉って」

青年は「はあ……」とうなずいた。

「おばさん、本気なのよ」

青年をじっと見据えた。胸の底で澱んでいるものをすべて吐き出したくなった。

「四十よ。シジュウ、わかる？　おばさん、四十よ、もう。でも野球やったっていいじゃない、違う？　年齢不問ってのは、そういうことでしょ？　あんた日本語読めないの？」

英明の愛人は、二十八歳らしい。おとなしくて、か弱いひと、らしい。「彼女は俺がついていないとだめなんだ」と英明は言い訳にもならないことを言っていた。「でも、ヨーコは……」と、つづく言葉を呑み込んだ。すべてが台本どおりに進んでいるような気がした。作、演出、主演、すべて英明。たとえ涙交じりに土下座しようと、なじられようと、英明は自分のドラマの主役だった。洋子はヒロインの座を明け渡した、ただの脇役にすぎなかった。最初はヒロインだったのかどうかも、いまはもう、わからなくなった。

「とにかく、わたしは応募するから、あんたはあきらめて。だってそうでしょ、オトコとオンナがおんなじようにいたら、絶対にオトコのほうが有利なんだから。そんなのずるいじゃない、ひきょうだよ」

青年は困り果てた顔になって、洋子から目をそらした。

「あの……すみません、もう遅いんです」

「なにが？」

「夕方、電話したんです。で、いま、なんていうか、確認っていうか、ここに入るんだなあって思って、ポスター見てたんですよ」

「キャンセルしなさいよ、そんなの」

「いや、あの、でも……向こうもOKだって言ってくれて……」

もしも定員一名なら、もう、空きはない。

洋子はカッとして、言った。

「なんでテストもせずに決めちゃうのよ」

「いや……それ、僕に言われても……」

「オトコだから？」

めちゃくちゃだ。自分でもわかる。わかるから、さらに強くまくしたてた。

「おばさんには野球できないっていうの？　オンナが野球しちゃいけないっていうわけ？　ちょっと青年、あんた、オンナをバカにしてない？　してるでしょ」

いえ、そんな、と青年は首を横に振る。

「してるわよ！」

金切り声になった。「してる、してる、してる、ぜーったいにしてる！」――自分の声が耳の奥でキンと響いて、なにも考えられなくなった。

「バカにしないでよ！　バカ！」

昼間からずっと押さえつけていた蓋が、はずれた。

「わたしは野球するの！　ここに入るの！　あんたは、もう、どっか行ってて！」

瞼《まぶた》が急に重くなって、熱いものがこみ上げてきた。

「あっち行ってよ！」

涙が、瞼をこじ開けて、あふれ出た。

声をあげて泣いたのは、何年ぶりだっただろう。五年や十年ではきかない。二十年……三十年近く記憶をさかのぼらなければ、行き着かない。泣いた時間はごく短かったが、そのぶん涙がいっぺんに流れて、すっきりした。

夕立のようなものだ、と思った。離婚をめぐる鬱々《うつうつ》した半年間が梅雨の時季だったとすれば、これは梅雨明けを知らせる夕立なんだ、と思うことにした。

目に残った涙をダウンジャケットの袖で乱暴に拭《ぬぐ》い取って、よしっ、と胸を張った。

青年は、まだその場にいた。自転車にまたがったままだった。さっきまでおろおろしていた動揺もようやく収まって、まいっちゃったなあ、という顔で洋子を見ていた。若造にへたな慰《なぐさ》めなど言われたらまたカッとしてしまうところだったが、そんな気の利いた――オンナの涙に慣れたタイプではなさそうだった。もしも洋子が泣いている途中に誰かが通りかかって誤解してしまったら、弁解もうまくできずにそのままパトカーに乗せられていたかもしれない。

「ごめんね」

洋子は洟《はな》をすすって、青年に小さく頭を下げた。戸惑って、恐縮して、洋子よりずっと深く頭を下げ返した青年の野暮《やぼ》ったさが、おばさんとして、心地よかった。

「子どもみたいに泣いちゃった」と笑うと、青年はやっと頬をゆるめた。

「でも、おばさんね、本気なんだよ。本気で野球やりたいの」

「はい……」

「青年は、野球やったことあるの？」

「はあ……まあ……」

「そりゃそうよね、男の子だもんね。うまかった？」

「いや、あの、まあ……自分ではちょっと、よくわかんないんですけど……」

「おばさんよりはうまいでしょ」

青年はあいまいにうなずき、洋子と目が合うと、あわてて顎を横に持ち上げて、「よくわかんないです」と言った。

「遠慮しなくていいって。そんなの、誰が見たって、あんたのほうがうまいんだから」

洋子は「だから」とつづけた。

「あんた、やっぱりキャンセルして、別のチームに入んなさいよ。年齢も男女も問わないなんて、ねえ、そんなチームで野球やってもつまんないでしょ。もっと強いところでやればいいじゃない。青年、あんたならできる、どこでもレギュラーになれる、おばさんが保証してあげる。でも、おばさんは、ここしかないの。定員一人だったら、あんたと競争して勝てるわけないじゃない、かわいそうだと思わない？　思うでしょ？　思うんだったら、はい、もうさっぱりあきらめて、別のチームを探して

「……」

自分でも驚くほど、言葉がすらすらと出た。放っておけば、このままいくらでもしゃべれそうだった。

だが、青年はそれをさえぎって「すみません！」と頭を下げた。「ごめんなさい！」と顔を上げずにつづけ、さらにもう一度、「すみません！」と吠《ほ》えた。

野太い声だった。詫びる言葉より脅す言葉のほうがずっと似合いそうなのに、青年はひたすら謝りつづけた。心底申し訳なさそうに、「すみません！　すみません！」と何度も。

洋子はあっけにとられ、逆にひるんでしまった。ぐいぐいと押し込んでいった言葉は、いったん途切れると、もうさっきまでの勢いを取り戻すことができなかった。

「……そんな、謝るようなことじゃないでしょ。いいのよ、おばさんのわがままで言っただけなんだから」

結局、意地を張りきれない——離婚のときと、同じ。

「青年がどうしても入りたいんなら、そんな、ねえ、おばさんがやめさせる権利なんかないんだし」

青年はうつむいたまま、幅の広い肩をきつく縮めていた。体は人並み以上に大きいのに、なんだか、おとなに叱られてしょんぼりする子どもがサイズだけ伸びたようにも見える。

「二人いっしょに入れれば、それでいいんだし。ね、そうでしょ？」

なにフォローしてるんだろう、と自分で自分にあきれた。

「うん、がんばろっ、ね、なんだっけ、ちぐさ台カープだっけ、二人でがんばってチームを優勝に導こうよ、なんて」

こういうの、母性本能を刺激された、っていうんだろうか——。

「青年は、どこを守りたいの？　おばさんは、もう、ピッチャー限定だけど、青年は？」

「……どこでもいいです」

「どこでもいいって、あんたねえ、そういうのがいちばんよくないんだよ。やりたいことが見つからないとかどうとか、よく言うでしょ、あんたら若いひとたち。そういうのって、おばさんから見たら、はっきり言ってゼータクで、甘いのよ、甘っちょろいの」

「……すみません」

「前に野球やってたときって、どこ守ってたの？」

青年はためらいがちに、「キャッチャーです」と答えた。太い声の芯が、頼りなげに揺れた。

「なに、じゃあ、おばさんとバッテリーってやつ？　やだぁ、なんか、すごい運命の出会いみたいじゃない」

盛り上げてやることなんかないのに——頭ではそう思っていても、つい「やだぁ」のときに青年の肩を叩きそうになってしまった。おばさんだ。自称もなにもなく、正真正銘の。

「で、なによ、青年、甲子園《こうしえん》に出たことがあるとか」

社交辞令以前の、ただのジョークのつもりで訊いた。

青年は黙ってうなずいた。思わず見過ごしてしまいそうなほど小さく、けれど確かに。

「え？」と洋子が聞き返すと、青年は恐縮しきったそぶりで背中を丸め、自転車のペダルを踏み込んだ。

「すみません」の一言を残して、自転車は団地の中に走り去る。

向かった先は、Ｆ棟の自転車置き場だった。

Ｆ棟。甲子園。

頭の中で二つの言葉が合わさった瞬間、洋子は「うそっ」と声をあげた。

三つ目の言葉が、つながった。言葉というより、光景の記憶だった。

団地のＦ棟の屋上から垂れ下がった〈祝・甲子園出場〉と〈祈・健闘〉の二つの垂

れ幕――数年前の、夏。名前はもう思いだせないが、〈○○君〉と出ていた。〈ちぐさ台団地の星〉というフレーズも書いてあった、と思う。

3

青年は大志を抱けなかった。青年は、荒野を目指せなかった。えらく強引なおばさんに呼ばれた「青年」の響きが、自分の部屋に戻ってからも胸に残っていた。

加藤将大《かとうまさひろ》はベッドの上にあぐらをかいて座り込んで、枕元に置いてあったキャッチャーミットを膝に取った。左手にミットをはめ、ボールの代わりに右手の握り拳をぶつけると、あーあ、とため息が漏れる。

高校生の頃から使っているミットだ。安物だったが、そのぶん手入れを丹念にしてきた。革紐を何度も取り替え、中に詰まったパンヤも交換しながら、半年前――大学四年生の秋季リーグ戦まで使いつづけた。

四月からも使うつもりだった。それがかなわないと知ってからは、四月になる前に捨てるつもりだった。現実に選んだ道は、そのどちらでもなかった。妥協なのか、逃避なのか、少なくとも前へ進む選択ではなかった。

ミットをはずす。また枕元に戻す。壁に背を預けて、向こう側の壁に造り付けた棚をぼんやりと見つめる。

写真立てがいくつか並んでいる。真ん中の、いちばん大きな写真立ての中に、二十二年間の人生でいちばん輝いていた頃の自分がいる。

背番号2の数字が一塁側のスタンドからもくっきりと見えるほど、思いきりバットを振り抜いた瞬間の写真だ。サヨナラホームラン――都大会決勝戦の最終回だった。ガッツポーズでホームインした瞬間、甲子園出場が決まった。

その隣は、プロテクターをつけた将大がエースと肩を組んでいる写真だった。甲子園大会の直前、スポーツ新聞の記者に頼まれてポーズをとった。優勝候補と呼ばれた。黄金バッテリーとも呼ばれていた。ともにドラフト上位候補生だと持ち上げて紹介したスポーツ新聞もあった。

エースの名前は、吉岡亮介《よしおかりょうすけ》という。高校卒業後はパ・リーグの在京球団にドラフト一位指名で入団して、五年目のシーズンを迎える。過去四年間で通算勝ち星はすでに六十勝を超え、去年のシーズンは最多勝のタイトルも獲った。今シーズンの開幕投手をつとめるのはほぼ確実で、チームを優勝に導いたあとはいずれ海を渡ってメジャーリーグに挑むのではないかとも噂《うわさ》されている。

高校三年間、ずっと吉岡の球を受けてきた。息の合ったバッテリーだった。練習が終わったあとも、いつもコンビを組んで過ごした。高校時代からそっけない態度がマスコミに批判されることの多かった吉岡だが、気を許した相手には無防備なほど素直になる奴なんだと将大は知っているし、いまもそれは変わらないはずだと信じている。

だから――携帯電話を手に取った。さっきおばさんに邪魔されて書きかけのままになってしまったメールを最後まで仕上げて、送信した。

返事が来るかどうかはわからない。ただ、吉岡には伝えておきたかった。

〈大学を卒業しました。就職浪人ですが、教職一本で勝負する決意は変わりません。夏の採用試験を目指して勉強をつづけます。今度、地元の草野球チームに入ります。勝負ではなく、楽しむための野球をやってみたいと思います。吉岡も元気で、今年もまた大活躍してください。応援しています〉

フリップを閉じた。

写真立ての三つ目は、大学の野球部の集合写真だった。同学年だけで四十人近くいたチームの、最後列の左から四人目。それが、選手としての将大のポジションでもあった。

勝つための野球は、もうごめんだ。野球は、本来、もっと楽しいもののはずだ。大学時代の四年間、野球が楽しかったことなど一度もなかったから……いつの日か夢をかなえて高校野球の監督になれたら、教え子には絶対にそんな思いは味わわせたくない。

握り込んだ右手から親指と小指を立てるのが、カーブのサインだった。人差し指一本を立てれば、直球。将大の現役時代と変わらない。「もう相手に見抜かれてると思うんだけどな、やっぱり、ゲンのいいサインだし」と石井《いしい》監督は苦笑した。

水曜日の午後、母校の武蔵野《むさしの》学院を訪れた。監督に挨拶《あいさつ》ができればそれでいいというつもりだったので体を動かす支度はしてこなかったが、「ちょっと受けてやってくれないか」と監督に言われて、ブルペンに入った。

直球を三球つづけた。スピードもコントロールも悪くない。「うっしゃあっ!」と気合いを入れて応えてやると、エースは「あいやいやいっす!」――ありがとうございます、のつもりなのだろう、絶叫して帽子を取る。

将大の後ろからエースのピッチングを見ていた監督も、満足そうにうなずいて「今年は期待できるぞ」と言った。「西東京のベスト8までは黙ってても進めると思うし、うまくすれば甲子園だ」

四球目もストレート。右打者の外角低めに要求した。狙ったコースからははずれたが、伸びのある球が来た。

「うっしゃあっ！　これでいい、これで！　ナイスピッチ！」

将大の返球にも力が入った。

「いい音させてるなあ」と監督が言う。

「ですよねえ、悪くないですよ、彼」

うなずくと、「違う違う」と打ち消された。「おまえのことだよ」

「自分ですか？」

「うん、いい音させて捕ってやってるよな。これならピッチャーも気分よくなるだろ」

将大は照れ笑いを浮かべ、小さく頭を下げた。「それが自分の仕事ですから」と返したが、聞こえなかったのか、聞こえないふりをしたのか、監督はなにも応えなかった。

大学時代の四年間は、ブルペンキャッチャー一筋で過ごした。エースから敗戦処理役の控え投手まで、コントロールの悪いサウスポーから癖球のサイドスローまで、ひたすら球を受けつづけた。おかげでキャッチングはうまくなったが、ただそれだけのことだった。檜舞台《ひのきぶたい》は、神宮《じんぐう》球場のブルペン。そこから先へは進めない。ほんの目と鼻の先のフェア・グラウンドへは、一度も足を踏み入れることができなかった。

「カーブも見てやってくれ」監督が言った。「冬場に走り込んで、やっとキレが出てきたんだ」

「……うっす」

右手を股の下で握り込んで、親指と小指だけ立てた。

カーブが来る。小さく曲がって、右打者から逃げていく。

キャッチしたあと、気づいた。エースのピッチングフォームは吉岡に似ている。カーブを放るときの微妙なぎごちなさが、特に。

球を返す前に振り向くと、監督は将大の胸の内を見抜いて、「あいつの憧れは吉岡なんだ」と言った。「ビデオに撮って、フォームからマウンドさばきまで、ぜんぶ吉岡を真似してるんだ」

直球に比べて、カーブが明らかに見劣りするところまで、あの頃の吉岡に似ていた。

「おまえらが甲子園に出たとき、あいつはまだ中一だよ。おまえのこともしっかり覚えてて、伝説のショーダイ先輩が来てくれるっていうんで、さっきからそわそわしちゃって、練習にならなかったんだ」

正しくは「まさひろ」と読む「将大」を音読みして「ショーダイ」——子どもの頃から親しい相手にはそう呼ばれていた。

監督は二年生のキャッチャーを呼び寄せて、将大と交代させた。拍子抜けの顔になったエースに、将大は「ストレート、なかなかよかったぞ」と声をかけてやった。

エースは帽子をとり、直立不動で「うっす!」と吠える。

「カーブは見せ球だ。ストレートを磨けよ。勝負はストレートだ、いいな」

「うっす!」

臆病なキャッチャーの逃げのリードには絶対に従うなよ——声に出さずに付け加えて、ミットを返し、場所を譲った。

監督は、「部室に行くか」と言った。

「いや、あの……」

「話があるんじゃなかったのか?」

「……はい」

「ビールは出せないけど、お茶ぐらいならあるから、ゆっくり話をしよう」

先に立って部室に向かう監督の背中に、将大は一礼した。

卒業して以来、一度も顔を出したことのない母校だった。監督とも年賀状のやり取りぐらいしかして来なかった。後ろめたさがあった。不義理を重ねてしまうと、そのことじたいがまた新たな後ろめたさにもなっていった。

だが、監督は、いきなり「明日、グラウンドにお邪魔したいんですが」と電話した将大を、昨日までしょっちゅう顔を出していたOBに対するのと同じように「ああ、いいぞ」と迎えてくれたのだ。

高校時代はただもう厳しくおっかないだけだった監督が、あれから四年たって気がつくと、自分の考える理想の指導者になっていた。

選手をめったに褒めなかった。吉岡のことも特別扱いしなかったし、将大が甲子園出場を決めたサヨナラホームランを放ったときも、前の打席で送りバントを失敗したことのほうを叱られた。その代わり、優勝候補として臨んだ甲子園大会で初戦敗退を喫したとき、将大を一言も責めなかった——マスコミや、口うるさいOBたちとは違って。

歩きながら、監督は言った。

「元気だったか」

「……はい」

「吉岡とはいまでも連絡とってるのか」

「はい……まあ……メールを出すぐらいですけど」

日曜日に送ったメールの返事は、まだ来ていない。火曜日のオープン戦に先発した吉岡は時速百五十キロ台の直球を投げ込み、三回を無安打に抑えた。その夜のスポーツニュースでは、辛口で知られる評論家が吉岡の二年連続最多勝に太鼓判を捺していた。

「『吉岡世代』っていう言い方があるんだってな、最近」

「ええ……」

「どうなんだろうなあ、あいつも。優勝だけじゃなくて世代まで背負わされちゃうってのは、キツいんじゃないかと思うけどな」

確かに、吉岡や将大の学年は「当たり年」だった。高卒でプロ入りした選手は、吉岡を筆頭に、すでに何人もチームの主力として活躍している。去年は社会人を経由した選手が続々とドラフト上位指名され、そのほとんどが期待に応えたルーキーシーズンを送った。そして、今シーズンからは大学出身の選手が合流する。新入団の誰もがライバルや目標に吉岡の名前を挙げ、いつしか「吉岡世代」という言葉が定着したのだった。

「でも、まあ、たいしたもんだ、あいつもな」

監督の言葉に、将大は黙ってうなずいた。

「当たり年」にも、もちろん「はずれ」はある。その代表が俺だ——と思う。

4

グローブを買った。懐かしい革のにおいを嗅いでいたら、小学生の頃の同級生の、不思議と男子の顔ばかり浮かんできた。

金属バットも買った。売っている中でいちばん軽いのを選んでもらったが、「これで？」と訊きたくなるほど持ち重りがする。両手でグリップをしっかり握って構えても、ヘッドがふらついて、なかなかぴたりと止まらない。

「だいじょうぶ？　なんか、すっごい危なっかしいけど」

香織が心配顔で言う。

「平気平気、ひさしぶりだからそう見えるだけ。すぐに昔の勘、思いだすから」

「思いだすってさあ、もうほとんど三十年前の話でしょ？　頭で思いだしても、体がついていかないんじゃない？」

「いちいちうるさいなあ、あんたも」

「ケガとかされたら困るもん。お母さん、自分の立場わかってる？　ケガして仕事ができなくなったらどうすんのよ」

ケガの前に、筋肉痛で仕事を休む可能性のほうが高い。結婚して十五年、スポーツとは無縁の日々を過ごしてきた。

「ねえ、ほんと、マジにやめたほうがいいと思うよ。いまなら、まだ間に合うから」

しつこい。

日曜日の夜、チームの代表者に電話をかけて、入団希望を伝えた。そこからずっと、香織には「やめたほうがいいって」と言われどおしだった。水曜日の夕方——こうしてスポーツショップに入ったいまになっても、まだ説得をあきらめていない。

「今度の日曜日、入団テストなんでしょ？　テストに落ちたら、こんなの買っても意味ないじゃん、もったいないよ」

「テストなんてね、草野球なんだから、どうせ人柄を見るのよ、人柄だけ」

「なんでそう、勝手に決めちゃうかなあ」

「こうやってバットやグローブも揃《そろ》えてたほうが、向こうも『そこまで張り切ってるんなら』ってことになるでしょ」

「よくそこまで都合のいいふうに考えられるよね、お母さんって。やっぱ、そういうところが、おばさんっての？」

無視して、バットとグローブを持ってレジに向かうと、「プレゼント用のリボン、お付けしますか？」と店員に訊かれた。

後ろで香織が、笑いをこらえているのがわかった。

ムッとして振り向いたとき、忘れ物に気づいた。「ちょっと待ってて、追加」と店員に言い捨てて、グローブ売場に駆け戻った。軟式用のグローブを適当に一つ選び、ボールも半ダース入りの箱ごと棚から取って、レジに戻る。

「すみません、これも一緒に……で、こっちのグローブはプレゼント用に包んでください」

あっけにとられた顔の香織が、ようやく思い当たって「うそ、マジ?」とつぶやいたときには、包装紙と透明フィルムとリボンでラッピングされたグローブが、店員から洋子に手渡されていた。

洋子は香織を振り向いて、にっこり笑って言った。

「はい、これ、あんたにプレゼント。お母さんとキャッチボールしようね」

「ちょっと待ってよ、なに、それ」

「いいじゃない、キャッチボールしようよ」

「……やだよ、野球なんて」

「いいから、ほら、自分のは自分で持って」

グローブを突きつけた。わざわざこの場で言わなくてもいい一言、大きな声、大げさな身振り——レジの店員が、くすっと笑った。

香織は洋子の手からむしるようにグローブを受け取って、一人で店の外に出た。支払いを終えて出てきた洋子を待ち受けて、「ひきょうだよ」と唇をとがらせる。

「なにが?」

「ひどいよ、あんな、恥かかせて……」

「いいじゃない、おばさんなんだもん」

開き直れば、楽になる。強くもなる。

「おばさんって自分でわかってるんなら、野球なんてやめなよ」

「違うね」

「って、どこが？」

洋子は胸を張って、きっぱりと言った。

「おばさんだから、野球やるんだよ」


ちぐさ台カープの代表者は、田村《たむら》というひとだった。電話で話した声は、洋子とさほど変わらない――だから英明とも同世代の雰囲気だった。

「チームに入れてほしいんですけど」と言うと、「息子さん、おいくつなんですか？」と訊かれた。以前の、英明の愛人問題や離婚前のごたごたでいらだっていた頃なら、そこで電話を切っていたところだ。

だが、おばさんの図々しさやずるさを受け容れた洋子は、冷静そのものだった。

「あれ？　年齢制限あるんでしたっけ？」

「いや、そういうんじゃないんですけど、もし小学生なら、少年野球のチームのほうがいいんじゃないかな、と思ったんですけど」

「小学生じゃないんですよ。でも、まあ、とにかく年齢制限はないんですよね。貼り紙にもそう書いてありましたもんね」

「ええ、いちおう」

「あと、性別も不問、でしたよねえ」

「はあ……」

「年齢、性別、ともに不問、と。そういうことでいいんですよね？」

「ええ……」

「えーと、四十歳で女性なんですけど、入ります、わたし。いいですよね？」

「は？」

「だって、いま、年齢も性別も問わないって言ったじゃないですか。わたし、入ります。入れてください。よろしくっ」

もちろん、それであっさり話が通るほど世の中は甘くない。

だが、「女性はいいんですけど、四十歳だと、さすがに……」と困惑して答える田村の声は明らかに気おされていた。話の主導権は、洋子が握っていた。

欠員は一人で、すでに夕方、若い男性から入団希望の電話が来た、と田村は言った。

「補欠でもいいんです、最初は」

洋子はすかさず返す。

「最初は、って……」

「わたし、うまかったんです、野球」

小学六年生の頃までは、と心の中で付け加えた。

田村は、うーん、うーん、とうなるだけだった。煮え切らない。とにかくだめなんです、と一方的に電話を切ることができない――性格も、英明と少し似ているのかもしれない。

「次の試合っていつなんですか？　わたし、そこに行きますから。それで実力を見てください」

グラウンドにさえ行けば、あとはどうにでもなる。根拠はなくても、自信はある。

「いや、あの……じゃあですね、こうしましょう」

田村は苦しそうに言った。「次の試合、今度の日曜日なんですけど、その前に、ちょっと来てもらっていいですか」

よしっ、と洋子はガッツポーズをつくる。

田村も話が前に進んで少しは気が楽になったのか、さっきまでよりは明るい声になってつづけた。

「野球の実力っていうより、なんていうか、楽しみのためのチームですから、みんなと一緒に楽しくやっていけるかどうか、僕らのことも見てもらって、それでお互いに決めていけばいいと思うんですよ」

よしっ、よしっ、とガッツポーズを連発していたせいで、田村に「それで、まだお名前をうかがってなかったんですが」と訊かれたとき、つい、いままでどおり「遠藤です」と答えてしまい、あわてて「三上です」と言い換えた。

田村は少し間をおいて「わかりました」と返し、日曜日の集合場所や時間を伝えた。

不審を抱いた沈黙だったのか、離婚して姓が変わったんだと勘づいたのか、もちろんこの歳で結婚して姓が変わることだって大いにありうるわけで……とにかく、苗字を言い間違えたことで、おばさんの押しの強さが急に萎えてしまった洋子は、そそくさと逃げるように電話を切った。

近所の河川敷で投げた記念すべき第一投は、「投」と数える資格すらないほどのしろものだった。

ボールを放すタイミングがつかめずに、足元で大きくバウンドしてしまう。左脚を上げるのと両手を振りかぶって右腕を後ろに引くタイミングもばらばらだったし、左脚の踏み込みが足りずに、右腕を振り下ろしたあとは前につんのめりそうになった。

「ちょっと、なんなの？　全然へたくそじゃーん」

ほんの数メートルの距離で向き合った香織は、あきれはてて言った。転がるボールを拾い上げて、恥ずかしそうに周囲を見回す。

洋子は、おかしいなあ、と右手をゆっくりと何度も振った。昔の記憶では、右腕はもっと軽く、しなやかだった。膝にも、もっとバネが利いていた。投げた瞬間、肩や肘がゴキゴキッと鳴った。それがショックで、ほんの一球投げただけで明日の筋肉痛の予感がしたことがもっとショックで……三十年近いブランクと、四十歳という年齢は、予想以上に大きな壁になりそうだった。

それでも、あきらめたくない。負けたくない——誰に対してなのかは、よくわからないけれど。

「ねえ、お母さん、最初はもっと近いほうがいいんじゃない？」

「……だね」

香織はとことこと歩いて距離を詰めた。お互いに手を伸ばせば届きそうな近さで向き合うと、なんだか妙に照れくさくなった。香織も同じなのだろう、苦笑交じりに首をかしげて、「お母さんとこんなことするのって、なんか、おかしいね」と言った。

「でも、ほかに相手がいないんだから、しょうがないでしょ」

「まあね……二人になっちゃったんだもんね」

アンダースローで軽く放った香織の球を捕った。真新しいグローブは、革が固くてほとんど開かない。

「悪かったね、今日、付き合わせちゃって」

「べつにいいけど。暇だったし」

春休みだというのに、香織はほとんど友だちと遊びに行かず、母親にくっついている。両親の離婚に思うところがあるのか、新学期から苗字が変わる不安がじわじわと迫っているのか、一緒にいて母親を元気づけようとしてくれているのか……なにもわからない。わからないままで、いまはいい、と思う。

「よおよお香織、仲良くしよーぜ、俺たち」

すごんだ声をつくって言った。

「なにそれ」と笑う香織に向かって、大きく両手を振りかぶる。

「あ、なにすんの、危ないよお」

腰を退いてあとずさる香織に、ふわっ、と山なりの球を送った。

香織は胸でキャッチして、「ストラーイク！」と笑った。

イニング2

1

目が覚めたとき、ぼんやりした頭で、失敗しちゃったなあ……と思った。

まだ起きるつもりはなかったし、その必要もなかった。日曜日の朝。九時に起きれば今日の予定にはじゅうぶん間に合う。目覚まし時計は九時五分にセットしておいたが、それが鳴る前――寝返りを打ったはずみに、眠りの薄皮が、ぷつん、と破れてしまったのだ。

仰向けに寝たまま、枕元の目覚まし時計を手にとってかざした。文字盤の数字はわかる。だが、肝心なところがわからない。長針も短針も、いまどこを指しているのか。目が霞《かす》む。ピントが合わない。最近、起き抜けはいつもこうだ。

強く瞬いて、指先で目をこすった。やっと針が見分けられる。七時ちょうど。えらいよ俺は、と田村康司《こうじ》は苦笑する。平日とぴったり同じ起床時刻だった。ほんと、たいしたもんだ、俺――うんざりして、笑う。

アラームを解除した。考えてみれば、平日だって目覚まし時計に頼って起きたことは一度もない。それでも必ずアラームをセットする。保険のつもりで七時五分。この五分間の半端さが、自分でも少し情けない。

掛け布団を肩まで引き上げて、目をつぶる。呼吸を整え、気持ちを楽にして、もうひと寝入り……できなかった。

ため息交じりに掛け布団をはねのける。目が冴《さ》えてしまった。二度寝は苦手だ。寝付きも悪い。なのに、起床時刻は正確に守る。器用なのか不器用なのか、よくわからない。損か得かでいえば、たぶん損な体質なんだろうな、とは思う。

起き上がった。隣の布団で眠る妻の寿美子《すみこ》を起こさないように、そっと部屋を出た。

リビングには、春のおだやかな陽射しがカーテンをすり抜けて注ぎ込んでいた。昨日は雲行きが怪しかったが、みごとに快晴。よしよし、と満足してうなずいた。

だが、明るい陽光は、同時にリビングの様子もあらわにしてしまう。小学生の息子二人——四月から五年生の大樹《たいき》と二年生の剛史《たけし》のマンガやゲームが散らばって、足の踏み場がない。

ゆうべも終電で帰り着くなりそれを見て、げんなりりした。

だが、もう、よくわかっている。十二年間、寿美子の性格と付き合ってきた。よく言えばおおらかで、悪く言えばおおざっぱ。途中からは母親にみごとに性格が似た息子二人も加わって、「部屋が汚れてて死んだひとはいないんだから」が、我が家の決まり文句になってしまった。

パジャマのまま、居間の片づけに取りかかる。

最初はマンガとゲームだけのつもりだったが、カーペットにスナック菓子のかけらがたくさん落ちているのに気づくと、放ってはおけなかった。朝っぱらから掃除機を使うわけにはいかないので、四つん這《ば》いになって、粘着シートのローラーを、ころころ、ころころ、ころころ……寿美子には、いつも「深追いしないでよお」と言われるのだが。

つづいて、流し台の食器を洗う。ガスレンジの上の鍋も洗いたかったが、そこまでやると「イヤミなことしないでよ」と寿美子に言われる。食器を洗うのはよくても、鍋まで洗われてしまうと、主婦としてのプライドが傷つけられてしまうものらしい。キッチンの隅の野菜カゴで芽吹いたタマネギにも、だから、右手をうずうずさせながらも気づかなかったことにした。

とりあえず、気持ちよく朝食を食べられる程度に片づけた。物足りないところは山ほどあるが、しかたない、今朝はこれくらいで我慢することにした。

趣味その一——部屋の掃除。

外出の予定のない休日は、朝から一人で家中を片づけていた。寿美子や息子たちに口では文句を言いながらも、それがささやかなストレス解消法でもあった。ぴっかぴかに磨き上げた風呂で汗を流し、広々としたリビングでビールを飲むと、よーし明日からもがんばろう、という活力が体の奥から湧いてくる。

その楽しみを奪われて、もう半年にもなる。

義務――年老いた父親の介護。

昨日の土曜日も、朝一番の飛行機で故郷の広島へ行ってきた。最終便で、とんぼ返りをした。体はキツかったが、一泊するわけにはいかなかった。

趣味その二――草野球。

今日は試合がある。ちぐさ台カープの、今年度最終戦。去年の四月から年が明けた二月まで、十六戦して八勝八敗の五分の星だった。今日、三月最後の日曜日に組まれた試合に勝てば、念願の勝ち越しを達成できる。

対戦相手はインターネットで「お見合い」した初めてのチームだったが、自称するレベルは五段階評価の一・五だったし、〈ユニフォームも揃っていませんが、よろしくお願いします〉と紹介コーナーに書いてあるほどだから、まあ、たいしたことはないだろう。

なにより、こっちには、今日の試合から強力な新戦力が加わるのだ。超大物ルーキーなのだ。四打数四ホームランもありうる。場外ホームランに備えて、試合用のボールを今日は多めに用意しておいたほうがいいかもしれない。経理担当としてはボールの出費は痛いものの、キャプテンとしてはこれほど頼もしい話はない。うれしい悲鳴、というやつだ。

まだ七時半を回ったところだったが、はやる気持ちを抑えかねて、パジャマをユニフォームに着替えた。

胸にCARPのロゴ。その下に、背番号の8。V字形の襟と袖とズボンのウエストが、赤と濃紺のツートンカラー。帽子の色は当然、赤。広島カープ初優勝——赤ヘル旋風を巻き起こした一九七五年のユニフォームと同じデザインだった。アンダーシャツの袖が、その後おなじみになった赤ではなく、濃紺のまま、というところも忠実に再現した。

リビングで膝の屈伸をしていたら、続き部屋になった和室の襖《ふすま》が開いて、寿美子が眠たげな顔を覗かせた。

「もうそんな時間なの？」目をしょぼつかせる。「ごめん、寝坊しちゃった……」

「違う違う、俺が早起きしたんだ」

「いま何時？」

「七時半過ぎ」

田村は苦笑交じりに答えた。人間には二種類ある。いつも思う。目が覚めたときに最初に時計を確認するひとと、しないひと。

「そっかぁ……じゃあ、もうちょっと寝ようかなあ……」

言うそばから、大きなあくびをする。人間には二種類ある。二度寝のできるひとと、できないひと。

「片づけといたぞ、リビングと、あと、流し台の食器」

「あ、そう、ありがとう、ごめんね」

人間には二種類ある。部屋の汚れがすぐに気になってしまうひとと、部屋がきれいになったことに気づかないひと――これは、さすがに強引すぎるかもしれない。

「じゃあ、おやすみなさーい、九時に起きるから」

「……わかった」

寿美子は、あ、そうだ、と閉めかけた襖をまた開けた。

「ねえ、昨日どうだった？　お義父《とう》さん」

「まあ、ぼちぼちだな。リハビリもまじめにやってるし、検査の数字もそんなに悪くなってないし」

長期戦になる。覚悟している。父親は半年前、脳梗塞で倒れた。幸い一命は取り留めたものの、右半身に麻痺《まひ》が残った。脚が特によくない。リハビリをつづけ、なんとか自分で歩いてトイレまでは行けるようになったが、まだ着替えには手助けが要《い》る状態だった。

「お義母《かあ》さんは？」

「かなり疲れが溜《た》まってる感じだったな。おふくろのほうが、ちょっと心配だよ。親父の世話だけやってるわけにもいかないし、来月からはいろんな役の当番が重なるみたいだし」

「婦人会とか？」

「そう。あと、お稲荷《いなり》さんの氏子《うじこ》の当番もあるから、今年は」

「そんなの誰かに代わってもらえばいいのに」

「無理だよ」

「だって……なんかもう、よくわかんないなあ……」

寿美子はもどかしそうに首をかしげ、ため息をつく。ダンナのふるさとの話になると、いつもそうだ。田舎《いなか》の付き合いは不合理なことだらけで、窮屈《きゅうくつ》で、無駄が多くて、形ばかり気にして、結局自分たちで自分たちの首を絞《し》めているようなもの——田村もそう思う。寿美子の言いぶんのほうが正しいことも、認める。だが、正しさを振りかざすだけでは田舎では生きていけないことも、嫌というほどよく知っている。

「わたしのこと、お義母さん、なにか言ってた?」

「べつに……」

嘘をついた。母親というより、タッグを組んで実家に乗り込んできた姉と妹に「寿美子さんはなにしとるん?」と問いつめられた。「コウちゃん、あんた寿美子さんになめられとるん違う?」と姉が言い、「お兄ちゃんがガツンと言わんけえ、いけんのよ」と妹がつづけ、とどめは二人で口を揃えて「ヨメなんじゃけえ、やることはちゃんとやってもらわんと」――たぶん嫁《とつ》ぎ先で自分たちが言われていることを、そのままぶつけてきた。

「でも、お義母さんからすれば、わたしに言いたいことは山ほどあるだろうね」

「ないない、だいじょうぶだよ、気にしなくていいって。おふくろ言ってたぞ、寿美子さんも仕事が大変なんじゃけん、って」

「よかったあ」

寿美子はほっとした顔で笑った。嘘に気づいてとぼけているのか、それとも素直に言葉を受け取っているのか。少なくとも、寿美子に父親の介護をする気がないことだけは、あらためて、よくわかった。

九時になっても寿美子は起きてこなかった。

襖の向こうは、しん、としている。

人間には二種類ある。必要ないのに目覚まし時計をセットせずにはいられないひとと、必要なのに目覚まし時計のアラームの音が大嫌いなひと。

「腹減ったーっ」「めしーっ、めしーっ」と言いつのる息子たちに朝食をつくってやり、「今度オモチャや本を出しっぱなしにしてたら、パパ、ぜんぶ捨てちゃうからな」と釘を刺して、予定より早めに家を出た。

ゴムイボのスパイクを履《は》いて玄関を出ると、ちょっと肩が軽くなる。外の空気を吸い込むと、頭の中がすっとする。

背番号8はスポーツバッグを提げ、バットケースを肩に掛けて、歩きだす。

2

グラウンドに一番乗りした。最初に言われていた集合時間より、一時間も早い。

「張り切るのもいいけどさあ……」

香織はあきれ顔で洋子を振り向いた。「こういうの、空回りっていうんじゃない?」

洋子はなにも言い返せず、グラウンドを見つめて呆然《ぼうぜん》とするしかなかった。

チームでは確かに一番乗りだったが、グラウンドには先客がいた。試合の最中だった。正午試合開始というのは、グラウンドのスケジュールでは「第二試合」にあたるんだと、初めて知った。入団テストの前に肩慣らしをしておくつもりだった計画は、あっさりと崩れてしまった。

「お母さん、どうするの？　あと一時間もあるよ」

「うん……」

「さっきデニーズあったじゃん、時間つぶすんだったら、あそこっぽくない？」

「だね……」

「いちごフェアやってたよ。パフェとタルトを頼んで半分コするって、わりと良くない？」

思わず、うなずきかけた。だが、そこをぐっと踏ん張って、首を横に振る。

「だめよ、そんなことしてたら、だらけちゃうじゃない」

朝から気持ちが張り詰めていた。家を出る前にユンケルも飲んだ。ついでに肩に貼った湿布薬のシートも新しいものに取り替えた。

勝負の一日になる。四十歳のおばさんの、意地と根性とプライドと野球への愛が試される一日だ。香織には話していないが、スウェットのパンツのポケットには、お守りまで入っているのだ。

「だったら、ここでみんなが来るの待つわけ？　関係ない試合、ぼーっと見ながら？」

香織は「ぼーっと」を強めて言った。「そっちのほうが、気持ち、だらけちゃうんじゃない？」――一理、ある。

つづけて「体も冷えちゃうと思うけど」――スジは通っている。

ストイックな決意が揺らいだ。その胸の内を読み取ったように、香織は勢い込んで、「甘いものって、すぐにパワーに変わってくれるっていうじゃん」と言った。「スポーツ選手には糖分がいちばん必要なんだから」

理屈よりも「スポーツ選手」の一言が、くすぐったい。

「プロ野球でも、エースのひとって、みんな甘いものが好きって言うじゃん」

テキトーなこと言ってるな、と母親としての直感が教えてくれる。だが、「エース」の響きの心地よさがそれを包み込んでしまう。

「あと、いちごってビタミンCもたくさんあるし、デニーズのパフェってわりと美味《お》しいし、いちごの季節もそろそろ終わりだし……」

日曜日をつぶして付き合わせた負い目は、ある。毎日キャッチボールの相手もしてもらった。そしてなにより、二人きりになった我が家の、香織はかけがえのないパートナーだった。

「食べよっか」と洋子は笑って言った。

「いいの？」と香織は目を丸くして聞き返す。

「その代わり、つまんないおしゃべりはしないからね。話題は野球のことだけ、いい？」

「はーい」

調子よく応えた香織は、デニーズに向かって、来た道を引き返しながら、ぽつりと言った。

「お母さん、最近物分かり良くなったね」

「そう？」

「うん……ワガママ聞いてくれるってわけじゃないんだけど、お父さんがいた頃より、物分かり良くなった、と思う」

洋子は小さく、あいまいにうなずいた。「なんでだろうね」と訊かれても、ふふっと笑うだけにしておいた。

重石が取れたから――と言ったところで、来週ようやく中学二年生になる香織にはわからないだろう。英明のことを悪く言うのも、嫌だ。夫婦としての関係は終わっても、英明が香織の父親だというのは一生変わらないのだから。

「おしゃべりは野球限定って約束したでしょ」

あえて、ぴしゃりと言った。「約束守らないんだったら、デニーズ行かないよ」とも、怒った声でつづけた。

香織は、「体育会系バツイチ、怖《こ》えーっ」とおどけて肩をすくめた。最近お気に入りのフレーズだ。言われるたびに「うっさい！」と叱ってはいるが、洋子も、じつはこっそり気に入っている。「文化系バツイチ」や「アート系バツイチ」よりずっといいし、そういう呼び方で両親の離婚を受け容れてくれていることに、ひそかに感謝もしている。

物分かりが良くなったのって、あんたのほうなんじゃないの？

そんなふうにも、いま、ふと思った。

デニーズに入った。「お煙草《たばこ》はお吸いになりますか？」と店員に訊かれ、当然のごとく禁煙席に座ったら——香織が、ちょっとちょっと、と肘をつついてきた。あそこ、ほら、見て。

言われるまま喫煙席のゾーンに目をやると、奥のコーナー席に、野球のユニフォーム姿の男たちがいた。

赤い帽子。胸にCARPのロゴ。

「あのひとたち、ちぐさ台カープじゃないの？」

香織の言葉に、洋子は困惑しながらうなずいた。同じ団地とはいえ、初めて見る顔ばかりだった。思ったより年齢は高い。そして雰囲気がくたびれている。帽子を脱ぐと髪の毛がすだれになっているひともいたし、太鼓腹を揺すって笑うひともいたし、ドリフのカトちゃんのコントみたいな度の強い眼鏡《めがね》をかけているひともいたし、試合前だというのにカレーをぱくついているひとの隣には、掛け値なしのじいさんまでいる。

「なんか、スポーツマンって感じしないね、みんな」

「……だね」

「がーっくり」香織は大げさに肩を落とす。「あー、もう帰りたくなっちゃった」

「あんた、なにしに来てるのよ」

「イケメン狙いに決まってんじゃん」

こらっ、と叱りながら、洋子も正直、拍子《ひようし》抜けした。イケメンに興味などないけれど、いやちょっとはあるけれど、それはどうでもいい、とにかくこっちは真剣なのだ。人生の再出発の象徴なのだ、野球は。その情熱が、あっさりと肩すかしをくってしまったような気がした。

「でもまあ、まだ六人だもんね、あそこに座ってるの。残りに期待ってことで」

香織は気を取り直して、「お母さん、せっかくだから挨拶してくれば？」と言った。

「うん、でも、どうしようかなあ……」

「今度からチームメイトになるわけなんだし」

「でも、入団テストの前に会っちゃうと、向こうも困ると思うし、こっちも実力で勝負したいし……」

「するの?」

「え?」

「あ、いえ、なんでもないでーす、健闘を祈りまーす」

メニューを開いてごまかされても、言いたいことはわかる。ブランクが長すぎたからという言い訳が、さすがに今日は通じないことも、認める。

それでも、あの程度のチームなら、意外とやっていけるかもしれない。そもそも男より女のほうが長生きなのだし、山で遭難しても女のほうが生き延びる確率が高いという。強いのだ、女のほうが。社会だの世間だの家庭だの夫婦だのを取り払って、ひとつの動物、生命体として見れば、絶対に女のほうが強い。

だよね、だよね、と自分で自分を奮い立たせていたら、ドアが開いて新しい客が入ってきた。

ちぐさ台カープ、七人目の選手――初めての「若手」と呼べる年格好だった。

店員が案内するのを断って、ずかずかとコーナー席に向かう。

「田村さん、ちょっとマジですかあ?」

歩きながら、大きな声で言った。

コーナー席にいた中年の選手が、おう、と手で応えて、「なにが？」と聞き返す。

なるほどね、あのひとが電話で話した田村さんね、と洋子は素早くチェックする。薄毛でも太鼓腹でもウズマキ眼鏡でもカレーライスでもじいさんでもなく、いまいる中ではいちばんまともそうな風貌《ふうぼう》だった。

「なにがって、もう俺、びっくりしちゃいましたよ、おばちゃんをチームに入れちゃうんですか？　マジですか？」

おばちゃん――？

洋子のこめかみが、ぴくっ、とひきつった。

「まだ入れるって決めたわけじゃないんだ。とりあえず面接だけして、テストしてあげれば、それで満足してくれると思うんだよ」

田村の言葉に、こめかみはさらにひきつった。

まあまあ、ヨシヒコ、座れよ。誰かがとりなして言った。

「でも、まいっちゃうなあ、ふつう電話の段階で断るでしょう、ほんと、田村さん甘いんだもんなあ。中学生におばちゃんに、なんか、子ども会みたいなチームになっちゃいませんか？」

中学生――？

香織はメニューから顔を上げた。

「いや、でも、沢松《さわまつ》くんは戦力になってるんだし……」と田村が言う。

香織は大きな目を小刻みに瞬いて、テーブルに身を乗り出してきた。洋子も引き寄せられるように耳を近づける。

「わたしの知ってる子かもしれない、いまの」

「沢松っていう子？」

「うん……同じ学年に沢松って男子がいるから」

そこに、再びヨシヒコの声が響き渡る。

「沢松は、まあ、いいですよ、ほんとうまいし。でもねえ、おばちゃんはないでしょ、おばちゃんは」

「おばちゃんって……」香織が言う。「お母さんのこと、だよね」

洋子はうなずく代わりに、店員を呼んだ。「ご注文お決まりですかあ？」とのんきに訊く店員に、険しい顔で「席、移っていいですか」と言った。

「はあ……それはけっこうですけど」

「あそこに座りたいんですけど」――コーナー席の隣のテーブルを指差した。

「喫煙席ですが、よろしいんですか？」と店員は怪訝そうに聞き返し、ちょっとやめなよお母さん、と香織も小声で言った。

だが、洋子はかまわず一人で席を立ち、さっさと喫煙席ゾーンに向かって歩きだした。香織もしかたなく、あとを追う。

テーブルについた。ちぐさ台カープの面々は、ちらっと二人を見ただけで、自分たちのおしゃべりに戻った。

ヨシヒコはまだ気が収まらないらしく、からかうように言った。

「沢松なんかから見たら、ほとんど自分の母ちゃんと野球やってるようなもんじゃないですか。親子競技じゃないっての。ほんと、マジ、こっちも力抜けちゃいますよ」

洋子と香織は顔を見合わせた。

親、子。

それのどこが悪い——二人、ほとんど同時にうなずいた。

ヨシヒコの「おばちゃん」連呼は、その後もつづいた。隣のテーブルから盗み見るかぎりでは、イケメンの部類に属する細おもての青年だった。ただし、ものの言い方や身のこなし、すべてがいちいち癇《かん》に障る。傲慢《ごうまん》で、生意気で、押しが強くて、ひとの話など聞いていないし、誰かの言葉に笑うときも嘲《あざけ》り交じり……。

救いは、言いたい放題のヨシヒコに他のメンバーが微妙な距離を置いていることだった。とりあえず調子は合わせていても、本音では辟易《へきえき》しているのがわかる。そして、周囲から浮いていることをヨシヒコ本人はまるっきり自覚していないことも、よーくわかる。

「バカなのって、あいつだけだね。あとはうまくやっていけるかもしれない」

洋子はコーヒーを啜《すす》って、小声で香織に言った。

「わかるの？」と香織はいちごパフェのアイスをスプーンで崩しながら訊いた。

「そりゃあもう、ばっちりだって」

「おばちゃん」の眼力をなめてはいけない。相槌《あいづち》のタイミングのわずかなずれ、笑い声の微妙な甲高さ、視線のすれ違う角度……団地での奥さん同士の立ち話で、そのあたりの見抜き方はしっかりと鍛えてある。

ようやく話が途切れた。田村は「それで、今日の試合なんだけど……」と話題を変えようとしたが、ヨシヒコはまた「おばちゃん」の話を蒸し返す。

「いや、でも、俺やっぱり納得いきませんよ。田村さんには悪いけど、おばちゃんまで入れることないでしょ」

しつこい。まあまあ、となだめる周囲の声も、さすがに疲れ気味になった。

「ってゆーかさあ……」香織が不思議そうにつぶやく。「あのひと、いちばん年下じゃん。みんながガツンって言えばいいのに」

「言えないタイプが揃ってるんじゃないの？」

「弱いんだ」

「うん、たぶんね」

「波風立たせるぐらいなら、自分が我慢すればいいってひとたち？」

「そうそう、そういうの」

「いいの？　もしチームに入っても、お母さん、ずーっといらいらしちゃうんじゃないの？」

「うん、でも、他にチームないんだから、しょうがないって」

苦笑交じりに応えたとき、かすかな懐かしさが胸をよぎった。

あれ？　と懐かしさの正体を探ろうとしたら、香織も同じように感じていたのか、クスッと笑って言った。

「なんか、昔のお父さんみたいなひとたちだね」

「……あ、そうか」

英明の気弱そうな顔が浮かぶ。ほんとうに、なにをやらせても優柔不断で、ことなかれ主義で、堅実さと臆病さの間を行ったり来たりしている男だった——昔は。

愛人ができて、変わった。嘘がうまくなって、ずるくなって、アタマに来るぐらい強くなって、開き直るコツまで身につけた。半年前に「俺がすべて悪いんだ」と離婚の話を切り出してからは、昼の連続ドラマの主人公気取りで「堕《お》ちていく俺」を心ゆくまで演じた。愛人に「女房が離婚してくれないんだ……」と嘆くときには、「苦悩する俺」を堪能《たんのう》したのだろう。

嫌なことを思いだした。コーヒーの苦みが増してしまい、「香織、ちょっと一口いい？」とコーヒーのシュガースプーンでパフェの生クリームをすくった。

「でも、田村さん、もしおばちゃんがあきらめなかったら、どうするんですか」

「うん……まあ、試合には出せないかもしれないけど、そこまで入りたいんだったら、やっぱり、補欠でもいいから……」

「甘いなあ、まいっちゃうなあ、田村さーん。おばちゃんがベンチに座ってたら、もう、それだけで相手からなめられちゃいますよ。男女ミックスとは試合しないっていうチームも多いんですから」

「だったら、マネージャーとか……」

「合宿所のおかみさんじゃないんだから。どうせだったら、もっと若くてかわいいマネージャー捜しましょうよ」

むかっ、ときた。思わず腰を浮かせかけた瞬間——田村の声が、耳に流れ込んだ。

「いや……ヨシヒコの意見もわかるけど、ちょっと気になることがあって」

「知り合いなんですか？」と、ヨシヒコ。

声に出さずに「え？」と、洋子。

ただ口をぽかんと開けるだけの、香織。

いままでおとなしかった面々まで、どよめいた。

「いや、じつはさ……俺の勘違いかもしれないんだけど……」

自信なさげな田村の言葉は、肝心なところで断ち切られた。

八人目の選手が店に入ってきたのだ。

「おう、沢松くん、遅かったなあ」

田村はほっとした声で、大げさに手を振って沢松を席に迎える。

あーっ、もう……。

洋子は地団駄を踏みそうになった。香織も、当然、歯がゆさに身もだえしている

――はずだったのに、まなざしは洋子を素通りしていた。

「やっぱ、沢松くんだあ！　なに、うそ、やだぁ、なんでぇ？」

甲高い声を、あげた。

3

応接間には、吉岡のサイン入りパネルが飾ってあった。プロ入り後の写真だった。

四年前の秋、新人王を獲った内祝いとして送ってきたのだという。

甲子園で入場行進をする将大たちの写真もパネルになっていた。その隣には出場記念のペナントが貼られ、甲子園の土を入れたガラスの小瓶も、ペンダントのようにチェーンを付けて壁に掛けてある。

「懐かしいだろ」

先にソファーに座った石井監督は、壁の前に立ったままの将大に声をかけた。

「ええ……懐かしいです」

入場行進の先頭で校旗を掲げて歩いているのは、五年前の将大だった。

「自分の部屋にも飾ってるのか？」

「いえ……」

押し入れにしまってある。甲子園の土は机の抽斗《ひきだし》の中だった。飾る気にはならない。けれど、捨てられない。甲子園の記憶は、そんなふうに宙ぶらりんになって、胸にある。

「今年はなんとか、二枚目の甲子園のパネルを飾りたいんだけどなあ、でも、やっぱり遠いよなあ、甲子園は」

ははは、と監督は笑う。「おまえらは、よくあんな遠いところまで行ったよ。俺が言うのもアレだけど、すごいよ、うん、よくがんばった」――付け加えた、その言葉のほうを、ほんとうは伝えたかったのだろう。

「ショーダイ、まあいいから座れよ」

「でも、汗かいてますし……」

「そんなの気にしてどうする」

上機嫌な監督の声につられ、将大も小さく会釈して、頬をゆるめた。

玄関先で挨拶をするだけのつもりだったのだ。日課のロードワークを少し遠回りして監督の家を訪ね、「今日、いまから草野球の入団テストを受けてきます」と報告させてもらえれば、それでよかった。

だが、用件を告げて、そのまま帰ろうとしたら、監督は「なんだおまえ、俺と立ち話できるほど偉くなったのか?」と笑って、強引に家に上げた。「このまえはショーダイの話を聞くだけだったんだから、今度は俺にも少ししゃべらせろ」

母校のグラウンドを訪ねた水曜日は、部室で、大学を卒業した報告と進路についての話をした。

高校の教師になって、野球部の監督として甲子園を目指したい——。

もっとも、そのスタートは来年以降になる。教員免許は取ったものの、去年の東京都の採用試験には落ちてしまった。四月からは教職浪人としてアルバイト生活になる。塾の先生と、運送会社の配送助手。荷物の積み卸し、その他雑用いっさいをこなす仕事だ。

「教職の勉強もしながらだったら、体を動かす仕事のほうが、かえっていいかもなあ」

鷹揚《おうよう》にうなずいた監督は、ふと思いだしたように、「でも、あれか、野球とは無縁になっちゃうのか……」とつぶやいた。

そのときには、ちぐさ台カープのことは話せなかった。

「コーチは……ウチはいま枠がいっぱいなんだけど、知り合いの学校にちょっと訊いてみることぐらいはできるぞ」

監督に言われ、恐縮しきって固辞したときにも、草野球をやります、とは言えなかった。

そんな自分が、あとになってからじわじわと恥ずかしくなり、情けなくもなって、入団テストを受ける前にささやかなけじめをつけたくて、監督の家を訪ねたのだった。

最初は、さすがに監督も「草野球かあ……」と驚いたようだった。

だが、応接間のソファーに将大が遠慮がちに腰かけると、監督は大学の練習用のユニフォームを着た将大をあらためて見つめ、小刻みにうなずきながら言った。

「草野球もいいかもしれんな、うん」

その言葉の根っこにあるものがわかるから、将大は静かに、黙って、頭をぺこりと下げた。

「テストは、何時からなんだ?」

「十二時からです」

「あと三十分か。それじゃあ、ビールってわけにもいかないな」

「いえ、もう、おかまいなく……」

「ビールは入団が決まったあとの祝杯にとっとくか」

監督は日に焼けた顔をほころばせた。水曜日にグラウンドや部室で話したときには昔とちっとも変わっていないように思えたが、それはユニフォーム姿だったせいなのだろう。普段着の監督と向き合っていると、やはり四年分、歳をとったのがわかる。甲子園に出たときにすでに五十を超えていたから、いまは五十代半ば過ぎ。体育科の教師としての定年は、もう間近だ。

「明日から、一年生が練習に参加するんだ。今年は五人選んだ」

中学時代の実績などで監督が特に期待する新人は、入学式前から練習に参加する。七年前は二人——将大と、吉岡だった。

「五人って、かなり多いですね」

「ああ。これでもそうとう厳しく絞り込んだんだけどな。いい選手が多いんだよ、今年の一年生は。去年もよかったから、来年あたりはほんとうに甲子園も夢じゃないぞ」

「やっぱり、吉岡の……」

「そうだろうな。あの吉岡亮介の母校なんだもんなあ」

監督は「あの」を強めて言って、「あんなノーコンでわがままだった奴が、よくここまで伸びたよなあ」とパネルの中の吉岡を振り向いた。「ヨシ、おまえ、ショーダイに一生感謝しなきゃだめだぞ」

冗談半分。だが、残り半分は──「ほんとだぞ、おまえがいなかったら、いまのあいつはないよ」

将大はまた、頭をぺこりと下げる。うれしかった。そして、同じぐらい、申し訳なかった。

監督は、玄関まで見送りに出てくれた。キャッチャーミットやスパイクの入ったデイパックを将大が背負うのを待って、「しっかりがんばれよ」と言った。「ショーダイが草野球って、ちょっともったいない気もするけどな」

「でも、大学では全然だめでしたから」

「ああ……それは俺も意外だったよ。新聞見てても名前がちっとも出てこないから、どこか故障したんじゃないかと思って心配してたんだ」

故障ではなかった。肩も肘も腰も足も、どこにも悪いところはない。神宮球場でプレイするには実力が足りなかっただけのことだ。技術的にも、精神的にも。

「でも、まあ、下積みを知ってる奴のほうが、いい監督になれるからな。教員採用試験に受かったら、吉岡も呼んで、お祝いに一杯やるか」

　将大は苦笑して、あいまいにうなずいた。恩師の監督はともかく、高校時代の同級生が気軽に会えるような、吉岡はもはやそんな存在ではない。時代と世代のヒーローは、来週、入団以来五年連続の開幕投手をつとめる。開幕戦五連勝がかかる。完封勝利を挙げれば、三年連続。掛け値なしのヒーローなのだ。

「とにかく、がんばれ、ショーダイ」

「はい……」

「俺は吉岡がプロに行ったこともうれしいけど、おまえが教師を目指してくれてることも、同じぐらいうれしいよ」

　監督は「俺だって教師の端くれだからな」と付け加えて、将大の肩を軽く叩いた。

　市民グラウンドのそばのデニーズ――。

「ちょっと、なによ、あの子」

　レジで支払いをしながら、洋子は憤然として言った。「世間話に付き合えなんて言わないけど、挨拶ぐらいまともにしろ、っての」

沢松のことだった。

「あの子、いつもああだもん」

香織のほうが、さばさばしている。

沢松を見た香織が思わず声をあげると、沢松も香織に気づいて、ついでにちぐさ台カープの面々も隣のテーブルの親子連れに初めて目をやって、洋子は沢松に「香織の同級生ですか？　こんにちは」と声をかけ、香織も「ウチのお母さん」と洋子のことを紹介して、ヨシヒコが調子よく「沢松、同級生なんだったら応援に来てもらえよ。がんばって、いいところ見せなきゃ」とからかって、チームのみんなも笑って……それだけ、だった。

主役の沢松は赤い野球帽を目深《まぶか》にかぶったまま、洋子に挨拶すら返さず、黙って席についた。香織には目も向けない。最初は照れているのかと思ったが、ちぐさ台カープの面々との様子を見ていると、どうもこれが「地」のようだった。

「学校でも、おとなしい子なの？」

「うん、ぜんぜん目立たない。廊下で見かけるときも、たいがい一人だし」

「でも、おとなに交じって草野球やるなんて、けっこう積極的なんじゃない？」

「だよね……でも、そーゆータイプじゃないんだけどなあ、絶対に」

「野球うまいの？」

さあ、と首をかしげた香織は、「あ、でも、一学期の頃って野球部にいたような気もするけど」と言った。

「やめちゃったの？」

「どうだったかなあ。クラスが違うとあんまりわかんないんだよね」

洋子は、うーん、と低くうなって、喫煙席のゾーンを振り向いた。

おとなの中でぽつんと座っている沢松の姿は、いかにも居心地が悪そうだった。だが、まわりがみんな中学生だったら場に馴染《なじ》むのかと言われれば、そうでもなさそうな気がする。むしろ、もっと居心地が悪くなっちゃうんじゃないか、とも思う。

「なんか、寂しそうな子だね」と洋子が言うと、香織はあっさりと「暗いだけなんじゃない？」と返して、笑った。

ちぐさ台カープの面々は、今日の試合のミーティングを始めた。

話題の中心は、即戦力の超大物ルーキー――加藤将大。

「大学時代は鳴かず飛ばずでも、いちおう甲子園まで出てるんだから、四番以外には考えられないだろ」「うん、へたな打順にしちゃうと失礼だもんな」「ランナーに出ても、加藤くんのときには盗塁するなよ。一流のバッターは、そういう、ちょろちょろした小細工を嫌がるんだから」「守備は？」「そりゃあキャッチャーだろ」「ヨシヒコ、大変だなあ、天下の吉岡亮介の女房役に受けてもらうんだから、なに投げてもスローボールと思われちゃうぞ」「関係ないですよ、そんなの。吉岡はすごくても、加藤のほうは、たまたま同じ学校だったっていうだけでしょ。壁と同じですよ、壁、壁」「ヨシヒコと加藤って、同い歳になるのか」「そうです、でも関係ないですよ、ぜーんぜん」「沢松くんなんか、やっぱり吉岡亮介に憧れてる？」「………」「ま、いいけど」「………」「ほんと、無口な奴だよなあ、おまえ」「………」「さっきの女の子、かわいかったな。けっこう暇そうだったから、意外と応援に来てくれるんじゃないか？　あの子の名前、なんていうんだ？」「………」「じゃあ、まあ、そろそろグラウンドに行きますか」「入団テストもあるし」「おばちゃんの顔も見なくちゃいけないし」……。

路上――。

将大は走る。石井監督の家から市営グラウンドまでは、直線距離でも三キロ以上ある。それを十二分で走りきるつもりだった。

走るのは高校時代から好きだった。他の部員がみんな嫌がるロードワークや二十メートルダッシュ連続二十本も、泣き言ひとつ言わずに黙々とこなしてきた。

「俺ら陸上部じゃねえんだからよ」と、すぐに手抜きをしたがる吉岡を、「ヨッちゃん、がんばれ！　ほら、走ろう、俺も付き合うから」となだめすかして走り込みをやらせた。いまの大活躍の秘訣を取材陣に訊かれた吉岡が「高校時代からの走り込みっスかねえ」と答えるたびにうれしくなる。「走り込みに付き合ってくれたキャッチャーの加藤将大くん」の名前は、吉岡の口からは決して出てこない。それでいいんだ、と思う。

走る、走る、走る、走る……。

走るときにはなにも考えずにいられるから、いい。

右手の拳を固めて、そこから親指と小指を立てる——あの日、カーブのサインを出したときの指の感覚は、まだ消えていない。

甲子園だった。超高校級投手の吉岡を擁《よう》した武蔵野学院は、ワンマンチームのもろさを心配されながらも、優勝候補に挙がっていた。

だが、初戦で思わぬ苦戦を強いられた。九回表の武蔵野学院の攻撃が終わった時点で、〇対〇。九回裏の相手チームは、ツーアウトながらランナーを二塁へ進めた。打席に入った四番バッターは、その日二安打を放っていた。いずれもストレートをはじき返したものだった。タイミングが合っている。そして、その日の吉岡は絶好調というわけではなかった。

スライダーとストレートで、ファウルが二球。ツーストライクまで追い込んだ。だが、ストレートを三塁線に打ったファウルの当たりは痛烈だった。キン、という甲高い音とともにバットがボールをとらえた瞬間、背筋がひやっとした。スタンドの歓声と悲鳴が交錯するなか、打球はライナーで三塁手のグラブの下を抜け、ファウルグラウンドでバウンドした。ラインドライブがかかったぶん、助かった。あと一メートル内側ではずんでいたなら、試合は終わっていた。安堵と落胆のため息が甲子園を包み込む。

新しいボールを受け取った吉岡は、しかし不敵に笑っていた。いつものことだ。傲慢なほど自信に満ちあふれ、どんなにピンチを迎えても、最後の最後では必ず打ち取ってきた。

三球目は外角に大きくはずして間をとった。吉岡というより、むしろ自分自身のために。緊張で胸が締めつけられる。睾丸《こうがん》が縮んでしまったのがわかった。都大会は準決勝まですべて三点差以上をつけて勝ってきた。この試合と同じように無得点のまま延長にもつれこんだ決勝戦でも、吉岡が打たれる気はまったくしなかった。なにより、決勝戦は、こっちが後攻――サヨナラ勝ちの権利を持っていた。

いまは立場が逆になった。当たりそこねのポテンヒットだろうとエラーだろうと、とにかく二塁ランナーがホームに駆け込んだら、その瞬間、試合は終わってしまう。

四球目。サインを覗く前にマウンドの土をスパイクで均《なら》した吉岡は、また不敵な笑みを浮かべた。次で決めるぞ、という笑みだった。

吉岡の性格なら、ストレートで三振を狙いたいだろう。わかっている。だが、四番バッターは、その日、ほんとうにストレートにタイミングが合っていた。

カーブのサインを出した。まだ打者に見せていない球種は、それしかなかった。裏返せば、吉岡の持ち球の中では最も見劣りがする球種――でもある。

自信を持ってカーブを選んだわけではない。吉岡が拒めば、すぐにストレートに変えるつもりだった。

だが、吉岡はマウンドで小さくうなずいて、セットポジションに入った。いつもそうだったのだ。吉岡は決して将大のサインに首を横に振らない。虫の好かない新聞記者には挨拶もしない吉岡が、将大には全幅の信頼をおいていた。それは将大が誰よりもわかっていたのに、あの試合の、あの瞬間だけ、心の片隅で、吉岡が首を横に振ることを願った。頼った。逃げたのだ。

そのカーブを、右中間に運ばれた。

狙っていた、と試合後のインタビューで四番バッターは誇らしげに言った。

勝負球を打たれたわけじゃないですから――帽子を目深にかぶって取材に応じた吉岡は、淡々と言った。

そのコメントを拾った記者は、翌日の記事の見出しを〈悔いの残る一球〉とつけた。カーブのサインを出した臆病なキャッチャーの背負った悔いについては、一行も触れてくれなかった。

市営グラウンドでは前の試合が終わって、両チームの選手がグラウンド整備をしていた。

「自分たちでそういうこともするんだね」

意外そうに香織は言う。

「草野球だもん」と洋子は笑って、柔軟体操を始めた。

「だいじょうぶ？　お母さん。緊張してない？」

「平気平気」

「ランニングのタイムとか計るのかなあ」

「そこまで本格的なものじゃないと思うけど」

黒板のスコアボードに、前の試合の結果が残っていた。十六対九――こういう世界の入団テストに本格的なものを求められても困るのだ。

グラウンドに足を踏み入れたカープの面々の中で、洋子と香織に最初に気づいたのは、ヨシヒコだった。

「よお、沢松、すげえぞ。あの子、応援に来てくれてるじゃんよ。モテる男はつらいねえ。ひょうひょうっ」

振り向いて囃《はや》したてたヨシヒコは、次の瞬間、「あれ？」とまた顔をグラウンドに戻した。「なんで母ちゃんが柔軟体操してるんだ？」

チームの面々も怪訝そうな顔になった。

田村も、もちろん。確かにデニーズで見かけたときにスウェットの上下が気にはなっていたが、テニスかジョギングの帰りだろうと思い込んでいた。日曜日の午前中は、こんなふうに健康的に過ごさなきゃなあ……と、いまごろようやく起き出したはずの寿美子のことを思って、ひそかにため息をついていたのだ。

だが――。

「田村さん、ちょっと、もしかして……あの子の母ちゃんですか？　テスト受けるの」

「……いや、わかんないけど」

あたりを見まわしたが、他にあてはまりそうな「おばちゃん」はいない。

「マジかよお……」

ヨシヒコは半べその声を出した。「俺らの話、ぜんぶ聞こえてるっすよねえ」

「話って？」

「俺らがおばちゃんの悪口ばっかり言ってたことっすよお」

「俺ら」じゃないだろう、おまえ一人の「俺」だろう、と言ってやりたいのをこらえて、田村はあらためてグラウンドに目をやった。

後ろでは、ヨシヒコがまだぶつくさ言っている。

ひでえよなあ、ぜんぶ聞かれちゃってるよ、マジ、たまんねえよ、性格悪いよあのおばちゃん、まいったなあ、まいっちゃったなあ、それになんだよ田村さん、なにがもしかしたらけっこうだよ、期待させないでよ、ほんと……。


路上――。

将大は、走る。走る、走る、走る、走る……。

別れ際、石井監督に言われた。

「どんまいだぞ」

「……え？」

「どんまいだ、ドンマイ、ドント・マインド、昔のことはいつまでもひきずるな」

肩をまた叩かれた。一発目よりも強く、けれど一発目よりもっと温かく。

「ドンマイ、ゲーム・ゴーズ・オン……いじいじするな、試合はまだ終わってないぞ……ってな。それを忘れるな」

だが、サヨナラ負けに「どんまい」は通用するのだろうか。

甲子園のあの試合で、九回裏のピンチを乗り切っていれば、十回表は、将大に打順がまわるはずだった。

ヒットを——うまくすれば長打やホームランを放つ自信は、あったのだ。

走る、走る、走る、走る……。

市営グラウンドのバックネットが、通りの先のほうに見えてきた。

4

試合が始まった。先攻のちぐさ台カープ、一番打者がバッターボックスに入る。デニーズでカレーライスを食べていた男だ。

「あのひと、名前、なんていうんですか？」

香織が訊くと、隣に座ったじいさんが、もごもごした声で「伊沢《いざわ》いうんよ、ええ男よ」と答えた。広島弁。じいさんの名前は——カントク。本名は訊いても教えてくれなかった。とぼけた顔で「イチローと同じように、カントクが登録名じゃけえ、それでええんよ」と言って、ふほほほっ、と喉のどこかに穴が空いたような声で笑う。

香織は「なんで背番号の上に名前つけないんですか？　そのほうがわかりやすくて

いいじゃないですか」と言う。まったくもって当然の意見だったが、カントクは「そりゃあ、いけん」と首を横に振る。「それをしたら、もういけんのよ」

「なんで？」

「昔のカープのユニフォームには、そげなものはついとらんかった。昭和五十年じゃ。あんたの生まれる、ずうっと、ずうっと前の話じゃ」

「はあ……」

知ってるよ、と洋子はそっぽを向いて、心の中でつぶやいた。昭和五十年、広島東洋カープは初のリーグ優勝を果たした。洋子は中学一年生だった。「女子だから」という理由で中学の野球部に入れなかった年――四十年の人生の中で二番目に悔しい年だったんだなと、いま、思う。

伊沢はストレートの四球を選んだ。相手チームはユニフォームも揃っていない、へなちょこなチームだ。そのエースだから、たかが知れている。球は遅いし、ノーコンだし、よくこんなのでピッチャーやってるよね……ことさら冷ややかに笑おうとしたら、背中にえぐるような痛みが走った。

低くうめいて、背筋をピンと伸ばす。そうすれば、少しだけ、痛みが薄れてくれる。

うめき声に気づいた香織に「だいじょうぶ？」と訊かれた。「やっぱり病院に行ったほうがいいんじゃないの？」

香織の隣から、カントクもこっちを覗き込む。「休日診療の整形外科、わし、リスト持っとるど」と心配そうに声をかける。草野球を楽しむ者の常識として、休日診療の当番医はみんな把握している。選手全員で掛け捨ての傷害保険に加入しているチームもあるのだという。

「……だいじょうぶです」

息を詰めて答えた。息を吸うときが特に痛い。いや、体の痛みよりも心の痛みのほうが、ずっと深い。

「ねえ、お母さん、マジ、病院に行く？」

いいってば、平気平気、だいじょうぶだから、と無理やり笑顔をつくった。意地だった。誰に対してというのではなく、自分自身への。こんな状況ですごすごとグラウンドをあとにして病院に向かったら、離婚以来張り詰めていたものがすべて、いっぺんに崩れ落ちてしまいそうな気がする。

悔しい。ひたすら、悔しい。

入団テストは、キャッチボールの段階で終わった。草野球をなめていた。他の選手のキャッチボールは、香織と二人でやっていたものとは、まるで違っていた。同じ山なりのボールでも、スピードや勢いが、なんというか、洋子の球は「ボール遊び」のレベルに過ぎなかった。キャッチボールの相手をつとめるカントクが、手加減して放っているのも、わかる。他の選手は、球を往復させながら、どんどん距離を広げていく。それに合わせて一球投げるごとにあとずさっていたら、球が届かなくなった。ワンバウンドが何球かつづき、やがてツーバウンドになってしまった。あせって、大きく振りかぶって、腕も折れよと力を込めて放ったら……腕が折れる代わりに、背中が攣《つ》った。

四十年の人生で、間違いなく、今年は一番悔しい年になる。なんのためにいままで生きてきたんだろう、とさえ思う。二十八年前の「女子だから」が、「おばちゃんだから」に変わっただけ——しかも、門前払いだった中学のときとは違って、今度はちゃんとテストも受けさせてもらった。そのうえで、失笑とともに、「お疲れさまでした」と言われた。

言い訳はできない。中学時代のように「わたしの実力も知らないくせに……」と野球部の顧問教師を恨むわけにもいかない。「あと十年若かったら、わたしだって……」などと言いだすと、悔しさはむなしさに変わってしまう。

ノーアウト、ランナー一塁。二番打者の薄毛——福田《ふくだ》が打席に入った。

ふつうはここで送りバントだが、カントクに動きはない。怪訝に思って洋子が訊くと、カントクはすぐさま、きっぱりと言った。

「送りバントは、したらいけん」

「はあ？」

「送りバントをしたら、野球が仕事と一緒になる」

トーナメントの大会など、よほど勝負にこだわる試合を除いて、草野球では送りバントは御法度《ごはっと》なのだという。選手もやりたがらないし、相手チームからも「そんなにしてまで勝ちたいのか！」と野次が飛ぶ。草野球の基本は「野球を楽しむこと」で、「試合に勝つこと」ではない。

その言葉どおり、プロ野球の外国人選手のような大きなスイングで三振した福田は、悪びれたふうもなくベンチにひきあげる。むしろ、すっきりして、気持ちよさそうに見える。

「ナイス三振！　ゲッツーより百倍まし！」

励ましなのかイヤミなのかわからない声をかけたヨシヒコが、三番打者。「ヨシヒコって、漢字でどう書くんですか？」と香織が訊くと、カントクは「おお、そういやあ、まだ聞いたことなかったのう」とのんきに言う。

「それって、アバウトすぎない？」

「べつに名前はどうでもよかろう？　不動産の契約するわけじゃないんじゃけえ」

左打席に入ったヨシヒコは初球を打った。きれいに一、二塁間を割った。しかもライトがゴロの捕球をしくじって、球は転々とライト線からファウルゾーンへ。伊沢は一塁から一気にホームインして、ヨシヒコも三塁まで達した。

つづいて、四番——期待の超大物ルーキーが打席に向かう。一人だけ、ちぐさ台カープのユニフォームを着ていない。白一色、前ボタン式の、いかにも古めかしいユニフォームだった。背番号も胸のロゴマークもない。だが、胸のあたりは薄茶色の泥染みが残っている。膝には、何重にも当て布をしてつくろった跡もある。レベルの違う野球を長年やってきた貫禄と凄みが、帽子を目深にかぶり直す、その手つきからも滲《にじ》み出る。

「お母さん、ライバルが出たよ、ライバル」

香織に腕をひっぱられると、背中にまた激痛が走る。

外角に大きくはずれたボール球のあとの二球目、将大のバットが一閃《いっせん》した。

打球の音が違う。速さが違う。角度が違う。なにより、飛距離が違う。ライナーで、レフトの頭上をはるかに超えた。初打席、初本塁打——入団テストを兼ねたフリーバッティングから数えれば、十一打席連続安打ということになる。

ホームインした将大は、ベンチ前で出迎えるナインとハイタッチを交わす。先にホームインしたヨシヒコ、キャプテンの田村、薄毛の福田、カレーの伊沢……カントクは「ええど、ええど」と上機嫌で将大を迎え、香織も「すっごーい！」と両手のハイタッチで将大を祝福した。

だが、ベンチの端にいた洋子は立ち上がらない。将大も、洋子の前まで来ると、申し訳なさそうにうつむいた。帽子のツバに手を添えて、頭を小さく下げる。

「あ、あのね、お母さん、いま背中が痛くて立てないの。うん、気持ちだけ、気持ちだけでお祝いしちゃってるの、いま……」

あわてて言う香織を制して、洋子はゆっくりと立ち上がった。実際、背中は痛い。立ち上がるだけでも、ううっ、とうめき声が漏れそうになる。それでも、うつむいたまま立ち去った将大を、「ちょっと、青年」と呼び止めた。頭上に掲げた両手の手のひらを開いて、ほら、ほら、しょうがないなあ、とうながした。

将大は帽子のツバにまた手を添えて、洋子の前に戻ってきた。

「失礼します！」

一声吠えて、ハイタッチ――。

手のひらが触れた瞬間、将大の頬がぽっと赤くなった。

試合はワンサイドで進んだ。今年度の最終戦は、おそらく圧勝。年間勝ち越しも、ほぼ確定した。

四回の表の攻撃に入る前、田村が洋子の前に立った。

「どうですか、背中の具合……湿布薬、持ってきてますけど」

「いえ、けっこうです」

洋子はそっけなく言った。更衣室もないグラウンドの、どこで服を脱いで湿布を貼れというんだろう、こいつは。

「……すみませんでした、テストなんかしちゃって」

「いえいえ、どうせ、おばちゃんですから」

聞こえよがしに言うと、少し離れて座っていたヨシヒコが、やっべえなあ、というふうに首を縮めた。おばちゃんって怒るとしつこいよなあ——言わなくても、聞こえる。

「それで、さっきもお話ししたことですけど、もしマネージャーやスコアラーでよければ、ぜひ……」

「お断りします」ぴしゃりと言った。「もういいです、わたしが甘かったんですから。ヘンな情け、かけないでください」

ほんとうに、心底、甘かった。つくづく思う。田村に邪険にするのは、ただの八つ当たりにすぎない。

「あの……ぶしつけですけど、ひとつおうかがいしていいですか」と田村が言った。

なんですか？　と目で聞き返すと、「三上さん、このまえの電話で、最初、『遠藤』

っておっしゃってましたよね」と言う。

「……ええ」

「C棟ですよね。遠藤さんって、他にいらっしゃいますか？」

首を横に振った。「遠藤」と「三上」の関係をごまかすのも面倒になって、八つ当たりついでに「離婚したんですよ、わたし」と言った。「このまえまで遠藤だったんですけど、いまは三上です」

田村は驚いた──いや、微妙に、やっぱりそうか、という顔になって、「じゃあ……」と言う。「遠藤英明さんの奥さん、ですか？」

「知ってるんですか？　主人のこと」──「前の」を付け忘れてしまった。

「いえ、あの、知ってるってほどじゃ……いいんです、いいんです、なんでもありません」

逃げるように立ち去る田村と入れ替わって、カントクが来て、洋子と香織に言った。

「打ってみるか？　あんたらも」

「はあ？」

「いま、向こうと話をして、もう勝ち負けはついたけえ、ここからは全員打ちの試合にすることになったんよ」

全員打ち――守備は九人でも、攻撃のときには補欠も含めて全員バッターボックスに立つ。指名打者が何人もいるようなものだ。たとえ補欠でも、せっかくグラウンドに来たんだから、という草野球ならではの特別ルールだった。

「背中が痛《いと》うてどげんもならんのじゃったら別じゃけど、よかったら、あんたも、娘さんも、打ってみんさいや」

「あたしも？」と香織が声をあげる。「いいの？」

「ちょうど一番からの攻撃じゃけえ、打つんじゃったら、いますぐ打席に行きんさい」

これ以上、悔しい思いはしたくない。親子で恥をかかされたら、ほんとうに、これからの人生、やっていけなくなりそうだ。

だが、思わぬ出番を与えられた香織は、「お母さん、やろうよ、やろうよ！」と、すっかり乗り気になった。

「だって、あんた、バット振ったことなんてないじゃない」

「だーいじょうぶだって。見てたから、だいたいわかるもん」

「……じゃあ、あんた一人でいいから、打たせてもらいなさい」

投げやりになって、洋子は言った。

その一言が——香織の、洋子の、そしてちぐさ台カープの運命を、変えた。

初球。生まれて初めてのバットスイング。アントニオ猪木《いのき》の「いち、にい、さん、ダーッ！」でタイミングをとった、とあとで聞いた。

当たった。みごとに、バットの芯に。

打球はセンター前に転がっていった。

間違えて三塁に向かって走りさえしなければ、文句なしのヒットだった。

イニング3

1

一ゲーム二十八球で、三百円。「安いものだと思わない？」と訊かれれば、「そりゃあ、まあ、ねえ……」とうなずくしかない。

電車で二駅。「近い近い」と笑う香織に、洋子はため息交じりに首をかしげた。

「本気なの？」

「うん、ちょー本気」

だってほら、と香織は両手を開いて見せた。指の付け根や関節が赤く腫《は》れている。昨日までひときわ赤かった右の人差し指と親指の間は、ゆうべとうとう皮が剝《む》けてしまって、バンドエイドにもうっすらと血がにじんでいる。

本気なのだ、確かに。一日五十本の素振りを二日つづけ、素振りだけでは物足りなくなって、隣町のバッティングセンターに行きたいと言いだした。

「まだ感触が残ってるの、ここに」

香織は左右の手のひらを交互に指差して、「あと、ここにも」と指先を胸にも向けた。最後の付け足しはさすがに芝居がかっていたが、その気持ちは洋子にもよくわかる。

「こうね、ほら、バット振るじゃない、で、ボールに当たるじゃない、一瞬重いの、ボール、でもさ、こう、気合いでバット振ったら、グッときて、ポーンッて、一瞬で重さが消えちゃう感じなわけよ、もうさあ、その瞬間って、なんていうか、もう、サイコーとしか言いようがなくて……」

身振り手振りを交えて、三日前の試合——初めての打席でセンター前にライナーを放った感動を、何度も何度も繰り返し語る。

「だからさ、そのサイコーの感触を忘れないうちに特訓したいわけよ、特訓。オッサンたちの期待に応えなきゃ悪いでしょ」

すっかりチームの一員になってしまった。カントクや田村に褒められて、その気になっている。次の試合は四月の第二日曜日。今シーズンの開幕戦になる。カントクは、本気なのかどうか、「香織ちゃんにも出番つくっちゃるけん」と約束していた。

だが、その前に、香織にはやらなければならないことがある。春休みは今日で終わりなのだ。

「バッティングセンターに行ってる暇なんてないんじゃないの?」

洋子は声の調子を落として言った。

「べつにいいじゃん、始業式なんて。試験があるわけじゃないんだし」

香織は軽く返す。

「でも……ほら、いろいろ準備しなきゃいけないことだってあるでしょ」

「だーいじょうぶっ」

右手でVサインをつくり、端がめくれかけたバンドエイドを押さえた。

洋子がわずかに言い淀《よど》んだ理由も、香織はちゃんとわかっていた。

「名前、ぜんぶ書き換えたから。これでもう準備オッケーでしょ？」

明日から、香織は名前が変わる。

遠藤香織が、三上香織に――。

「ミカミ・カオリって、ちょっとカクいよね、音が。エンドウ・カオリだったらわりとバランス取れてたけど」

あだ名も変わる。小学生の頃からの「エンちゃん」は、もうつかえない。春休みのうちに香織本人は「ミカミカ」という新しいあだ名を考えていたが、それがクラスに広まるかどうかは、わからない。

「今度姓名判断の本買ってよ。なんか、意外と最悪の画数になってたら、ヤバいじゃん」

「……うん」

相槌が沈む。

香織はあわてて、「あ、でもさ」とつづけた。「名前書いてて思ったんだけど、『三上』だと『遠藤』よりぜんぜん楽、二秒で書けちゃうもん、直線だけだもん、小学一年生で習う漢字だけだもん、ラッキーだよね」

Vサインをもう一度つくる。バンドエイドの端が、またのめくれてしまう。洋子は苦笑して、今度はさっきより少し元気のある相槌を打った。

「で、行っていいよね？　バッティングセンター」

だめだ、と言っても聞かないだろう。バッティングセンターに女子中学生が一人で出かける——そういうのを恥ずかしがらないところが、親として微笑ましいような、頼もしいような、心配なような。

帰りに夕食の買い物を頼もうと思って冷蔵庫の中を覗いていたら、電話がかかってきた。昨日、中途採用の面接を受けた会社からだった。「大変申し訳ないのですが、選考の結果……」とお決まりの言葉が耳に流れ込んできて、七連敗が決まった。

ため息交じりに電話を切り、開けっ放しだった冷蔵庫のドアを閉じて、玄関で靴を履いていた香織を呼び止めた。

「お母さんも一緒に行くから」

「マジ？　打つの？　また背中の筋、攣っちゃうよ」

「打たない打たない、見てるだけ」

嘘をついた。一球、いや、できれば二、三球、打ってみたい。小学生の頃以来忘れたままだった「グッときて、ポーンッて、一瞬で重さが消えちゃう感じ」をひさしぶりに味わってみたくなった。

甘かった。

「グッときて、ポーンッて、一瞬で重さが消えちゃう感じ」を体験するには、なによりボールにバットが当たってくれなければ始まらないのだ。

「故障してるんじゃないの？　機械」

ネット越しに先客の小学生のバッティングを見ながら、洋子は言った。

「そんなことないってば」香織はあきれて笑う。「隣よりぜんぜん遅いじゃん」

十二打席並んだうちの、いちばん端――〈女性・小学生向き〉と但し書きのついた打席だった。時速七十キロのスローボールのはずなのだが、機械の繰り出す球は、ひやっとするほどの迫力で向かってくる。

「時速七十キロって、車だとけっこうすごいスピードだよね……」

つぶやく洋子に、香織は「車と比べんな、っての」とまた笑い、ふと真顔になって言った。

「最近さあ、お母さん、ちょっと弱気っぽくなってない？」

「そんなことないよ」

「あるって。離婚したばっかの頃って、もっと元気あったもん。なんていうか、人生再しゅっぱーつ！　っていう感じで」

確かにそうかもしれない。洋子も認める。気持ちが張っていた。離婚届に判を捺してすっきりした一方で、もうとっくに見限っていたとはいえ、不倫の果てに家族を捨てた英明への怒りは消えたわけではなかった。負けられない。勝ち負けがどこでどうやって決まるのかはわからないまま、ただ絶対に負けたくないという思いだけがあった。

「でも、いま、ちょっと違うでしょ」

「……まあ、ね」

「入団テストに落ちたから？」

「関係ないって、そんなの。草野球なんて遊びなんだから」

香織が苦笑交じりに首をかしげると、それに合わせたかのように、打席に立つ小学生が、ヒット性の当たりを飛ばした。

「さっきの電話、就職のことだったでしょ」

「……うん」

「だめだった？」

黙ってうなずくと、香織は間を少し置いて「いいじゃんいいじゃん、あわてなくて」と笑った。「慰謝料、まだ残ってるんだし」

生活費の問題よりも、プライドというか、社会人としての存在意義というか、あなたは不要ですと宣告されどおしの悔しさのほうが強かったが、それはさすがに香織にはまだピンと来ないだろう。

小学生は、またいい当たりを放った。ライナーで内野の頭を越え、あの角度なら左中間を割ったかもしれない。

「ほら、小学生でも楽勝で打てるんだよ、これくらい」

「まあね……」

「だいじょうぶだって、お母さんも。打てるよ、打てる」

なに生意気なこと言ってんの、おとなを励ますなんて十年早いよ——いつもなら、軽く頭を小突きながら言ってやるところだ。

だが、時速七十キロのボールは、あいかわらず迫力がある。だいぶ目は慣れたはずなのに、気おされたまま、空振りどころかデッドボールの予感さえ湧いてきた。

「香織は平気？　怖くない？」

い。

「うん、ゆるゆるじゃん、こんなの」

「ほんとに？」

「ほんとだってば」

歳の差というやつだろうか。体がスピードに対応できなくなっているのかもしれな

機械の横についた電光表示のカウンターは、〈3〉――残り三球。

「お母さん、先に打つ？」

「……やっぱり、今日はいいかなあ」

「打たないの？」

「うん……振っても当たる気しないし、デッドボールになって、アザなんかできちゃうと困るし……」

手に持っていたバットを、傘立てのようなスタンドに戻した。ベンチに座って「香織が打つの、見ててあげるから」と、せいいっぱい明るく言った。

香織はなにか言いたそうな顔で洋子を見ていたが、小学生が最後の一球を打ったので、まあいいや、と背中を向けた。

息をはずませて打席から出てきた小学生に、洋子は声をかけた。

「怖くなかった？」

小学生は「ぜーんぜん」と軽く返して、友だちの待つゲームコーナーに走っていった。

二十八球中、香織が振ったバットにボールが当たったのは半分足らずだった。ぼてぼてのゴロと、ファウルチップと、ピッチャーまで届かない小フライ……親のひいき目で見ても、ノーヒット。

「まいっちゃったよお、もう、痛くて痛くて」

香織は手のひらに息を吹きかけながら、ベンチに戻った。指の付け根の皮が剝けて、血がにじんでいる。親指と人差し指の間のバンドエイドも汗ではがれてしまっていた。

「薬とかバンドエイドとか、受付にあるかも。ちょっと訊いてくるね」

香織が腰を浮かせたとき、ファンファーレが鳴り響いた。ネットの最上段――〈ホームラン〉と書かれたボードに、誰かの打った球が命中したのだ。

「あ、すごーい」

口をぽかんと開けてボードを見上げた香織が「よくあんなところまで打てるよね」と感心して首をかしげたら、再びファンファーレが響いた。打球の飛んできた方角からすると、同じバッターが二球連続でホームランを放ったようだ。

「すごい、すごい、すっごーい！」

香織はバックネット伝いに歩きだした。球速順に並んだ打席の、真ん中より少し先で、足が止まる。ひょい、と打席を覗き込む。そのしぐさとタイミングを合わせたように、鋭い打球音——ライナーが、またもやホームランのボードに命中した。

「お母さん！」香織が、その場で飛び跳ねながら、手招いた。「こっち来て！　こっち！」

きょとんとする洋子に、両手をメガホンにして、つづける。

「いまホームラン打ったの、ショーダイさんだよ！」

2

子どもの頃から、将大は人間関係のプレッシャーに弱い性格だった。初対面で決まる。出会いの場面で気おされると、それがずっと尾を引いてしまう。相手が女性なら、特に。

ホームランは最初の三球止まりだった。香織がバックネット裏に貼りついてからは急に打球が上がらなくなり、洋子が来たあとの十球は、バットの芯をはずれたゴロばかり——最後の一球は空振りまでしてしまった。

「ショーダイさんって、ギャラリーがいるとだめなタイプだったんだあ」

ポテトフライをかじりながら、香織が笑う。隣に座った洋子は、そんなこと言わないの、と肘でつつき、将大に向き直った。

「でも、最初の三連発はすごかったじゃない。やっぱり違うよね、甲子園経験者は」

将大はうつむいて、アイスコーヒーをストローで吸った。顔が火照る。まずい、赤くなっているかもしれない、と思うと、ますます頬は熱くなってしまう。

「せっかくだからお茶しない？」と香織に誘われ、洋子にも「そうね、ホームランのお祝いしてあげようか」とも言われて、バッティングセンターの隣のハンバーガーショップに入ったのだ。喉が渇いていたわけでもなければ、二人とおしゃべりしたかったわけでもない。「すみません、ぼくはここで失礼します」の一言が言えない。そういう性格なのだ、とにかく。

「いつもあそこで練習してるの？」

洋子の声が、実際の距離よりずっと近づいて聞こえる。

「いえ……たまたまです」

「あ、でも、塾の先生なんでしょ、だったら昼間はわりとフリーだもんね」

「……はい」

「塾で何年生教えてるの？」

「……授業によって、いろいろ」

話がちっとも盛り上がらない。香織がため息をついたのがわかった。あせる。なにかこっちから話を振らなきゃ、と思えば思うほど、考えがまとまらなくなる。

「中学生も教えてるの？」と洋子が訊く。

「……国語と社会だけ、ですけど」

「そうなの？　国語、得意なの？」

「……いや、あの、得意ってほどじゃないんですけど」

「でも先生できるんだから、たいしたものじゃない、すごいわよ。ウチの子なんて、ほんと国語が苦手で、ぜんぜんだめなの。今度、テストの前とか、勉強みてやってくれない？」

香織はあわてて「ちょっとやだ、なに言ってんのよ」と唇をとがらせた。「そーゆーこと言うかなあ、ふつうさあ……」

「だって、ほんとのことじゃない。作文なんて、もう、手抜きばっかりしちゃって。二年生なんだから、ちゃんとやらないと」

「家庭の恥さらして、どーすんの。ショーダイさんもフォローできなくて困ってんじゃん」

「そんなことないわよ、ねえ、やっぱり国語って大事よねえ、ショーダイ先生」

二人の視線が、まっすぐに来た。二人とも笑っている。その笑顔にうまく合流して話を継いでいかなければ——それができるような性格なら、苦労はしない。

将大はうつむいたままコーヒーを啜る。シロップもミルクも入れる余裕がなかったが、苦みを感じる余裕も、ない。

さすがに洋子と香織もしらけた顔になり、しばらく沈黙が流れた。洋子はカフェラテのカップに挿したストローを所在なげにくるくる回し、香織は手のひらに息を吹きかけて、親指と人差し指の間のバンドエイドを貼り直す。汗で濡れたバンドエイドはすぐに端がめくれてしまう。何度も貼り直しているうちに粘着力がほとんどなくなったようで、香織も結局あきらめて、まあいいや、と全部はがしてしまった。

「ねえ、ショーダイさん」香織はバンドエイドを小さく丸めながら言った。「ちょっと、手のひら見せてもらっていいですか？」

「え？」

「手のひら。すっごいゴツいんでしょ？」

「……うん」

言われるまま、手のひらを見せた。太い指の付け根には固く黒ずんだマメができている。リトルリーグで野球を始めた小学五年生の頃から何万回、何十万回とバットを振りつづけて、鍛え上げてきた。ヤスリやナイフでマメを削ってもびくともしない、じょうぶな手のひらだ。

香織は「うわあ、やっぱ、すごい」と感心して手のひらを見つめ、洋子も横から「分厚いよね、やっぱりね」とうなずいた。

「お父さんの手のひらって、どうだったっけ」と香織が訊くと、洋子は「ぜーんぜん、ひ弱だったよ」と笑った。「たくましさゼロのひとだったから」

将大の胸は、どくっ、と高鳴った。「どうだった」「ひ弱だった」「ひとだった」……過去形、三連発。そこに、団地の掲示板の前で初めて会った夜の洋子の泣き顔が重なる。あのときは理由もわからず呆然とするだけだったが、いまの会話でおぼろげながら洋子と香織の家庭の事情が見えてきた。

あのぅ、失礼ですが、ご主人はお亡くなりに——と訊けるわけもなく、ただ一家の大黒柱を喪《うしな》った二人の悲しみや苦労をじっと噛みしめると、胸の奥が熱くなってきた。

香織は自分の手のひらに目を落とし、「ゴツくなりすぎるのも嫌だなあ……」とつぶやいた。

「だいじょうぶだよ」

将大は言った。自分でも意外なほど、言葉がすんなりと出た。

「バッティンググローブをはめると、皮も剝けないし、マメもできにくくなるんだ」

「バッティンググローブって？」

「手袋。ほら、よくプロ野球の選手が使ってるだろ。ヒット打ったあと、一塁ベースの上で手袋脱いでるの、見たことないか？」

「ああ、あれね、うん、わかる」

「素手でいきなりたくさん素振りしちゃうと、すぐに皮が剝けちゃうから」

「そーなんですよ、マジ、もう痛くて痛くて……」

大げさに顔をしかめた香織は、洋子を振り向いて、「買って！」と言った。きっぱりとした言い方だったので、おねだりの甘ったるさはなかった。洋子も、そうねえ、とうなずき、「じゃあ、帰りに買って行こうか」と言った。

いいコンビだな、と将大は思う。母親と娘というより、歳の離れた姉妹や友だちみたいだ。やっぱりお父さんが亡くなって、母一人子一人でがんばってるんだもんなあ、仲良しになるのも当然だよなあ……と再び胸が熱くなる。そんな二人に、経験者として有意義なアドバイスができた。それもうれしい。

だが、洋子はつづけて将大に言った。

「ショーダイ先生、どんな手袋がいいのか、一緒に来て、見てくれる？」

「……自分も、ですか？」

「うん、だって全然わかんないんだもん、こっちは。ちぐさ台の駅前にスポーツ用品店あるでしょ、あそこで買うから、時間があるんだったら付き合ってくれない？」

いいえ、それは困ります、ぼくだってそれなりに忙しいんだし、なんていうか、その、えーと、あの……。

頭の中で言葉を組み立てているうちに、香織に「お願いしまーす！」とおどけてお辞儀されて、反射的にうなずいてしまった。


ちぐさ台の駅前商店街にある『ちぐさスポーツ』は、リトルリーグ時代からの将大の行きつけの店だった。白髪《しらが》頭《あたま》の店長とも、まだ髪が黒かった頃からの顔なじみだ。甲子園に出場したとき、地元有志の応援団を束ねてアルプススタンドに〈闘魂！　加藤将大選手〉の横断幕を掲げてくれたのも、店長だった。

店の奥から顔を覗かせた店長は、将大に気づくと、あれ？　という表情になった。洋子と香織に目をやり、また将大を見て、首をひねる。

将大は肩をすくめ、どーも、と店長に会釈をした。四十歳の洋子、二十二歳の将大、十三歳の香織……どう見ても奇妙な取り合わせで、しかも香織は屈託《くったく》なく「ショーダイさん、ショーダイさん」と話しかけてくるので、電車の中でもずいぶん居心地が悪かった。それでも、父親のいない寂しさがこういうところで出てくるのかもしれない、と思うと、香織の明るさがいじらしくなって、そっけない受け答えはできなくなる。

サンダルをつっかけて売場に出てきた店長は、「ショーダイ、今日はどうした？」と訊いた。「まだスパイクの爪、取り替えの時期じゃないよなあ」

「いえ、あの……バッティンググローブ、買いに来たんですけど」

将大は答えて、香織を指差した。

「この子の？」

「ええ……サイズの小さめのやつ、見せてくれますか」

店長は怪訝そうに香織を振り向き、「お嬢さん、ソフトボールやってるの？」と訊いた。

「違います、野球です」――むっとした声で返したのは、香織ではなく、洋子だった。

「あれ？　奥さん、このまえ、ウチでグローブ買っていきませんでした？　なんかプレゼントにするって」

「買いましたよ。買って、プレゼントじゃなくて、ちゃーんと、自分で使ってます」

「はあ……」

「で、わたしも手袋買いますから。あそこですよね、はい、自分で勝手に選びますから」

切り口上で言って、すたすたと壁際の商品棚に向かう。

呆気《あっけ》にとられた店長と将大に、香織が言った。

「あのね、ウチのお母さん、差別が嫌いだから」

「いや、ちょっと待ってよ、お嬢さん、おじさんはべつにそんなつもりで……」

「女だから、って発想が大嫌いなんだって。あと、オバサンだから、っていうのも」

「……言ってないだろ、そんなこと」

「言わなくても態度でわかる」

ぴしゃりと言う口調は、母親とそっくりだった。「で、わたしもそうだから」とつづけ、「『お嬢さん』って呼ばれるの、すっごく嫌いだから」――捨て台詞《ぜりふ》を残して、洋子を追いかける。

一方的に言い負かされた店長は鼻白んだ様子で「生意気なんだよなあ、いまどきの女の子は……」と小声でぼやいたが、形だけ相槌を打つ将大の頬は自然とゆるんでいた。

感動した。母一人子一人で生きていく洋子と香織の気丈さが、まぶしい。天国のお父さんも、きっと、はらはらしながらもうれしく思っているだろう……と想像すると、胸の熱さが瞼の裏にまで伝わった。

「ショーダイ、あの二人、どういう知り合いなんだ?」

「同じ団地の……」と言いかけて、もっと正しく言い直すことにした。

「同じチームなんです」

「チームって、アレか、団地の草野球の」

「ええ」

「オンナまで入れちゃってんのか、ひでえなあ、よくそんなところで野球やる気になったなあ、おまえも」

将大は黙って苦笑する。店長も苦笑交じりに「まあ、楽しむ野球も悪くないけどな」とうなずいた。無理に自分を納得させているのは、将大にもわかる。店長が言いたくて呑み込んでいる言葉も、だいたい。

店長が背にした壁には、モノクロの写真パネルが掛かっている。マウンドから速球を投げ込む吉岡亮介——直筆のサイン入り。プロ入り一年目のオールスター戦、ルーキーでオール・パシフィックの先発に抜擢《ばってき》されたときのものだ。吉岡は、三イニングスを投げてオール・セントラルを無安打に抑えた。奪三振は六。堂々のＭＶＰ獲得だった。

将大の視線に気づいた店長は、パネルを振り仰いで、「別々の世界になっちゃったな、おまえらも……」とつぶやいた。寂しそうな声になった、その理由もちゃんとわかるから、将大はせいいっぱい明るく言った。

「最初から世界が違うんですよ、あいつと俺らは。吉岡は二十年に一人の天才ですから」

「……昨日もすごかったよな」

昨日、吉岡は今シーズン二度目の先発マウンドに立った。前回の登板は開幕戦。入団以来五年連続の開幕投手の栄誉に一失点完投勝利で応えた吉岡は、昨日の試合は完封した。今朝のスポーツ新聞には、ひさびさの二十勝投手が誕生するかもしれない、と気の早い記事が出ていたし、むらっ気さえなくなれば今年はノーヒットノーラン達成の可能性がある、と予言した解説者もいた。世界が違う。どんどん、遠くなる。

「まあ、おまえはおまえだよ、マイペースでがんばればいいんだから」

励ましとも慰めともつかない言葉に、将大も、うなずくでもかぶりを振るでもなく、ただ黙って笑った。

「ショーダイさん、ちょっと来て、教えてよ」香織に呼ばれた。「たくさんあって、なにがいいかわかんない」

将大は「いま行くから」と応え、歩きだす前にもう一度パネルに目をやった。

還暦を迎えた店長への、将大からのプレゼントだった。もともとはスポーツ新聞が実費で特別頒布したものだが、ほんとうはサインは付いていない。直筆のサインは、吉岡に頼み込んで書いてもらった。シーズン中は忙しいだろうから、とオフになってからパネルを持って自宅のマンションを訪ねると、新人王を獲得した吉岡はオフのスケジュールのほうがむしろ詰まっていた。部屋にも通されず、一階のラウンジで応対された。「こういうの頼まれると、きりがないんだよなあ」と吉岡は仏頂面《ぶっちょうづら》でサインペンを走らせながら「俺の名前だけでいいよな」と言った。ほんとうは〈ちぐさスポーツ様へ〉と書いてほしかったが、それを切り出す前に、吉岡はもうサインペンにキャップをはめてしまい、エントランスの車寄せにはテレビ局からの迎えのハイヤーが滑り込んだ。立ち話すらできなかった。名残《なごり》惜しそうな様子も、吉岡にはなかった。その日以来、吉岡に頼みごとをしたことは一度もない。これからもないだろう、と思う。

住む世界が違ってしまった。

いや、そうではない。同じグラウンドで汗を流し、同じユニフォームを着てバッテリーを組んでいた高校時代のほうが、なにかの間違いだったのだろう。

開幕戦のあと、吉岡に祝福のメールを送った。

返事は、いつものように、来なかった。

3

「別れたんですよ」

答えはあっさりと返ってきた。

「っていうか……正確には、女房に追い出されちゃったのかな」

英明は淡々とつづけ、「コレでね」と小指を立てて苦笑した。

田村はどんな表情で応えればいいかわからず、黙ってビールを啜る。ちぐさ台カープの入団テストに落ちたときの、悔しそうな洋子の顔が浮かんだ。負けず嫌いなのだろう。夫の不倫を許してくれるタイプじゃなさそうだよな、と一人で納得した。

「まあ、でも、もっと正確に言うと、こっちはずっと、早く追い出してくれ、って言いつづけてたんですけどね」

「遠藤さんのほうが、ですか？」

「そうそう。半年ぐらいかかったんですよ、あいつが離婚届にハンコ捺すまで。その間がいちばんキツかったなあ、ほんと」

一瞬遠くを見るまなざしになった英明は、目を田村に戻すと、「家庭の恥をさらしてもしょうがないんだけど」と肩をすくめた。悪びれた様子はない。むしろ念願かなって離婚を成立させた安堵感の漂う、満足そうな笑顔だった。

田村は英明から目をそらし、肉じゃがに箸を伸ばす。後ろめたさと後悔が、じわじわと胸を締めつけてくる。俺はなにをやってるんだ、と自分を責めると、ビールの苦みがひときわ増してしまう。

昼間、古い名刺入れをひっくり返して英明の名刺を探し出し、電話をかけた。いまになって振り返ると、なんでそんなことしたんだよ、と自分の頭を乱暴に小突きたくなる。

このまえ奥さんにお目にかかることがあったんですけど、あの、えーと、なにか、苗字が「遠藤」から「三上」に変わってたみたいで……。

われながら、ひどい電話だ。めちゃくちゃだ。ただの野次馬根性だとなじられたら、返す言葉はない。よけいなお世話です、放っておいてください、と電話をあっさり切られても当然の話だった。

だが、英明は突然の電話に驚きながらも田村の非常識に怒りだすことはなく、それどころか逆に、洋子と香織がちぐさ台カープに入ったことを伝えると、「いやあ、すごいことになっちゃったんだなあ。こうなったら電話ですむような話じゃないですよね」と酒に誘ってきた。

屈託がない――なさすぎる。

その理由を田村が知ったのは、ビールの中ジョッキを瞬く間に空けた英明が、熱燗《あつかん》の日本酒を手酌で二杯、三杯とたてつづけに干してからだった。

「田村さんの電話、最初はむかつきましたよ、正直言って」

急に酔いが回ってきたのか、英明の口調は粘っこくなり、体が揺れはじめた。

「すぐ切っちゃおうかと思った。ひとんちのことなんてほっといてくれ、ってね」

「ええ……」

「でもね、考えようによっては、田村さん、あんた大事な存在なんだ。貴重な接点なんですよ、俺とあいつの。そう思ってね、だったら一杯飲《や》って、なんていうのかな、田村さんとね、ツルんどいたほうがいいぞって、うん、もうあんたしかいないんだから、って……」

「接点、ですか」

「そう。だってそういうもんだろ、離婚した夫婦なんて。お互いに近況報告するってのもナンだし、だからってあっさり赤の他人に戻れるわけでもないし」

わかる？　と訊かれ、田村はあいまいにうなずいた。

「俺だって洋子や香織のことは気になるよ。心配だよ。やっぱり十何年家族でやってきたわけだから、別れました、はい、あとはどうなろうと知りません……ってわけにはいかないだろ、男として。なあ？　わかるだろ？」

今度は、少ししっかりしたしぐさでうなずくことができた。

「でもな……離婚したのは事実なんだ、それはもう、俺たちは夫婦じゃないし、親子でもないし、俺がしつこくまとわりつくような筋合いのものじゃないんだよなあ……でも、やっぱり心配なんだよなあ……でも、離婚しちゃったんだよなあ……でも、べつに憎んで別れたとか、そういうわけじゃないんだよなあ、とにかく……」

話が先に進まなくなってしまった。言葉づかいがぞんざいになり、呂律《ろれつ》はどんどん怪しくなって、それでもお猪口《ちょこ》を口に運ぶピッチはあいかわらず速い。

酒が弱いんだな、と田村は初めて知った。英明と差し向かいで酒を飲むことじたい初めてだった。そんな淡い関係で、よけいなお世話の電話をした。あらためて、自分の非常識さを思い知らされる。そして、「離婚」という言葉に、目をそらしながらもどうしようもなく引き寄せられてしまう、そんな自分の本音についても。

寿美子と息子二人の顔が浮かぶ。

ようやく一杯目の中ジョッキを空けた田村は、店員に声をかけて熱燗の二合徳利《どっくり》を注文した。もともと酒は強いほうではない。すぐに英明の酔いに追いつけるだろう。

「遠藤さん、今夜は腰を据えてじっくり飲みますか」

「うん？」

「いろいろ教えてくださいよ、先輩として」

頭をぺこりと下げた。そのしぐさがおかしかったのか、英明は「ははっ」と声をあげて笑った。「先輩」の意味には触れなかった。気づかなかったのだろう。そういう大ざっぱなところも——学んでいこう、と田村は決めた。

田村と英明が知り合ったのは、二年前だった。ちぐさ台団地の自治会で、ともにその年の役員に当たっていて、たまたま同じ環境美化委員会のメンバーになった。同い歳ということもあって月に一度の会合や資源回収の日に言葉を交わすことも多く、一年間の役員の任期が切れたあとも、駅やバス停で出くわすと「やあ」と会釈をして、時間があれば世間話をする。「顔見知り」よりは少し深いが、「友人」と呼ぶのは図々しい、そういう仲だった。

不倫や離婚の話は、だから、当然、一度も聞いていない。お互いの家族について立ち入った話をすることもなかった。

ただ、ときどき「ウチのカミさんが」「ウチの娘が」と話すときの英明の表情や口調は、いかにもマイホーム・パパという幸せそうなものだった。「ウチの女房は美人だからさあ」と冗談めかして言うときもあった。

そんな英明が、ひそかに不倫をして、妻と娘を捨てた。

表面的にはなんの問題もなさそうな夫婦に、じつは修復不能なぐらいの亀裂が走ってたことに、確かにショックは受けた。しかし、とがめる気はない。むしろ、洋子と会ってから、日を追うごとに「それもありなんだ」という気持ちが強まってきた。いままで自分とは無縁の世界の出来事だと思っていた離婚が、急に身近になった。じりじりと引き寄せられていく。

「後悔してませんか？」

田村に訊かれた英明は、少し考えてから、「ないな」と言った。「不倫のことも、離婚のことも、自分で蒔いた種なんだから」

田村は酒を啜る。いつもの晩酌とは違う種類の酔い方になりそうな気がした。ふだんは決して届かない胸の奥のいっとう深いところに、酒が滲《し》みていく。

「いい奥さんじゃないですか、なにか不満でもあったんですか？」

英明は首をかしげて「どうなんだろうなあ……」と苦笑した。「よくわかんねえや、もう、別れたあとは」

そういうものかもしれない。いや、きっとそうなのだ。酔っぱらった英明の言葉や態度のひとつひとつが、怖いぐらいすんなりと腑に落ちる。

いい奥さんじゃないですか、なにか不満でもあったんですか――。

同じ問いを自分自身に向けると、それがよくわかる。苦笑するしかない。いまだってそうなのだから、別れてしまうと、もっと苦みの増した笑い方になっていくのだろう。

「まあ、いいじゃないかよ、俺の話は」

英明は話題を変え、田村のお猪口に酒を注《つ》いだ。乱暴な手つきだったので酒があふれ、あわててお猪口を取り上げる田村の手つきも負けずに乱暴だったので、注がれた酒もあらかたこぼれてしまう。

「草野球ねえ……電話でちらっとそんなこと言ってたけど、ほんとに入っちゃうとは思わなかったな」

「娘さんと二人で、まあ、奥さんは付き添いみたいな感じなんですけど」

「そこなんだよ、そこ。香織までそんなことやっちゃうってのがなあ……親子して、なにやってんだろうなあ、あの二人」

「昔から、野球に興味あったんですか？」

「そうでもなかったと思うんだけどな。プロ野球の話もそんなにしたことないし、いや、ちょっとはしてたかな、どうだったかな……」

英明は何度か左右に首をかしげたすえ、「忘れちゃうんだよな、そういうことって」と笑った。頬をゆるめたままため息をつき、空の徳利を振って、もう一度ため息をつく。横顔は、もう笑っていなかった。

4

四百リットルを超える大型冷蔵庫を二人がかりで運んでいるとき、作業服の胸ポケットに入れてあった携帯電話の着信ランプが光った。

「……すみません、足場のいいところで下ろしていいですか」

うめき声で将大は言った。ふつうに声を出すと腹から力が抜けて、軍手の滑り止めのイボでなんとか支えている冷蔵庫はあっけなく落ちてしまう。

コンビを組んだ班長は言葉すら出さない。舌打ちを一つ、それが「だめだ」の代わりだった。にらみつける視線が、「搬入中はケータイの電源ぐらい切っとけ、バカ」と伝えてくる。

緑色の着信ランプは点滅をつづける。途中であきらめて切ってくれたほうが気が楽だったが、電話をかけてきた相手はよほどのんびりした性格なのか、それとも逆によほどせっぱつまっているのか、冷蔵庫をキッチンに置くまで点滅は止《や》まなかった。

家の外に出て、ひきつったように痛む両腕を交互に揉《も》みながら、ポケットを探った。手の甲や指もこわばって、思うように動かない。大学の野球部でウェートトレーニングはさんざんやってきたつもりでも、物を運ぶ実戦には意外に役立たないんだと、配送の現場に出るたびに思い知らされる。

額の汗を拭い、携帯電話のフリップを開く。ディスプレイに表示されているのは発信者番号だけ——アドレス帳に登録されていない相手から、だ。

「ショーダイさん？」

若い女の声だった。若いというより、幼さの残る声。

「三上でーす、わかる？　三上香織」

「……ああ、うん」

「ショーダイさん、いま暇してます？　わたしね、ほら、学校始まったばかりじゃないですか、給食もなくて、午前中で授業終わってるんですよ。で、バッティングセンター行きたいなって思って、ショーダイさんにコーチしてもらうのもいいかな、って」

「はあっ？」

「だって、塾のバイトって、月、水、金ですよね、たしか。ってことは、今日は暇してるんじゃないかなって、勝手に思ってたんだけど……甘かった？」

「……別のバイトがあるんだ、木曜日は」

「なに、ショーダイさん、バイト掛け持ちなんですかぁ？」

「うん……配送のバイト、火曜日と木曜日、いまも、だから……仕事中なわけで……」

「配送って、どんな仕事？」

「あの、だからさ、電器屋とか家具屋とかで買い物した商品を配達する仕事で……わりとキツくて……時間もけっこうかかって……」

愚痴《ぐち》をこぼしている場合じゃないだろ、と自分で自分を叱った。班長は玄関でお客さんから受け取り印をもらっている。外に出てくる前に電話を切りたい。切らなければならない。

だが、香織は「そういうのって時給なんですか？　いくら貰《もら》えるんですか？」と好奇心いっぱいに訊いてくる。

仕事中なんだから、そんな話はまた今度にしてくれ――と言えずに、「うん、いちおう時給千二百円なんだけど、俺まだ見習いだから安くて……」と律儀に答えているうちに、班長がズック靴をつっかけて出てきた。

ほら行くぞ、と班長はトラックに顎をしゃくる。早くしろよバカ、と舌打ちをぶつけ、小走りになって、時間がねえんだよバカ、と自分の腕時計をつつく。

すみません、すぐ行きます、と将大は頭をぺこぺこ下げ、そのしぐさの勢いを借りて「ごめん」と香織に言った。「ほんとに時間ないんだ、仕事中だから。また今度」

それで香織も電話を切ってくれるはず、だった。

ところが、香織は「じゃあ今日は塾のバイトないんですよね」と話を先に進めた。

「ってことは、夕方からだとだいじょうぶ？」

いいかげんにしてくれよ、忙しいって言ってるじゃないか。

心の中で叫び声をあげながら、実際に声に出たのは、「夕方っていっても、わかんないんだよ、車が混んだりすると時間が見えないから」――われながら、ほんとうに情けない。

「五時とかは無理ですか？」

「無理だよ、それは」

「じゃあ、六時」

「……わかんないんだ、時間、マジに」

「六時半！　これならだいじょうぶ？」

トラックのクラクションが響いた。運転席にいる班長を振り向く度胸は、ない。

「七時だったらなんとかなると思うけど……遅いだろ」

「ううん、楽勝だよ。ウチはそのあたりアバウトだから。じゃあ七時に現地集合ってことで、よろしく！」

話がゴールに達したとたん、電話は切れた。

ゲンキンな奴だな、とあきれて笑う暇もなく、将大はトラックに向かって駆け出した。

そこから先の仕事は、自分でも感心するほどがんばれた。手際は悪くても、とにかく黙々と、全力を振り絞って荷物を運んだ。

七時にバッティングセンターに着くには、六時半には配送センターを出なければならない。トラックの荷台に残る荷物の数から考えれば、のんびりとかまえている暇はない。

こわばった腕や手の甲や指を濡れタオルで冷やしながら、汗を拭く間もなく働いた。仕事がスムーズに進めば、班長も上機嫌になる。トラックを運転しながら鼻歌も出るし、軽い口調であれこれ話しかけてくるようにもなる。コンビを組むのは今日が初めてだったが、社員とバイト合わせて十人の班を率いるだけに、仕事に厳しいぶん、根はいいひとなのかもしれない。

「さっきの電話、カノジョからだろ」

いいえ、違いますよ、そんなの——と打ち消す前に、勝手に「デートだな、今夜」と決めつけて、「だから張り切ってるんだろ」と笑う。

あらためて打ち消すタイミングを逃してしまった将大は、まあいいや、と勘違いをそのままにして、作業服の胸をはだけて風を入れた。

教職浪人の身にとって、塾講師のアルバイトはともかく、配送のアルバイトは、将

来の進路にはまったく関係ない。それでも、なにも考えずに汗を流すことは気持ちい
い。理屈抜きに、体が、キツさに悲鳴をあげながらも喜んでいるのがわかる。野球部
の練習がそうだった。リトルリーグのチームに入った小学五年生から、大学でレギュ
ラーを目指していた二年生の秋まで、ずっと。
「要するにさ、あんちゃん、配送ってのは時間との勝負なんだよ。夕方五時までの荷
物を五時までにきちんと届ける、それが仕事なんだ、俺たちの。のんびりやってる暇
なんて、どこにもないんだよ」
「はい……」
「コツを覚えれば、十分かかる仕事が五分ですむ。一つの仕事で五分ずつ時間が縮め
られりゃ、渋滞につかまったって五時に間に合うんだ。で、コツってのは、覚えちゃ
えば簡単なんだよな、ほんと、急に楽になるときが来るんだよ。いままで、なんであ
んなに大変な思いして担いでたんだろうな、って」
三十代後半の班長は、高校を出てからずっとこの仕事だと言っていた。確かに、体
は将大より二回りも小柄だったが、荷物を運ぶときの力やスタミナは将大よりはるか
にある。
「あんちゃんもこれだけゴツい体してるんだから、コツさえ覚えてくれりゃ、俺もす
げえ助かるよ」

「……がんばります」

「って言っても、アレか、バイトだもんな。荷運びのコツ覚えても、あんまり意味ねえか」

ははっ、と笑う班長に将大は形だけ笑い返して、助手席の窓から外を眺めながら、そっとため息をつく。

教員志望だということは、バイトの面接のときには話さなかった。会社の連中は将大のことをフリーターだと思っている。べつにそれを咎《とが》めるわけではなくても、ときどき、コンビを組む運転手は、こんなふうにスッと突き放すような一言を口にすることがある。

「あんちゃん、西北《せいほく》大の野球部だったんだってな」――これも、必ず言われる。

「名門じゃねえかよ。就職なんていくらでもあったんじゃねえのか？」

「……野球部でも、自分、二軍でしたから」

正確には、二軍ですらない。レギュラーの座を虎視眈々《こしたんたん》と狙う控え選手とは違う。レギュラー入りでも優勝でも、目先の試合の勝利でも、ヒット一本でも、とにかくなにかを「目指す」権利は、将大にはなかった。二年生の秋のシーズンが終わると、監督にブルペンキャッチャーを命じられた。コントロールの良さと地肩の強さを買われて、バッティングピッチャーもつとめた。サブグラウンドで二軍の選手にノックをして、リーグ戦の開幕前には各校の練習を偵察してエースの仕上がり具合を確かめて……なにかを目指す選手たちのバックアップが、将大に与えられた役目だったのだ。

屈辱――と言えば、言える。最初のうちはそうだった。退部届を書きかけてやめたことも、何度もある。

だが、バックアップの日々をつづけるうちに、これが自分にはふさわしいのかもしれない、という気になってきた。そう思わなければ、女の子と付き合う暇もない練習漬けの日々を過ごすことはできなかっただろう、という気もする。

「二軍でも、西北大の野球部ってだけで、立派なもんだよ。そこいらの連中じゃ入部もできないだろ」

「……ええ、まあ……」

「高校のときは、甲子園に出たのか?」

黙って、首を横に振った。みんな同じことを訊いてくる。

「まあ、甲子園に出られるのなんて、ほんとに一握りのエリートなんだもんなあ」

似たようなことを、誰もが言う。

「あれ？　今年大学を卒業したってことは、アレか、吉岡亮介とタメ歳か、おまえ。吉岡世代ってやつだよな」

これは初めてだった。班長は他の運転手より、少しは深く野球に興味があるようだった。

「あいつも甲子園は一回戦負けだったんだよな、確か」

「……そうみたいですね」

「でも、かえって負けた悔しさがあるほうがいいのかもなあ。甲子園で悔しい思いしたぶん、プロで勝負だ、って。そんな気がしないか、あんちゃんも」

班長は、吉岡が甲子園で初戦敗退した理由を知らない。

教えるつもりも、将大にはなかった。

5

玄関のチャイムが鳴ったとき、洋子は眉間にグッと力を込めた。

「こんな時間までなにやってるのよ！」——ドアを開けるなり、香織を叱りつけるつもりだった。

だが、外の廊下に立っていたのは、香織の同級生たちだった。三人いる。一年生の頃からの仲良しグループのメンバーだ。

「おばさん……あの、エンちゃん……」

真ん中の朋美《ともみ》が言いかけると、左の恵津子《えつこ》と右の清花《さやか》が同時に肘でつついた。

「あ、すみません、あの……ミカミカ、いますか？」

いかにもぎごちない「ミカミカ」の響きに、洋子は苦笑して言った。

「ごめんね、香織、まだ帰ってないのよ。お昼前に学校から帰ってきたんだけど、すぐにどっか行っちゃったみたいで」

答えてから——背中がひやっとした。てっきり、この三人の誰かと遊んでいるものだと思い込んでいた。いまは午後七時過ぎ。いつもなら夕食の時間だし、遅くなるなら電話の一本を寄こすぐらいのしつけはしてきたつもりだ。

三人の表情もこわばった。互いに顔を見合わせ、目配せして、たぶん誰がいきさつを話すかを押しつけ合っているのだろう。

「学校でなにかあったの？」と洋子は訊いた。よけいなプレッシャーを与えないよう、つとめて軽く、にこやかに、まなざしを三人の中でいちばんしっかりしている恵津子に据えて。

恵津子は気まずそうにうつむきかけたが、「ね、教えて」とうながすと、ぼそぼそとした口調で昼間のことを話していった。

喧嘩《けんか》した、という。香織が三人に絶交を宣言した。

「なんで？」

「……ミカミカっていうの、忘れちゃうんです、すぐ」

新学期が始まってからも、つい、いままでどおり「エンちゃん」と呼んでしまう。頭では、もう「ミカミカ」なんだとわかっていても、おしゃべりが盛り上がると、うっかり「エンちゃん」が出てきてしまう。

最初のうちは「いいかげんに覚えてよお」と笑いながら言っていた香織だったが、それが三日つづくとさすがに不機嫌になって、四日目の朝――つまり今朝、「今度『エンちゃん』って言ったら、絶交だからね」と言い放った。

「それで……」恵津子は肩をすぼめ、申し訳なさそうに言う。「わたしたち、みんな、また『エンちゃん』って呼んじゃったんです」

話を引き取って、清花がつづけた。

「で、すっごい怒られちゃって、マジに絶交って言われちゃって、で、こっちもちょっとムカついちゃって、勝手に名前変えたほうが悪いんじゃん、って……そういうこと言っちゃって、絶交するんならべつにいいよってなっちゃって……帰りも別々に帰って、そのときは、こっちもアツくなってたし、平気だったんだけど……やっぱ、悪いの自分らだし、謝りに行こうかってことになって……」

「で、来てくれたわけね、いま」

洋子は、なるほどなるほど、と苦笑交じりにうなずいた。三人を叱る気はなかった。叱るとすれば、香織――「そんなことでアタマに来てたら、これからどうするの！」と言ってやりたかった。

　香織がどこに行ってしまったのか、半べその顔で案じる三人に、「だいじょうぶよ」と言ってやった。「明日になったら、ケロッとしてるから」

「……すみません」

「でも、まあ、なるべく早く『エンちゃん』から『ミカミカ』に変えてやってよ。ね、よろしく！　あんたたちも、もう七時過ぎてるんだから、気をつけて早く帰んなさい」

　立ち去り難そうな三人の背中を押すようにして、帰らせた。明るくて元気で前向きなバツイチ・ママの笑顔で見送って、ドアを閉め、リビングに戻って……壁の時計を見ると、そろそろ七時半になるところだった。

　リビングからダイニング、奥の和室、寝室までぐるぐる歩きまわりながら心当たりの場所を探ったが、ここ、というのは思い浮かばない。

「……『ミカミカ』って、あんまりよくないじゃない、センス。あんなの誰だって呼べないって……」

　わざと口に出したのが失敗だった。胸に悲しみが湧き上がって熱くなり、背中は逆に不安で冷たくなる。

　寝室に入って、薄手のブルゾンを羽織った。リビングを通り抜ける足取りは、もうほとんど小走りになっていた。

玄関でサンダルをつっかける。そのとき——靴箱の上に置いてあるはずのバッティンググローブがないことに気づいた。

靴箱の引き戸を開けた。傘立ての中に、バットはある。ってことは、と考えを巡らせる間もなく、リビングに駆け戻った。食器棚の抽斗を開けると、予想通り、バッティングセンターの回数券が消えていた。


事務所のひとに取り次いでもらった電話に出たのは、香織ではなかった。

「……すみません、加藤です。加藤将大です」

「ショーダイくん？　なんで？　香織、いないの？」

「いえ、あの……いるんですけど、いま、ちょうど打ってるところなんで……代わりに、自分に出てくれって言われて……」

将大は「あ、でも、自分が誘ったんじゃないんです、ほんとです」と弁解した。

「わかってるわよ、それくらい」

「なんか……あの、香織さん、このまえここに来たときはヒット打てなかったから、絶対に一本打つまで帰らないって言ってて……すみません……自分、コーチしてるんですけど……なかなかヒット出なくて……」

「なに言ってんのよ、もう、何時だと思ってんの？　帰らせなさいよ、あんたもオトナなんだから、ちょっとは常識考えてよ！」

「……すみません、ほんと、すみません」

洋子は「まいっちゃうなあ……」とつぶやいて、ため息をついた。全身に張り詰めていたものが、ゆるゆるとしぼんでいく。安堵と腹立たしさが入り交じって、背中の不安を消し去っていった。だが、胸の悲しみは残ったままだった。

香織の言葉を思いだす。グッときて、ポーンッて、一瞬で重さが消えちゃう感じ――それを味わいたくてしかたないんだろうな、と噛みしめる。

「あの……すぐにやめさせて、自分、ちゃんと家まで送って行きますから……すみません、ほんと、自分、責任取ります、すみません」

将大は声を裏返らせて、ひたすら詫びる。この調子なら香織に対しても「やめさせて」ではなく「やめてもらって」になるのだろう。

「無理よ」

洋子は笑いながら言った。「ヒット打つまでやめないから、あの子の性格だと」とつづけ、心の中で、わたしに似てるから、と付け加えた。

「そこのバッティングセンター、夜は何時までやってるの？」

「九時まで、ですけど……」

「じゃあ、いまから行くわ、わたしも。十五分あれば着くから、それまでに香織にヒット打たせといてよ」

「あ、いや、でも……」

「で、まだ時間があるようだったら、おばさんにもコーチしてくれる？」

将大からそれを伝え聞いたときの、香織の「うげーっ、マジ？」という顔や声が、くっきりと思い浮かぶ。そして、苦労のすえヒットを打ったときの笑顔と歓声も。

「そこで待っててね、すぐ行くから、すぐ」

将大の返事を待たずに電話を切った。子どもがプールの更衣室で着替えるような調子で、スカートをジーンズに穿《は》き替えた。財布とタオルをトートバッグに入れ、少し迷ってから、湿布薬もバッグに放り込んだ。

留守番電話をセット。香織の声で吹き込んだ応答メッセージがモニタースピーカーから流れた。

「はい、三上です、ご用件のある方はメッセージをどうぞ」

三上。遠藤。

ミカミのほうがエンドウより全然カッコいいじゃんよお。

香織の口ぶりを真似てつぶやくと、胸の中に残っていた悲しみが、グッときて、ポーンッて、一瞬で重さが消えちゃう感じ――に、なった。

イニング4

1

開幕戦を翌日に控えた土曜日に、『ちぐさスポーツ』から電話が入った。香織のユニフォームができあがったのだ。

背番号は1。洋子のリクエストだった。洋子の世代にとっての背番号1といえば、世界の王貞治《おうさだはる》に草魂《そうこん》の鈴木《すずき》啓示《けいし》、いぶし銀の高木《たかぎ》守道《もりみち》、小さな大打者の若松《わかまつ》勉《つとむ》、南海《なんかい》ホークスの守備の要《かなめ》だった桜井輝秀《さくらいてるひで》、大洋《たいよう》ホエールズのプリンス山下大輔《やましただいすけ》……春夏の甲子園を沸かせた幾多《いくた》のエースも忘れてはいけない。

だが、子どもの頃の思い出の中で最もまばゆく光り輝いているのは、球場では決して見ることのできない背番号1だった。

『少年マガジン』でしか会えない。

東京メッツの背番号1――水原勇気。

憧れの番号を香織にも背負わせてやりたかった。わがままである。ただの親のエゴ、水原勇気になれなかった元野球少女の意地。シャレでチームに入れてもらった補欠選手が付ける番号ではないことぐらいは、洋子にだってわかっていた。
それを通してくれたのは、カントクだった。

「背番号は好きなのにしんさいや」

あっさりと言った。

「レギュラーの背番号でもいいんですか？　誰かとダブっちゃったりしないんですか？」

洋子が訊いても、けろっとした顔で「かまやせんよ、そげなこと」と答え、「背番号が同じでも、顔が違《ちご》うたら見分けつくじゃろ」と笑う。おおらかである。いいかげん、でもある。

「……草野球って、そんなものなんですか？」

「いや、それ、ウチだけ」

「はあ？」

「じゃけえ、たまに相手や審判から叱られるんよ」

悪びれない。カカカッ、と皺《しわ》だらけの顔をさらにくしゃくしゃにして笑う。香織よりも小柄な体では「豪快」と呼ぶわけにはいかないものの、なんというか、世間の些《さ》事《じ》を超越したような雰囲気が、このひとにはいつも漂っている。だいいち、洋子はまだカントクに苗字すら教えてもらっていないのだ。

さらに——。

洋子が『ちぐさスポーツ』へユニフォームを受け取りに出かけると、店長は「定価の二割引でいいから」と言った。「一着だけだと、どうしても割高になるんだけどさ、ほら、おたくのカントクに頭下げられたら、こっちも勉強しないわけにいかないし」

「値切ったんですか？」

「うん、いつものことなんだよ、あのじいさん。こないだなんか、練習球一ダース買うから、おまけで三球サービスしろって、めちゃくちゃなんだよなあ」

図々しいにもほどがある。「値切る」というより「たかる」のほうが近い。なのに、店長の「ほんと、まいっちゃうよ、ウチも楽じゃないんだけどなあ」というぼやき方からすると、どうやら、ほんとうに三球もサービスしてしまったらしい。

「お得意さんなんですか？」

「ってほどでもないんだけどね」

「じゃあ、古い付き合い、とか」

「古いことは古いけど、カントクがチームをつくってからだから、十年ちょっとじゃないのかな。ウチはほら、創業三十年の、ちぐさ台の老舗《しにせ》だからさ」

「それでもサービスしちゃう、と」

　そんなに店長さんってお人好しでしたっけ？　と表情でイヤミをぶつけた。バットとグローブを買ったときの、オバサンに野球なんてできるわけないだろ、とバカにした態度は、いまも忘れてはいない。

　店長もそれを察して、決まり悪そうに「もう勘弁してよ」と苦笑する。「最初はこんなに本気だとは思わなかったんだからさ、見直してるんだよ、うん」

　ま、いいけど、と洋子は話を戻した。

「カントクって、名前はなんていうんですか？」

「え？」

「名前ですよ、名前」

「……名前ねえ、なんだったかなあ、俺、聞いたことあったっけかなあ……」

　ふだんは「カントク、カントク」で通している。野球用具の伝票の宛名は、ちぐさ台カープ。特に名前を呼ぶ機会はなかったし、その必要もなかった。

「でも、ふつう訊きません？　気になりません？」

　あきれて言うと、店長も不思議そうに「だよねえ、ほんと、うん、なんで放っといたんだろうなあ」と首をひねる。

　のんきすぎる。団地の奥さん同士の付き合いなら、三日もあれば仕事から家族構成まで調べ上げているはずだ。

だが、店長は首をひねったまま、言った。

「でも、なんか、カントク見てると、名前なんてどうでもいいやって感じになっちゃうんだよなあ。不思議なひとなんだよ、妙に人なつっこくて、浮世離れしてるっていうか、仙人みたいっていうか……そんな気しない？」

つい納得してしまった。

「あのひと、金は持ってなさそうだけど、若い頃は意外と大物だったのかもなあ」

「ええ……」

「それか、若い頃にとんでもない苦労をして達観しちゃったか、だなあ」

「ですよね……」

若い頃——と言いながら、洋子も店長も、カントクの年齢など知らない。

話の途中でそれに気づいた二人は、顔を見合わせて、やれやれ、と苦笑した。

自分の部屋でユニフォームに着替えた香織が、「じゃーん！」と声をはずませてリビングに入ってきた。

「お母さん、どう？　似合う？」

拍手で香織を迎えた洋子は、ばっちり、と指でＯＫマークをつくる。実際、よく似合っている。赤い野球帽が特にいい。袖の濃紺と赤のツートンカラーや、アンダーシャツの袖とストッキングの濃紺も、最初は地味で古くさいんじゃないかと思っていたが、着てみると意外と悪くない。

なにより——背番号1、なのだ。香織に背中を向けさせ、燦然《さんぜん》と輝く栄光の背番号を見つめると、洋子の胸までじんと熱くなってしまう。

「ちょっとお母さん、目、ウルウルさせないでよ」

「だって……」

ただの憧れではない。女子だからというだけの理由で野球をつづけられなかった悔しさが、その根っこにはある。「女子だから」「女の子だから」「オンナだから」……子どもの頃からさんざん聞かされて、耳の奥にこびりついて離れない声に、いまは「四十歳を過ぎてるから」「短大卒だから」「専業主婦が長かったから」「不況だから」の声が積み重なっている。就職先は、まだ決まらない。ここ数回は面接まで漕《こ》ぎつけることすらできない。昨日、英明から四月分の養育費と分割払いの慰謝料が振り込まれた。計二十五万円。ほっと一息ついてしまう自分が悔しかった。

「お母さんもユニフォームつくればよかったのに」

「……入団テストに落ちちゃったんだから、そんなの、だめだよ」

「でも、あのカントクさんならＯＫしてくれるんじゃないの？」

「わたしが嫌なの」

プライドは捨てたくない。就職先を正社員限定で探しているのも同じだ。狭き門をさらに自ら狭くしてしまっても、そこで妥協したら水原勇気に合わす顔がない。

「ねえ、お母さん、写真撮ってくれる？」

携帯電話を渡された。友だちにメールで送るのだという。

「明日の試合も、もし出場できたら撮っといてよ」

「友だちって、誰に送るの？　学校の子？」

「いーのいーの、はい撮って」

暴走族のレディースのように、背中を向けて腕組みをして、顔だけキッと振り返ってポーズを取る。「なめんなよっ」とすごんだ声で言って、笑う。

その笑顔のタイミングでシャッターを切った。「あーっ、いま気合い入れ直そうと思ってたのにぃ」と香織は不服そうだったが、なに言ってんの、と取り合わなかった。

「だめだって、気合い入れてにらむから、意味があるんだから」

「なんで？」

「いーから、ほら、撮ってよ」

しかたなくもう一度、今度はリクエストどおり「なめんなよっ」の顔を撮った。

メールの送り先は、結局わからずじまいだった。

2

携帯電話の着信音で、話の腰を折られた。

「なんだよぉ」と鼻白んだ顔でフリップを開いた英明は、着信したばかりのメールをチェックすると、一転、ほろ酔いの顔をさらに赤くして、うれしそうに笑った。

「噂をすれば……だよ。来たよ、来ちゃったよ、メール」

カウンターに隣り合って座る田村の背中を、ばんばん叩く。ほら、これ、見てくれよ、と携帯電話を差し出した。

「いいんですか？　僕が見ても」

「全然かまわねえよ、どうせタムちゃんも明日は見るんだから」

「じゃあ……失礼します」

画面を覗き込むと、ユニフォーム姿の香織がこっちをにらんでいた。メールの本文は――〈離婚上等！〉。

「まいっちゃうよなあ、なんかもう、いまどきのガキはなんでもシャレにしちゃうんだよなあ」

英明は焼酎のお湯割りをつくりながら苦笑して、「軽いよなあ……」と首をひねった。
田村は黙って携帯電話を返した。違うよな、と英明の言葉を振り返って思う。半分は照れ隠しなのだろうが、根本的なところがわかっていない。子どもは、軽いことを軽く笑いに紛らすのではない。まともに向き合うと笑えないような重いことだから、シャレにして軽く笑うのだ。

「でも、まあ、タムちゃん、こういうのっていいと思わない？　別れた娘とメル友になるなんてさ、親父の憧れだもんな」

「はあ……」

いい気なものだ。だが、「ほんと、マジに肩が軽いんだよ、女房と別れてから。プレッシャーが消えたっていうかさ、伸び伸びしてるのがわかるの、俺、自分でも」とつづける言葉は、田村の胸に妙に深く染みていく。

そもそも、酒に誘ったのは田村のほうだった。羽田《はねだ》空港に着いたのは午後六時。モノレールとJRと私鉄を乗り継いで八時過ぎにはちぐさ台に帰れる時間だったが、どうせ散らかし放題のはずの我が家のリビングを思い浮かべると、急に足が重くなって、一杯ひっかけたくなったのだ。

「今夜だってさ、いまのカミさんだから、こうやって平気で飲みに行けるんだよ。前のカミさんだったら、もう、大変だぞ、おまえ。週末は家族で過ごすものです、一家団欒《だんらん》を邪魔する電話は許さないーっ……だもんな」

田村が恐縮して頭を下げると、「いや、いいのいいの、うん、今夜はカミさんも友だちと飲み会だから、誘ってくれてかえって助かった」と笑う。「俺たち、自由な夫婦ってやつだから。束縛しないのがルールなんだよ」

さらに、「緊縛は、しちゃったりして」と声をひそめて付け加え、がははっ、と爆笑して田村の背中を叩く。

酔うと、やたらと陽気になる。特に洋子や香織とちぐさ台カープの関係を知ってからは、田村との距離を一気に詰めてきて、いつの間にか「タムちゃん」という呼び名まで勝手に決めている。その屈託のない明るさが田村には少しうらやましい。この半年間——ふるさとの父が脳梗塞で倒れて以来、はめをはずすまで酒を飲んだことは一度もない。

「でも、アレだよな、タムちゃんも束縛されてるようなもんだよな、田舎に。長男はつらいよなあ、って俺は次男だけどさ」

「まあ……しょうがないですよ」

「広島まで往復だったら、介護に帰る交通費だってバカにならないだろ」

「しょうがないですよ、これぱっかりは」

「日帰りだろ？　体もキツいよなあ」

「今日は帰りが早い便だったんで、楽ですよ」

ささやかな、わがままだった。明日の試合に備えて早めに実家をひきあげた。

「そんなに野球って面白い？　俺はナイター観てるだけでいいけどなあ」

奥さん――と言いかけた田村は、あわてて口をつぐみ、「前の」を付けて言い直した。

「前の奥さん、すごく野球がお好きですよね」

「うん、なんか、そうだったみたいだなあ。俺、全然知らなかったよ、そんなの。香織までひきずりこんじゃうんだから、まいっちゃうよなあ、中学生の女の子が草野球なんてなあ……」

田村は苦笑して、手酌でビールを注いだ。英明と洋子が離婚した理由が、なんとなく、わかる気がした。だが、そうなると逆に二人が結婚した理由がわからなくなってしまう。夫婦というものは奥が深い。あらためて噛みしめる。ずぼらな寿美子と几帳《きちょう》面《めん》な自分が結婚した理由だって、突き詰めて考えると、よくわからないのだから。

英明は携帯電話のフリップをまた開き、香織の写真を見ながら、「ちぐさ台カープかあ……」とつぶやいた。「でも、なんでカープなんだ？」

「広島カープのカープですよ。ユニフォームも昔のカープと同じデザインです」

「そっか、赤ヘル軍団だもんな。でもさ、だから、なんで広島なんだ？　タムちゃんの田舎が広島だから？」

「違いますよ。僕も途中から入ったんです」

「キャプテンだろ？」

「でも、僕の上に監督がいるんですよ、チームの創立者の。そのひとが広島に縁が深くて、野球が大好きで、カープの大ファンだったんです。僕もカープには思い入れがあるし、中学は野球部だったんで、それで……」

「入った、と」

「ええ。僕が選手の第一号でした」

十年前のことだ。田村はまだ三十代になったばかりだった。

会社帰りにちぐさ台駅に降り立つと、駅前のロータリーにサンドイッチマンがたたずんでいることに気づいた。繁華街ならともかく、ニュータウンの、しかも夜――看板を持っているのは、作業服の上下を着た、みすぼらしい風体の老人だった。ロータリーを行き交うひとたちは皆、見て見ぬふりをして老人の前を通り過ぎていた。看板は手書き。なにが書いてあるのか、遠目には読み取れない。

田村は怪訝に思いながら、老人に近づいていった。

「なんで？」

「おじいさん、赤ヘルをかぶってたんですよ。野球帽じゃなくて、ヘルメットのほう」

「街なかで？　夜に？　おまえ、それ、アブないじじいだろ、ふつう。宇宙の指令を聞くアンテナ立ってなかったか？」

田村も、たとえばヘルメットがジャイアンツのものだったら、たぶん目をそらして通り過ぎていただろう。

だが、赤ヘルなのだ。赤ヘルは特別なのだ。

老人が掲げていたのは、草野球チームの選手募集の看板だった。ちぐさ台カープというチーム名で、クラッときた。〈ユニフォーム無料支給（１９７５年型）〉に、クラクラッとめまいがしそうなほど胸が躍《おど》った。

一九七五年――広島カープ初優勝の年。

「ちょっと待てよ、ユニフォーム、タダだったのか？」

「そうなんですよ。自分は古葉《こば》監督の背番号72で、選手用にも九人ぶん揃えて、あとはメンバーを集めるだけだったんです」

呆然とする田村に、老人は右手を差し出しながら、ぼそっと低い声で言った。

「あんちゃん、いまなら8が空いとるど」

背番号8――ミスター赤ヘル・山本浩二《やまもとこうじ》。

迷う間もなく、田村は老人の右手を握りしめた。

それが、カントクとの出会いだった。


「よくわかんねえなあ」

英明は無遠慮に首をひねった。唇をとがらせた顔が、急に幼くなった。

「なんでそれで決めちゃうわけ？　タムちゃんも変だけど、そのじいさんもおかしいよ。じじいなんだろ？　もう自分は野球できない歳なんだろ？　それでチームつくって、しかもユニフォームまで先に揃えるって、なんなんだよ、わけわかんねえよ」

駄々をこねるような言い方に、田村は、やれやれ、と笑う。自分の理解できないことは許さない、と決めつけるタイプなのだろう。

「遠藤さんって、東京のひとですか」

「ああ、そうだよ。生まれも育ちも杉並《すぎなみ》だ」

「……広島のひとなら、わかりますよ」

カープなのだ。一九七五年の奇跡、なのだ。思いだすだけで胸が熱くなる。コップに残ったビールを一息に飲み干すと、胸の熱さが瞼の裏に回って、涙ぐみそうにもなってしまう。

「一九七五年って、俺やタムちゃんが中学一年生の年だよな」

「そうです。一年生でした、僕」

「俺なんかジャイアンツが最下位になったことのほうが印象深いけど、広島はやっぱり盛り上がってたのか」

「みんな喜んで……みんな、泣いてました」

若い連中より、むしろ年寄りのほうが感極まって号泣していた。ありがとうなあ、ありがとうなあ、とカープの選手たちに礼を言っていた。

「なんで泣くんだ? なんで礼言うんだ?」

「カープの優勝パレードのとき、亡くなった家族の写真を持ってパレードを見たひと、たくさんいたんです。広島市民球場のスタンドにも、そういうひと、たくさんいました」

「……なんで?」

「ここが、ヒロシマ、だからです」

きょとんとしていた英明も、あ、と声をあげて、子どもじみた表情を急に引き締めた。

英明や田村の世代なら、まだ話が通じる。ぎりぎり語り継がれてきた。だが、若い世代——たとえば香織たちの世代になると、もう無理かもしれない。

ちぐさ台カープの選手の中でも、カントクの過去を知っているのは、同じ広島出身の田村だけだった。カントクが自ら、「そげな線香臭いことを言いだしたら野球が面白うのうなるけえ」と封印した。「忘れてしまうんは、ええことじゃと思うよ、わし。風化していけばええんよ、それがニッポンが平和になったいうことなんじゃけえ」

英明は真顔になって黙り込んだ。話のつづきを待っていた。

カントクは嫌がるかもしれない。

それでも、話そう、と田村は決めた。英明にというより、英明から香織に伝わればいい。それが一九七五年の広島の歓声と涙を知る者の義務なんじゃないか、とも思った。

ビールの泡のついたコップに焼酎をどぼどぼと注ぎ、お湯で割らずに呷《あお》った。みぞおちがカッと熱くなって、胸の熱さと混ざり合う。

「カントクは……原爆で家族を失いました。両親も、きょうだいも……みんな……被爆者だった奥さんも早く亡くして……ひとりぼっちだったんです、チームをつくるまで……」

3

一九七五年——昭和五十年は、広島に原爆が落とされたあの日から三十年目だった。目に見える形での街の傷跡はほとんど消えていたが、ひとびとの心の中では原爆はまだ決して「歴史」にはなっていなかった。

田村の両親はどちらも郡部の出身で、就職してから広島市に移り住んだので、原爆とは直接は無関係だった。だが、昭和三十七年生まれの田村の同級生には、親が被爆者だった者が何人かいた。被爆二世への差別や偏見が問題になったのも、少年時代のことだ。

小学生の頃は、毎月のように同級生の誰かが祖父母の忌引《きび》きで学校を休んだ。亡くなった老人は皆、あの日、原爆を浴びていた。親の死を看取った友だちもいた。母親がずっと入院したきりの友だちも、父親が倒れて生活が困窮し、修学旅行に行けなくなった友だちも、いた。

おそらく——と、田村は思う。沖縄《おきなわ》や長崎《ながさき》と並んで、広島は、「戦後」がいちばん長かった街の一つなのだろう。

カントクは、そんな長い長い「戦後」のほとんどをひとりぼっちで生きてきたのだった。

あの日、カントクは中学校の勤労奉仕でたまたま市内の中心部を離れていたので、助かった。爆心地に近い町にあった実家は、跡形もなく消え去っていたという。もちろん、そこに暮らしていた家族も。

一瞬にして孤児になった少年がその後どんなふうにして生きてきたか、カントクはなにも話さない。田村も無理には訊かない。被爆者だった奥さんとの出会いや別れについても、同じだ。

苦労話の代わりに、カントクは広島カープの話をする。「ピカからたった四年でプロ野球のチームをつくるんじゃけえ、広島いう街はお調子者よのう」とあきれ顔で、けれど、とてもうれしそうに。

「知っとるか、田村くんよ。カープができたのは昭和二十四年じゃけど、昭和二十年の十一月には、広島商業の監督じゃったひとがチームをつくって、進駐軍と試合をしとるんじゃ。夏にピカを落とされて、秋に野球の試合をするんよ。たくましいよのう、ほんま、野球が好きなんよのう、広島の者は」

だが、広島カープは、弱かった。親会社を持たない貧乏な球団でもあった。

「選手に給料もろくに払えん。遠征先でも旅館はゼニがかかるけえ、知り合いの家に泊まるんじゃ。甲子園の中で寝とった頃もある。ビジター用のユニフォームをつくる金がないけえ、ホーム用だけで一年間通した年もあるし、ひどいときは国税滞納で差し押さえまで食ろうたんじゃけえ、そこいらのチームとは根性が違うわい、根性が」

そんなカープを、広島のひとびとはこよなく愛した。球場の入り口に置かれた一斗《いっと》樽《だる》に募金をして、カープを支えた。

「わしも募金したよ。十円二十円でも、ポケットにゼニがあったら、あるだけ入れた。そがいな者がぎょうさんおったんじゃ、あの頃の広島には」

田村の父親もそうだった。当時高校生だった父親は、広島の市内に遊びに行くたびに、小遣いの中からいくらか募金していた。その話をすると、カントクは目に涙を浮かべて「そうなんよ、そうなんよ、みんなカープが好きじゃったんよ」とうなずいた。

原爆ドームのすぐ隣に広島市民球場ができたのは、昭和三十二年。初めてのナイターには定員一万八千人のスタンドに二万三千人が詰めかけた。カントクも、その中の一人だった。

「照明がまぶしかったよ。キラキラ、きれいじゃったよ。盆にはまだ早かったが、こりゃあ迎え火じゃのう、思うて……ピカで死んだ仏さんや空襲で死んだ仏さんも、みんな野球を観に帰ってきんさいやあ、いうてのう……」

この話をするたびに、カントクは遠くを見つめる目になって、感極まって声を震わせる。照れたように「試合は一対十五のボロ負けじゃったけどの」とオチをつけて笑うのもお決まりだった。

市民球場ができてからも、カープはあいかわらず弱かった。それでも、広島のひとたちに深く愛されていた。たとえセ・リーグのお荷物球団と言われようとも、勝率が三割台のシーズンがあろうとも、広島のひとたちはカープを見限ったりはしなかった。相手チームに野次を飛ばし、ときにはグラウンドになだれ込み、ときには相手チームのバスを取り囲んで……愛し抜いてきた。

そして。

昭和五十年に、奇跡が起きる。

その年のスタートダッシュは最悪だった。

日本初の大リーグ出身監督として鳴り物入りで就任したルーツ監督は、審判への激しい抗議をきっかけに、四月三十日にあっさり退団。その時点で、八勝九敗一分。前年まで三年連続最下位だったことを思えば、カープが優勝できる要因など、どこにもなかったのだ。

ところが、古葉コーチが後任監督に就任すると、チームは快進撃を始めた。

勝率五割を突破し、Aクラスに入り、五月十七日には二年ぶりの単独首位に立った。

もしかしたら——と広島の街がざわめきはじめたのは、前半戦を三位で折り返し、オールスター戦で山本浩二と衣笠祥雄《きぬがささちお》が二打席連続のアベックホームランを放った頃からだった。

「それでも、わしはまだ半信半疑じゃった。夏場まで夢を見させてくれたんじゃけえ、もう十分じゃとも思うとった」

半信半疑だったからこそ、カントクは一つの願掛けをした。

「もしも優勝したら東京か大阪《おおさか》に出ようて決めたんじゃ。優勝できんかったら、広島に残る。優勝したら、出ていく」

「なんでそんなこと思ったんですか？」と田村が訊くと、「優勝したあとのカープを見るんは、つらいがな」と笑う。

初めてその話を聞いた十年前にはピンと来なかった。だが、いまなら——なんとなく、わかる。「まさかそのあと黄金時代が来るとは思わんかったけえの」とオチをつけてしまう気持ちも含めて。

ペナントレースが後半戦に入ってからも、カープは首位戦線に踏みとどまっていた。負けるのがあたりまえだったチームが、中日《ちゅうにち》や阪神《はんしん》に必死に食い下がる。いつもの年ならすでにやる気をなくしている選手たちが、怒号のような声援を浴びて、九月になっても全力疾走をつづける。

そんな姿に広島の誰よりも胸を熱くした中学一年生の少年が、いた。


「……急に話が飛んじゃうんだなあ」

英明はカウンターにだらしなく頬杖をついて、言った。

「飛んでませんよ、ちゃんとまとまってるじゃないですか」

田村の声も、呂律があやしくなってきた。焼酎のボトルを、カープの歴史を語っているうちに、ほとんど一人で空けてしまった。

「まとまってるんですよ、だいじな話なんだから、ちゃんと聞いてくださいよ、ねえ」

英明の肩を揺すった。頬杖がはずれて突っ伏しそうになった英明は、あわてて体を起こし、まいったなあ、という顔になって、「だから、その広島でいちばん感動した中一のガキがどうしたんだよ」と先をうながした。

「どうもしませんよ」

「なんなんだよ、おまえ」

「僕だよ、僕のことですよ。僕が絶対、広島でいちばんカープに熱くなった中学一年生だったんですよ」

「……大きく出るなあ」

「よかったんですよ、ほんと、すごかったんですよ、カープは」

平凡な少年だった。勉強もスポーツも、ルックスも、そこそこ——平均よりちょっと上だったり、ちょっと下だったり。「普通」のゾーンから抜け出そうという気も、あまりなかった。よく言えば欲のない、悪く言うならやる気のない、そんな中学一年生の少年の胸に、カープの闘いが火を点けた。

二十勝を挙げたエース外木場《そとこば》、交通事故で重傷を負いながら後半戦の苦しいときに復活してくれた金城《かねしろ》、超スローボールの佐伯《さえき》、審判に跳び蹴りを食らわした宮本《みやもと》、野球選手を引退したあとは医者になるんだというインテリのホプキンス、フルスイングの衣笠、首位打者をとった山本浩二、盗塁王の大下《おおした》、渋い守備を見せる三村《みむら》、両打席ホームランを放ったシェーン、真っ向勝負の池谷《いけがや》、唯一のサウスポー投手だった渡《わた》辺《なべ》、将来の大砲候補の水谷《みずたに》、代打の切り札のベテラン山本一義《かずよし》、二枚看板の女房役は水沼《みずぬま》と道原《みちはら》……。

やれば、できる。

夢は、かなう。

赤ヘル軍団が教えてくれた。

ペナントレースはもつれにもつれ、十月に入ってからようやく球団史上初のマジックナンバーが灯《とも》った。

優勝を決めたのは、残り一試合となった百二十九試合目。後楽園《こうらくえん》球場でおこなわれた巨人戦だった。

最終戦は二位の中日戦で、しかも広島市民球場。ふつうのファンなら「いっそ最終戦で決めてほしい」と願うところだが、カントクは違った。

「最後の試合で、市民球場じゃったら、選手がかわいそうじゃ。緊張でガチガチになって、負けてしまうわい。それに、勝っても負けても広島は暴動よ。もういっぺん火の海になってしまう」

カントクは勤めていた鉄工所を辞め、アパートも引き払って、東京へ向かった。

十月十五日、午後五時十八分。

巨人の柴田《しばた》が打ち上げたレフトフライを水谷がキャッチして——広島カープは優勝した。

後楽園球場のレフトスタンドでその瞬間を見届けたカントクは、大歓声に背を向けて球場を出た。歩きながら広島行きの夜行列車の切符を捨て、東京の雑踏に紛れて、もう二度と広島には帰らなかった。

優勝の日は、広島の街もすごい騒ぎだった。

花火があがって、港からは船の汽笛が一斉に鳴って、市内随一の繁華街・流川《ながれかわ》では、なにを飲んでもなにを食ってもタダ。翌日には市電の花電車が走り、二十日の優勝パレードには三十万人が集まった。

おとなたちがこんなにうれしそうな顔をするのを見たのは、生まれて初めてだった。大のおとなが抱き合って泣いているのを見たのも、初めて。

だから――と、田村は目に溜まった涙をぬぐって、長い話を締めくくった。

「ちぐさ台カープには、カントクと僕の、いろんな思いがこもってるんです。赤ヘルをかぶって、あの頃のユニフォームを着るっていうのは、僕らにとっては特別な意味があるんですよ」

そして、話のそもそもの始まりに戻る。

「遠藤さん……香織ちゃんにも、言ってあげてくださいよ。ちぐさ台カープは、そんなに強くないけど、思いだけはどこにも負けないんだ、って。だから、がんばれよ、って」

英明の相槌は、なかった。思い出話に付き合って、ふわっ、とゆるんでいた英明のまわりの空気が、少し沈んだ。

「俺は言えないよ」

ぽつりと言って焼酎のボトルを手に取り、中身が空になっているのに気づき、ため息交じりにカウンターに戻す。

「口で言うのはアレでも、メールで送ればいいじゃないですか」

「だめなんだ」

「なんで？」

「あいつ、自分からはメール送ってくるんだけどな、俺のアドレス、受信拒否にしてるんだよ」

英明は「たまんないだろ？」と笑った。

田村はぎこちなく笑い返して、目を手元に落とす。酔いが醒《さ》めた。現実に引き戻された。英明だけでなく田村も――少年時代にカープに教わったことを結局なにひとつ活かせずじまいだった、中年の日々の現実に。

4

デニーズに選手全員揃うと、カントクが今日の試合のルールを説明した。

「スライディングは禁止じゃ。ファウルフライも、捕らん……ショーダイ、気を付けんといけんど」

将大は「はあ……」とうなずいて、小さく首をかしげた。

「あとは、外野を抜けた打球は、もう、ぜんぶツーベース。無理して追いかけんでもええ」

そんな野球って、あるのか——？

ちらりと他の選手の様子をうかがったが、同じようにきょとんとしている香織と洋子以外は皆、平気な顔で話を聞いていた。

「カントク、今日は認定ヒットはあるんですか？」と薄毛の福田が手を挙げて質問した。

「おう、忘れとった。いちおう最初は『なし』でいくけど、向こうが言うてきたら、受けてやるしかないじゃろ」

「心臓麻痺でも起こされたらヤバいっすもんねえ」と笑ったのは、エースのヨシヒコ。

認定ヒット——？

ヒットって、誰かが認定するものなのか——？

話がさっぱり見えずに途方に暮れた将大に、田村が手早く説明してくれた。

認定ヒットというのは、要するに、バッターが打ったあと走らなくてもいいルールだ。守備陣も打球を捕ったあとは急いで一塁に放る必要はない。その打球がアウトかヒットかを判定するのは、主審の後ろに立つ守備側の補欠選手の役目なのだ。

「守備側の選手が決めるところがミソなんよ」カントクは得意そうに言う。「誰が見てもヒットやアウトがわかるときはええけど、微妙な打球があるじゃろう。そのときは打球の方向や強さや、守っとる選手がどこまでうまいんかで決めるんよ。自分のチームの選手のことは、仲間がいちばんよう知っとるけえの」

話をまた引き取った田村は、将大の疑問に先回りしてつづけた。

「フェアな判定ができないと思うだろ。でも、意外とそうじゃないんだよなあ。かえって自分のチームに厳しい判定しちゃったりして、あとで『いまのは絶対にアウトにできた』『いや、あの位置で捕っても、おまえはどうせ暴投してる』なんて文句言い合ったりしてな」

「それがスポーツマン・シップいうもんじゃ」——カントクはおごそかに言って、洋子を振り向いた。

「今日の認定員は、洋子さんに任せるけえ」

「わたし？」

洋子は目を丸く見開いて、あわてて首を横に振った。

「無理ですよ、そんなの」

「だいじょうぶじゃ、あんたなら」

「って、勝手に決めないでくださいよ……」

「補欠はわしとあんたと香織ちゃんしかおらんのじゃ。わしは立ちどおしじゃと神経痛が出るし、香織ちゃんはみんなの応援をせんといけんし、洋子さんがやるんがスジじゃろうが」

「……でも、なんで、そんなことしなきゃいけないんですか？　ふつうに打って、ふつうに走ればいいじゃないですか」

まったくだ、と将大も思う。投げて、打って、走って、守る。それが野球じゃなかったのか――？

だが、カントクはあっさりと言った。

「走ると疲れるけえ」

「……疲れるって、そんな、めちゃくちゃじゃないですか」

「命のほうが大事じゃ」

「はあ？」

やれやれ、と田村は苦笑交じりに、話をまた引き取った。

「今日の相手、みんな還暦過ぎのじいさんなんだよ」

多摩川《たまがわ》カンレキングス――。

結成二十五年を超える、この地区で有数の老舗チームだった。毎年一度、ちぐさ台カープと試合をする好敵手でもある。チーム加入の条件は、名前どおり還暦を過ぎているることだけ。ただし、試合の出場権は年功序列なので、実質的には七十代のチームだという。

「そんなおじいちゃんに野球なんてできるんですか？」と香織が訊くと、田村はがっくりとうなだれ、声に無念をにじませて言った。

「対戦成績、ウチの四勝五敗なんだ……去年も、負けた……」

その言葉に、選手一同、去年の敗戦の悔しさを思いだして、口々にぼやきはじめた。

「じじいっていっても、ノンプロ出身が三人いるんだもんなあ」「試合前に黙禱《もくとう》するだろ、死んだOBの。あれで出端をくじかれちゃうんだよな」「孫が応援に来てるじいさん、アウトにできねえよ」「ベンチに担架用意してるようなチームとまともに野球できるかよ」「去年、位牌《いはい》あったぞ、位牌」「カントクも悪いんですよ、もう、ぜーんぶ認定ヒットにしちゃうんですから」「あのじいさんたち、カープの昔話するんだよ、打席に入るとき。それでカントク、喜んじゃうんだからさあ」「年寄りのくせにセコいよなあ」「枯れてくれってての」……。

田村は、はいはい黙って黙って、と手で静めながら、「負けて愚痴るな、勝って泣け、いいな？」と選手を諭《さと》す。

悠然《ゆうぜん》とかまえて腕組みをしていたカントクは、座が静かになると、カカカッと大笑した。

「野球は面白《おもしれ》えのう、ほんまに」

田村もうなずいて、口調をあらためて言った。

「とにかく、今年もシーズン開幕です。怪我だけはしないように、元気に、明るく、楽しくがんばりましょう！　よろしく！」

将大は呆然としたまま、チームの最後尾について、デニーズからグラウンドへ歩いていった。

これが草野球というものなのか――？

いや、そもそも、これは野球なのか――？

昨夜、吉岡亮介は今シーズン四度目のマウンドに立った。二失点完投勝利で開幕四連勝。まだ月半ばだというのに、月間MVPをほぼ手中に収めた。試合後のヒーローインタビューでは、気温の上がる五月からは中四日のローテーションで登板するつもりだ、と言って満員の観客の喝采《かっさい》を浴びていた。明らかにメジャーリーグのローテーションを意識している。この調子なら、ほんとうに、近いうちに海を渡るかもしれない。

高校時代の黄金バッテリーが、こんなにも遠く隔たってしまった。

覚悟していたこととはいえ、あらためて嚙みしめると、やはり、寂しく、悲しい。

やっぱり野球からきれいに縁を切ったほうがよかったんじゃないか——その後悔も、最初から覚悟していたことではあったのだが。

「ショーダイ、さんっ」

ハッと顔を上げると、香織が横に来ていた。

「どうしたの？　なんかクラくない？」

「いや……べつに、そんなことないけど」

「ショーダイさん、背番号2にしたんだね。わたし、ほら、1だから、続き番号ってやつ？」

たいした話ではないのに、うれしそうに笑う。つられて将大も頰をゆるめ、「試合に出られるといいな」と言った。

「うん、でも、無理だよ。バッティングセンターでも、まだ全然打てないし……時速七十キロに振り遅れてるんじゃ、どーにもなんないよね」

「ごめんな、コーチがヘボだから」

「あ、違う違う、そーゆー意味で言ったんじゃないって」

あわてて顔の前で手を振った香織は、わかってるわかってる、と苦笑する将大の顔を覗き込んで、「でも、やっぱ元気なくない?」と訊いてきた。

「そんなことないって、元気だよ」

ニッ、と笑ってみせた。

そこに、スウェットにジーンズ姿の洋子も、とことこと近づいてきた。

「ねえねえ、ショーダイくん、今日がんばってよ。期待してるからね」

はっ、と思わず背筋が伸びた。頬が熱くなった——赤くなるな赤くなるな赤くなるな、と自分に命じた。

「いや、あの……ベストを尽くしてがんばりますけど……」

「そんなに力むほどのことじゃないけどさあ、ショーダイくんがガーンと打って、大量リードしてくれたら、香織の出番もあるかもしれないでしょ。さっきの話の感じだと、接戦だと出してもらえないと思うのよ。だから、香織がデビューできるかどうかは、ショーダイくんのバット次第ってわけ」

がんばってよ、と腕を叩かれた。その瞬間、全身の筋肉が、キュッ、と音をたてるように縮こまった。

「だめだってばお母さん、ショーダイさん、プレッシャーに弱いんだから。よけいな重圧かけないでくれる?」

「なに言ってんの、期待を背負って、それに応えるのが四番バッターっていうもんでしょ」

ねえショーダイくん、そうだよね？　と見つめられた。今度は胸の鼓動が急に高鳴った。

息が詰まる。がんばります、と絞り出した声はか細く震えてしまった。

「あーあ、お母さん、プレッシャーかけちゃったぁ、知ーらない」

香織は歌うように言った。

洋子にかけられたプレッシャーが二種類あることに、香織は気づいていない。

それだけが、救いだった。

5

両チームの監督の試合前の話し合いで、五回までは認定ヒットのルールは「なし」になった。

コールドゲームになって五回で試合が終わってくれれば、認定員をやらずにすむ。

マネージャーとして話し合いに参加した洋子がほっとしたのも束の間、カンレキングスの監督は、別の特別ルールを提案してきた。

認定フライ――。

「フライを捕ろうとして上を向くでしょ、そしたらねえ、立ちくらみがしちゃうメンバーが何人かいるんですよ」

本日の試合、スターティングメンバーの平均年齢は七十三歳になる。

「それに、上を向いてると危ないんですよ。足元がふらつくし、万が一仰向けに転んで頭でも打っちゃうと大変なんで……」

だったら、野球なんてしないでよ——と言いたいのを、洋子はグッとこらえた。

ところが、にこにこ笑いながら話を聞いていたカントクは、あっさりと「そりゃあ、そうですな」と認めた。「頭を打つと、あとが怖いですけえのう」

「そうそう、そうなんですよ」

「よっしゃ、ほなら、フライは認定いうことで。インフィールドフライもあるんじゃけえ、ええでしょう」

「いいですか？　すみません、ほんと、いつもわがまま聞いてもらっちゃって」

恐縮して頭を何度も下げながらベンチに戻る監督を愛想笑いで見送りながら、カントクは小声で洋子に言った。

「甘《あも》う見とったら、いけんで」

「え？」

「ヨレヨレのふりをしとっても、あれで意外としたたかなんじゃけえ、あのチームは」

「そうなんですか？」

「フライを認定にしてきたいうんも、なんぞ含むところがあるんかもしれん……」

まさかぁ、と洋子は笑い飛ばしたが、カントクは赤い野球帽を目深にかぶり直して、「年寄りは知らんうちに若え者《わけもん》を手玉にとるけえのう」と珍しくしかつめらしい声で言った。

もっとも、カントクのウインドブレーカーのポケットには、古びた『週刊ベースボール』が丸めて入れてある。古書店めぐりが趣味の多摩川カンレキングスの選手の一人が、神田《かんだ》で見つけたのだという。昭和四十三年、外木場が完全試合を達成した記事が載っている号だ。そんなものを「お好きなひとに持っておいてもらったほうが本も幸せですから」とプレゼントされて喜んでいるのだから、真っ先に手玉にとられたのはカントク自身でもあったのだ。

試合は例年どおり、この一年間に亡くなった多摩川カンレキングスのOBや現役メンバーへの黙禱から始まった。定年後の十五年で四国八十八ヵ所のお遍路を三巡したというカンレキングスの監督は、短いお経まであげた。

なるほど、確かに気勢をそがれてしまう。シルエットが真ん丸な野球帽をかぶり、ユニフォームのズボンをニッカボッカー風に膝のすぐ下までたくし上げたオールドスタイルは、白黒のニュース映像を見ているようだった。

だが、試合が始まると、洋子はさらに拍子抜けするような光景を目の当《ま》たりにしてしまうことになる。

遅いのだ、ピッチャーの球が。最初はふざけてスローボールを投げているんじゃないかと思ったほどの、山なりの、ゆるいボールだ。

「あのじいさん、去年より、また一段と遅くなったな……」

田村が腕組みをしてつぶやいた。

「あれでエースなの?」と洋子が驚いて訊くと、デニーズで今日もカレーライスを食べた伊沢が、「ああ見えてすごいんだよ、あのジジイ」と横から言った。

昭和三十年代、都市対抗野球でベスト8まで進んだ実業団のエースだった。全盛期にはプロからの誘いもあったという。

「だから、ほら」田村はグラウンドに顎をしゃくった。「どんなに遅くても、山なりでも、キャッチャーミットに入るときは、意外といい音してるだろ」

「……ほんとだ」

そんなことを話しているうちに、一回表のカープの攻撃はあっさり終わった。三者凡退——アウトはいずれも、内野フライ。ネクストバッターズサークルに控えていたものの結局打順が回らなかった将大は、こわばった顔でベンチに戻ってきて、田村に言った。

「ナックルボール、ありますね」

「あのじいさんの決め球だ」田村も険しい目でうなずいた。「現役を引退して、五十過ぎてから覚えたらしい」

「けっこうキレがいいですよ」

「歳をとればとるほど、筋力が落ちて、よけいな力が抜けるからなあ……」

ちょっと、それ、まずいじゃない——。

さすがに洋子もあわてて、カントクを振り向いた。

カントクはチェンジになったのにも気づかず、『週刊ベースボール』を一心に読みふけっていた。

緊迫した投手戦になった。

三回の攻防を終えて○対○。カープの九つのアウトのうち、内野フライは七個におよんだ。もちろん、すべて認定フライ——カンレキングスの作戦どおりだった。

超スローボールに、どうしてもタイミングが合わない。バットの芯をはずれてフライが上がってしまう。決め球のナックルはますます冴え渡り、手元で微妙な変化をして、強振するバットの上や下をすり抜けていく。

しかも、カンレキングスは二段構えの作戦をとっていた。認定員をつとめるカンレキングスの補欠のじいさんは、ポテンヒットになりそうなフライもどんどんアウトにしてしまい、カープの面々が野次っても、平然としている。

「だめだよ、あのじいさん、補聴器はずしてるから、なに言われても全然平気だ」「こういう作戦で来るとは思わなかったな」「草野球精神のかけらもない連中だよなあ」……。

最初はぼやいているだけですんでいたカープのベンチも、しだいにあせりはじめた。まだ、わずか二安打。クリーンナップは揃ってノーヒットで、四回表に打席に立った主砲の将大に至っては、二打席連続で三振を喫《きっ》してしまった。

「ショーダイさん、肩に力入りすぎーっ」

うなだれてベンチに戻る将大にブーイングを飛ばした香織は、返す刀で洋子にも唇をとがらせて言った。

「ほら、お母さんがよけいなプレッシャーかけちゃったから……」

「関係ないわよ、そんなの。遅い球を打つのって、意外と難しいんだから。バッティングセンターのいちばん遅いやつより遅いんじゃない？　あの球」

「かもね……」

「でも、まあ、たいしたものだよね、あのおじいさんも」

素直に感心する。チームの誰かは、ナックルボールを武器に四十歳を過ぎてもメジャーリーグの第一線で活躍したフィル・ニークロに重ねていたが、洋子は違う。息子や孫のような打者を相手に、のらりくらりとかわしていく姿が、『野球狂の詩』の岩《いわ》田《た》鉄《てつ》五《ご》郎《ろう》にダブった。

水原勇気は、岩田鉄五郎に見いだされて東京メッツに入った。「色《いろ》惚《ぼ》け」と揶《や》揄《ゆ》されながらも野球協約突破をあきらめなかった岩田鉄五郎の執念があったからこそ、史上初の女子プロ野球選手になった。

がんばって――。

マウンドのじいさんに心の中で声援を送った。チームの勝ち負けなど、もうどうでもいい。どう見ても七十歳を超えているじいさんが奇跡のような完封勝利を収めたなら――いまの自分を取り巻く状況も、なにか変わってくれるかもしれない。

五番打者の田村がショートゴロに倒れて、四回表も無得点。〈還暦王〉と胸にロゴの入ったユニフォームの裾をピンと伸ばしてマウンドを降りるじいさんの背中に、思わず拍手を贈りたくなってしまった。

五回が終わっても、依然〇対〇のままだった。終盤の二イニングスは、認定ヒットのルールが適用される。この調子なら、カンレキングスの認定員が内野安打を認めることはないだろう。ヒットにするには、内野の間をきれいに割っていくしかない。

「向こうがその気なら、こっちだって考えがあるからな……。三上のおばちゃん、思いっきり厳しくやってくれよな。頼むぜ」

エースのヨシヒコが、あいかわらず横柄な態度で言った。四回あたりから、かなりいらだっている。コントロールも乱れ気味になり、棒球も増えた。将大がなだめすかしながらリードして五回まではかろうじて無得点に抑えてきたが、六回につかまった。

いや、正確には、自滅したのだ。

カンレキングスは、認定ヒットの狙いどころを熟知していた。先頭打者が、セーフティーバントを試みた。打球を殺しきってはいなかったが、ピッチャーマウンドと一塁の間にうまく転がった。ヨシヒコがあわててマウンドを駆け下りてゴロをすくったところで、プレイは止まる。

グラウンドとベンチの目が、一斉に洋子に注がれた。

ヨシヒコの体勢がよくない。この向きで捕ったら、一塁への送球は体を半回転させなければいけない。一塁手の位置も悪い。トトロのような体形で動きの鈍い橋本《はしもと》は、打球につられてダッシュしていた。ここから一塁に戻って送球を受けるのはキツそうだ。

洋子はやむなく両手を広げ、「セーフ」のジェスチャーをした。

一塁側のカンレキングスのベンチから拍手と歓声があがる。一方、ヨシヒコは「ふざけんなよ！　捕ってるじゃんよ！」と血相を変えて洋子をにらみつけたが、認定員の判断は絶対だ。どんなに抗議をしても覆《くつがえ》すことはできない。

まあまあまあ、と将大がマウンドに走ってなだめ、田村もセンターから「ゲッツーとろう！」と声をかけたが、頭に血がのぼったヨシヒコは、つづくバッターに三遊間を割られ、次のバッターには四球を与えた。無死満塁。絶体絶命のピンチだ。

幸い、ここからは揃ってノーヒットの下位打線に入る。力でねじ伏せていけば、そう簡単にヒットは出ないはず……だったが、打席に入ったバッターは、体格には不釣り合いな長いバットをグリップ一杯に持ち、バッターボックスのいちばん後ろに立った。

もちろん、将大もそれはしっかり見ている。バッターとホームベースから少し後ろに離れて、ミットをかまえた。ところが、初球――ヨシヒコの手からボールが離れると同時に、カンレキングスのベンチから声があがった。

「走ったぁ！」

将大は、草野球のキャッチャーとしては、レベルが高すぎた。ベンチの声に反射的に腰を浮かせ、ホームスチールを刺そうとした。少しでも早くキャッチングしたいので、ミットがグッと前に出る。そこに、バックスイングに入りかけて足をふらつかせたバッターのバットの先が、当たった。打撃妨害——テイク、ワンベース。

「いやあ、年甲斐《としがい》もなく物干し竿を持っちゃうと、足がついていかないねえ、まったく」

バッターは笑いながら一塁へ向かい、入れ替わりに三塁ランナーがホームインした。将大はがっくりと肩を落とし、ヨシヒコはロージンバッグをマウンドに叩きつける。草野球、恐るべし。老人、恐るべし。

「どんまい！　どんまい！」

カープのベンチでは、香織が一人で立ち上がって叫んでいた。

カンレキングスの攻撃をなんとか一点で食い止めて、七回表、カープ最後の攻撃が始まった。打順は三番のヨシヒコからだったが、とにかくこの試合、クリーンナップはカンレキングスの岩田鉄五郎をさっぱり打てない。

「これ……似てるな」

田村のつぶやきに、やっと『週刊ベースボール』を読み終えたカントクが「うん？」と反応した。

『巨人の星』です。大リーグボール三号。星飛雄馬《ほしひゅうま》がアンダースローで放る魔球で、球に力がなさすぎて、強打者になればなるほどバットの振りが鋭いんで、スイングの風でふわっと浮き上がっちゃうんですよ」

　確かに、似ている。ベンチの面々も、なるほど、とうなずいたものの、しょせんそれはマンガの世界のお話にすぎない。

　ところが、カントクは真顔で田村に訊いた。

「その魔球、マンガでは、どげんして打っとった？」

「ピッチャーがよく打つんですよ。ほら、プロのピッチャーはほとんどバッティングしないから、スイングが弱いでしょ。だからいいんです」

　カントクは、ふむ、と腕組みをした。

「あと、伴宙太《ばんちゅうた》が試合の終盤はずっとベンチで逆立ちして、腕の力をほとんどなくしてピンチヒッターに出たんですよ、たしか」

「ちゅうことは、アレか、バッティングがへたなほうがええ、いうわけじゃの」

「そうなりますね」

　田村は「まあ、それ、マンガの話ですけどね」と笑って付け加えたが、カントクは腕組みをしたまま、香織に目をやった。

「香織ちゃん、ショーダイのところでピンチヒッターじゃ」

香織よりも洋子のほうが驚いて絶句した。

そこに、ひさびさの快音が響きわたる。先取点を取られてふてくされていたヨシヒコが気のないスイングをすると、みごとに打球は左中間に飛んでいったのだ。認定ツーベース。一打同点のチャンスを迎え、ベンチは色めき立った。

『巨人の星』理論が、通用するかもしれない——。

カントクは打席に向かいかけた将大を呼び戻し、主審に代打を告げた。

香織は勇んで立ち上がる。洋子は両手を合わせて目をつぶり、カンレキングスの岩田鉄五郎に心の中で頼み込んだ。

お願いしますお願いします、あなたがほんとに岩田鉄五郎なら、水原勇気に打たせてやってください、お願いしますお願いしますお願いします……。

祈りは通じた。

バッティングセンターの時速七十キロの球に振り遅れ気味の香織にとって、それより遅い岩田鉄五郎の球は、まさにドンピシャのタイミングだった。

ライナーの打球がショートの頭を越え、左中間をゴロで割っていった。

初打席、初安打、打点一——。

堂々のデビューだった。

試合は結局、一対一の引き分けで終わった。通算対戦成績を五分に戻すことはできなかったが、「まあ、負けなかったんだから、よしとするか」と田村は満足そうに言い、機嫌を直したヨシヒコも「来年はどんな手を使ってくるんだろうな、あのジジイ軍団」と笑う。香織は「わたし、今日のMVPだよね？　ね？　ね？」と大はしゃぎで、「まぐれでいばんないのっ」と言う洋子も、頬はゆるみっぱなしだった。

他のメンバーも皆、休日を満喫した、いい笑顔をしていた。沈んでいるのはただ一人、失点の原因をつくり、さらには最高の場面で代打を送られた将大だけだった。四番の面目丸つぶれで、甲子園球児のプライドもずたずただった。

めちゃくちゃじゃないか——誰かに愚痴りたい。ルールもめちゃくちゃ、相手チームもめちゃくちゃ、作戦だってめちゃくちゃ……こんな野球が、どこにあるっていうんだ……。

ここにある。

言葉には出さなかったが、カントクは、確かに将大にそう伝えた。

試合後、両チーム総出でグラウンド整備をしているときのことだ。ホームベースの後ろの土をトンボで均していた将大のもとに、カントクが「手伝《てつど》うちゃろうか」とやってきて、小石を拾いながら言った。

「面白かろうが、草野球は」

「……はあ」

「おまえがいままでやってきた野球とは、ひと味もふた味も違う。ほいでも、これも、野球じゃ」

そこに、マウンドのグラウンド整備を終えたカンレキングスの岩田鉄五郎が挨拶にきた。「どうも、今年も接戦をやらせてもらいまして……」と帽子を取って頭を下げる。試合中は気づかなかったが、髪の毛は真っ白で、頭のてっぺんは禿《は》げあがっていた。

「いやいや、あんたのピッチングも、歳をとればとるほど味が出てくるのう。スルメみたいな奴じゃ。来年はもっと遅うなるんと違うか？　そしたら、もう、小学生でも連れてこんと打てんで」

ははっ、と笑った岩田鉄五郎は、少し寂しそうな顔をして、「今年で終わりです」と言った。

「なしてや、まだやれるじゃろうが」

「体はいいんですけど……ちょっとね、来月から息子の一家と同居するんです。横浜《よこはま》なんで、さすがにもう、引退ですよ」

「ほうか……」

本人よりもカントクのほうが、ずっと寂しそうな顔になった。

「でも、最後の試合でいい思い出ができました。中学生の女の子に打たれたら、本望ですよ……ほんとに、ありがとうございました」

帽子をかぶり直して、ベンチに戻る。息子一家なのだろうか、幼い子どもを連れた夫婦が拍手で岩田鉄五郎を迎えた。

カントクと将大は、それをじっと見つめる。

「いいですねえ、家族って」

将大が言うと、カントクは「一人のほうが楽でええ」とつぶやくように言って、拾った小石をウインドブレーカーのポケットに入れながら、付け加えた。

「ショーダイ、野球はええのう、ほんまに、ええもんじゃのう……」

将大は黙ってうなずいた。さっきより素直にうなずくことが、できた。

イニング5

1

ヨシヒコからのメールが田村の携帯電話に届いたのは、広島空港で羽田行きのフライトを待っているときだった。

明日の試合は休む、という。「休んでもいいですか」でも「休ませてください」でもなく、一方的に「休みます」と書いてきて、理由の説明もいっさいない。傲慢で生意気なヨシヒコらしい、だから、疲れているときには読みたくないメールだった。

田村は舌打ち交じりに画面をメール返信に切り替え、もう一度舌打ちをして、ロビーの隅に向かった。携帯電話の小さな画面を見つめ、親指一本で言葉を並べる——ほんのそれだけの気力すら、いまはない。

電話はすぐにつながった。悪びれた様子もなく「メール届きました？ そういうことなんで、明日はパスです、よろしく」と言うヨシヒコの声に、自然と眉間《みけん》に皺が寄った。

「急に言われてもなあ……橋本も出張で出られないんだし……」

「いや、だって、しょうがないじゃないですか、いま決めたんですから」

「試合はもっと前から決まってるんだよ」

精一杯の切り返しだったが、ヨシヒコは「ガキみたいな屁理屈言わないでくださいよ」と笑う。「こっちも急用なんで、どうしようもないんですよ」

「……もうちょっと申し訳なさそうに言ってほしいんだけどな、どうせなら」

「でも、結果は同じじゃないですか、どんなふうに言ったって。でしょ？」

言い返す気力も失せた。「次の試合は出ますから、じゃあ、そういうことで」と電話をあっさり切られたあとも、まあいいや、と力なくつぶやくしかなかった。

他のメンバーもきっと、明日そのことを伝えたら、最初は口々に文句を言うだろうが、最後は、まあいいや、とため息をつくだけだろう。試合を休むのはさすがに初めてでも、練習日やミーティングをすっぽかすことはしょっちゅうなのだから。

ヨシヒコがチームに入ったのは去年の五月――ちょうど一年前のことだ。野球の実力は誰もが認めているが、身勝手な性格のほうもチームの誰もが認め、辟易して、打ち上げの席でも微妙に距離をおいている。本人はそれに気づいているのかいないのか、年上相手にもキツいことをぽんぽん言って、エラーや凡退には露骨に嫌な顔をする。

草野球では通用しても、社会では、こんなのじゃやっていけないぞ——。

いつかガツンと言ってやりたい。

だが、その一言に説得力がない。この三月に大学を卒業したヨシヒコは、親の会社に就職した。ちぐさ台の駅前に自社ビルをかまえるちぐさ不動産の、営業部長。先月の初任給の金額は、四十歳の田村の給料の手取り額より多かった。

人生は不公平だ。ふだんは意地でも思いたくないことが、今日のように疲れた日には、「思う」というほどの意識もないうちに胸からじわじわと染み出してくる。

人間を「勝ち組」と「負け組」に分けるなら、どうやら自分は「負け組」のほうに足を踏み入れてしまったらしい。

父の具合は思わしくない。脳梗塞の後遺症は右半身の麻痺だけでなく、最近は言葉のほうにも出てきている。口がうまく動かない。今日は「煙草を買ってきてくれ」の一言が言えずにカンシャクを起こして、ちゃぶ台の湯呑みを手の甲で払い落としてしまった。母も介護疲れで白髪がずいぶん増えた。姉や妹は、もう父の介護の話を飛び越えて、父が亡くなったあとのことを考えている。母に一人暮らしをさせるのか、きょうだいの誰かが引き取るのか……。

気を取り直して、洋子の家に電話をかける。橋本の代わりは香織、そしていま、洋子までスタメンに繰り上がった。洋子にとっては待望のデビュー戦——「勝ち」を目指すのは、もうあきらめるしかないだろう。

　電話に出た洋子に事情を話し、スタメン出場を告げると、洋子は自分のことより先に「なによ、それ、無責任すぎない？」とヨシヒコに対して怒りだした。

「まあ……でも、無理やり連れてくるっていうわけにもいきませんし……しょうがないですよ」

「だって、今日の明日じゃない、いくらなんでもひどいでしょ」

「ええ、まあ……」

「田村さん、それであっさり許しちゃったんですか？」

　許すしかないじゃないですか、と言ったところで、洋子をよけい怒らせてしまうだけだろう。とにかくあいつは性格がキツいんだよ、正義感がありすぎるっていうか、融通が利かないんだよな——英明は、いつかそんなふうにぼやいていた。男を萎縮《いしゅく》させるタイプだとも言って、離婚して俺はほんとに楽になったんだぜ、と笑っていたのだった。

「あの子、甘やかされすぎてるのよ、絶対に。家でもそうだろうし、チームでも、田村さん、甘いから」

「……すみません」

「ほら、すぐそうやって謝る。べつに謝るような話じゃないでしょ？」

すみません、と思わず言いかけて、あわてて口をつぐんだ。

「あのね、ウチの香織を見てても思うんだけど、いまどきの若い子って、おとなを見分ける目、すごく敏感なのよ。このひとは自分を甘やかしてくれるかどうか、って。一度だいじょうぶだと気づいたら、あとはもう、とことんなめてくるんだから、ほんと」

「……はあ」

「今度、わたしが言っちゃおうか、ヨシヒコくんに」

「いや、それはだいじょうぶです……僕が、ちゃんと……」

「言える？」

「……と、思います」

頼りなげな声になってしまったのが、自分でわかった。洋子も「ま、いいけど」とあきらめ半分に言って、やっと話を本題に戻した。

「それで、わたしはどこを守るわけ？」

「とりあえず、ライトでお願いします。香織ちゃんにはセンターに回ってもらって」

もともとライトの福田は、橋本に代わってファーストに回る。こちらも自信はないが、処理すべき打球の数は圧倒的にファーストのほうが多い。いくらなんでも香織や洋子に任せるわけにはいかない。もちろん、これで外野はとんでもない穴になる。二人のミスはそのまま失点に直結する。明日の試合、右中間に飛んだ打球はすべてランニングホームランを覚悟しなければならないだろう。相手チームに左打者がいないことを祈るしかない。

「で、ピッチャーは？」

「沢松くんでいきます。ショートはセンターの伊沢さんにお願いしますから」

「沢松くん？　あの子、ピッチャーなんてできるの？」

「できますよ、彼。コントロールいいんです」

「沢松くん、ねえ……」

納得しない口ぶりで返した洋子は、「ついでだから言うけど」と前置きして、「あの子もなんとかならないの？」とつづけた。

言いたいことは、田村にもわかる。

「こっちが声をかけても返事もろくにしないし、目も合わせないんだもん。無口にもほどがあると思わない？」

それはずっと、田村自身が感じていたことだった。ヨシヒコにしても沢松にしても——ついでに会社の部下を何人か思いだしてもいいのだが、若い連中と付き合うのは、とにかく骨が折れる。話が通じない。ごくあたりまえの常識や了解事項が分かち合えない。なにを考えているのかわからないし、こっちの考えがどこまできちんと伝わっているのかも、わからない。

「あ、ごめんなさい、なんか言いたいこと言っちゃって」

洋子は軽く詫びて、「わたし、緊張すると八つ当たりしちゃうタイプなの」と笑い、最後の最後でようやく「試合でみんなの足を引っ張っちゃったら、ごめんなさい」としおらしいことを言った。

電話を切ると、ふーう、とため息が漏れた。な、疲れるだろ、あいつと話してると――英明の声が、どこかから聞こえてきたような気がした。


「お母さんってさあ……」

洋子が受話器を置くのを待ちかねて、香織は苦笑交じりに言った。

「なんで、こう、自分を正義の側に置いちゃうかなあ」

「なにが?」

「お母さん、絶対に自分が正しいと思ってしゃべってたでしょ、いま」

「だって、ほんとのことじゃない」

「ま、いいけど……あと、しゃべり方、いばってるよね。田村さんって同い年でしょ、なんで説教っぽく言っちゃうかなあ、お母さんって」

「お説教なんかしてないわよ。ただ、もう、あのひともね、キャプテンなのに、なんか煮え切らないっていうか、腰が退けてるっていうか、見てるとイライラしちゃうのよ」

「だからそこが、自分を正義にしちゃってるってこと。いーじゃん、べつに、ひとそれぞれなんだから」

咎めるような口調ではなく、表情も笑ったままだった。だからこそ、微妙なトゲが、ちくちくと洋子を刺す。

「お父さんと夫婦喧嘩してたときも、そんなノリだった？」

うなずかなかったが、首を横に振ることもできなかった。

「けっこう理詰めで追い込んでたりしてたんじゃないの？　お父さんのこと」

そうかもしれない。

「で、お父さんはそれがキツくなって若いオンナに逃げ込んだ、とか」

たぶん、当たっている。

「知ったふうなこと言わないの」とにらむと、香織は、ふふっ、と笑う。娘から母親へというより、歳の離れた友だち同士のような笑い方だった。

二人暮らしになってから、急に香織はおとなびてきた。やっていることはあいかわらず幼くても、ときどき、どきっとするようなことを言う。意外とひとのことよく見てるんだなあ、と洋子がたじろぐこともある。

その視線で、香織は沢松のことも見ていた。

「ヨシヒコさんはわたしもむかつくけど、沢松くんのこと、あんまり文句言わないであげてよ。かわいそうだから」

とりなすように言って、「あの子、一年生の最初の頃は、わりとしゃべってたんだって」とつづける。

「そうなの？」

「うん、去年同じクラスだった子が言ってたんだけど……なんかね、入学したあと一瞬だけ野球部に入って、で、いろいろあったみたいで、すぐにやめちゃって……それからしゃべらなくなったの」

「いじめ？」

小さくうなずいて「去年の三年生がシメたみたい」と言った香織は、洋子の表情がこわばったのを見て取って、「よくわかんないけどね、ウワサだからね」とあわてて付け加えた。「お母さん、よけいなこと言って話を大きくしないでよ」

「でも、放っておいていいわけないでしょ」

「いーの、だってもう三年生は卒業したんだし、いまはべつにいじめられてるわけじゃないし、友だちとしゃべらないだけで、授業とかではちゃんとしゃべってるから」

「でも……」

「見捨てたんじゃない？」

「なにを」

「誰かとしゃべって仲良くなるってこと。あきらめたっていうか、絶望したっていうか、そーゆー後遺症ってあるみたいよ、いじめに遭ったあとは」

洋子の顔はまたこわばってしまう。「勘だけどね」と香織が笑っても、背筋がぞっとするような嫌な感覚は消えなかった。

「ま、いーじゃん、本人がそれでいいんだったら」

香織は軽く言って話を終え、「それより」と身を乗り出してきた。「お母さん、やったじゃん、デビューじゃん。素振りする？　付き合おうか？」

よくわからなくなる。「おとなびる」の意味が、昔――洋子が中学生だった頃とは、違ってしまったような気がする。あの頃は、子どもの残酷な無邪気さから卒業して、ひとの心を慮《おもんぱか》れるようになることが、「おとなびる」ことだった。だが、香織を見ていると、思う。いまは、ひとの心に踏み込まず、そういうものなんじゃないの、と醒めたまなざしでただ眺めるようになることが、「おとなびる」の意味になってしまったんじゃないか。

「お母さん、どうしたの？　緊張してるの？」

身をさらに乗り出してきた香織から、思わず顔をそむけてしまった。

「……このままでいいわけないじゃない」

「え？」

「沢松くんのこと」

「だって、そんなの……よけいなおせっかいしてもしょーがないじゃん」

「同級生でしょ」

「たまたまじゃん。それに男子と女子だし」

「同じチームでしょ」

「関係ないじゃん」

あきれ顔で笑った香織は、ふと真顔になって「お母さん、マジ、よけいなことしないでよ、頼むよ」と釘を刺した。

洋子はなにも応えなかった。

2

翌日の試合相手は、初めて対戦するチームだった。
富士見《ふじみ》中フォーエバーズ――その名のとおり、地元の中学校のOBチーム。二十歳前後が中心のメンバーは全員野球部出身というふれこみで、女性マネージャーまでベンチに入っていたが、打てば凡打、守れば四球とエラーの連続で、試合の趨《すう》勢《せい》は序盤戦で決まってしまった。

エース不在のピンチに気合いを入れて臨んだちぐさ台カープの面々も、早々に拍子抜けしてしまい、中盤からは塁に出たランナーが相手チームの選手と雑談を交わす余裕さえ出てきた。

その一人――三塁にいたウズマキ眼鏡の小倉《おぐら》が、押し出し四球でホームインしてベンチに戻ってくると、「ちょっとちょっと、田村さん、すごい話、聞いちゃいましたよ」と興奮した面持ちで言った。

「富士見中って、駅の近所にあるでしょ。ってことは、ヨシヒコの母校かもしれないって思って、ファーストの奴に訊いてみたんですよ。そしたら、あいつらみんな、ヨシヒコと野球部で同期とかチョクの後輩だった、って」

キャッチャーのパスボールで二塁に進塁したあとは、セカンドの選手に話のつづきを聞き出した。

「成人式でひさしぶりにみんなで会って、盛り上がって、チームをつくったんです。半分以上が中学時代は補欠だったんだけど、やっぱり野球が好きなんですよね、みんな」

「ヨシヒコは？」田村が訊いた。「あいつは入らなかったのか？」

すると、小倉は、待ってましたというふうに大きくうなずいて、ぷっ、と噴き出した。

「笑っちゃいますよ……あいつ、入れてもらえなかったんだって」

傲慢で身勝手な性格が災いした。チーム結成の話は、すべてヨシヒコ抜きで進められた。

「ほんとに嫌われてたみたいですよ、あいつ。特に補欠や後輩には、もう、王様みたいな態度で、みんなうんざりしてたんですよ」

三塁に進むと、さらに詳しい話を仕入れることができた。

「サードの奴、試合でエラーしたあと、ヨシヒコに殴られたんだって。いまでも恨んでましたよ、すごく。で、ヨシヒコもチームの話を聞いて、最初はなんとなく入りたがってたらしいんだけど、あいつらも予防線張ってるわけですよ、最初から」

メンバーの条件は、富士見中野球部の補欠か、打率二割以下だったレギュラー――

「へたくそが集まって野球を楽しみたいから」という口実で、ヨシヒコをシャットアウトした。

田村は、うーん、とうなって首をかしげた。ヨシヒコをかばうつもりはない。だが、フォーエバーズの連中のやり方にも、なんとも言えない嫌なものを感じてしまう。

小倉はまだいくつか話を聞き出していたようだったが、打席では洋子が三振して、ようやくカープの攻撃が終わった。

攻守交代してサードの守備位置についた田村は、三塁コーチの男に声をかけた。

「ヨシヒコと野球部で一緒だったんだって？」

三塁コーチは屈託なく「そうなんですよ」と答え、「今日、会いたかったんですけどねえ」と笑いながら言った。

「知ってたのか？　あいつがウチにいるってこと」

「ええ、知ってたっていうか……だからカープさんに試合を申し込んだって感じですかね」

「はあ？」

「でも、まさか、あいつが逃げちゃうとは思わなかったなあ。ずるいですよねえ、あいつも、都合のいいときだけ俺が俺がって前に出てくるくせに、こういうときに逃げちゃうんだから」

三塁コーチは冷ややかに言って、田村に伝言を託した。

「島田《しまだ》さんと工藤《くどう》が結婚しますから、って……ヨシヒコに言っといてください」

「なんなんだ？　それ」

「いいですいいです、そう言ってもらえば、絶対にわかりますから」

きょとんとする田村にかまわず、三塁コーチは子どもじみた口調で「でも、惜しかったなあ、ほんとは試合の前に言ってやりたかったんですけどねえ」と言った。「見たかったなあ、そのときのあいつの顔……」

伝言の意味は、その回のフォーエバーズの攻撃が三者凡退で終わったあとでわかった。試合よりもヨシヒコの話のほうに夢中になった小倉は、セカンドの守備位置からベンチに一目散に駆け戻ると、「田村さん、さっきのつづきですけどね」と息をはずませたまま、二人の名前を口にしたのだ。

「マネージャーの女の子も同級生なんですよ、島田淳子《じゅんこ》さんっていって……ヨシヒコの片思いの相手だったらしいんですよ。で、彼女、今度結婚するんですよ、レフト守ってる工藤って奴と」

だから、試合を申し込んできた。ゲームの勝ち負けではなく、ヨシヒコが打ちひしがれる、その瞬間の顔をみんなで見るために。

復讐《ふくしゅう》――という言葉が、田村の頭に浮かんだ。大げさだとは思わなかったし、横文字の「リベンジ」と呼び換えられるほどあっけらかんとしたものだとも思えなかった。

ピッチャーは相変わらず四球を連発し、守備陣はつまらないエラーを繰り返す。それでもフォーエバーズの連中は和気あいあいと「ドンマイ、ドンマイ」と声を掛け合って、励まし合う。

さっきまでは微笑ましかった光景が、急に、ぞっとするほど寒々しいものに感じられてきた。


やけっぱちで振ったバットは、むなしく空を切った。三振——これで五打席連続。

「長嶋茂雄《ながしましげお》のデビュー戦を超えたのう」

カントクは上機嫌で笑って迎えたが、ベンチに戻ってきた洋子は眉をキッと吊り上げて「今度は打ちます！」と憤然として腰を下ろした。

悔しい。そう簡単にヒットが打てるわけではないと覚悟はしていたものの、ボールにバットを当てることすらできないとは思わなかった。

「お母さん、バットが長すぎるんだよ。もっと短く持って、コンパクトに振らなきゃ」

香織はコーチ気取りで言って、「ね、そうだよね？」と隣の将大に声をかける。将大は困惑気味に「いや、でも、タイミングはだいぶ合ってきたから……」とフォローしてくれたが、洋子の悔しさはその程度ではおさまらない。

将大は五打席連続ホームラン。それはまだいいとしても、香織が五打数三安打というのが悔しい。三安打のうち二本はかぎりなくエラーに近い内野安打だったが、とにかく振ったバットがきちんとボールに当たっている。

守備でも香織は活躍した。二回飛んできたセンターフライを、危なっかしい足取りと手つきではあってもみごとにキャッチして、センター前ヒットもちゃんとシングルにとどめた。「センターフライは距離感が難しいんだけど、香織ちゃん、センスあるよ」と田村も褒めていた。親としてはうれしい。だが、微妙に悔しい。親として、という以外の立場など、どこにもないはずなのに。

「まあ、でもさ、お母さんがアウトを稼いでくれないと、この試合、終わらないから」

香織はからかうように言って、「あとは守りで足を引っ張らないでね」とつづけた。「点が入るのはかまわないけど、お母さんがトンネルしちゃうと、わたしがボールを取りに行かなきゃいけないんだから」

「だいじょうぶよ」

「って、根拠なしで自信持ってるところがオバサンだよね」

「……うっさい」

ライトへの打球は、まだ一球もない。それにほっとしている自分に気づくと、また悔しさがつのってしまう。

「ねえねえ、ショーダイさん、やっぱ、ライトに球が行かないようにリードしてるわけですか？　沢松くんのピッチング」

香織はマイクを差し出すしぐさをして、将大に訊いた。

将大はちらりと洋子を見て、遠慮がちに「そういうわけでもないんだけど……」と言った。

「でも、内角攻め、多くないですか？　やっぱアレでしょ、サード方向に引っ張らせて打ち取ろうっていうリードですよね、そこんとこ、どーですか？」

調子に乗るなっ、と洋子は香織の脇腹を肘で小突いた。右打者の内角を攻めていればライトへの打球は減る。それくらい、洋子も知っている。そして、この試合、やたらとサードゴロやショートゴロが多いことにも、とっくに気づいている。

将大は返事に窮していた。この、バカ正直――心の中で毒づきつつ、洋子は無理に笑って、ベンチの隅に座る沢松に声をかけた。

「沢松くんって、コントロールいいもんね。内角攻めなんて簡単だよね？」

不意に話を振られた沢松は、ビクッと肩をすぼめ、うつむいて、反応はそれっきり。

こっちに気をつかって応えないのだろうかと思って、「フォアボール、まだ一つもないでしょ」とつづけても、沢松は返事をするどころか、黙って立ち上がり、ベンチから離れていく。

むっとして呼び止める洋子の脇腹を、今度は香織が肘でつついた。

「ちょっと……」

「いいじゃん、ほっとけば」

小声で言う香織に、洋子も小声で「だって、なによ、あの態度」と言い返す。その傍らでは、将大がまだ一人で、さっきの香織の問いにどう答えるか悩んでいた。

「あーっ、もう、いいっ」

洋子はいらだって、ぷいっ、とそっぽを向いた。気弱な田村に、煮え切らない将大、無愛想にもほどがある沢松、ついでに傲慢でわがままなヨシヒコも、さらについでに英明も含めて……どうして、ろくでもない男ばかり回りに集まって来るのだろう……。


七回までの予定だった試合は、五回表のフォーエバーズの攻撃が終わった時点で、二十二対〇のコールドゲームになった。グラウンドの使用時間はまだ残っていたし、草野球の世界では公式戦以外でのコールドゲームは異例のことだったが、田村が強引に「もうやめましょう」と試合を打ち切ったのだ。

フォーエバーズはあっさりと「そうですね」と受け容れたものの、むしろ味方の選手たちを納得させるほうが厄介《やっかい》だった。草野球のなによりの楽しみは、一回でも多く打席に立つこと――ひさびさのワンサイドゲームは、飽きるほどバッティングができる貴重なチャンスだった。その機会を奪われた物足りなさはわかっていても、これ以上試合をつづけるわけにはいかない。

珍しくキャプテンの権限をふりかざした決断の理由を、打ち上げの席で説明した。

「みんなには悪かったけど……俺は、やっぱり、ヨシヒコのプライドを守ってやりたかったんだ……」

当のヨシヒコが喜ぶかどうかはわからない。へたな気づかいや同情は、かえって怒らせたり傷つけたりするだけかもしれない、とも思う。

だが、とにかく、むしょうに腹立たしかったのだ。和気あいあいとしたフォーエバーズの連中の、笑顔の陰に隠れた陰湿さが、どうしても許せなかったのだ。

伊沢や福田たちも、それはそうだよな、とうなずいた。ヨシヒコやフォーエバーズの連中と同い年の将大も、「情けない奴らですよね」とあきれ顔で言う。

ところが――。

「いちばん悪いのって、ヨシヒコくんなんじゃないの？」

洋子が、ぴしゃりと言った。

「あの子たちのやり方も確かに陰険だと思うけど、そこまで恨まれてるわけでしょ、そっちのほうが問題でしょ、そもそもは」

メンバー一人ずつを見回して、ちょっとお母さんやめなよ、とテーブルの向かい側で腰を浮かせた香織を目で制し、最後に沢松をにらみつけた。

「チームの仲間としてヨシヒコくんを守るっていうのは、わたしもいいと思う。でも、守ったりかばったりするのと、甘やかすのとは、違うんじゃないの？」

誰も言い返せない。たとえ新参者でも、たとえ全打席三振でも、選手の中では田村と並んで最年長——しかも「正義は常に我にあり」の口調には、有無を言わせない迫力があった。

「わたしね、黙って見てようと思ったんだけど、ヨシヒコくんのこと、みんな甘やかしすぎてると思う。おとながこれだけ揃ってて、大学生に毛の生えたような子を鍛えることもできないわけ？」

メンバーを見回す視線は、二巡目に入った。一人また一人と、目が合った順にうつむいてしまう。将大もだめ。田村もだめ。洋子を唯一たしなめることができるはずのカントクは——たぬき寝入りなのかどうか、さっきから腕組みをして、うとうとしている。

「それから」

洋子の視線は、最初からうつむいたままの沢松に据えられた。

「沢松くんも、そうよ。ひとに話しかけられたら返事ぐらいしなさいよ。それくらい常識でしょう？」

反応、なし。代わりに香織が両手で大きく×印をつくったが、かまわずつづけた。

「沢松くんねえ、あなた、なんのためにチームに入ってるの？　みんなで野球を楽しみたいから入ったんじゃないの？　でも、あなたの態度だと、まわりが楽しくならないよ。そう思わない？　なにか、まあ、学校でいろいろあったのかもしれないけど……」

言葉の途中で、沢松は席を立った。うつむいたまま、黙って、店を出て行ってしまった。

残された洋子もムスッとして黙り込み、香織は本気で怒ってしまって、もう洋子の顔を見ようともしない。

打ち上げの雰囲気は完全に白けてしまった。

「いや、まあ……確かにね……三上さんの言うことも一理あるんですけど……」

とりなすように言った田村も、つづく言葉を見つけられない。

そのときだった。

「のう、田村くんよ」

カントクが、腕組みをして、いかにも寝起きの目をしょぼつかせて、のんびりした声で言った。

「来週も試合するか」

「はあ？」

「来週も試合しようや。果たし状、出してきんさいや」

「……どこに、ですか？」

「今日の相手じゃ。河川敷のグラウンドじゃったら明日予約してもだいじょうぶじゃろ」

「いや、でも……」

「ヨシヒコ、投げてくれりゃあええがのう」

ひとごとのように言って、同じ口調で、洋子にも——。

「マメの皮は、無理に剝かんほうがええど」

洋子はぎょっとして、テーブルの下で両手を握り込んだ。右手の薬指の付け根と、人差し指の外側にマメができかけていた。

「右バッターは左手にマメができんと、いつまでたっても打てん。あんたが打てんうちは、わしら、八つ当たりの的になってしまうけえ、剣呑《けんのん》じゃわい」

カカカッ、と笑って、また目をつぶるカントクなのだった。

3

翌朝になっても、香織は洋子を許さなかった。

「とにかく、もうサイテー、お母さん、サイテーだよ。信じられない、はっきり言って中学生以下」

言いたい放題言われても、受け容れるしかない。

「あーあ、今日、沢松くんに謝らなきゃ」

テーブルに両肘をついてトーストを頬張り、うんざりした顔でため息をつく。行儀の悪さも、さすがに今朝は叱れない。

「謝らなくてもいいんじゃない？　だって、言ってることは間違ってないでしょ」

「ほら、すぐそうやって開き直る」

口の中のパンを紅茶で喉に流し込み、小さなげっぷと一緒に、また、ため息をつく。

「……ほんと、しつこいね、あんたも」

「へそを曲げると長いのっ」

唇をとがらせて言って、「お母さんとおんなじっ」とつづける。

「なに言ってんのよ、お母さんは……」

「長いでしょ。長いからお父さんの不倫許さなかったんじゃん」

「だって……」

「そうでしょ？　で、お父さんはお母さんに許してもらうまで待つのに耐えきれなくて、結局出て行ったんじゃん。でしょ？　違う？」

違わない。中学二年生の娘にそこまで見抜かれていることが悔しい。

「あ、まただ」

香織は洋子の顔をちらりと見て、やっぱりね、とうなずいた。

見抜いているのは、最近、両親が離婚に至るまでの心理だけではなかった。

「お母さんって、いっつも悔しがってない？　なにやっても悔しい悔しいって思ってるでしょ。昨日の試合のときなんか、もう、すごかったもんね。悔しさのオーラ、びんびんなんだもん。ショーダイさんもビビってたでしょ」

言葉に詰まった。

「負けず嫌いってことは知ってるけど、最近ちょっとひどいよ。露骨っていうか、トゲトゲしてて、ハリネズミみたくなってんのがわかるんだもん。もっと肩の力抜かない？　なんかさあ、こっちも疲れちゃうんだよね、お母さんが悔しがってるの見てると」

まだ十三歳の我が子に訳知り顔で諭すように言われると——やはり、悔しい。「落ち込むよりましでしょ」と言い返して、「昔とは違うんだから、お母さんが落ち込んじゃったら困るでしょ」とつづけた。

だが、香織は「そんなに困るかなあ」と首をかしげ、「ま、八つ当たりさえされなきゃ、わたしはべつにいいけどね」と紅茶を飲み干して、朝食を終えた。

最初から最後まで、話は香織のペースだった。食卓に残った洋子は、「お皿ぐらい片づけなさいよ」と洗面所に向かう香織の背中をひとにらみして、読みかけだった新聞の折り込み広告に目を戻した。

求人情報が特集で載っているタブロイド判四ページの広告の中に、〈年齢不問〉と〈正社員〉の組み合わせは数えるほどしかなかった。そこから給与と勤務時間と勤務地と職種で絞り込んでいくと、今朝も、条件に合うものはゼロ。

離婚して二ヵ月になる。それは「専業主婦」から「無職」になって二ヵ月、ということでもある。そろそろ本気で、仕事探しのハードルを下げなければならないかもしれない。

最近、いっつも悔しがってない——？

耳に残る香織の声を、広告を丸めて捨てる音で振り払った。

月曜日の朝は、いつも体が重い。肩から腰、腰から踵《かかと》、体の後ろ側ぜんたいに鉛が溶け込んでしまったような重さだ。特に、今朝のように日曜日に草野球をした翌朝が、しんどい。三月頃に比べると、五月のいまは、鉛の量が倍近くに増えてしまったようにも感じられる。

満員のバスと電車と地下鉄を乗り継いで会社に着いた田村は、もうそれだけでぐったりして、ブラックの缶コーヒーを一本飲み終えたあとも仕事になかなか取りかかれない。パソコンのメールチェックをすることすら億劫《おっくう》で、スクリーンエフェクトのかかった画面をぼんやり見つめていると、眠気に吸い込まれた。

肩をつつかれて振り向くと、「課長、いきなり居眠りしないでくださいよ」と隣の席の川野《かわの》に笑われた。「さっきからずっと呼んでたんですよ」

「ああ……悪い」

「疲れてますね、顔色めちゃくちゃ悪いですよ」

わかっている。出がけに洗面所の鏡を覗いたとき、目の下の隈《くま》に気づいた。歯を磨いていると吐き気もしたし、いつもは健康のために階段を使う地下鉄の駅でも、今朝はエスカレータに頼ってしまった。

「昨日、草野球だったんですか」

「ああ……」

「で、おとといは広島日帰り、でしょ」

黙ってうなずいた。だいじょうぶだから、と川野の視線をさえぎるように手をかざし、椅子に座り直した。

マウスに手を伸ばし、メールの受信箱をチェックした。着信が二十件近く。さあ仕事だぞ、と自分に言い聞かせてメールを開くそばから、あくびが出てしまう。

携帯電話が鳴った。出端をくじかれて舌打ち交じりにフリップを開くと、発信者名が〈遠藤〉と表示されていた。少し迷ったが、電話を受けた。

「朝っぱらから悪い悪い」――英明ののんきな声が耳に流れ込むと、思わず苦笑いが浮かんだ。

「たいした用じゃないんだけどさ、ゆうべ遅く、香織からメールが来たんだよ。前のカミさん、試合に出してもらったんだってな」

「ええ……」

「ぜーんぶ三振だったんだって？　もう、笑っちゃうなあ。タムちゃんもなに血迷って、あんなの出したんだよ」

「レギュラーが二人も休んじゃったんですよ。ウチの補欠、香織ちゃんと洋子さんしかいないから」

「香織はともかくさ、洋子はないだろ、洋子は。だったら、そこいらを歩いてる小学生でも使ったほうがましだったたんじゃないのか？」

「いや、まあ……」

「で、あいつ、試合のあとで逆ギレしちゃったんだって？　なんか迷惑かけちゃったなあ、タムちゃんにも」

ははっ、と力なく笑い返した。ヨシヒコのこと、洋子のこと、沢松のこと、そしてカントクに命じられた来週の試合のこと……仕事の億劫さとは別の場所に染み込んだ鉛が、あらためて、ずしりと重くなる。

「ストレス溜まってるのかもな、あいつも。ほら、なんでも完璧にやらなきゃ気がすまないタイプだし、キツいから、とにかく性格が」

英明から洋子の話を聞かされるたびに妻の寿美子のことが思い浮かぶようになったのは、いつ頃からだっただろう。

正反対のタイプだ。寿美子は「完璧」の「か」の字も目指さない。よく言えばおおらか、悪く言えばずぼら。この週末も、部屋に一度も掃除機をかけなかったし、ゆうべ田村が疲れた体にむち打って片づけなければ、コタツは次の週末まで出しっぱなしになっていたはずだ。

洋子のほうがいい――とは思わない。あれだけ性格がキツいと、英明でなくても、一緒にいると気疲れしてしまうだろう。だが、ほんとうに寿美子でよかったのか――

ときどき、自分でも怖くなるほど切実に思うことがある。広島の実家から帰京したあとは、特に。

「それで、タムちゃんさあ、これからもあいつを試合に出すつもりなの？」

「まあ……休みの選手がいたら、出てもらわないと試合ができませんし」

「メンバー増やさないのか？」

「ええ、いまのところは」

「まあ、俺には関係ないけど、大変だよなあ、タムちゃんも。あいつはとにかく自分がいちばん正しいと思ってるからな、なんだっけ、ほら、唯我独尊《ゆいがどくそん》っての？　苦労すると思うけど、まあ、よろしく面倒見てやってよ。わがまま言うようなら、ガツンと言ってやりゃいいから、俺に気をつかうことなんてなーんにもないから、うん、ほんと……」

話は、それだけ。ほんとうに、掛け値なしに、たいした用件ではなかった。

だが、そういう電話をわざわざかけてくる英明が、妙に憎めずにいる。自分は不倫の果てにさっさと再婚しておきながら、別れた家族のことをやたらと気にかける――だらしない優しさが、疲れているときには不思議と胸に染みるのだ。

「今度、洋子さんが試合に出そうなときは連絡しますよ。よかったら見に来ませんか」

「バッ、バカなこと言うなよ、なに言ってんだよ、そんなのさあ、おかしいだろ、絶対だめだよ、ヘンじゃないかよ……」

急にあせって、あたふたと電話を切ってしまう。そういうところも、笑える。

負けず嫌いでしっかり者の洋子と、いいかげんでも憎めない英明の組み合わせは、夫婦として意外と悪くないんじゃないか。口には出せなくても、いつも思っている。それでいてうまくいかないのが、夫婦の難しさなのかもしれない。

考えがそこまで至ると、スゴロクの「ふりだしに戻る」のように、また寿美子の顔が浮かんでしまう。背中の奥の、仕事とも草野球とも違う場所に、鉛の固まりが、ずしん、と沈み込んだ。

4

ノルマに追われる大手とは違って、地元に根差した不動産屋は、会社の規模は家族経営同然でも、古くからの馴染みの地主や大家との人間関係さえ保っていれば、そこそこの売り上げは確保できる。のんびりしたものだ。ましてや、ちぐさ台は小銭稼ぎにうってつけの賃貸物件の多い急行停車駅、おまけにヨシヒコは社長の一人息子——仕事の実務は番頭格の副部長に任せきりで、遊びほうけていても誰にも文句は言われない立場だ。

そんなヨシヒコが、月曜日は朝からオフィスの上階にある部長室にこもりきりだった。といってもデスクワークに勤《いそ》しむわけではない。大型の液晶モニターで映画のDVDを観はじめては、すぐに別の映画に替える、その繰り返しで夕方まで過ごしていたのだ。

内線電話が鳴った。オフィスからだった。「ヨシくん……」と言いかけた古参の社員は、あわてて「部長にお客さままでです」と言い直した。

来客の約束などなかったし、今日は誰とも会いたくない。「用件だけ聞いといてよ」と言って電話を切ろうとしたら、受話器の向こうで女の子の声が聞こえた。

ちょっと、だめだってば、帰んないでよ、ここまで来たんだから——。

聞き覚えのある、甲高い声だった。

はっと思い当たって、「ちょっと代わってくれ」と言うと、取り次いだ社員は「いえ、それが……」と困惑して返す。

制服姿の中学生二人組だった。男の子と女の子。女の子に背中を押されるようにして入ってきた男の子は、たったいま電話を取り次いでいる隙に黙って外に逃げ出してしまい、それを女の子が追いかけていったところだという。

「あ、帰ってきました、二人とも……あ、あ、また逃げちゃいました……あ、捕まえた、女の子が捕まえました、いま引きずり込んでます、男の子のこと……」

電話では埒《らち》が明かない。「すぐに行くから」と受話器を置き、オフィスまで階段を駆け下りると――。

「ちわーっ」

息をはずませて笑うのは、あんのじょう、香織――そして、香織にブレザーの袖を摑《つか》まれてうなだれているのは、沢松だった。

「どうしたんだ？」

「お願いがあって来ちゃいましたぁ」

香織はそう言って、いたずらっぽく頰をゆるめ、「ヨシくん、に」とつづけた。

「……お願いって、なんだよ」

「沢松くんに、思い出話をしてもらったりしていいですか？」

「はあ？」

「沢松くんに勇気を与えられるのって、ヨシくんしかいないんですよ」

ね、そうだよね、と沢松に目配せする。沢松はいつもどおり黙り込んだまま、会釈もしない。だが、もうあきらめたのか、逃げ出す気配はなかった。

「わけわかんないけど……じゃあ、いいよ、ちょっとだけなら」

部長室に通すと、香織はインテリアを値踏みするように眺め渡し、「さっすが、ボンボンッ」と大げさにうなずいた。「これなら敵も増えちゃいますよね、しょーがないですよね、『ドラえもん』のスネ夫みたいなものだから」

うるさいなあ、と苦笑したヨシヒコの頬が、ひきつった。

敵も増えちゃう――？

しょーがない――？

ソファーに沢松と並んで座った香織は、ヨシヒコの胸の内を見抜いたように、真顔に戻って言った。

「富士見中フォーエバーズのこと、だいたい聞きました。なんであのひとたちが試合申し込んできたか、ヨシくん、知ってます？」

ごまかしてもしょうがないし、怒りだしたらよけいみっともない。

ヨシヒコは二人の向かい側に座って、「知ってるよ、それくらい」と言った。「会ってなくても、こういう商売やってれば、地元の奴らの冠婚葬祭はだいたい耳に入ってくるからな」

「そっかあ……」

「あいつらに結婚祝い贈ってやろうと思ってさ、今日は朝から考えてたんだ。すっげえ高いの、どーんと贈ってやるから」

香織は、はいはい、と軽く聞き流して、「それでね」と本題を切り出した。

「ヨシくんって、ゴーマンなひとでしょ？」

「……なんだよ、その言い方」

「いいから聞いて。野球すごくうまくて、性格がいばってるじゃないですか。それで、野球部のみんなとうまくいかなかったわけですよね。そうですよね？」

ふてくされて「そうだよ、うっせえなあ、文句あるのかよ」と認めた。

「でも、ヨシくんはみんなにそーゆー態度とったこと、後悔してないんでしょ？」

「してねえよ、するわけねえだろ。野球ってのは試合に勝つためにやってるんだからさ、うまい奴が褒められて、へたな奴は相手にされないっての、そんなの当然だろ」

一息にまくしたてると、それで感情の蓋がはずれ、香織が口を挟もうとするのをさえぎって、さらに早口になってつづけた。

「俺、群れる奴って嫌いなの。マジ、大嫌い。弱い奴ほど群れて、ひとの陰口ばっかり言って、それで傷を舐《な》め合ってるんだぜ、あいつら。バカじゃねえのかっての。いいか？　野球の世界は実力の世界なんだよ。補欠は腐るほどいても、エースってのは一人しかいないんだよ。だからエースってのは、みんなわがままなんだよ。自己チューなんだよ。それでいいんだよ、それだからエースなんだ、ひとりぼっちでいいんだよ、孤高のエースはみんなひとりぼっちなんだよ」

ふざけやがって、あいつら、ひとをなめやがって……悔しさが沸騰したお湯のあぶくのように、次々に胸に湧き上がる。

「へたくそをへたくそって言って、なにが悪いんだよ。エラーしたら怒るのあたりまえだろ、どこが悪いんだよ。金持ちが貧乏人のふりしてもしょうがねえだろ、家に金があることのどこが悪いんだよ、俺だって好きでここに生まれたわけじゃねえんだよ、ゴーマンのどこが悪いんだよ、俺なんて生まれたときから跡継ぎだよ、次期社長だよ、帝王学仕込まれるの当然だろ、なめんなっての、弁当にメロン入れるのが悪いのかよ、修学旅行の土産物《みやげもの》屋でギフトカード使ってどこが悪いんだよ、ホテルで宅配ピザ取ったっていいだろ、電話すりゃ持ってくるんだから、言いつけることねえだろ、ほんとにふざけやがって、あいつら……」

「あ、ヨシくん、話ずれてます、野球に絞って、もっと言って、もっと言って」

「いや、だからさ……要するにだ、俺が言いたいのは……多数決でやってるんじゃねえんだよ、野球は……」

「それっ！」

甲高い声をあげて、香織は人差し指をヨシヒコに向けた。腰を浮かせ、身を乗り出して、「そう、それなのっ！」とヨシヒコをじっと見つめる。

「……なんなんだ？」

「沢松くんって、同じタイプなんですよ、ヨシくんと」

「は？」

香織は人差し指とまなざしの向きを沢松に変えて、「野球は多数決じゃないの。だから、ひとりぼっちでも全然オッケーなの。いい教えでしょ？」と笑った。

そしてまたヨシヒコに向き直って、言う。

「わたしは、悪いけど、ヨシくんの考え、間違ってるような気がします」

ヨシヒコがカッとして言い返す前に――「でもね」とつづけた。

「間違ってるけど、『あり』だと思う。で、間違ってるからって、みんなでセコいいじめをしちゃったりするの、わたしは絶対に嫌だから……で、そんなのでいじけちゃって、心のひきこもりになっちゃうのもサイテーだと思うから……ヨシくん、沢松くんのこと、励ましてよ。沢松って全然オッケーじゃん、って言ってあげて。お願いしますっ」

直立不動になって、ヨシヒコに深々と一礼して、顔を上げるまもなくダッシュで部屋を出て行った。

呆然として見送ったヨシヒコは、階段を駆け下りる足音が消えたあと、「なんなんだ？」と、同じく呆然としたまま置き去りにされた沢松に苦笑した。

「おまえって、なに、俺みたいな奴なの？」

沢松はうつむいて、ぼそっと「……はい」と言った。そっけない声だったが、確かに——ヨシヒコの問いに応えた。

「渋い声してるじゃんよ、おまえ」

「……そんなこと、ないっす」

会話が二往復したのは、沢松がチームに入って以来初めてだったかもしれない。

「野球部に入ってたのか？」

「……はあ」

「で、先輩とか同じ学年の奴と揉めて、やめた、と。そんな感じだろ」

「……そうっす」

「おまえ、野球うまいもんな。部活だと先輩後輩のアレ、マジにうざったかっただろ」

我が身の体験に照らして言うと、沢松は肩の力を抜いて笑いながら、何度もうなずいた。そんな表情を見るのも、たぶん、初めて。

「コーラでも飲むか？」

「……いただきます」

「ひとにちゃんと礼が言えるんなら、昔の俺より百倍ましだよ」

部屋に備え付けの冷蔵庫から缶のコーラを二本取り出しながら、「沢松、おまえ、あの子と付き合ってんのか？」と訊いた。

「違いますよ、そんな、全然関係ないっす」

顔を真っ赤にしてかぶりを振る沢松の姿に、中学の頃の自分が重なった。

「俺は、ビールかな」

コーラを一本、ビールと取り替えた。

飲み仲間が中学生――。

まあそれもいいか、と笑った。


けろりとした顔で「意外といいコンビになるんじゃないの？　あの二人」と言う香織に、洋子はただ、あきれるしかなかった。無鉄砲というか非常識というか、我が子ながらここまで行動力が旺盛《おうせい》だとは思わなかった。

朝から探偵まがいに動き回った、という。同じ二年生の野球部員はもちろん、三年生の教室にまで出かけて、沢松が野球部をやめたいきさつを調べ上げた。

「要するにさ、沢松くんもガキだったってこと。小学六年生の感覚でいたから失敗したんだよ。中学に入ったら、学年もリセットされちゃって下っ端からやり直しなのに」

小学生の頃は、野球はずば抜けてうまかった。それは先輩も含めて、誰もが認めていることだった。だが、入学したばかりの一年生は、実質的には「野球部員」とは呼べない。毎日毎日、ランニングと球拾いと声出しだけで、夏の大会で三年生が引退するまではキャッチボールすらやらせてもらえない。

「いまでもそうなの？」洋子は驚いて訊いた。「お母さんの頃と全然変わってないじゃない」

「中学の部活って、けっこう封建的だからね」

香織はさらりと返し、「向かない子っているんだよね、やっぱりね」とつづけた。

「沢松くん……だめだったの？」

「我慢できないの。世間知らずってこともあるし、忍耐力がないんだよ、たぶん。ま、実際、三年生のレギュラーでも下のほうのひとたちは沢松くんより絶対にへただったって、いまの三年生も言ってるし、やっぱり沢松くん的には納得いかなかったんじゃないの？」

六月の市大会の前、沢松は顧問の先生にレギュラーを決めるテストをやってほしいと直訴して――それが三年生の耳に入った。

「ふつー怒るよね、三年生だって」

二年生も怒った。一年生は、内心では球拾いから解放されることを祈って沢松を応援していたが、先輩には従うしかなかった。

「部室の中でボッコボコにされちゃって、そこからはもう、大変だったみたい。シメるだけじゃすまなくて、お金とかも取られてたみたいだし、二年生も一緒になってひどいことやって……でも、結局、沢松くんがいちばんショックだったのは、同じ一年生の子が誰もかばってくれなかったことなんだよね。みんなも悪いと思ってるのよ、なんとかしなきゃって思ってるんだけど……先輩が怖いから、なにもできないの」

香織は、「まあ、その気持ちもわかんなくないけどね」と苦笑する。「コーリツの先輩って、やっぱ、怖いし」

「……笑いごとじゃないでしょ、なによそれ、保護者会でも聞いたことなかったわよ、そんなことがあったなんて」

声を震わせる洋子に、香織はまた苦笑いを浮かべる。なーんにもわかってないんだから、とあきれたように。

「ま、そーゆーことがあったわけ、一年生の頃に。沢松くんは野球部やめちゃったし、三年生も卒業したしで、とりあえず問題は解決したんだけど、沢松くんとしては許せないわけ、立ち直れないわけ。それで、もう、誰ともしゃべらなくなっちゃって、人間不信ってやつ？」

「他人事《ひとごと》みたいな言い方、やめなさい」

「だって他人事じゃん」

また、香織のことがわからなくなる。深刻な事態をあっけらかんとクールに語る香織と、頼まれてもいないのに沢松を元気づけようとするおせっかいな香織——どっちが、娘のほんとうの顔なのだろう……。

放課後までかかっていきさつを調べあげた香織は、一人で帰宅する沢松を追いかけて、呼び止めて、「だいたいのこと、わかったから」とだけ言って、「ヨシヒコさんに会いに行こう」と誘った。

「あのひと、性格はサイテーだけど、やっぱ強いじゃん、嫌われ者慣れしてるっていうか、明るいひとりぼっちっていうか、ノー天気っていうか、どんなときでも、はた迷惑なマイペース崩さないでしょ。そーゆーところ、沢松くんにも必要だと思ったんだよね」

「それで素直についてきたの？」

「まっさか。ここからが腕の見せどころなんじゃん」目を大きく見開いて、得意そうに胸を張る。「わたし、おとなになって就職先が見つからなくても、キャッチセールスとかポン引き、できるかも」

ひたすら説得して、なだめすかして、最後の最後は「いじめのこと、あんたのお母さんに言っちゃうよ」と脅した。

やれやれ、と洋子は苦笑交じりにため息をついた。これから、自分の娘のことがどんどんわからなくなっていくのだろう。そのペースは、よその子よりも早そうな気がする。親バカの一種だろうか、こういうのも。

5

雲一つない青空の下、ちぐさ台カープのわがままエースがひさしぶりにマウンドに帰ってきた。

相手チームを小馬鹿にしたようなスローボールだけの投球練習を終えると、サインの確認にマウンドに歩み寄るキャッチャーの将大を、「黙ってかまえてりゃいいんだよ」と邪険に追い払う。傲慢な態度も健在――ふだんよりほんの少し帽子のツバを下げているところを除けば。

サードの守備位置についた田村は、試合前のノックで荒れた足元の土を均しながら、先週と同じ三塁コーチに声をかけた。

「さっき、ヨシヒコとなに話してたんだ?」

「……世間話とか、いろいろ、です」

コーチは気おされたように、目を泳がせながら答える。当てがはずれた困惑がまだ消えていないのだろう。

先週につづく再戦に、富士見中フォーエバーズはあっさりと乗ってきた。「今度はヨシヒコ、来るんですよね？」と、言わずもがなの本音も無防備に覗かせて。田村は「ヨシヒコも楽しみにしてるらしいぞ」と電話で笑った。嘘や強がりではなかった。

再戦の申し込みをする前の火曜日に、ヨシヒコから連絡が来たのだ。

「田村さん、近いうちにあいつらともう一回試合しません？　今度は俺、投げますから。もう完璧、シャットアウト保証ですよ」——あとでカントクに話すと、どこまでヨシヒコの心理を読んでいたのか、カントクはさほど驚きもせず、カカカッ、と上機嫌に笑うだけだった。

待ち合わせのファミリーレストランに入ってきたときのヨシヒコは、生意気さはあいかわらずだったが、表情がすっきりとしていた。訊かれもしないのに、「島田淳子ってね、中学の頃はそこそこだったんですけど、高校のときに見たら、不細工な顔してたんですよ、将来性のないタイプだったんですよねえ」と笑い、その笑顔のまま、試合前にフォーエバーズのベンチに出向いたのだった。

「どうだった？」田村は皮肉を込めて、三塁コーチに訊いた。「君らの期待どおり、ヨシヒコ、ショックを受けてた？」

コーチは気まずそうに首をひねる。

「おとなになったんだよ、あいつも少しは」

田村はそう言って、グラブをぽんと叩き、腰を下げて守備の姿勢をとった。

今日の試合は、ベストメンバーが揃った。きっと先週以上の大差になるだろう。こてんぱんに負かしてやる。一番バッターを打席に迎え、帽子のツバをさらに下げたヨシヒコのためにも。

「よっしゃ！　ヨシヒコ、気合い入れていこう！　気合い入れて！」

グラブをメガホンにして声をかけると、ヨシヒコは黙って大きくうなずき、ゆっくりと振りかぶった。

初球は高めにはずれてしまった。肩によけいな力が入っているぶん、球がうわずっている。自分でもわかった。将大も球を返す前に、肩を上下に揺すって、リラックスしろ、とヨシヒコに伝える。

わかってるよ、うるせえなあ……。

ヨシヒコは心の中で毒づいて、首の屈伸をしながら、フォーエバーズのベンチを盗み見た。

島田淳子がいる。中学時代の面影を残した初恋のひとは、いま、中学時代にさんざん「バカ」「へたくそ」「死ね」と罵ってきた工藤の隣に、肩を寄せ合うようにして座っている。ふん、と鼻で笑って投げた二球目――ワンバウンドのボールになった。

試合前には冷静でいられたのに、マウンドに立つと、頭に血が上った。

工藤みたいな奴のどこがいいんだ。よりによってあんな奴を選ぶか、ふつう。男を見る目がないんだよ、おまえ……。

三球目は、バッターの肘に当たった。フォーエバーズのベンチから野次が飛ぶ。中学時代にはヨシヒコに文句一つ言えなかった連中が、昔の恨みをいまこそ晴らそうとするかのように、口々に「ノーコン、ノーコン!」「危険球!」「詫びがないよお!ピッチャー!」と囃し立てる。

カッとするのを懸命にこらえ、帽子のツバをさらに、前がほとんど見えなくなるほど下げた、そのときだった。

「がんばれ! 孤高のエース!」

カープのベンチから、香織が立ち上がって叫んだ。甲高い声が、青空に跳ね返るように響く。

「しっかりーっ!」

今度は、洋子の丸みを帯びた声がマウンドに届いた。

ヨシヒコはスパイクをマウンド板にぶつけ、爪についた土を落とした。帽子のツバをいっぱいに下げて、ふう、と息をついてから勢いよくツバを持ち上げ、あみだにかぶり直す。

二人の声の消えた先を探すように空を仰ぎ、肩の力を抜いた。

二番打者には、初球を打たれた。強烈なゴロが二遊間に飛んで、抜けた――その寸前、ショートの沢松がダイビングキャッチで押さえ、すぐさま起きあがるとセカンドに送球、セカンドからファーストへと球が回って、ゲッツーが完成した。

「ナイス、ショート！」

田村がグラブを頭上に掲げて、拍手した。沢松はうつむいて、ユニフォームの胸についた土を払い落としながら、はにかんだように笑った。

ヨシヒコはそれを見て、へへっ、と肩をすくめる。沢松をねぎらいはしない。孤高のエースがファインプレーの一つや二つで喜ぶわけにはいかないのだ。

ツーアウト、ランナーなしで、三番打者の工藤を迎えた。ベンチから、チームメイトにうながされた島田淳子が、「がんばってーっ」と声援を送る。

その声が工藤の耳に届いたのを確かめてから、ヨシヒコは投球動作に入った。

初球は、外角低めに会心のストレートが決まった。二球目の内角高めのストレートは、振り遅れのファウルチップになった。

そして、三球目――。

ど真ん中に投げ込んだ渾身《こんしん》のストレートに、工藤のバットはあえなく空を切った。

ヨシヒコは、ゆっくりとマウンドを降りる。すごすごとベンチに駆け戻る工藤を振り向きもせず、ふてぶてしさを全身からたちのぼらせて、大股に歩いてベンチへ戻る。小走りに追い抜いていく守備陣から「ナイス、ピッチ」と声をかけられ、尻をグラブで叩かれても、知らん顔で歩く。

ベンチ前では、香織と洋子が立ち上がって、拍手で選手たちを迎えていた。二人と目が合いそうになったから、ヨシヒコは帽子のツバをまた深く下げた。

イニング6

1

テレビ中継が始まる前に、吉岡亮介はマウンドを降りていた。チャンネルを合わせたひとたちのお目当てを察して、実況のアナウンサーはすまなそうに――そして、困惑を隠しきれない様子で、「期待の吉岡は三回途中で降板です。二回三分の一、六失点で、無念の交代となりました」と告げる。

将大はため息をついてリモコンを手に取り、録画の始まっていたビデオデッキを停めた。

テレビの画面には、序盤戦のハイライトが映し出される。要は吉岡のノックアウト・シーンだ。立ち上がりからコントロールが悪かった。球も走っていなかったらしい。四球でランナーを溜めて、球を置きにいったところを狙われる。失点のあとは見るからにいらだち、そのぶん力んで、再び四球を連発して、タイムリーの長打を浴びてしまう。

「どうもおかしいですね、ここのところ……」

VTRを観ながら、解説者が言う。

「これで五試合連続のノックアウトです」と補足したアナウンサーは、今日を含む最近五試合の防御率を併せて伝えた。11・85――二軍のピッチャー並みの数字だった。

五月の連休明けの試合では、完封勝利を収めていた。被安打二、奪三振十三の堂々たるピッチングで、土つかずの七勝目。今年の最多勝も吉岡で決まりだと誰もが確信した、その試合を最後に、すでに一ヵ月近く勝ち星がない。

「不調の原因としては、どんなものが考えられますか」とアナウンサーに訊かれた解説者は、「オフの走り込み不足でしょう」と吐き捨てるように言った。現役時代は「根性」と「ハングリー精神」を売り物に名球会入りを果たしたピッチャーだ。現役選手がアイドル扱いされてテレビ出演することに対し、かねがね露骨な不快感を示し、吉岡はその恰好の標的にされていた。

「吉岡くんも、もう五年目でしょう。ここからは持って生まれた才能だけでは勝負できませんよ。プロ入りしてからどう鍛えてきたかが大切になるんです」

「壁にぶつかっている、というわけなんでしょうか」

「まあ、きれいに言うとそうなりますけどね、要は自分を甘やかしてきたツケが出てきたということなんじゃないですかねえ……」

画面は試合中継に戻った。カメラが、ダッグアウトの最後列に座る吉岡をアップでとらえた。ふてくされた顔だった。ベンチの背もたれに片手をかけ、ふんぞりかえって脚を組み、ペットボトルの水を面倒くさそうにラッパ呑みしている。

「どうも、いただけませんねえ、この態度は」

解説者は苦々しげに言う。

「先発が三回持たずに降板するっていうのは、責任を果たしてないわけですよ。中継ぎ陣だっていい迷惑だし、序盤で六点差だと打線も困りますよ。野球はチームプレイなんですから、そのあたりも考えないと。打たれた悔しさはわかりますけどね、これではプロの投手としては失格ですよ。昔はね、若手のピッチャーがノックアウトされたら、ダッグアウトに座ってても針のむしろですよ、もう、大変なものだったんですから。たとえばね、私が二年目のときなんですけど……」

将大はテレビのスイッチを切って、ベッドに寝転がった。机の上には教員採用試験の問題集が広げてあったが、解説者の話を聞いているうちに、勉強に戻る気が失《う》せてしまった。

なにもわかっていない。吉岡はマスコミが見ているほど神経の図太い男ではない。あんなふうにふてぶてしい態度をとるときは、むしろ、不安でしかたないのだ。自分でもなにがどうなっているのかわからず、どうしていいのかもわからずに、途方に暮れているのだ。

誰も吉岡のことを知らない。「ビッグ・マウス」とあだ名されるほど自信に満ちあふれた態度をとりながら、試合前のピッチング練習の初球がはずれると、たちまち心細げな顔になってしまう、そんな男なのだ。プロ入り後は、練習の初球には必ずキャッチャーを立たせていた。わざとボールになる球を投げれば、気が楽になる。ときどきそれがとんでもない暴投になってしまい、天才ゆえの無礼な気まぐれだと評論家に叩かれてしまう。キャッチャーのジャンプも届かない球を放ったあと、一瞬ほっとした顔になっていることに、なぜ誰も気づかないのだろう。

マウンドに向かうときには一塁や三塁のラインを必ず右足でまたぎ、攻撃陣のチャンスのときには、ベンチの隅でグラブの紐《ひも》をいったんほどいて結び直せばタイムリーヒットが出る、と信じている――少なくとも高校時代の吉岡はそうだったし、それはきっといまでも変わってはいないはずだ。

スランプ脱出のジンクスって、なんだったっけ――。

記憶をたどってみても、思いだせない。当然だ。高校時代の吉岡はスランプに陥ったことなど一度もなかったし、プロ入り後もずっと順風満帆《じゅんぷうまんぱん》だったのだから。

寝返りを打って、枕元の携帯電話を手に取った。吉岡のメールアドレスを呼び出し、〈がんばれ！〉とメッセージを入力したが、少し迷ったすえに消去した。

草野球のキャッチャーに励まされるほど落ちぶれてないよな、と力なく苦笑すると、やっと勉強に取りかかる踏ん切りがついた。


その日の試合後、吉岡は登録を抹消《まっしょう》された。プロ入り初の二軍落ちだった。

取り囲む報道陣に「ノーコメント」を通した吉岡は、しかし、三日後には球団の広報を通じて釈明のコメントを発することになる。

写真週刊誌に、民放テレビ局の女子アナとの密会の写真が載った。女子アナには二年前に結婚したばかりの夫がいて、彼女が吉岡のマンションを訪ねたのは、二軍落ちを告げられた夜だった。「友人」であることを強調し、「誤解を招く軽率な行為」だったと反省するコメントは、いかにもマニュアルどおりのもので、「ビッグ・マウス」の片鱗《へんりん》はどこにもなかった。


吉岡をキレさせちゃだめだ――。

高校時代の将大は、いつも自分に言い聞かせていた。

気分の乗ったときには手のつけられないピッチングを見せる吉岡だが、思い通りにいかなくなると、とたんにやる気をなくしてしまう。相手チームの野次、味方のエラー、審判のジャッジ、その日の天気、グラウンドコンディション……キレてしまう原因はいくつもある。「こんなことで?」と言いたくなるようなきっかけでピッチングが崩れてしまうときは、たいがい、自分自身の調子が悪いのを他のもののせいにしているのだ。

要するに、粘り腰がない。逆境に弱い。すぐに責任転嫁したがる。そんな吉岡にとって、二軍落ちと不倫報道は、プロ入り初――というより生まれて初めての、激しい逆風だった。

写真週刊誌が発売されてから一週間、事態は収まるどころか、どんどんまずい方向に転がっている。吉岡と密会していた女子アナは局の判断でレギュラー番組を降ろされてしまい、球団の広報部に対応を任せきりの吉岡の態度はワイドショーや女性週刊誌で激しい非難を浴びている。肝心の野球のほうも一軍に再登録される目処《めど》が立たず、スポーツ紙の取材に応えた監督は「七月のオールスターまでは、吉岡抜きのローテーションも想定している」と明言した。吉岡がキレてしまう条件は揃っている。

高校時代には、将大がいた。勝ち気な性格ではあっても芯がもろいエースを、将大は三年間なだめすかしながら支えてきた。自分の弱さを隠すためのわがままや横柄な態度を黙って受け容れ、あえて八つ当たりの的にもなって、罵声《ばせい》や、さらにはパンチまで甘んじて浴びた。

プロ入り後の吉岡は、そんな相棒をうまく見つけているのだろうか。スランプ脱出のジンクスを持たず、お山の大将でいさせてくれる相棒もいなければ——キレてしまった気持ちの張りは、元に戻るのだろうか……。

不倫現場をスクープした写真週刊誌は、次の号で、メジャーリーグの日本担当スカウトが四月に極秘に吉岡と接触していた、と報じた。来シーズンからのメジャーリーグ入りはほぼ確定していて、二軍に落ちたのも、じつは肩の酷使を避けるための作戦なのだという。

その記事をコンビニで立ち読みした将大は、店を出ると、いてもたってもいられずにメールを送った。

〈雑音に惑わされずに、がんばれ！〉

送信したあとで、ひどく嫌な気持ちになってしまった。吉岡に対して残酷なことをしてしまったんじゃないか、とも思う。

あわてて電話会社のカスタマーサービスに連絡したが、担当の女性は事務的な口調で「一度送信されたメールは取り消せません」と告げるだけだった。

2

「なんかさあ……大変なことになっちゃったよね、吉岡さん」

スタンドから抜き取ったバットの重さを確かめながら、香織が言う。

将大は「まあな」とうなずき、香織の選んだバットを受け取って、「もうちょっと重くてもいいかもな」と返した。

「いままでは、これだったけど」

「うん、でも、だいぶ素振りしたもんな。そろそろ、ちょっと重めにしたほうがいいんだ。そのほうが打ったときによく飛ぶから」

「ワンランク上がった、って？」

やったね、とVサインをつくる。

いつもながら明るい。その屈託のなさに、今日も振り回されてしまった。

「暇なもんで、バッティングセンターでコーチしてくださーい。一ゲームおごりまーす」

そんな誘いの電話につい乗ってしまったのは、ここ何日かの落ち込んだ気分を自分でも持て余していたせいだった。吉岡に送ったメールの返事は、丸一日たっても来ていない。あいつが返事なんてよこすわけないだろう、ちっとも変わってないよ、と安堵したほうがいいのか、もっと落ち込むべきなのか、わからないからキツい。

バッティングセンターには沢松もいた。「わたし一人のコーチだと物足りないでしょ？」と笑う香織の隣で、どうせ無理やり誘われたはずの沢松は、いかにも気恥ずかしそうにうつむくだけだった。

バットを選んだ香織は、「じゃあ、沢松くんからね」と〈時速百二十キロ〉のケージに顎をしゃくった。「よろしくっ」

時速百二十キロは高校の予選レベルの球速だったが、沢松はバットを短く持って、しぶとく当てている。

将大と香織は、ケージの真後ろのガーデンテーブルについて沢松のバッティングを見つめた。「いかがですか、コーチ」とマイクを差し出す真似をする香織に、将大は「いいんじゃないかな、ちゃんと脇も締まってるし」と応えた。

「やっぱりうまいですよね、沢松くんって」

「うん……中学二年生のレベルじゃないよな、三年生の中に入れてもかなり上だと思うけど」

「ですよねー、もったいないですよね、草野球でやってるの」

それは将大もずっと思っていた。きちんとしたトレーニングを積み、指導者に恵まれれば、高校でもかなりの選手になれそうな素質がある。

「学校の野球部、やめちゃったんだろ、たしか」

「そう……わたしは戻ればいいって言ってるんだけど、だめなんですよ」

憮然として言う香織の声をかき消すように、芯でとらえた打球がライナーで飛んでいった。

香織は両手をメガホンにして「ナイスバッティン！」と沢松に声援を送り、将大に向き直って、「吉岡さんと比べて、どうですか？」と訊いた。

「沢松と吉岡？」

「そう。高校生の頃の吉岡さんと、どっちが素質ありそうですか？」

思わず苦笑してしまった。「比べたら沢松がかわいそうだよ、それは」とケージに目を向けたまま言うと、香織もさすがに「やっぱ、そうかぁ……」と肩から力を抜いた。

「吉岡は特別だよ。すごかったんだ、ほんとに。コントロールは悪かったけど、とにかく球が速くて、入学前の春休みから練習に来てたんだけど、二年生のキャッチャーがキャッチボールで突き指しちゃったんだから」

「天才ってやつ？」

「ああ」ためらわずに、うなずいた。「ああいうのを天才っていうんだ。俺たちとは違うんだ、もう、最初から全然」

「でも、ショーダイさんも一年生のときからバッテリー組んでたんでしょ？　すごいじゃん、それ」

将大はまた苦笑する。さっきより苦みの強い笑い方になった。

「全然すごくないって。俺なんか、たまたまだから。吉岡とは違うんだ。あいつは特別なんだよ、ほんとに……」

「でもさあ、特別な吉岡さんとバッテリー組んでたんだから、ショーダイさんも特別じゃないんですか？」

「……普通だよ、俺は。だから甲子園で勝てなかったんだ」

「でもぉ、ショーダイさんがいなかったら甲子園に出てないかもしれないじゃん」

香織は唇をとがらせ、じれったそうに身をくねらせた。

「ショーダイさんってさあ、ちょっと謙虚すぎるんじゃないんですか？」

そんなことないって、と受け流すと、香織は納得しない顔のまま、吉岡のスキャンダルの話を蒸し返した。

「野球は天才かもしれないけど、人間としてサイテーじゃないですか、吉岡亮介って。ショーダイさんには悪いけど、はっきり言って、お母さんもわたしも、あいつのこと大っ嫌いになっちゃった」

「……まあな、ちょっとヤバいよなあ、ああいうのは」

「クビになったりしないんですか？」

「それはないさ」

「だって、不倫じゃないですか」

「でも、あいつだっておとななんだし……」

かばうつもりはなかったが、香織は珍しくキッと将大をにらんで、

「不倫なんかしないのがおとなじゃないんですか？」と言う。

返す言葉に詰まる将大をよそに、バットを持って席を立った香織は、いつもの〈時速七十キロ〉ではなく〈時速九十キロ〉のケージに入った――それが腹を立てている証《あかし》なのかもしれない。

香織が三球たてつづけに空振りしたあと、沢松がケージから出てきた。

「おう、お疲れ」と一声かけて、四球目の香織の空振りを見届けると、将大は椅子に座り直して沢松に向き合った。

「スイングは悪くないけど、後半になって疲れてくると、右の脇が上がっちゃうな。もっと締めるんだ」

こうですか、と沢松は右の肘をあばら骨にぶつけるようにバットをかまえた。

「そう、それでいいんだ。ピンポン球を腋《わき》の下に挟んで素振りしてみろよ、今度。脇が開くとすぐに球が落ちてわかるから」

「……はい」

「あと、外角を打つとき、気持ち、踏み込みが深くなってるな。球を迎えにいっちゃってるんだ。もうちょっとだけ溜めてみたほうがいい」

沢松は言われたとおりのフォームで何度か素振りをした。まだぎごちないが、勘どころはちゃんと押さえている。呑み込みがいい。センスがあるというやつだ。

「まあ、それくらいのものだったな、気になったのって。二十八球打ってヒット八本、百二十キロなんだから、たいしたもんだ」

笑って褒めてやると、沢松もはにかんで頬をゆるめ、さっきまで香織が座っていた椅子に腰かけた。

香織の空振りはつづく。これで七球連続。「バット長すぎるぞ！」と声をかけたが、聞こえなかったのか、無視したのか、グリップを余さずにホームラン狙いのような大振りをつづける。

やれやれ、と将大はため息をついて、沢松に目を戻した。

「沢松くん、香織ちゃんと同じクラスなんだっけ」

「……はい」

「学校でもけっこう話したりするの？」

「……いえ、そんな、普通ですけど」

あいかわらず口数が少ない。表情も乏《とぼ》しい。それでも最初に会った三月末に比べると、多少は明るくなり、まともな会話ができるようにもなった——香織が「沢松くん、沢松くん」となにかと世話を焼くようになってから。

「香織ちゃん、もったいないって言ってたぞ、きみのこと。学校の野球部に戻ったほうがいい、って」

沢松は困ったふうに笑う。

「このまえの練習のとき、ちらっと聞いたんだけど……部活の人間関係、大変だったんだってな。野球がへたな先輩にかぎって、すぐにいばりたがるし、ひがむしな」

沢松はなにも応えずうつむくだけだったが、将大にはなんとなくわかる気がする。沢松を吉岡に置き換えれば、一年生のときの気苦労がまざまざとよみがえってくる。

吉岡と将大は一年生部員の中で二人だけ、入学直後からベンチ入りした。背番号こそ吉岡が15で将大が16だったが、吉岡はたちまち先発投手になり、その吉岡の強硬な指名で将大もスタメン出場するようになった。

うれしくなかった、と言えば嘘になるが、それ以上に、ありがた迷惑だという思いのほうが強かった。

レギュラーの座を奪われた三年生のキャッチャーや、ベンチからはじき出されてしまった二年生の先輩の顔を、まともに見られなくなった。先輩たちも、圧倒的に実力の差がある吉岡にはともかく、吉岡の添え物のような将大に対しては、あからさまに敵意をぶつけてきた。その空気が伝わって、同じ一年生部員にもよそよそしくされて……それでも耐えたのは、吉岡がいたからだ。吉岡の相棒は自分しかいない、という誇りだけが支えだったのだ。

「沢松くんは、吉岡亮介のこと、どう思ってる？」

「……どう、って？」

「やっぱり憧れの選手って感じになるのかな」

「ええ、まあ……みんなそうだと思いますけど」

あいまいにうなずいた沢松は、逆に「さっき、三上と吉岡選手の話してたんですか？」と訊き返してきた。

「聞こえた？」

「聞こえなかったけど……三上、学校でも吉岡選手の悪口、思いっきり言ってたから」

「不倫してるなんてサイテーだ、って？」

半分は「まさか」という思いもあったが、沢松はこっくりとうなずいて、「もう、めちゃくちゃ言ってました」と付け加えた。

「あの女子アナのファンなのか？　香織ちゃんって」

「そうじゃなくて……」

一瞬口ごもった沢松は、反応をうかがうように「三上の家の話、聞いてません
か?」と言う。
「……お父さん、亡くなってるんだよな」
「はあ?」――きょとんとした沢松の顔に、将大も「はあ?」と返してしまった。
完全に勘違いだった。
沢松は「あいつ、軽いノリでみんなにしゃべりまくってるから、いいと思うけど」
と言い訳して、両親が離婚した経緯をぼそぼそと話した。
「……不倫だったのか」
つぶやくと、さっきの香織のとがった口調が、あらためて耳によみがえってくる。
空振りつづきの香織に目をやると、キッとにらんできたときのまなざしが、記憶の
中でまた将大を刺してくる。
父親の不倫そのものよりも、それをクラスの友だちにしゃべっていることのほう
が、悲しい。軽いノリの、その軽さが、胸に重い。
将大は立ち上がって、香織のケージに向かって怒鳴った。
「香織ちゃん、だめだ!　もっとバット短く持たないと!」
香織はバットをかまえたまま、将大を振り向かずに「うっさい!」と怒鳴り返し
て、尻餅をつきそうになるほど大きなスイングで、また空振りした。

エレベータから下りてきた洋子は、ロビーの隅のベンチに田村が座っているのを見つけると、笑いながら手を振って、その手でガッツポーズをつくった。面接はうまくいったらしい。

田村はほっとして立ち上がり、「お疲れさまでした」と笑い返した。

「待っててくれたんですか？」

「いや、まあ……いちおう、紹介した責任もありますから……」

「すみません、お忙しいのに」

ぺこんと頭を下げるしぐさにも、浮き立った明るさがある。先方の人事課長にはかなり強く推薦しておいたが、この様子だと予想以上の感触だったようだ。

「それで、どうでした？」

勢い込んで訊いた田村に、洋子は笑顔のまま、「アウトでした」と言った。

「はあ？」

「なんか、エクセルとワードが使えないとやっぱり仕事にならないみたいで……もうアレですね、パソコンって、できなきゃどうしようもないって感じですよね」

洋子はさばさばと言う。強がりがないとは思わないが、恨みがましさは感じられない。

だからこそ、田村の背中は急に重くなってしまう。

「……申し訳ありません、ほんとに」

頭を深々と下げると、洋子は逆に恐縮して、「そんなことないです、わたしこそ田村さんに恥かかせちゃったと思って」と言った。

「僕のことなんかどうでもいいんですよ、ただ、なんていうか……」

「でも、楽しかったんですよ、すごく」

嘘じゃないです、と念を押す。いままでは、地元のちぐさ台近辺の仕事しか考えていなかった。都心のビジネス街にオフィスをかまえる会社で働く、という発想すらなかった。就職先を探して三ヵ月目にして、初めての面接らしい面接だった、という。

「だって、いままではお店の奥の事務室で、ひとの机と椅子借りて面接してたんですよ。応接室に通してもらっただけで、もう、大感激ですよ。人事のひともカッコよかったし、いかにもビジネスって感じで、ひさしぶりにOL時代に戻った感じがして、今回はだめだったけど、なんか、やっぱり都心勤務もありなんだなって、元気になったんですよ。おばさんだから地元のパートっていうんじゃなくて、お給料も仕事の内容も、もっと高いレベルを目指してがんばるぞーって」

その意味でのガッツポーズだった。

それに少し救われて顔を上げた田村は、上を目指せば目指すほど狭き門になるだろうな、という当然の理屈をとりあえず脇に追いやって、「応援します」と言った。「まだ他にもツテはありますから、中途採用の話を聞いたら、すぐにお知らせします」

洋子はうなずきかけた首を横に振り直し、「でも、また恥をかかせちゃうと申し訳ないですから」と微妙に笑顔を曇らせた。

「恥なんてかいてませんよ、こっちのほうが力不足で申し訳なくて……」

「それでね、いいもの貰ったんですよ」

ハンドバッグから、〈御車代〉とスタンプの捺された封筒を取り出した。「千円札一枚なんですけど、こういうのって気持ちの問題じゃないですか、うれしいですよね」と、自分の言葉を噛みしめるように何度もうなずく。

そんなしぐさに合わせて、香水の香りがふっとたちのぼる。田村は思わず目をそらす。考えてみれば洋子と会うのはいつも草野球がらみで、ほとんどトレーニングウェアやユニフォーム姿しか見ていない。

「田村さん、このまま会社に戻っちゃいますか？」と訊かれて、腕時計を見た。午後四時半。仕事は残っていたが、明日に回してもなんとかなるものばかりだった。

「もしよかったら、お礼もしたいから、これでお茶でも飲みに行きません？」

封筒をひらひらさせて、洋子は言う。

田村は「このお金は、僕にはつかえませんよ。香織ちゃんにケーキでも買って帰ってあげてください」とやんわりと断り、「僕がごちそうします」と言った。お茶だ、お茶、コーヒー一杯なんだから……頭の片隅に、言い訳を並べ立てる自分がいる。

「あ、ラッキー」

洋子は屈託なく封筒をひっこめて、「田村さんのおごりだったら、お茶よりもビールとか、かな？」といたずらっぽい目をした。

田村は断らなかった。断れなかったんだ、と無理やり自分を納得させた。

なるべく明るい店、軽い調子でカウンターに並んで座れる店を選んで、ビール会社直営の、ガラス張りのブラッスリーにした。

洋子は店に入ったときから上機嫌だった。都心でお酒を飲むのは、結婚退職して以来初めてだという。

「自分で決めちゃってたんですよ、もうわたしはニュータウンの団地の奥さんで、ここが自分のテリトリーなんだ、って。田村さんの奥さんはどうです？　そんなこと言ってませんか？」

「……ウチは、わりと外に出るんですよ。けっこう友だち付き合いが広いほうなんで」

そのぶん家事に手を抜いて——とまでは言わなかったが、寿美子の顔と、ろくに掃除をしていないリビングのたたずまいが浮かぶと、一瞬しかめつらになってしまう。

「田村さん、理解あるんだぁ」

「そんなことないですよ」

「でも、ウチの前のダンナなんか、ひどかったんですよ。もう、ぜーったいに外に出してくれないの。友だちの結婚式があっても、二次会もだめ。ダンナに留守番してもらって出かけるときなんて、『行ってらっしゃい』の前に、まず『何時に帰ってくる？』なんですよ。ひどいでしょう？」

今度は、英明の顔が浮かぶ。英明の話では、むしろ洋子のほうが自分を束縛していたんだ、ということだった。どっちの言いぶんが正しいのかは、確かめるすべもない。別れた夫婦の言葉なんて、そもそも信じられるわけないじゃないか——わざと冷ややかに距離を置こうとした。そうしないと、自分がどっちに肩入れしてしまうのか、見当はついているから。

洋子は黒ビールと生ビールのハーフ&ハーフを早いピッチで飲みながら、「前のダンナ」の話をつづけた。

「基本的に男尊女卑なんですよ、女は子ども産んで家で飯つくってりゃいいんだ、っていうひとなんです、彼……って言っても、田村さん、知らないと思いますけど」

知っているのだ、あいにく。「子ども産んで家で飯つくってるっていうだけで、もう、世界中で一番わたしが偉いの、って顔するんだよなあ、あいつは」――そんな愚痴も、会うたびに聞かされているのだ。

「それでね、そうやってひとを家庭に縛りつけといて、おまえは世間がわかってないとか、おまえになにができるんだとか、バカにしてるんですよ、根本的に。就職だって、おまえなんかにできるわけないだろうって……黙って慰謝料と養育費でやりくりしてりゃいいんだって……ひどいでしょ？　悔しいですよ、わたし、ほんとに……」

相槌をどう打っていいかわからず、まいったなあ、と生ハムを頰張っていたら、携帯電話が鳴った。さっき洋子が面接を受けた会社の人事課長からだった。

「ちょっと失礼します」と席を立ち、店の外に出てから電話を受けた。

大学のゼミで同期だった人事課長は、少し不機嫌そうに「面接のこと、三上さんから聞いた？」と訊いてきた。

切り口上な言い方に、田村の口調も、つい恨みがましくなってしまう。

「だめだったんだってな。なんだよ、あれだけ推薦したのに……彼女が落ち込んでないからまだいいけど、おまえ、しっかりプッシュしてくれたのか？」

「いや、おい、ちょっと待てよ。三上さんから聞いてないのか、おまえ」

「なにが?」

「だから……まあ、報告だけしとくと、ウチが落としたわけじゃないんだよ。逆なんだ。彼女のほうから断ってきたんだよ」

面接は順調に進んでいた。パソコンに不慣れで表計算ソフトが扱えないというのはネックだったが、明日からでも自費でパソコン教室に通うという洋子の熱意を買って、採用するつもりだった。

「で、面接も終わって、こっちも緊張が解けて、ついしゃべっちゃったんだ、田村からも推薦されてますから、って」

田村自身は――もちろん、なにも言っていない。知り合いの会社で中途採用の募集があるみたいだ、としか洋子には伝えなかった。

「そうしたら、三上さん、急におっかない顔になっちゃって、やっぱりやめます、もう絶対にお断りです、さようなら、って……さっさと出て行っちゃったんだ。まいっちゃったぞ、こっちも。ほとんど出来レースだったんだから、他の応募者にも優秀なのたくさんいたんだぞ、それを泣く泣く断って、救ってやったおばちゃんに逃げられたんじゃ、立場がないだろ、立場が……」

「わかった、今度おごるから、じゃあな」

あわてて電話を切り、窓のガラス越しに店の奥のカウンターを見つめた。洋子は頰杖をついてスツールに座っている。隣にいるときは感じなかったが、距離を置いて見つめると、どんなにきっちりとしたスーツ姿でも、やはり仕事帰りではなく、学校の保護者会の帰りの雰囲気だ。

エレベータを下りたときの笑顔とガッツポーズを思いだし、正直に謝ろうと決めて、ため息交じりに店に戻った。

カウンターに座ると、電話の件を打ち明けた。「失礼なことをして、ほんとうにすみませんでした」と頭を下げると、逆に洋子のほうが恐縮して「あんなふうに帰っちゃうのが、非常識で世間知らずってことなんでしょうね」と苦笑する。

「でもねえ」——洋子はまた頬杖をつき、カウンターの奥に並ぶグラスに語りかけるように、つづけた。

「やっぱり自分の力だけでがんばってみたいんですよ。すっごく大変なのは覚悟してるし、田村さんから見たら甘すぎる考えかもしれないけど、誰かの紹介とか推薦とかで就職したら、結局、ダンナがいた頃となにも変わらないと思うんです。そんなの、悔しいじゃないですか」

ね、そうでしょ、と田村を振り向く。目がほんのりと赤く潤《うる》んでいた。

4

六月の半ばに梅雨入りしたあとは、雨がつづいた。ちぐさ台カープの試合も二試合連続で中止になってしまい、週間天気予報によると、今度の——六月最後の週末も、天気がくずれそうだという。

このままだと、丸一ヵ月、試合から遠ざかってしまうことになる。天気には勝てないとはいえ、草野球を愛する面々にとっては、一年中でいちばん体がむずむずして、欲求不満が募ってしまう時季だ。

「だめで元々でええけえ、とりあえず試合を組むだけは組んでみようや」とカントクに言われた田村は、月曜日の夜、インターネットの『草野球お見合いサイト』を覗いてみた。

どのチームも同じことを考えているのか、試合相手を募集するページには、ほとんど空きが残っていない。日時や地域の希望条件を入力して検索をかけてみると、見つかったのは一件だけだった。

それも——チーム名を表示させたとたん、「だめだな……」と田村はつぶやいた。

極球ヒールズ。「きわめだま」と読む。極道の「極」に、悪役の「ヒール」。コワモテの名前どおり、柄《がら》の悪いチームだ。全国規模のこのサイトではまだ出入り禁止を受けていないようだが、もっと地元に密着した小規模なサイトからは、対戦相手のクレームを受けて、次々に締め出されている。

試合をすっぽかす、遅刻する、試合後のグラウンド整備をしない、ベンチで酒を飲む、汚い野次を飛ばす、試合球を出さない、たとえ出しても安い非公認球ばかり、「審判、当方で手配可」と相手を喜ばせておいて、限りなくクロな審判を連れてくる……そういうレベルの話から、因縁をつけられて試合後に殴られた、ビーンボールをぶつけられた、体当たりのスライディングで鎖骨を折られた、という背筋がぞっとするような話も聞いたことがある。

いくら試合相手がいないといっても、こんなチームと対戦したくはない。カープの面々にも「極球ヒールズしかいなかったんだ」と言えば、みんな納得して、あきらめてくれるだろう。

そのとき、携帯電話が鳴った。

英明からだった。電話を受けると、すぐさま「ちょっとちょっと、タムちゃん、ひどいんじゃないの？　あんた」と酔った声をぶつけられた。

洋子の就職のこと――。

「いまさあ、香織からメールが届いたわけよ、うん、ひさしぶりに。で、近況報告してるわけ、あいつ、俺のこといまでも好きだから。ま、それはどうでもいいんだけどさ、近況報告に、タムちゃんのことが書いてあるわけよ、いいか、読むぞ、こら……同じチームの田村さんというひとの紹介で就職の面接を受けましたが、だめでした……なんだよ、これ、おい、どういうことなんだよ」

「……知り合いの会社で中途採用を募集してるって聞いたんですよ」

「そんなことじゃねえよ、あんた、俺に黙って、なにこそこそしてるんだよ。なあ、ふつう言うだろ、教えるだろ、違うか？」

強い口調に気おされて、つい謝りそうになったが、こめかみに力を込めて、「そうでしょうか？」と返した。「離婚したわけですから、もう関係ないんじゃないですか、お二人は」

「ちょっと待てよ、タムちゃん、なんだよその言い方。あんた、俺にケンカ売ってるの？」

「違いますよ。ただ、教えなきゃいけない義務はないんじゃないですか、ってことです」

「開き直ってんのか、おい」

「……いいえ」

「開き直ってるんだよ、その言い方が」

後ろめたさがまったくないわけではなかった。「話さなければならない」とは思わなかったが、「話しておいたほうがいい」というのは頭の片隅にずっと残っていたし、「なぜ話さないんだ」と自問すると、胸の奥がうずくように痛んでしまう。

それでも、英明に問い詰められ、なじられると、かえって気持ちが楽になった。

「教える必要はないと思ったんです」

あらためて、きっぱりと言った。英明がなにか言い返しかけたのを制して、こめかみにさらに力を込めてつづける。

「遠藤さんを不快にさせたんでしたら、謝ります。でも、夫婦だったといっても、離婚したら、もう他人じゃないんですか？　奥さんがなにをやってるか遠藤さんには関係ないでしょう？」

「そうだよ、俺には関係ないよ。でもな、あんたにも関係ないだろう？　あんたがなんで洋子の就職に口を出すんだよ。そっちのほうがおかしいだろう」

「……紹介しただけです」

「だから、なんで紹介したんだよ」

「それは……さっきも言いましたけど、たまたま知り合いの会社で……」

英明は「ああ、もういいよ、それは」とうっとうしそうに舌打ちして、「要はアレだ、なあ、タムちゃんさ、洋子に惚《ほ》れたんだ」と小馬鹿にしたように笑った。

頰がカッと熱くなった。

「違いますよ！　そんなんじゃないんです！」

だが、英明は笑ったまま、「やめといたほうがいいぞ、あいつは」と言う。「ほんと、なーんにもできないくせに気だけは強くて、付き合いきれないって、絶対に」

頰がさらに熱くなる。肌の奥の、さっきとは違うところから熱が噴き出してくる。

「まあ、洋子が誰とくっつこうと知ったことじゃないけどな、俺は洋子とは関係ないけど、香織とは親子なんだよ。わかるな？　ハンパなスケベ心でちょっかい出されちゃ困るし、まあ、あんたもすぐにわかると思うけどさ、ほんとに洋子はアレだから、うん、文句言うのだけ一丁前で、オンナのだめな部分ぜんぶ持ってる奴だから」

「え？」

「……なにもできないって、なんであなたが決めつけるんですか」

「自分の力で生きていこうとしてるんですよ、奥さんは。なんでそれを笑うんですか」

「なんだよ、おまえ……」

「離婚したの、正解ですよ」

通話を終えた。しばらく身構えて待っていたが、英明はかけ直して来なかった。

携帯電話をテーブルに戻し、マウスを乱暴に摑んだ。頰の熱さは消えない。じんじんと痺《しび》れるように、熱い。力を込めていたこめかみも、こわばってしまった。パソコンの画面をにらみつける。〈試合を申し込む〉と〈閲覧画面に戻る〉の二つ並んだボタンを、じっと。

逃げるな——。

洋子の顔が浮かぶ。あの夜、ちぐさ台駅で別れたときの笑顔だった。香織にケーキ買って帰りますからと笑って、エレベータを下りたときと同じように、右手でガッツポーズをつくっていた。それを真似て、左手でガッツポーズをつくりながら、右手のマウスのポインタを〈試合を申し込む〉に合わせて、クリック——。

「冗談でしょ、ねえ、田村さん……」

「断れないんですか？　ちょっとマジ、ヤバいでしょう、ヒールズは」

「でも、断ったら、キャンセル料払えとか言い出しそうですよね、あいつら」

「全員、元暴走族なんでしょ？　嫌ですよ、俺、その日休みますからね」

「田村さんだって知ってるでしょ、あいつらのことは。なんで受けちゃうんですか」

「もう、日曜日に雨が降ることを祈るしかないですよねえ、まいっちゃうよなあ」

覚悟していたとおり、カープのメンバーは試合相手を知ると、急に尻込みした。

田村を責めなかったのは、カカカッと笑うカントクと、「ヤンキー系？　面白そうじゃん」と怖いもの知らずで言う香織と、「はあ……」といつもどおり感情を見せずにうなずいた沢松と、それから——ヒールズの評判を聞いて逆に「やりましょう！」と意気込んだ将大だけ、だった。

野球をなめるな。

将大はそう思ったのだ。

ヒールズの話を聞かされたとき、真っ先に浮かんだのが、その言葉だった。

「……野球をなめるな」

つぶやいてみると、懐かしさが喉の奥からじわっと湧いてくる。高校時代、何度も口にした言葉だった。吉岡が監督の目を盗んで走り込みをサボったり、手抜きのストレッチをしたり、部室で炭酸飲料をがぶ飲みしたりするたびに、ときには胸ぐらを摑み、ときには懇願するように「野球をなめるな」と言ってきた。そんな言葉を吉岡に言える部員は、先輩も含めて、将大しかいなかった。プライドの高い吉岡が素直に「わかった」とうなずくことはなかったし、逆にふてくされてしまうことも多かったが、それでも将大は言いつづけた。野球をなめるな、野球をなめるな、野球をなめるな……。

クソ真面目だったんだよな、と自嘲して笑うと、甘酸《あまず》っぱかった懐かしさの味が、苦みに変わってしまう。

その苦みを舌の根元に張りつかせたまま、ビデオデッキにテープをセットして、リモコンでスロー再生させた。吉岡がワインドアップモーションからストレートを投げ込む。開幕間もない、防御率が一点台だった頃のフォームだ。

テープを入れ替えた。今度は、二軍落ちする三試合前のフォーム。同じワインドアップモーションで、球種も同じストレートだったが、スロー再生で比べると、スランプに陥ってからのフォームは体の開きが微妙に早い。左足を上げて体をひねるときの角度も浅くなった。

吉岡のフォームは、右腕を鞭《むち》のようにしならせて頭の後ろに巻き込むところに特徴がある。左足を踏み込んで体が前傾しても、右手がなかなか出てこない。球の出どころがわからない。バッターから見ると、時速百五十キロ台の球が、いきなり向かってくる格好になる。吉岡が勝ち星を重ねてきた理由の一つはその独特のフォームにあるのだが、それは腰や背筋や肩や肘や手首——要するにピッチャーの生命線にあたるものすべてに、大きな負担がかかってしまうフォームでもある。

数日前のスポーツ新聞は、吉岡が二軍戦に初めて登板し、打者五人に対してアウトを一つも取れなかったことを報じた。ヒット三本に四球が二つ。〈怪物・吉岡　復活の道けわし〉と見出しのついた記事の中で、評論家の一人は「肩を故障しているのではないか」と指摘していた。

テープをさらに入れ替える。画質が急に落ちた。8ミリビデオからダビングした、高校時代の吉岡のピッチングフォーム集だった。三年間、将大は機会を見つけては吉岡のフォームを撮影してきた。「ヨッちゃんがプロに入ったら、高く売れるからさ」と口では冗談めかしていたが、肩の調子の悪いとき、肘を痛めたとき、連投のとき、投げ込みを一日空けたとき……と、さまざまなコンディションでのフォームを記録しておけば、故障やスランプのときの参考になるんじゃないかと思っていたのだ。

高校時代には結局使わずじまいだった映像が、いま——住む世界が違ってしまってから、役に立った。

故障したのは肩ではなく、背中だ、と気づいた。いまのフォームは、二年生の秋に背中の筋を痛めたときのフォームと似ている。

だが、気づいたからといって、それでどうなる?

また自嘲して笑うと、こんなテープを大事に持っていることじたい、情けなくなってしまう。向こうはプロなんだから、コーチやトレーナーがちゃんといるんだから、と自分に言い聞かせた。二軍落ちしたあとに送った激励のメールの返事は来なかった。それでいいんだ、と思う。昔の相棒のおせっかいを「よけいなお世話だ」とあっさり切り捨てて、メールを削除してくれればいい。

ただひとつ。メールでは決して伝えたくない、けれどどうしても言ってやりたい言葉がある。

野球をなめるな――。

吉岡の不倫をスクープした写真週刊誌は、最新号でも吉岡がらみの記事を掲載した。六本木《ろっぽんぎ》のクラブから朝帰りしたらしい。隠し撮りされた写真には、タンクトップを着た吉岡の姿が写っていた。肩が冷える。背中にも悪い。店の冷房とアルコールと睡眠不足は、腰や肘も痛めつけてしまうだろう。

〈夜の剛腕エース〉と記事で揶揄された吉岡は、二軍落ちしたにもかかわらず、オールスター戦のファン投票の中間発表では一位になっていた。

5

日曜日の昼過ぎ、ちぐさ台からバスで二十分のグラウンドに向かったカープの面々は、試合前から戦意喪失の顔をしていた。

天気予報は、みごとにはずれてしまった。週の前半に降りつづいていた雨は金曜日の午後にあがり、土曜日は朝から晴れた。日曜日も快晴。最高気温は三十度近くまで上がるだろうという予報だった。

「最悪だな、こりゃあ……」

ヨシヒコが、グラウンドを見渡して、げんなりした様子でつぶやく。土曜日の陽射しで水たまりはなくなっていても、まだ土はたっぷりと水気を含んでいるはずだ。そこに二日つづきの快晴の陽射しが加わるのだから、グラウンドの蒸し暑さはかなりのものになってしまう。

「初球からどんどん打たせなきゃ、体がもたねえぞ」

なあ、と話を振られた将大は、あいまいにうなずいた。ヨシヒコの声は、ほとんど耳を素通りしていた。

たったいま、携帯電話にメールが届いた。

〈素人は黙ってろ〉

文面は、どうでもいい。ただ、吉岡が携帯電話の画面を見つめて、こんな一言を打ってきた、というのが悲しい。返事を出す気になったことじたいが、悲しくて、悔しくて、しかたなかった。

「おい、来たぞ」

誰かの声に顔を上げると、エアロパーツをごてごてと付けたワンボックス車が二台連なって、カーステレオの重低音を響かせながら、グラウンドの脇に停まった。

男たちが車から下りてくる。黒ずくめのユニフォームだった。胸に白抜きの〈極球〉。上着の裾を外に出し、襟元のボタンをはずし、だらしなく腰穿きしたズボンの横には――暴走族の特攻服のように、〈御意見無用〉だの〈喧嘩上等〉だの〈一球入魂　野球道とは死ぬことと見つけたり〉だの〈白球に捧げし我が命　紅蓮《ぐれん》の花を咲かせませう〉だのの刺繍《ししゅう》文字が躍っている。

「ヤバいよ、おい、あいつらのスパイク……爪がゴムイボじゃねえよ……鉄だよ、刃物だよ……」

いち早く気づいたのは、ウズマキ眼鏡の小倉だった。「スライディングしてきたら逃げる、もう、絶対に逃げるからな、俺」とつづける声に、まわりの面々もうなずいた。

「……酒だぜ、あれ」

橋本が声をうわずらせて言う。ベンチに運んだクーラーボックスからヒールズの選手が取り出したのは、確かに缶ビールだった。

将大は黙って、グラウンドをにらみつける。くわえ煙草で車から下りてきた一人が、そのままグラウンドに足を踏み入れ、吸い殻をベンチの前に捨てたところだった。

高校でも大学でも、その前の中学の野球部でも、グラウンドは神聖な場所だと教え込まれていた。出入りのときには帽子を取って最敬礼があたりまえだった。グラウンド整備のときは野球の神さまに感謝しながらトンボをかけろ、と言われてきた。ミスや凡打のあとで腹立ちまぎれに土を蹴り上げることすら、許されなかったのだ。

奥歯を噛みしめる。ふつふつと怒りが湧き上がってくる。

野球を、なめるな――。


メンバー表の交換でヒールズのキャプテンと向き合うと、挨拶の前に「よお、おっさん」と粘ついた声で言われた。「ニギんない？」

脱色した髪をリーゼントにした二十歳そこそこのキャプテンは、「どういうこと？」と聞き返す田村に、「勝ち負けで一万円、一点差につき千円ずつってことで、いいんじゃない？」と言う。薄笑いを浮かべ、しかし、細い目はじっと田村を見据えている。

「……ウチは賭けはやらない」

「じゃあ今日からやりゃいいじゃんよ」

「だめだ」

毅然《きぜん》として断ると、キャプテンは田村の足元に唾を吐き、「ま、いいけどさ」と肩を揺すって短く笑った。「それより、おっさんのチーム、オンナがいるわけ？」

「性別関係なしだろ、条件は」

「出るの？　試合。出してよ、俺らも仲良くしたいし、おばちゃんのほうはいらねえけど、あっちの若いほう、帰りは俺らの車で送ってやってもいいし」

ひゃははっ、と笑う。

お互いに三球ずつ用意するはずの試合球も、覚悟していたとおり「悪い悪い、忘れちゃった」で逃げられた。試合後のグラウンド整備も「場所と審判をこっちがキープしたんだから、グラウンド整備はおたくでしょ、やっぱ」――ちなみに、ヒールズが連れてきた審判は、覚悟していたとおり細眉に角刈りの、お仲間だった。

「で、試合放棄は五万円支払いってことで、いいよな、それが相場だからな」

最後に付け加えた一言に、「ちょっと待てよ」と返す間もなく、審判が「はい、じゃあ、そういうことで決定ですね」と話を切り上げた。この瞬間から、どんなに腹が立っても、頭に来ても、逃げてしまうと試合放棄が成立する。

なるほどな、と田村はようやくヒールズのタチを理解した。柄は確かに悪いが、噂話で聞くほど怖くはない。元暴走族という触れ込みも怪しいものだし、たとえ入っていても下っ端だったはずだ。要はハッタリとポーズ。嫌がらせをつづけ、こっちをうんざりさせて、試合放棄に持ち込むのが狙いなのかもしれない。五万円――試合後の打ち上げをあきらめれば支払えない額ではないというところが、いかにも、だった。

ベンチに戻ろうとするキャプテンを呼び止めた。少し強い語調で「ちょっといいか」と言うと、「なんスかあ？」と振り向く顔に、一瞬、気の弱さが透けた。

「おまえら……野球、好きか？」

「へ？」

「野球、好きなんだよな？」

答えを待たずに、踵《きびす》を返して歩きだした。答えさせたくて言ったわけではない。それを問う自分の声を聞きたかっただけだ。

ベンチに戻って、メンバーを集めた。

「五万円出せば、試合放棄できることになったから。要するに、打ち上げの飲み会をやめちゃえば、すぐに帰れるってことだ」

カレー好きの伊沢とウズマキ眼鏡の小倉が真っ先にほっとした顔になったのを確かめて、つづける。

「でも、俺は最後までやるぞ」

きっぱりと言って、メンバーを眺め渡す。田村の視線をまっすぐに受け止めたのは、将大と、沢松と、香織と、そして洋子。

よし、と小さくうなずいた田村は、ベンチに座ったままのカントクに声をかけた。

「今日は、後半から香織ちゃんと三上さんにも出てもらいます。伊沢と小倉を下げますから」

メンバーに困惑のざわめきが走るなか、カントクは腕組みをして大きくうなずき、カカカッと笑った。

試合が始まると、ヒールズの下品な野次は、ベンチに残る洋子と香織に集中した。二人ともじっと耐えた。帽子を目深にかぶり、奥歯を食いしばって、ヒールズの挑発には決して乗らなかった。

「こらえんさい」――カントクに言われたのだ。

「田村くんがあげなことを言うからには、言うだけの理由があるんじゃと、わしは思う。じゃけえ、試合に出るまで、ここでこらえんさい」

洋子にもわかっている。つまらない男たちの、女を見下したつまらない態度や行動――そこから逃げないというのが、つまり、自分の力で生きるということなのだ。

さすがに親として、汚い野次をぶつけられる香織の気持ちを思い、バッグから携帯音楽プレーヤーを取り出して「これでも聴いてる?」と声をかけたが、香織も自分なりに逃げまいとしているのだろう、「だいじょうぶ」とかぶりを振った。

鋭い打球音が響く。将大がピッチャー返しのライナーを放った。これで三打席連続ピッチャー返し。前の二回は頭を抱えてしゃがみこんで逃げたピッチャーも、今度は腹にまともにくらった。

「完全に狙《ねろ》うとるのう、ショーダイは。たいしたもんよ、やっぱり甲子園経験者じゃ」

カントクは満足そうにうなずいて、「ええこっちゃ、これなら死んでも事故じゃけえ」と、怖いことを、さらりと言う。

田村と沢松も、スパイクの爪をかざしたスライディングをしてくるランナーに、まったくひるまなかった。巧みに体を移動させて爪をかわし、ついでにグローブでタッチするときは必ず顔面を狙う。たとえ向こうが鼻血を出しても、前歯を折っても――事故だ、これも。

最初は逃げ腰だった他のメンバーも、試合が進むにつれて闘志が前面に出るようになった。ビーンボールまがいの球を肩にぶつけられた橋本は、ピッチャーをにらみつけて一塁へ走り、完全なストライクをボールと判定されて四球を出したヨシヒコは、審判に抗議する代わりに、次の打者のファールフライをダイビングキャッチした。泥まみれになったユニフォームの胸を張ってマウンドに戻り、どうだ、とヒールズのベンチをにらむ。

「みんな目の色が変わっとるよ。乱闘になっても負けりゃあせんわい」

「……喧嘩、強いの？」

意外そうに香織が訊くと、カントクは「弱いじゃろう」と軽く返し、「ほいでも、いまは強いよ」と言う。「香織ちゃんやお母さんを守ろうと思うとるけえ、そういうときの男はいちばん強うなる」

香織は照れくさそうに「かもね」と笑った。グラウンドでは、頭をかすめる球を放られ、打席でもんどりうって倒れた沢松が、ゆっくりと立ち上がると、ベーブルースの予告ホームランのようにバットの先をピッチャーに向けていた。

「おうおう、沢松くんまでこげなことするとはのう」とうれしそうに言ったカントクは、「香織ちゃん、応援してやれや」とグラウンドに顎をしゃくった。

「沢松くん！　ホームラン！」

香織のリクエストには、残念ながら応えられなかった。代わりに、将大に負けないほど鋭い打球のピッチャー返し――今度は向こうずねに球を受けてしまったピッチャーは、半べそをかいて「俺、もうやだよ、帰る！」とマウンドを降りてしまった。

二番手のピッチャーは、エースに比べると球がはるかに遅いし、コントロールもない。これでビーンボールの恐れは消えた。

「よっしゃ、ほいたら、そろそろ香織ちゃんの出番じゃのう」

カントクは打席に向かう小倉を呼び止めて、審判に代打を告げた。小倉は試合前の怯《おび》え方が嘘のように、ウズマキ眼鏡の奥の目を怒らせてベンチに戻る。

「交代したくないけどさ……香織ちゃん、がんばれよ」

「ウーッス！」

ハイタッチを交わして打席に入った香織に、ヒールズのベンチからまた汚い野次が飛ぶ。

だが、濁った声の野次は、あっけなく切り裂かれてしまう。

「香織！　守られてばっかりじゃだめなんだよ！　自分でヒット打たなきゃ意味ないんだよ！」

ベンチから立ち上がった洋子の叫び声に、グラウンドは静まりかえった。

沈黙の中の初球を、フルスイング——。

三遊間を、きれいに割った。


洋子の出番は最終回に訪れた。

すでに試合の趨勢は決した。八対〇の完勝間近の、最終回の守備でライトを守ることになったのだ。

てっきり打席に立てるものだと思い込んで、香織に負けずに待望の初ヒットを狙うつもりだった洋子は、「守備固めだとは思わなかったなあ……」と不服そうに田村に言った。

だが、田村はひるむことなく「ピンチヒッターはまだ無理ですよ」と言った。「それに、守備固めっていうほど守備も期待してません」

珍しくそっけない物言いだった。きょとんとする洋子に、田村はすぐにいつもの笑顔に戻ってつづけた。

「自分の力でがんばるんでしょ？　じゃあ、もっと練習してもらわなきゃ」

そのときには素直に「はい」と言えなかったが、ライトのポジションについてから、じんわりと胸が熱くなった。

明日、バッティングセンターに行こう、と決めた。そして、帰りに、駅前のパソコン教室のパンフレットをもらってこよう、とも。

すっかりやる気をなくしたヒールズの攻撃は、あっけなくツーアウトになった。

このまま終わりかな、と思った矢先、三人目のバッターの打球が右中間に飛んだ。センターの香織がつっこみすぎて球を逸《そ》らし、打球はゴロになってフェンスに転がっていく。長打——ランニングホームランもありうる。

フェンスのすぐ前でボールに追いついた洋子に、中継の沢松が、ライトの定位置までダッシュしてグローブを掲げた。

届くわけないじゃない——。

一瞬のためらいを振り払って、無我夢中で放ると、ワンバウンドしたボールはきれいに沢松のグローブに収まった。

体を反転させた沢松はすぐさまバックホーム。三塁打止まりのタイミングだったが、ランナーは三塁を蹴り、ホームを目指して走ってくる。点を取るためではなく、スパイクの爪で将大を狙うために。

将大は沢松の送球をキャッチすると、ホームベースの手前で身構えた。

ランナーが滑り込む。スパイクの爪がくらいついてくる。将大はミットを振った。

テニスでいうなら、バックハンドのボレー。スパイクをはねのけたミットのパンチは、ランナーの体ごとはじき飛ばしてしまった。

「野球をなめるな!」

将大の絶叫とともに、ゲームセット——。

ライトから小走りに戻ってくる洋子を、田村は二塁ベースまで出迎えた。

「守備固め、今度からだいじょうぶですよ」

笑ってガッツポーズをつくる田村に、洋子ははにかみながら、右手を肩の高さに掲げて折り曲げた。小さな力こぶが、ぷくん、とできた。

イニング7

1

甘かった。事務所に入って一時間もたたないうちに、それに気づいた。

夜のバッティングセンターは、緑の人工芝が照明を浴びて、とてもきれいだから——。

そんな誘い文句を真《ま》に受けた自分が情けない。

ポロシャツの襟元に虫除けスプレーを吹き付けた洋子は、団扇《うちわ》で頬に風を送って蚊を追い払い、「ああっ、もうっ！」と、ぷくんと赤く腫れた手の甲をかきむしった。

夜でも煌々《こうこう》と明かりの灯ったバッティングセンターは、遠目には確かにきれいだったが、中に入ってしまうと、巨大な誘蛾灯のようなものだ。事務所にいても、どこからともなく虫が入ってくる。

部屋の中だと逃げ場所がない。スタッフ用のキャップをかぶって外に出て、休憩用のガーデンチェアに座ると、かすかな夜風があたるおかげで頬の火照りが冷め、蚊の羽音も多少は遠ざかったように感じられる。

ようやく一息ついて、ペットボトルの麦茶を啜り、気を取り直した。

仕事なんだから――。

そう、仕事なんだから、苦労してあたりまえなんだってば――。

自分に言い聞かせる。シゴトという響きを胸の奥で転がすように、何度も。

客としてなら何度も来ている『ちぐさ台バッティングセンター』の風景も、事務所の側から眺めると、またひと味違う。

球場で言うなら一塁側スタンドからグラウンドを見る格好になるので、ピッチングマシンの球筋や打球の軌跡がよくわかる。ライナーの打球が外野のネットまで届いたときには「糸を引く打球」という言葉をあらためて実感するし、詰まった当たりやボテボテのゴロも、なんだか噴水の強弱のリズムみたいで、ぼうっと見ているだけでも飽きない。

違う違う、と自分を叱る。「ぼうっと」じゃだめなんだ。万が一の事故やアクシデントに備えて、じっと見ていないと、仕事にはならない。

座っているだけでもだめだ。ケージの後ろを歩いて、だらしない客が置きっぱなしにして帰ったジュースのペットボトルを拾う。ふだんなら「ほんとにもう、常識がないんだから……」とふくれつらになるところでも、いまは仕事中なのだ。ペットボトルをゴミ箱に捨てると、一ポイント獲得したような気分になる。

ケージの外で素振りをしている客を見つけるとすかさず「危険ですので通路でバットを振るのはおやめくださーい」と注意し、客が素直に応じると、よしっ、とガッツポーズまでつくりたくなってしまう。

仕事だ、仕事。仕事、仕事、仕事、仕事……。

一週間の約束で、受付のアルバイトを引き受けたのだ。ふだん事務所に詰めている学生アルバイトが、いまどきの若者らしく、いきなり一週間の休みを取って旅行に行くと言い出した。バッティングセンターの支配人が「せめて夜だけでも誰か店番いないかなあ」と『ちぐさスポーツ』の店長に泣きつき、店長がカントクに相談して、カントクが「洋子さん、どないじゃ」と話を持って来た。それが昨日、七月八日のことだった。

仕事は簡単、おまけに楽、もう、ビヤガーデンで夕涼みする気分でやってもらえばいいんですから――。

支配人が言っていたとおり、仕事は難しくない。受付といっても、ほとんどセルフサービスだ。客は勝手に入ってきて、勝手にケージやバットを選び、勝手に機械に三百円を入れて球を打ちはじめる。いまのところ事務所で応対したのは、両替の客が一組と、手のひらの皮が剝けて「すみませーん、バンドエイドあります？」と言ってきた客が一組だけ。

フィールドに傾斜がついているので、球拾いの必要もない。打球は勝手に転がってバックヤードに集められ、あとはタイミングを見計らってピッチングマシンにボールを補給するだけでいい。

これで日給八千円——午後五時から九時までの四時間だから、時給に直すと二千円の計算になる。「無理を言うて助けてもらうんじゃけえ」とカントクが支配人に交渉して、破格の条件を引き出した。求人誌をめくっても、このレベルの時給はコンパニオンやフロアレディー以外には、まずありえない。一週間働いて五万六千円。家計の面でも大いに助かる臨時収入だったし、なにより、たとえ簡単だろうと暇だろうと「いまは仕事中なんだから」という気持ちの張りを持てるのがうれしかった。

でもねえ……と、ケージを見回りながら肘をぴしゃりと叩き、血をたっぷり吸った蚊をつぶす。足元に寄ってくる蛾を団扇で追い払い、蚊に食われた肘を爪で掻《か》いていると、今度は耳元に別の蚊がまとわりついてくる。

明日は蚊取り線香を持ってこよう。

あと、ごきぶりホイホイも——。

ついさっき、ジュースの自動販売機の下に黒いものがもぐり込むのを見たばかりだった。

それから――。

ばさばさと羽音をたてて屋根の蛍光灯とじゃれる大きな蛾を見上げて、ため息をついた。

ゴキブリ用の殺虫剤は、蛾にも効くんだっけ……？

夜八時前、ピッチングマシンにボールを補給して事務所に戻ると、それを待っていたように背広姿の客が「すみません、両替いいですか」と受付の窓をノックした。

「はいはいはーい」

愛想良く応えて窓を開けると、見覚えのある顔が目の前にあった。

「ウズマキさん？」

「は？」

「あ……ごめんなさい」

みんながこっそり名付けていたあだ名で、つい呼んでしまった。ちぐさ台カープのチームメイト、ウズマキ眼鏡の小倉だった。

ウズマキも、度の強い眼鏡の奥で、しょぼしょぼとした小さな目を精一杯に見開いた。

「洋子さん、なんでこんなところにいるんですか？」

待ってました、と洋子は背筋を伸ばし、胸を張った。この一言が言いたかったのだ、さっきから、ずっと。

「仕事なの、わたし」

「はあ？」

「臨時のアルバイトっていうか、ピンチヒッターなんだけど、一週間、ここを任されてるの。責任者なのよ」

自負と誇りを込めて言ったが、ウズマキは怪訝そうに「はあ……」とうなずいただけで、手に持っていた千円札をあらためて差し出した。「両替お願いします」

もともと、喜怒哀楽のはっきりしない性格だ。歳は三十代半ば。チームではベテランのほうなのに、試合中も打ち上げの席でも存在感は薄い。

洋子は拍子抜けした気分でレジの鍵を開け、「五百円玉入ってもいい？」と訊いた。

「あ……いえ、できれば全部百円玉でもらいたいんですけど」

『ちぐさ台バッティングセンター』は、一ゲーム三百円で二十八球打てる。ふつうはそれでじゅうぶん汗をかく。

「二ゲームも打つの？」

百円玉を十枚渡しながら訊くと、ウズマキは困ったような笑みを浮かべて、「三ゲームに挑戦しようかと思って」と言った。

合計八十四球という計算になる。

「だいじょうぶなの？　平気？」

「平気かどうかわからないですけど、まあ、やってみます」

ウズマキはバットを二、三本見つくろって、〈時速百二十キロ〉のケージに入った。背広を脱いでネットのハンガーに掛け、腕時計をはずし、膝や肩の屈伸をして体をほぐす。

無理なんじゃないの——と言いたいのをこらえて、洋子は近くのベンチに腰を下ろした。

実際、草野球のレベルでは、時速百二十キロは「剛速球」の部類に入る。ちぐさ台カープでもまともに打ち返せるのは四番打者の将大と、五番の田村と、進境著《いちじる》しい六番の沢松ぐらいのものだ。

ウズマキの打順は八番、もしくは九番。打率は二割にも満たない。小柄な体に似合わずバットを大振りするせいで、三振の数はチームで最も多い。もっとバットを短く持って当てていけばいいのに。いつもベンチで思っていた。チャンスにホームラン狙いのスイングで三振を喫したときには、あんたはショーダイとは違うんだから、と叱りとばしたくもなる。

あんのじょう、時速百二十キロの直球にバットはかすりもしない。五球連続空振りのあと、ネクタイをはずし、ワイシャツの袖をめくり上げて、さらに五球空振り。振りが大きすぎる。バットが長すぎる。構えたときの足の幅も広すぎるし、踏み込む左足をあんなに持ち上げていては、振り遅れてしまうのも当然なのに、どうしてそれがわからないのだろう……。

いらいらしながら座っていた洋子は、空振りが十五球連続になったところで、たまらず立ち上がった。

ねえ、ちょっと、お金払って素振りしてもしょうがないんじゃないの——？

ケージの後ろから声をかけようとしたとき、スイングの瞬間、ウズマキがなにかつぶやいているのが聞こえた。

ちきしょう、くそったれ、ふざけんな——。

ウズマキはバットを振るたびに、うめくようにつぶやいていたのだ。

2

「で、どうなったの？　ウズマキさん」

興味しんしんの顔で訊いてくる香織を、洋子は「ひとの話でそんなに盛り上がらないの」と軽くたしなめて、かゆみ止めのローションを首筋に塗った。

「やっぱ、仕事のストレスってやつ？」

「知ったふうなこと言わないの、子どものくせに」

「って、なにそれ、なんかお母さん、自信あるじゃん、今夜。社会のいちいーん、って感じで」

洋子の胸の内を見透《みす》かしたように笑う。そういうところだけ――期末試験のヤマはみごとにはずれたくせに、妙に勘が鋭くなった。

「専業主婦だって立派な社会の一員じゃない、なに言ってんの」

「そりゃそーだけどさあ、でもアレじゃん、これで八千円でしょ？　自分でお金稼いでるって、気分よくない？」

「……お金の問題じゃないんだけどね」

そこから先を香織が理解するには、まだ少し時間がかかるだろう。

「ま、いいや、それでウズマキさん、どうなっちゃったわけ？」

香織は身を乗り出した。

最初から黙っていればよかった。いまになって悔やんでも、どうしようもない。香織が最近おとなの世界に背伸びして首をつっこむことが増えたのも、もとをただせば、洋子が話すからだ。あんたには関係ないんだから――のハードルが、離婚をきっかけに急に下がってしまった。愚痴や悩みを聞かせたつもりはないが、振り返ってみると、この四ヵ月、以前なら話さなかったようなこともたくさん香織に聞かせている。香織も意外とおとなびた受け答えをして、逆に「お母さん、ちょっとそれ、ガキっぽくない？」と言われてしまうことだって、ある。

中学二年生の娘を相手に「友だち親子」と認めるのは少し悔しい。それでも、ただの「親子」とは微妙に距離が違う。二人暮らしになったから、だろうか。「一人」と「一人」の我が家は、なにかを話していないとテレビの音しか聞こえなくなってしまうから、なのだろうか……。

ウズマキの話題が途切れてしまうと、今夜のうちにしておかなければならない話がある。

明日の土曜日、香織は英明と会う。各学期の期末試験のあとの週末に会う、というのが離婚のときの約束だった。今日は帰宅するとすぐに「お父さんに伝言ある？」と訊かれ、答えるのも考えるのも億劫だったので、「それより、ちょっと香織、聞いてよ」とウズマキの話を持ち出したのだ。

「ちょっとさあ、香織、背中に塗ってよ」

かゆみ止めの容器を渡して、ポロシャツの背中をめくった。

「背中も刺されちゃったの？」

「うん、すごいの、服の上からでも全然平気なんだもん」

「ひょっとしてさー、お母さん、どっかで脱いだんじゃないでしょーね」

どきん、とするようなことも平気で言う。

「明日、お父さんに言っちゃおうかなー」

どこまで本気かわからない。あんたのことなんて全部お見通しなんだから——のハードルは、最近急に高くなってしまった。

不意に脇腹を後ろからつままれた。香織は「ぜーにく増えたこと、NGワードにしとくから」と笑って、「代わりにウズマキさんの話のつづき、よろしくっ」と言った。

もしかしたら、香織も明日の話題を口にしたくないのかもしれない。

そんなことも、ふと思った。


一ゲーム、二十八球——前に飛んだ打球は当たりそこねのゴロが二球、バックネットに当たったファウルチップが一球、あとは全部空振りだった。

ウズマキはケージから出ずに、そのまま二ゲーム目をつづけようとした。

「ちょっと休憩したら?」

思わず声をかけた。

最初はきょとんとしていたウズマキも、「だって汗びっしょりじゃない」と洋子がつづけると、初めてそれに気づいたのか、急に我に返ったように肩の力を抜いた。

「すごい迫力だったよ、もう、怖いくらい」

「はあ……」

「手袋しなくてだいじょうぶだった?」

「ええ、まあ……」

ベンチに座ったウズマキは、汗で曇った眼鏡をはずし、ワイシャツの袖で目の回りの汗を拭った。初めて見る眼鏡なしの顔は、意外と目がぱっちりとして大きかった。よほどレンズの屈折が強いのだろう。

洋子が団扇で風を送ってやると、「あ、どうも」と照れくさそうに笑う。その笑顔の消えないうちに言いたいことを言っておこう、と洋子は口を開いた。

「あのね、すごい迫力のスイングだったんだけど、一発長打狙いすぎてない?」

「え?」

「ほら、試合でもそうでしょ。わたしなんかが言うのって生意気だけど、もっとバットを短く持って確実に当てていく手もあるんじゃないかな、って」

ウズマキは眼鏡を掛け直し、照れ笑いを苦笑いに変えて言った。

「ですよね……それはそうなんですけどね、バットを思いきり振るのが楽しいんですよ」

「打てたらもっと楽しいんじゃない?」

「振るだけで楽しいんです」

強い口調の似合わないウズマキが、珍しくきっぱりと言い切った。「でも……」と洋子が返しかけるのをさえぎって、「野球はバットを振るから楽しいんですよ、絶対に」とつづけ、ベンチから立ち上がる。

「当てるだけなら、僕、じつはめちゃくちゃうまいんですよ」——洋子を振り向いて、照れ笑いでも苦笑いでもない笑顔をつくった。

向かった先は、中学生以下と四十歳以上は利用お断りになっている〈時速百四十キロ〉のケージだった。『ちぐさ台バッティングセンター』の中では最速で、将大でさえ一ゲームに三本ヒットを打てるかどうかの、プロのレベルだ。

「ちょっと、危なくないの？」

あわてて腰を浮かせる洋子を、さっきと同じ笑顔で制して、ウズマキは百円玉を機械に入れた。

言葉も笑顔も、ジョークではなかった。強がりでもない。ウズマキは二十八球すべて、バットに当てた。それも投球前に「一塁線」「三塁線」「ピッチャー前」と予告して、言葉どおりに球を転がしていった。

ただし——バットは一度も振らなかった。

「それって……バント？」

香織は半信半疑の顔で言った。洋子がうなずくと、「ぜんぶバントしちゃったの？」と声が跳ね上がる。

「そう、ぜーんぶバント」

「でも、すごくない？　それ。百四十キロって、プロじゃん、プロでも送りバント失敗ばっかりしてるじゃん」

「自分でも言ってた。ストレートをバントするだけなら、大学や社会人でもやっていけたかもしれない、って」

小学校時代のリトルリーグから、中学の野球部、甲子園を目指した高校の野球部……公式戦はもとより、練習試合や紅白戦を含めても、ただの一度もバントを失敗したことはないという。

「ねえねえ、それって職人技ってやつ？　シブいじゃん」

香織は屈託なく笑ったが、洋子は笑い返さずにつづけた。

「ウズマキさん、一度もバント失敗はしてないんだけどね、中学や高校のときはバント以外をやったことも、一度もないんだって」

「……って？」

「バットを振ったことなかったの」

「だって、小学生の頃からずっと野球やってたんでしょ？」

「でも、中学に入ってからはバントだけ」

「打ってないの？」

「だから、振ってないんだってば。ランナーがいれば送りバントで、いなかったらセーフティバント」

「なんで？」

適性――という言葉を、ウズマキはつかった。「僕にはバットを振る適性がなかったんですよ、それだけのことなんです」と、さばさばした口調で、ケージに入る前と同じ笑みを浮かべて。

ウズマキの眼鏡は、子どもの頃からウズマキだった。昔のことなので、レンズはいまのものより、もっと分厚い。ふつうにレンズの真ん中を見ているぶんにはだいじょうぶだが、眼鏡が急にずれると――たとえばバットを振り回したり、球足の速いゴロを走って追いかけたりすると、レンズの歪《ひず》みのせいで視界がゆがんでしまう。

空振りやエラーばかりだった。このままではレギュラーになれない、と中学の野球部に入ったときに思った。ゆるいゴロが多いセカンドのポジションを狙い、バッティングではバントをひたすら練習して、みごと二番セカンドのレギュラーを獲得した。

「あ、そうか……バントなら、顔があんまり動かないもんね。意外と根性っていうか、執念あるじゃん、ウズマキさん」

香織は納得してうなずいたが、すぐに「でも、それ、なんか寂しいね」と言った。

洋子も同じだった。いい話だとは思う。よくがんばった。「なんか、教育的に役立つ話だと思いませんか?」とウズマキが冗談めかして言っていたとおり、これは同じような子どもたちに勇気を与えてくれる話なのかもしれない。なのに、胸のどこかに苦いものが残ってしまう。

「器用は器用なんだと思うけどさあ、なんか……わたし、よくわかんないけど……ちょっと、って感じしない? お母さんも」

「するよ」

「だよね、うん、マジ、だよね」

「でも、そういうのって器用じゃないと思うよ。すごく不器用なんじゃない?」

「……だね」

ウズマキは、中学高校の六年間、バットを一度も振らなかった。正確には振らせてもらえなかったし、もっと正確に言うなら、レギュラーを獲るためにバットを振ることを自ら封印した。

だからいま、がむしゃらに大振りをつづける。理屈のスジが通っているような、どこにも通っていないような——ただ、「僕はもう、絶対にバントはしませんから」と言った声には、よけいな質問をはねのける強さがあった。

話を終えたウズマキは、また〈時速百二十キロ〉のケージに戻っていった。

最後に、洋子は「よく、ここに来るんですか？」と訊いた。

「そうでもないですよ、たまーに……二、三ヵ月に一度ぐらいですかね」と答えたウズマキは、「仕事でストレスが溜まると、これが一番なんですよ」と付け加えた。

「ほら、やっぱりそうじゃん」香織が得意そうに言う。「で、今日のストレスって、なんだったの？」

「そんなの訊いてないって」

「だめじゃん、そこが一番大事なのに」

「……大事だから訊けないの。訊けるわけないでしょ」

六年間もバント一筋でやり抜いたひとが、仕事で溜め込んでしまうストレス――わかるような気がする。だから逆に、わかってはいけないんだ、とも思う。

〈時速百二十キロ〉の三ゲーム目も、ウズマキはほとんど空振りしてしまったのだ。くそったれ、ばかやろう、ふざけんな、とつぶやきながら、一心にバットを振りつづけたのだった。

3

第一候補は遊園地。第二候補以下は、動物園、水族館、プラネタリウム、植物園、美術館、博物館……とつづいて、〈どこにでも連れて行ってあげます。行きたいところを決めたらメールをください〉と、先週届いた手紙は締めくくられていた。

小学校の社会科見学のようなものだ。映画やショッピングがはずされているところも、いかにも、だった。洋子に言わせれば「気が利かないのよ、あのひとは昔から」となる。「お母さんだったら、あんたの欲しいものをなんでも買ってあげて、ここで一気にポイントを稼ぐけどね」

勝ち負けじゃないっての──と口に出すと話が長引いて面倒になりそうなので、香織はトーストを頬張って、牛乳で喉に流し込んだ。

「で、結局どこにしたの？」

洋子は自分の食器を洗いながら訊いた。

香織は新聞の折り込み広告を一枚ずつ眺めながら、「多摩公園」と答えた。

「なにそれ、地味すぎない？」

「いいの、一回行ってみたかったし、けっこう広くて、いろんなのあるみたいだし」

大げさなイベントにはしたくなかった。軽く散歩して、ファミリーレストランで昼食をとって、あとは、まあ、成り行きってことにしとけばいいかな、と簡単に計画を立てた。

「ねえ、香織。多摩公園って、ボート池があるでしょ」

「うん、あったと思う」

「ボートはやめといたほうがいいかもよ」

「なんで？」

「だって、ボートって向き合うでしょ。逃げ場所がないっていうか、正面から向き合うのって、意外となにしゃべったらいいかわからなくなっちゃうから」

「そっか……」

確かにボートに誘われたら困るな、と思った。すると洋子は、その胸の内を読み取ったように「だいじょうぶよ」と笑う。「お父さんも『乗ろう』なんて言わないから」

「そう？」

「うん、絶対そうよ。お父さんが候補にしたのも、ぜんぶそうでしょ。目をそらすことのできる場所ばっかりじゃない」

「……だね」

「あのひとはね、そういうひとなのよ、ほんと、昔から。愛想はいいくせに、ひとの目を見てしゃべるのが苦手なの。自分に負い目があったり嘘ついたりしてるときは、特にね」

夫婦の歴史が言葉の端々ににじむ。あのひとのことはぜんぶわかってるんだから、という自信が覗く。離婚する前よりも、ずっと。

「ごちそうさまーっ」

香織は早口に言って席を立った。朝起きてから、洋子とはほとんど目を合わせていない。一番の仲良しの友だちが風邪で学校を休んだ日に、別の友だちと遊んでいるときのような――「ごめんね」と「だって、しょーがないじゃん」が入り交じった気分だった。

服を着替えてリビングに戻ると、洋子は食器を片づけながら、「よろしく言っといてよ」と鼻歌を口ずさむように言った。「こっちは元気でやってるから、って」

「……うん」

「せっかくだから晩ごはんもお父さんと食べてきちゃえば？　お母さんも仕事があるから、そのほうが助かるけど」

食器棚に向かう洋子の背中を、ちらりと見た。べつに意地を張っているわけではないのだろう、後ろ姿に頑《かたく》なな様子はなかった。

「晩ごはん、コンビニのお弁当でいいよ」香織は言った。「二つ買って、帰りにバッティングセンターに寄るから、事務所で一緒に食べない？」

少し間をおいて、洋子は「お父さんと食べてきなさーい」と、また軽く言った。

「……いいじゃん、お母さんと食べるよ」

「こっちは仕事中なの。遊びに来られても困りまーす」

食器をぜんぶ棚にしまったあとも、洋子は背中を向けたまま、積み重ねた皿や小鉢の場所を入れ替えながら、「早く行きなさい」と言った。「どうせお父さん、約束よりだいぶ前に来て待ってると思うから」

軽く、自信たっぷりに言う。結婚生活が十五年、恋人時代が二年——十七年間の付き合いをまとめて「昔」にできたから、こんなふうに余裕を持って話せるのだろうか。

それはいいことなんだ、と香織は自分に言い聞かせた。いいことなんだけど……と、こぼれ落ちそうになるものを呑み込むと、入れ替わりに、思ってもみなかった言葉が口をついて出た。

「お父さん、遅刻してくると思うよ」

「そんなことないって」洋子の背中が苦笑いで揺れる。「賭けてもいいよ、絶対に早く来るから、そういうひとなんだから」

「昔はそうかもしれないけど、いまはわかんないじゃん」

あった。

「おんなじだって」

ガチャガチャと音をたてて、食器を並べ替える。軽い口調は、そっけない口調でもあった。

コンビニで買い物してくるから、と口実をつくって、ウズマキは外に出た。妻や子どもに聞かせられるような話ではなかった。

団地の公園のベンチに座り、携帯電話を取り出して、何度か咳払いして喉の調子を整えた。午前十時。ゴルフに出かけていないことを祈って、営業部長の電話番号をアドレス帳から呼び出した。

「もしもし、お休み中すみません、二課の小倉です……昨日の件で、ちょっと部長にどうしても相談に乗っていただきたくて……」

部長は眠たげな声で、「なんだっけ、昨日のって」と言う。

「……ハイマウント商会の件ですけど」

「ああ、おうおう、ハイマウントさんな、高山《たかやま》さん、わかるわかる……で、それがどうかしたっけ」

いつものことだ。こっちが深刻に悩んでいる話も、他人から見れば、「それがなに？」という程度の問題に過ぎない。

「高山社長に試合のセッティングを頼まれたんですけど……」

部長はやっと「ああ、あれな、うん」とピントの合った受け答えをした。「小倉にぜんぶ任せてるから、頼むよ、高山さんも楽しみにしてたから」

「いえ……それがですね……」

「どうした？」

「ウチのチームと試合するっていうのは、やっぱり、ちょっとですね……」

「だめなのか？」

とがめる口調で訊かれた。「高山さんじきじきのリクエストだぞ。わかってるのか、その意味」——話にピントが合えば合ったで、困ってしまう。

ハイマウント商会は、部長が自ら開拓した新規の取引先だった。現場の頭越しに商談のあらかたをまとめてから、昨日、直接の担当になる営業二課長のウズマキをオーナー社長の高山に引き合わせた。

気乗りのする仕事ではなかった。手間がかかるわりには決して大きなビジネスではないし、高山社長もいかにもワンマン経営者らしい横柄な人柄だった。とりあえず部長の顔を立てるだけは立てて、淡々とつつがなくお付き合いしていけばいいか、というつもりで商談に臨んだ。

ところが、「彼は一見ひ弱そうなんですけど、じつは野球が大好きでしてね、草野球のチームにも入ってるんですよ」――部長がウズマキを紹介して言った、その一言が、話をややこしくしてしまった。

社内で野球チームを結成したばかりだという高山社長が、ほう、と目を輝かせて、試合をやろうと言い出した。

高山社長率いるハイマウンツは、結成と同時に地元の草野球リーグに加盟したものの、これまで三戦全敗なのだという。「ちょっと選手も自信喪失しててね、これじゃ仕事にも差し障るだろう。このあたりで自信をつけさせてやりたいんだよ、私も」――あまりにもあっけらかんとした言い方に、思わず「はあ……」とうなずいてしまった。

そこからの話は早かった。社長はウズマキの都合も訊かずに、「次の次の日曜日にするか。その日なら私も都合がいいから」と、同席した秘書にグラウンドの確保を命じた。そして、「商売でもなんでも、負けるってのは気分悪いからなあ」とウズマキをじろりとにらみ、ウズマキが気おされてうつむくと、「嘘だ、嘘だ。正々堂々とやろうじゃないの」と笑って、ブランデーの水割りを呷ったのだ。

「他の選手の都合がつかないのか？」

トイレにウズマキを連れ出した部長は、険のある声で言って、「選手が足りないんなら、ウチの若い連中を入れろよ。ユニフォームだけ貸してもらえばいいんだから」

とつづけた。「それくらいは協力してくれるんだろ？　その、なんとかカープってのも」

それはできない。ウズマキは唇を嚙みしめる。ユニフォームはチームの魂なのだ。天涯孤独のカントクが、古き良き広島カープを偲んで買い揃えたユニフォームなのだ。無関係な連中に袖を通させるわけにはいかない。

黙り込むウズマキに、部長は言った。

「なんとかしろよ、ここからはおまえの裁量だから。うん、社長はおまえに試合を申し込んだんだからな」

「……はい」

「ひとこと言っとくけどな、ハイマウントは伸びるぞ、これから。こっちも先見の明ってやつでルートをつくったんだから、いまは橋頭堡《きょうとうほ》ってやつだ。ガーンとでっかく育つのもポシャるのも、おまえしだいなんだから」

わかっている。ハイマウントとの取引が大きくなるのを待って、部長は子飼いの課長がいる営業一課に担当を移すだろう。野球にたとえるなら、いまはノーアウト、ランナー一塁。ウズマキの送りバントでランナーをスコアリングポジションへ進め、営業一課のタイムリーヒットを期待する――バントの失敗は許されない。

一日たって携帯電話で最後の訴えを試みても、やはり、それが覆ることはなかった。

「いまさら逃げ腰になるなよ。とにかくしっかり頼むぞ、小倉」

部長は電話越しに声を耳に刷り込むように言った。

ウズマキは、消え入りそうな声で「はい」と応えるしかなかった。

洋子の言ったとおりだった。

公園前の駅の改札口にたたずんでいた英明は、約束の時間の五分前に電車を降りた香織を見つけると、照れくさそうに「よっ」と片手を挙げた。

「……遅れて来るかと思ってた」

香織がうつむいて言うと、意外そうに「なんで?」と返す。「こういう大事な一日に遅刻するわけないだろ、お父さんが」

「昔からそうだった?」

「ああ。香織にもいつも言ってただろ、時間にだらしないのはだめだぞ、って」

「うん……」

「お父さんはな、自分で言うのもナンだけど、そういうところは一貫してるんだ」

目をそらしたまま、うなずいた。一方通行のメールなら強気の言葉がいくらでも出てくるが、実際にひさしぶりに会うと、なにを言っていいか、どんな顔をすればいい

「元気にしてたか？」と胸を張った。

「元気にしてたか？」

「うん……」

「お母さんも元気か？」

「うん、元気にやってる」

そうかそうか、と満足そうに微笑んだ英明は、「お父さんも元気だ」と胸を張った。

「香織に会えないのは寂しいけどな、新しい生活にも慣れたし、ほんと、元気バリバリだよ。昔より若返った感じもするだろ？」

よし、公園に行くか、と歩きだす。若返ったというほどではなかったが、離婚が決まる前——夫婦で毎晩のように言い争っていた頃に比べると、確かに潑剌《はつらつ》としている。重荷を下ろしてすっきりしたのだろうか。

だったら……ふと思った。お父さんにとっての「重荷」は、いったいなんだったんだろう……。

立ち止まったままの香織を振り向いて、英明は「どうした？」と笑顔で訊いた。

「なんでもない」

香織はかぶりを振って、小走りに英明のあとを追った。

〈ただいまお父さんとボートに乗ってます。無理やり私が乗っけました。お母さんの読み、ばっちり的中！　お父さん照れまくりで、ひたすら必死にボートを漕いでます〉

メールと一緒に、オールを両手に持って、照れ隠しだろう、ひーこら、という顔をした英明の写真も送られてきた。

やれやれ、と洋子は携帯電話の画面を見つめる。英明の顔を見るのはひさしぶりだった。髪形を変えたようだ。少し太ったようにも見える。

メールと画像をまとめて消去して、部屋の大掃除のつづきに取りかかると、すぐにまたメールが着信した。

〈私も間が持ちませーん（汗）。ボートに乗ったの、やっぱり後悔。でも心配しないでいいよ。友だちにメール打ってることにしてるから。お昼はさぬきうどんを食べました。うどんを食べるときって、意外と顔を前に向けずにすむんだなと発見。お父さんの作戦？〉

返事を打つ気はなかった。

夕方から仕事に出かける前に、とにかく部屋の大掃除だけはしておきたい。英明が置き忘れていた夏物の服を、ついさっき、ポリ袋に詰めてベランダに出したばかりだった。

〈マジな報告。お父さんはとても元気です。幸せそうです。今度の面会日には新しい奥さんを紹介したいと言うので（↑調子こいてる）、やだよと言ってやりました。でも、なんか幸せの勝負したら、こっちのほうが負けてるかもしれない〉

〈嘘嘘嘘！！！　いまのメール嘘です。書いて、やっぱり消そうと思ったら、送信を押しちゃった。ごめんねー傷つかないでー〉

〈池を一周しました。二周目に突入。休憩なしで漕ぎまくり。はっきりゆって、ボートが揺れるので気持ち悪いっす〉

〈晩ごはんのお弁当なにがいい？〉

〈返事くださーい〉

〈シカトしてんじゃねえよばばあ、って嘘です。お弁当、おそば系？　フライ系？〉

〈晩ごはんまでには絶対帰るから〉

〈ほんとに帰るからね。勝手に食べずに待っててよ〉

〈おやつの時間までに帰るかも〉

〈今度から面会日、一時間でいいと思う〉

〈お父さんは懐かしいし、好きだけど、もう家族じゃないんだなって思う〉

4

ベンチに座ってウズマキの話を聞いたカントクは、腕組みをしたまま、陽のかげりかけた空を見上げて笑った。

「要するに、アレか、八百長《やおちょう》をやらんといけんわけか」

「いえ……八百長っていうか、接待なんです、ゴルフとか麻雀《マージャン》とかと同じように……」

「向こうに勝たせせんといけんのじゃろ?」

「……ええ」

「立派な八百長じゃがな」

カカカッ、とまた笑う。怒っているようには見えないが、だからこそ、ウズマキはうなだれてしまう。

「ビール、まだあるか」

あわてて酒屋の袋から缶ビールを取り出すと、カントクは「これは賄賂《わいろ》になるんかのう」とからかうような流し目をウズマキに送り、肩をすぼめるウズマキを見て、わかっとるわかっとる、と背中を軽く叩いた。

「サラリーマンも大変じゃのう、ほんまに」

ウズマキは黙って、飲みさしのビールを啜る。カントクを酔わせて丸め込もうと思ったわけではない。それ以前に、酒の勢いでも借りなければ切り出せなかった。

「その社長さんを敵に回したら、けっこう面倒なことになるんか、あんたの立場は」

ならない——とは言えない。けれど、「なるんです」とも口に出して認めたくはなかった。

「あの……」

「うん？」

「やっぱり、いまの話、ぜんぶ忘れてください。すみません、バカなこと言っちゃって」

カントクに一喝されるのは覚悟していた。むしろ、そのほうが踏ん切りがつくだろう、とも思っていた。こんなふうにおだやかに笑われると、かえって、どうしていいかわからなくなってしまう。

「バカなことじゃなかろうが。大事なことじゃ、仕事なんじゃけえ」

「でも……すみません、野球に仕事を持ち込むのって、だめですよね、間違ってますよね、僕……」

「そりゃあ、間違《まちご》うとる」

うん、そうじゃ、間違うとる、とカントクは自分の言葉をオウム返ししてつぶやき、「ほいでも」とつづけた。「間違うとるからいうて、間違うとるとはかぎらんじゃろうが」

「はあ……」

「ようわからんけど、わし、そげん思うど」

ビールをぐびりと飲んで、小さなげっぷをして、それからカントクは唐突に昔話を始めた。

「昭和三十年の秋のことじゃ。まだ広島カープの親会社は、広島野球倶楽部いう名前じゃった……」

当時のカープは税金すら払えない経営難にあえいでいた。サラリーマンの平均月収が二万円足らずの時代に、国税の滞納金は二千万円に達し、ついに国税局は差し押さえを始めた。事務所にある金目のものはもちろん、選手のグローブやバットまで、次々に差し押さえられていった。

そこまでしても、滞納金には遠く及ばない。国税局は、セ・リーグ連盟への加盟金三百万円を差し押さえると通告してきた。加盟金が差し押さえられたら――いや、差し押さえの連絡が連盟の事務所に届いた時点で、カープはプロ野球から追い出されてしまう。まさに存亡の危機だったのだ。

それを救ったのは、ほかでもない広島国税局だった。

「広島いうたら田舎よ。のう、田舎の国税局の木っ端《こっぱ》役人が、国を相手に、わやくそな大芝居を打ったんじゃ」

表向きは加盟金を差し押さえた。だが、その三百万円は広島の財界人からひそかに集めたもので、連盟に送る手紙も、球団の事務局長に「ポストに投函しといてつかあさい」と手渡しただけだったのだ。当然、事務局長はその手紙を出すはずがなく、加盟金は手つかずのまま残された。

さらに、「滞納金が一千万円以下で残りの徴収が困難なときには、三年たてば納税義務が消滅する」という国税徴収法にのっとって、滞納金の残額が九百九十九万八千円になった時点で、国税局は差し押さえを停止――滞納金の半分近くをチャラにしたのだ。

「無茶をするじゃろ？　責任者は左遷《させん》されてしもうたよ」

「……そうなんですか」

「ほいでも、そのひとは、胸を張って広島から出ていったらしい」

その年の暮れ、広島野球倶楽部は倒産した。負債を消滅させるための計画倒産だった。当然、債権者は損をする。それでも、ほとんどの債権者はゴネることなく、新生・広島カープの出発を祝ったのだという。

広島カープは、そこまで愛されていた。どんなに弱くても、万年Bクラスでも、焼け野原で産声《うぶごえ》をあげたカープは、広島のひとびとにとってはかけがえのない希望だったのだ。

「ええ話じゃろうが」

カントクは昔話に感極まって、目を赤くしていた。

ウズマキは黙ってうなずいた。

「理屈で考えたら、間違うとるよ。ほとんど犯罪のようなもんじゃ。ほいでも、世の中には、通したらいけん無茶と、通してもええ無茶があるんよ」

のう、と肩を叩かれると、ウズマキの胸も熱いもので一杯になった。感動とは違う。いたたまれなさが胸を満たした。

八百長だけは——通してはならない無茶だった。カントクの思いが染み込んだカープのユニフォームを着ているかぎり、それは、決して通してはならない無茶なのだ。

ところが。

「いっちょ、無茶を通してみるか」

カントクは軽く言った。

ウズマキは驚いて顔を上げた。

「会社をクビになったら、草野球もできんじゃろうが。仲間のピンチはみんなで救う、それがちぐさ台カープの信条じゃけえ」

「いえ……でも、やっぱり、それは……」

「八百長はやらん。ほいでも、負ける手はなんぼでもある」

きっぱりと言って、真顔でつづける。

「草野球は勝ち負けと違うんじゃ。負けることもできんような草野球は、窮屈でつまらんじゃろうが」

啞然とするウズマキをよそに、カントクは気持ちよさそうにカカカッと笑った。

ボートに乗ったあと、英明は芝生の広場に香織を誘った。『わんぱく広場』という名前どおり、ボール遊びが禁止されていない広い一画だった。サッカーボールを追いかける男の子たちがいる。カイトを揚げている親子連れもいたし、別の親子連れは野球のノックをしていた。

「キャッチボールもできるんだな、ここ」

英明がつぶやくように言った。香織は嫌な予感がして、聞こえなかったふりをしたが、英明はその聞こえなかったふりに気づかなかったふりをした。

「あそこで売ってないかな、グローブとかボールとか」

広場の入り口にあるログハウスの売店に顎をしゃくり、「ちょっと待ってろ」と言い置いて、一人でさっさと売店に向かう。

「いいよ、そんなの」

香織はあわてて言った。「買っても、わたし、やらないよー！」と両手をメガホンにしてつづけたが、英明は振り向かずに売店に入っていった。聞こえないふりは、おとなのほうがうまいのだろう。

あーあ、と香織はその場にしゃがみ込む。なんか疲れちゃったなあ……と、ため息をついた。

売店から出てきた英明は、胸にグローブを二つ抱いていた。「あったぞ、あった、ラッキー」とうれしそうに笑い、小走りに戻ってきて、途中でグローブに入れたボールを落として、おどけてずっこける。

「買っちゃったの？」

「ああ。安物だけどな」

「……なんか、もったいなくない？」

「セコいこと言うなよ。買っとけば、また今度も使えるんだし」

今度――。

顔がこわばってしまった。

英明は「よし、やるぞ」とグローブを押しつけるように渡して、「草野球で鍛えたところ、お父さんにも見せてくれよ」と笑った。

違うんだ、こんなの、なんか違うんだ、絶対に違うんだ……。声に出して言えない代わりに、ウォーミングアップ抜きで、投げ込む球に力をこめた。

「おう、いい球投げるなあ。男子にも負けてないんじゃないか？」

そういう言い方が、違う。

「ナイスボール！　女の子にしとくのはもったいないって言われないか？」

そういう発想が、違う。

英明が投げ返すボールは、山なりのゆるい球ばかりで、いちいち「ナイスキャッチ！」と声をかけてくる。

違うんだ、違うんだ、ぜーったいに、こんなの違うんだ……。

なんだか泣きたくなってきた。


「ほんとに、これでいいんですか？」

メールの文面をカントクから電話で聞かされた田村は、何度も念を押したのだ。カントクのかたわらでは、ウズマキも心細そうな顔でじっとカントクを見つめていたのだ。

それでも、「かまわん」と田村に答えるカントクの声や表情に迷いはなかった。〈緊急連絡〉――メールの件名を付けたのもカントク。ウズマキの仕事のことにはいっさい触れず、代わりに、試合を〈特別親善試合〉と銘打った。

スターティングメンバーも特別親善試合用に大幅に組み替えた。先発ピッチャーは香織。サードに洋子。ショートにはカントクが入り、ショートの沢松がキャッチャーに回る。

「田村くん、すまんが、あんたとショーダイとヨシヒコはベンチじゃ。それを呑んでくれんか」

「……僕はいいですけど、どうしたんですか、いったい」

「なんも訊かんと呑んでくれや。補欠が嫌なら休んでくれてもええけえ」

「いや、でも、どういう事情なのかがわからないと……」

「世の中には理屈の通らんこともぎょうさんあるわい。ひとの情が通っとればええんじゃ、草野球いうもんは」

連絡よろしゅう頼むど、と電話を切った。

田村と将大とヨシヒコが抜けるというのは、将棋で言うなら飛車角に金が一枚落ちるということだった。香織と洋子とカントクがスタメンに入るというのも、二枚目の金と、銀を二枚まとめて落とすようなものかもしれない。

これなら――勝利を目指して真剣に戦っても、たぶん負けることができる。

カントクはウズマキに携帯電話を返して、「ここまでやって勝ってしもうたら、勘弁せえや。そうなったら運命じゃ思うて、あきらめてくれ」と笑った。

ウズマキも笑い返そうとしたが、うまくいかなかった。分厚い眼鏡の奥で、目がしょぼつく。頬をこれ以上ゆるめると、子どものように泣きじゃくってしまいそうだった。

5

キャッチボールのあとは、さすがに盛り上がるネタが尽きてしまったのか、英明の口数はしだいに少なくなってきた。

香織も英明の後ろについて、黙って池の周りの遊歩道を歩く。なにかを訊かれたら答える。相槌も打つ。にこにこ笑ってもみる。それでも、近況報告だけでは会話がもたない。ひさしぶりに会った懐かしさや照れくささが薄れてしまうと、あとはもう、気まずさしか残らない。

「それにしてもなあ……バッティングセンターでバイトかあ……お母さんもアレだな、ほんとに野球にはまっちゃったなあ」

さっきも同じこと言ったよ、と心の中でつぶやきながら、香織も同じ台詞を繰り返す。

「働きぐせをつけるんだって。仕事勘を取り戻したら、就職の面接、もっとうまくできるかもしれない、って」

「取り戻すって、ＯＬだった頃はもう十五、六年前の話だからなあ……だいじょうぶなのかよ、ほんとに」

これも、三十分ほど前の会話と同じ台詞の繰り返しだった。ただ、「だいじょうぶなのかよ」と苦笑交じりに言う口調は、さっきよりも微妙に冷ややかさを増していた。

「仕事って、そんなに甘くないからな」

初めて、台詞が前に進んだ。やっと堂々巡りから抜け出せた。けれど——それは悪いほうに転がってしまった、と香織は思う。

「べつにお母さん……甘く考えてるわけじゃないと思うけど」

「いや、でも、甘いよ」

「そう？」

「そりゃそうさ、お父さんから見れば、そんなの甘いんだって」

「でも見てないじゃん、お父さん」

「うん？　なにが？」

「お母さんのこと、いまは見てないじゃん、見てないのになんでわかるの？」

「わかるさ、それくらい」

軽く笑いながら言う。香織はムッとして、英明との距離を少し広げた。言葉は堂々巡りから抜け出しても、気持ちは結局また、ふりだしに――家を出る前の状態に戻ってしまう。

正門が近づいてきた。英明は振り向いて、「晩ごはん、なにがいいかなあ」と訊いた。「なんでも好きなもの言えよ、遠慮しないでいいからな」

「うん……」

もう帰るから、と言ったら、きっと英明は寂しそうな顔になるだろう。その顔を見たくない。といって、バッティングセンターの事務所で一人で弁当を食べる洋子の顔を思い浮かべると、それもつらくなる。

重い足取りで歩いていたら、携帯電話にメールが着信した。次の瞬間――香織は、歓声とともにジャンプした。田村からのメールだった。

「どうした？」

「来週、試合あるの！　わたしピッチャーだって！　お母さんもスタメン！」

「はあ？」

「お父さん、ごめん、わたし帰るね！」

言えたぁ、と耳の奥に自分の声が聞こえ、肩の力が抜けた。

「今日、おもしろかったから、またね！」

正門に向かって駆け出して、急ブレーキをかけるように止まった。言い忘れていたことがあった。

「お母さんもわたしも元気でがんばってるから、お父さんも元気でね！」

最初は、言うつもりはなかった。しかも、自分で思っていたより、ずっと明るい声になった。

「じゃあね！」と手を振ってまた駆け出すと、今度は英明に呼び止められた。

「香織、これ、忘れ物」

グローブをアンダースローで放られた。

胸でキャッチした。

「お父さんも、今度、これ持ってくるから。おまえも忘れずに持ってこいよ」

英明は自分のグローブを左手にはめて、グローブに入れてあったボールを右手に持ち直した。

「……わかった」

いくぞ、と英明は右手を軽く挙げて、ボールを放るしぐさをした。香織は受け取ったグローブをはめて、いいよ、と身構えた。

山なりのボール——。

まいっちゃうなあ、と苦笑交じりに捕って、「ねえ、お父さん」と声をかけた。今日、口にした中で、いちばんすんなりと出た——離婚前、まだ両親の仲がよかった頃のような「ねえ、お父さん」だった。

「わたしね、お父さんが思ってるより、もうちょっと野球うまいと思うよ」

「そうか？」

「うん、ほんと、うまいんだから」

ボールを投げ返そうとしたら、英明は「ちょっと待ってろ」と制して、池のほうへあとずさっていった。

「ほんとに来週ピッチャーやるのか？」

「うん、だってキャプテンが決めたんだもん」

「できるのかあ？」

「できるから先発するんじゃん、だいじょうぶだよ、ほんと、マジ」

最後の最後になって、やっといつもの調子が出てきた。

「よし、じゃあ、このへんでいいか。投げてみろよ」

英明は岸辺のぎりぎりのところにしゃがみ込んで、グローブをキャッチャーミットのように構えた。

「思いっきり投げていいの？」

「だいじょうぶだ、さあ来い」

グローブを右手の拳でパーンと叩き、両足を踏ん張った英明は、「さあー、ピッチャー遠藤香織さん……振りかぶって、第一球……」と実況中継まで始めた。

香織はなにも言わない。黙って、素知らぬ顔で、ワインドアップモーションに入る。

遠藤香織——。名前が違う。いまはもう、三上香織なのだ。こーゆーところ、きっちりしてよ、ほんとに無神経なんだから、もう、弱い子なら傷ついてるよ、虐待《ぎゃくたい》だよ……。

振りかぶって、左足を上げて、腰をひねって、右腕を後ろに引いて——投げた。

顔にぶつけてやるつもりだった球は、英明が中腰になって伸ばしたグローブのはるか上を越えていって、池に落ちた。

「ごめーん！」

ひとこと詫びて、そのまま正門に向かってダッシュした。

ノーコン——。

違う。本番ではなにも心配することはない。涙の浮かんだ目で投げてストライクの入るピッチャーなんて、どこにもいないのだから。

「香織！　試合がんばれよお！」

英明の声が背中に聞こえたような、空耳のような。

聞こえたことにした。応援してくれたんだ、と決めた。聞こえなかったふりよりも、聞こえたふりのほうが、もともと得意な性格なのだ。

同じ頃。

『ちぐさ台バッティングセンター』の〈時速九十キロ〉のケージでは、洋子が汗だくになってバットを振っていた。

あと十五分。仕事が始まるまでは、客だ。来週の試合では、絶対に打つ。せめてヒット一本だけでも、打つ。自分のタイムリーヒットが決勝打になって、香織が初登板初勝利を挙げたら、こんなにうれしいことはない。

事務所のロッカーには、『ちぐさスポーツ』の紙袋が置いてある。買い物の途中で田村のメールを受けた、その足で買ったキャッチャーミットだった。アルバイトの給料の三日分がとんでも、もったいないとは思わなかった。

水原勇気になる夢は、香織に託した。わたしはドカベンになって香織を支えてやるんだ——と決めた。最近、体型も似てきつつあるし。たった二人きりの家族なんだし。こっちの女房役なら、挫折《ざせつ》せずにやっていけるかもしれないし……。

ちぐさ台駅で電車を降りた香織は、改札に向かうひとの流れからはずれて、ホームのベンチに座った。携帯電話を取り出して、ゆっくりと親指を動かした。

〈お父さん、今日はお疲れさまでした。来週の試合、応援に来ませんか？〉

画面をしばらくじっと見つめ、ふう、とため息をついて、クリアボタンを親指で連打した。文章がお尻から消えていく。〈お父さん〉だけ残ったところで指を止め、もう一度ため息をついて、それも消去した。

立ち上がる。改札を抜ける。駅前のコンビニエンスストアに入った。冷やし中華とチキンカツ弁当を買い、生野菜サラダを二つ買った。レジの行列にいったん並びかけて、またデザートコーナーに戻り、プリンを二つ、カゴに放り込んだ。

レジの順番が来るのを待って、「あの……すみません」と店員に声をかけた。「宅配便、お願いしていいですか？」

「はい、どうぞ」

「袋とかって、あります？」

店員が持ってきた宅配便の紙バッグに、グローブを入れた。伝票に書き込んだのは、英明の会社の住所だった。番地はあやふやだったが、そこそこ名の通った会社なので、なんとかなるだろう。

紙バッグの中には、メモを一緒に入れておいた。

〈ごめんなさい。お母さんに買ってもらったグローブを使うので、やっぱりこれは返します〉

バッグにガムテープで封をしたとき、胸がちくりと痛んだ。

伝票の宛名は〈遠藤英明〉。差出人は〈三上香織〉――〈三上〉を強く書いておいた。

旧姓・遠藤って書けばよかったかな。コンビニエンスストアを出てから、ふと思い、なーんちゃって、と泣き顔で笑った。

イニング8

1

両手を大きく、ゆっくりと振りかぶる。左足を上げながら、体をひねる。右足に体重をしっかりと乗せて体をしならせ、右手を後ろに引き、左足を前に踏み出すと同時に右手を振り下ろして——。

「えいっ！」

気合いのこもった叫び声とともに放られたボールは、洋子の差し出すキャッチャーミットの先をかすめて公園の端のフェンスまで転がっていった。

「……だから、投げるときに声出しちゃだめなんだってば。大事なところで力が抜けちゃうんだから」

ふくれつらの洋子は、憤然とした足取りでボールを拾いに行く。

「いまの、捕れたんじゃないの？」

香織も唇をとがらせて言い返す。

「捕れるわけないじゃない、あんな暴投」

「うそ、ふつーは捕れるよ。パスボールだよ、絶対」

「誰が見たってワイルドピッチ！」

「パスボール！」

「うっさい！　生意気言わないの！」

ボールを投げ返すと、香織がジャンプしてバンザイしても届かない暴投になった。

「もう、サイテー！　へたくそ！」

本気で怒ってボールを追いかける香織の背中に、ごめんごめん、とおざなりに謝って、洋子はため息交じりに膝の屈伸をした。

しゃがんで、立ち上がり、小走りにボールを拾いに行って、香織にボールを投げ返し、またしゃがんで、立ち上がって、ボールを拾いに行って……ずっと、その繰り返しだった。膝や腰はもとより、腿《もも》の裏側やふくらはぎも痛くなった。しゃがんでミットをかまえるときにつま先立っているせいか、アキレス腱《けん》まで、ピリピリと張っている。

左手からミットをはずす。手首を振って、また、ため息をついた。キャッチャーミットがこんなに重いとは思わなかった。しかも革が固い。手のひらをすぼめようとしても、分厚く固い革はぴくりとも動かない。

ボールを拾った香織は「ちょっと休憩しようよ」とベンチに座り、洋子が隣に腰を下ろすのを待って、「やっぱり無理だよ、お母さんには」と言った。ずっと胸に抱いていたことを通告する口調だった。

「やっぱりカントクに言ってサードに戻してもらいなよ。キャッチャーってキツいじゃん。もうバテバテでしょ？」

だいじょうぶ、と洋子が答えかけるのを制して、「お母さんがよくても、こっちが困るの」とつづける。「全然手を伸ばして捕ってくれないんだもん」

「伸ばしてるじゃない、伸ばしても届かないところに投げるほうが悪いんだってば」

「届くよ、ほんと、ふつーのキャッチャーなら。ショーダイさんでも沢松くんでも、全然楽勝で捕ってくれるんだから。お母さんってミットをかまえてるだけだもん、もう、すっごく投げにくいんだから」

息継ぎもそこそこに、さらにつづけて——。

「あと、お母さん、バッターが立ってるときに練習してないでしょ。でも、バッターって、あたりまえだけどバット振るから、すっごい怖いんだって。一瞬目をつぶっちゃうけど、それじゃだめなんだって。沢松くんでもビビってたぐらいだから、お母さんだと無理だと思うんだよね、はっきり言って」

今日が水曜日。日曜日の試合まで、あと四日しかない。

「だから、悪いけど、わたしはわたしで特訓するから。お母さんもサードの練習とか、素振りとか、自分のこと考えたほうがいいよ」

香織は沢松を公園に呼んでいた。あと十五分——洋子がバッティングセンターの仕事に出かけるのと入れ替わりに来るのだという。特別コーチの将大にも、バイトが終わりしだい顔を出してくれるよう頼んである。

「意外と段取りがいいでしょ」

香織は屈託なく笑って、座ったままボールを頭上に放り、グローブで受けた。

「だから、お母さん、マジに心配しないでいいよ、わたしのことは。自分のことは自分でできるんだから」

軽い言葉が、洋子の耳に流れ込んだあと、急に重みを持って胸に沈んだ。

もう一度、香織はボールを放って、膝の上のグローブで受ける。

「ほんと……お母さん、自分のことを考えたほうがいいんだって。わたしのことばっかり考えるんじゃなくて」

三球目は、高く上がりすぎた。香織はあわててグローブをかざし、体を半分倒しながらボールを捕った。なーいす、きゃーっち。おどけてつぶやく香織から、洋子はすっと目をそらす。

土曜日の夜、英明との面会を終えて帰ってきたときの香織の言葉が、まだ耳の奥に残っている。「はい、晩ごはん。デザート付きだから」とコンビニエンスストアの袋を差し出した香織は、英明の様子を洋子が尋ねる前に、洗面所で手と顔を洗いながら、こう言ったのだ。

お父さん、けっこう元気そうで、幸せそうだったよ。そして、濡れた顔をタオルで拭きながら、もう一言——幸せのポイント数で勝負したら、お母さん負けちゃってるかもよ。

「沢松くん、こっちー!」

香織が公園の外に向かって手を振った。マウンテンバイクに乗った沢松が、キャップを目深にかぶった顔をうつむかせて公園の中に入ってくる。態度やしぐさはぶっきらぼうだったが、約束の時間より十分も早く来た。将大のお下がりだという使い古したキャッチャーミットも自転車のハンドルに掛けてある。

香織は「さ、がんばりますか」とベンチから立ち上がった。「じゃあ、お母さん、もういいから、適当に帰っちゃってよ」

言われなくても帰るから、あんたに指図される筋合いなんてないんだから——言い返す間もなく、香織は沢松を出迎えるように歩きだした。自転車を停めた沢松は、キャップのつばに手を添えて、洋子に会釈した。よろしくね、と洋子は軽く手を振って笑う。笑ったあとでため息が漏れる。これから、こんなため息をつくことが増えるのかもしれないな、という気がした。

簡単なウォーミングアップのあと、香織はさっそく沢松を座らせてピッチング練習を始めた。大きく振りかぶったワインドアップモーションから投げ込んだ球は、高めに大きくはずれたが、沢松は左手を軽々と伸ばしてキャッチする。

パン！　と気持ちよく音が響いた。


その記事のことは、将大は電車に乗り込む前に気づいていた。ホームの売店の新聞ラックをちらりと見て、思わず息を呑んだのだ。

〈怪物クン・吉岡亮介　今季絶望！　再起不能説も〉

買わなかった。どうせ夕刊紙のヨタ記事だ。買うと、それを事実だと認めているような気がして悔しい。

電車の中で吊革につかまって、ぼんやりと外を眺めた。忘れろ、と自分に言い聞かせた。あんな記事を信じてしまうと吉岡に申し訳ないじゃないか、と眉間に皺を寄せる。

吉岡が一軍登録を抹消されてから、すでに一ヵ月が過ぎていた。ファン投票で一位だった先週のオールスター戦は出場を辞退し、復帰のめどとされていた後半戦開幕を土曜日に控えているのに、二軍での調整登板の記事さえ出ていない。二軍落ち直後に発覚した女子アナとの不倫スキャンダルは、球団の親会社がマスコミに圧力をかけたという噂とともに静まったが、引き替えに、新聞記者やニュースキャスターは「不調」ではなく「故障」という言葉をつかうようになった。

肩を痛めた。いや、悪いのは肘だ。違う、手首の炎症が治っていない。コーチやトレーナーに箝口令《かんこうれい》が敷かれているぶん、解説者はてんでに自分の推理を披露する。故障の個所はばらばらでも、解説者の誰もが、この故障は長引きそうだと言い、プロ入り後の練習不足と登板過多が故障の原因だと語っている。

吉岡からのメールは、極球ヒールズとの試合前に届いた〈素人は黙ってろ〉が最後だった。将大も、もうメールを送るのはやめた。

待つしかない。弱肉強食のプロの世界では出せない本音をさらしたくなったとき、もしも吉岡が自分のことを思いだしてくれたなら――そのときにはなにがあっても駆けつけよう、と決めていた。

ちぐさ台駅で電車を降りると、またホームの売店に並ぶ夕刊紙の見出しが目に入った。今季絶望。再起不能説。足を止める。白抜きの大きな文字を、じっと、にらむように見つめる。

売店に向かった。夕刊紙を買って、お釣りの小銭をジーンズのポケットにしまおうとしたら、十円玉が何枚も指先から滑り落ちた。ため息交じりにしゃがみ込んで、床に落ちた十円玉を拾っていると、懐かしい声が背中に聞こえた。

「おう、ショーダイ」

振り向くと、武蔵野学院の石井監督が、部員たちを従えて立っていた。全員、制服を着て、大きなスポーツバッグやバットケースを提げていた。

「やったぞ、とりあえず初戦突破だ」

監督のガッツポーズで、やっと思いだした。甲子園へつづく長い道のりの第一歩――東京都予選が数日前から始まっていた。

「世田谷《せたがや》商業と当たって、圧勝だよ、五回コールドで一安打完封だ」

春休みに球を受けてやったエースが、「ご指導いただき、あいやとあんした！」と帽子をとって吠えた。

将大は苦笑いで応え、応援に行けなかったことを監督に詫びた。監督は「いいんだいいんだ、OBだってみんな忙しいんだから」と鷹揚に笑って、将大が持っていた夕刊紙に目をやった。

「……吉岡か」

答えに詰まると、「俺も買ったよ、さっき」とマネージャーの提げたスポーツバッグに顎をしゃくる。バッグのポケットに、畳んだ新聞が差し込んである。ラックの外からは見えなかったページが表になっていて、そこに〈椎間板《ついかんばん》ヘルニアの疑い〉という見出しの文字が出ていた。

「吉岡の記事のスクラップなら日本一だと思ってたんだけど……どうも最近は、新聞を買うのもつらいな」

将大は黙って、あいまいにうなずいた。

「連絡してるのか、あいつと」

今度も無言のまま、かぶりを振った。

「ショーダイはどうだ？　元気にやってるのか？」

「……はい」

「教員採用試験いつだったっけ、もう終わったのか」

「日曜日に一次試験があって、来月、発表なんですけど……」

「受かりそうか？」

わからない。ペーパーテストと小論文の一次試験はなんとかなりそうだが、来月の二次試験は面接とグループ討論だ。口下手な性格でどこまでアピールできるのか、自信はまるでなかった。

黙り込む将大をよそに、監督はマネージャーを手招き、学校に戻ってからの練習メニューを告げて、「今日は俺はこのまま帰るから」と言った。

戸惑ったのは、マネージャーや部員より、むしろ将大のほうだった。試合のあとも練習、それは将大や吉岡がいた頃から変わらない。だが、監督が練習をマネージャーに任せたまま一人で帰ることは、将大の知るかぎり、一度もなかった。

将大に向き直った監督は、「夕方だし、コーヒーよりビールにするか」と笑う。

「……いいんですか？」

「ああ、最近はけっこう手を抜くようになってるんだ。トシだからな、夏はキツいよ」

ハハッと声をあげて笑う監督をあらためて見つめて、気づいた。白髪がずいぶん増えている。首筋の皺も深くなった。浅黒く日に焼けて、ところどころ皮の剝けた顔は、春に会ったときよりも少し痩せて、疲れているように見えた。

「ショーダイさん、急用ができたから、今日はアウトだって」

将大からの電話を受けた沢松が言うと、香織は「えーっ、なにそれ、ひどいじゃん」と頰をふくらませた。

「ごめん、って謝ってたけど」

「そんなの、謝るだけならバカでもできるじゃん。ちょっと代わってよ」

「切っちゃったから……」

「ふつー切る？」

「……かけ直そうか」

「もういいよ、もう。で、明日はだいじょうぶなの？　なんか言ってた？」

「あ……訊いてないけど、それ……」

香織は、あー、もう、と地団駄を踏むように足元の土のくぼみを蹴りつけた。無口な二人が電話でやり取りをして、話が先に進むわけがなかった。携帯電話の番号は伝えてあるのに、将大が沢松のほうに電話をかけたというのも気にくわない。

「どうする？」沢松が訊いた。「もう五時過ぎたし、今日はもうやめる？」

だね、と香織はタオルで顔の汗を拭きながらうなずいた。洋子を相手に二十球、キャッチャーが沢松に代わってからも三十球近く投げ込んだ。肩も腕も手首も指先も疲れて、最後の十球は、ボールを握るのもキツかった。

ストライクはそのうち三割か、せいぜい四割――それでも、沢松がキャッチャーになってからは暴投が減った。

しゃがみ込んだ香織に、沢松はキャッチャーの位置から何歩か近づいて声をかけた。

「あのさ……俺、思うんだけど、フォーム、変えたほうがいいかも」

大きく振りかぶるワインドアップモーションよりも、両手を胸の前に置くセットポジションからのほうが、コントロールが良くなる。プロでもそうしている選手は多いのだという。

「知ってるよ、そんなこと。お母さんから聞いた」

香織はそっけなく返す。「でも、セットだとスピードが落ちるんでしょ?」

「うん、まあ……コントロール優先だから」

「球が遅くなったら三振とれないじゃん」

「でも……打たせてとっても、アウトにできるんだし……」

「それじゃだめなの」

三振をとりたい。できれば空振りで。香織本人より、洋子の望みだった。

香織、いい? オトコってオンナをなめてるし、バカにしてるし、あんたまだ子どもだから、絶対にみんな大振りしてくるよ、ホームラン狙ってくるから、あんた負けちゃだめよ、ズバーッて三振とってやんなきゃ、そうしないと、ほんとになめられっぱなしで終わっちゃうんだから……。

香織自身はオトコになめられているともバカにされているとも思っていない。

それでも、一つぐらいは、洋子の夢をかなえてやりたかった。

「一人でもいいから空振り三振とってみたいんだよね、マジ。あとはもうノックアウトされてもいいから、一人だけ、三振とるの」

怪訝な顔の沢松にではなく、自分自身に言った。

「お母さんってさあ、お父さんと離婚してから全然いいことないんだよね。だから、たまには『やったね！』って思わせてあげたいじゃん、ほんと、たまには……」

右肩をぐるぐる回して立ち上がり、グローブを振って沢松をキャッチャーの位置に戻した。

「あと、ラスト十球、いいよね？」

「……いいけど」

「沢松くんとバッテリーだとけっこう調子いいんだ、マジに」

フフッと笑って、両手を大きく振りかぶった。胸を張って、左足を蹴り上げて、渾身の力のストレート――。

地面に描いたホームベースの手前でバウンドしたボールは、沢松の顎を直撃した。

2

乾杯のビールを美味《うま》そうに飲み干した石井監督は、「これで今年の三年生にも義理を果たしたよ」と笑った。「とにかく一勝させてやらなきゃ、なんのためにがんばってきたのかわかんないからなあ……」

「でも、今年は期待できそうなんですよね」

将大が言うと、まあな、と監督は笑顔のままでうなずいた。組み合わせ抽選を受けた予選展望の記事では、ベスト8入りが確実視されていた。

「吉岡やショーダイの遺産みたいなもんだな、おまえらのおかげでいい部員が揃うようになったから」

「吉岡ですよ。僕は、べつに……」

「謙遜《けんそん》しなくていいだろ」

ほら、とビールの瓶を手に取って、将大のコップに注ぎ足す。高校生の頃はただひたすら怖かったぶん、差し向かいで酒を呑んでいると、笑ったときの監督の表情の温もりが胸に染みる。

「でもな、ほんとに一勝なんだよ。最初の一勝だけ味わわせてやったら、もう監督の仕事は半分以上終わりなんだ。あとはおまけっていうか、選手が自分でがんばっていくだけなんだよな」

そういえば——思いだした、試合に勝ってベンチにひきあげる将大や吉岡たちを迎える監督がいちばん喜んでいたのは、将大のサヨナラホームランで甲子園出場を決めた決勝戦ではなく、吉岡がノーヒットノーランを達成した準決勝でもなく、シード校の貫禄でコールド勝ちを収めた初戦だった。

「俺なんか、もう三十年以上監督やってるだろ。春夏合わせて六十回以上も甲子園のチャンスはあったのに、たった一回だ、行けたのは。あとは、ぜんぶ負けた。何回勝っても、最後は負けて終わるんだ、高校野球ってのは」

「ええ……」

「おまえらだって、都大会では負けなかったけど、甲子園で負けた。わかるだろ？最後まで負けずに終われる学校は、日本中でたった一つしかないんだよ」

「はい……」

「だから勝たせてやりたいんだ、とにかく一度だけでいいから」

監督は将大を制して手酌でビールを注ぎ、今度は舐めるように一口啜って、話をつづけた。

「たまに取材で訊かれるんだよ、いままでいちばん思い出に残ってる年はいつですか、って。わかるんだよ、甲子園や吉岡の話をしてほしいのが。でも違うんだ、全然違うんだ、それは」

監督は手の甲を将大に向けて指を立てた。右手の五本と、左手が三本——都大会の初戦で負けた年だった。

「八年もあるんだ、一勝もさせてやれなかった年が。それはつらいぞ、監督として、ほんとにつらくてな、三年生に申し訳なくてなあ……だから、そいつらのことはいまでも忘れてない、忘れちゃだめなんだよ、絶対に。監督には来年があっても、選手には今年しかないんだから」

将大は黙ってうなずいた。監督は愚痴をこぼしている感じではないし、まだ酔っているようにも見えない。ただ、なぜこんなことを話すのかが、わからない。

監督はビールをまた将大のコップに注ぎ、「不思議だよなあ……」とひとりごちるように言ったきり、しばらく黙り込んだ。

「なにが、ですか?」

将大がうながすと、「不思議っていうか、悲しいよなあ」と苦笑する。「だって、そうだろ? 野球でもサッカーでもラグビーでも、バスケでもバレーでも、高校生のスポーツはみんなトーナメントだ。プロや大学はリーグ戦で勝ったり負けたりできるのに、高校生だけ、一回負けたらおしまいなんだぞ」

言われてみれば、確かにそうだった。

「おまえも大学を卒業したんだからわかると思うけど、人生なんてリーグ戦だよ。勝ったり負けたりして、そりゃあ順位はつくかもしれないけどな、一回負けたら終わるなんて、そんな人生はないんだ、どこにも」

「……はい」

「最近よく思うんだ、じゃあなんで高校生にトーナメントを戦わせるんだ、って。俺はな、ずうっと、選手に勝ちつづけさせたくて監督をやってきたんだけど、最近はちょっと違うんだ、考えてることが。ひょっとしたらな、高野連とか文部科学省とか、そんなセコい話じゃなくて、もっと大きな……神さまみたいなのが、おまえらに教えてくれてるんじゃないか、って」

負けることを――。

負ける悔しさや悲しさを――。

高校を出てからの、長い人生のために――。

「だからな、俺はいま思うんだよ、ちゃんと負けさせてやるために、一度だけでも勝たせてやらなきゃいけない、ってな」

うん、うん、と監督は自分の言葉にうなずきながら、通りかかった店員を呼び止めて、日本酒を注文した。「おい、冷めないうちにどんどん食えよ」と焼鳥の皿を将大の前に押しやって、「だからな……」と、また同じ言葉で話を継いだ。

「吉岡とおまえのこと、いまでも心配なんだ」

「……僕たち、ですか？」

「ああ。吉岡の奴、高校時代にうまく負けることができなかっただろ。プロに入ってからも勝ちっぱなしだったから、いま、よけいキツいと思うんだ」

将大はうつむいた。甲子園大会の一回戦――あのとき、カーブではなくストレートを打たれていたら、吉岡はうまく負けることができたのだろうか……。

「ショーダイは逆だよな。おまえは高校時代にうまく勝てなかった。勝つ喜びを味わわせてやれなかったんだ、俺が。どんなにがんばっても、吉岡、吉岡、吉岡……ほんとに縁の下の力持ちばっかりやらせちゃってな、俺も吉岡のことしか考えてなくて、おまえのことをちゃんとフォローしてやれなくて……悪かったよなあ、うん、あとになってから思うんだ、そういうこと」

将大はうつむいたまま首を横に振り、焼鳥をかじった。

「なあ、ショーダイ」

「……はい？」

「吉岡に会ってみるか、一度」

「会えるんですか？」

驚いて顔を上げると、監督の赤く潤んだ目に迎えられた。

「高校時代の監督ってのは、アレだな、やっぱり永遠の恩師なんだな。最近よく電話かかってくるんだよ、あいつから」

いつも夜中なんだぞ、と眉を寄せて苦笑すると、目尻から涙が一粒こぼれ落ちた。

「プロのコーチや監督には言えないことも、俺には言えるんだ、言ってくれるんだ、あいつは」

運ばれてきたお銚子《ちょうし》とぐい呑みを「おう、来た来た、夏場の熱燗もオツなもんだろ」と大げさな身振りで受け取った監督は、店員が立ち去ると、ため息とともに肩をすとんと落とした。

「……椎間板ヘルニア、かなり悪いらしい」

夕刊紙の記事は事実だった。

再起不能の可能性も含めて——。

ひさしぶりに聞く英明の声は、確かに香織の言うとおり元気そうで、幸せそうだった。

「まいっちゃったよ、せっかく買ってやったグローブ、その日のうちに送り返されちゃったんだから……香織もけっこうキツいところあるよな、性格」

面会日の出来事を話す口調も、ぼやいてはいても落ち込んではいない。むしろ、グローブの話を香織から聞かされていなかった洋子のほうが、「そうだったの……」と声が沈んだ。

英明は、ちぐさ台バッティングセンターに電話してきた。ずるい、と一瞬思ったし、アルバイトのことを香織に口止めしておかなかったのも悔やんだ。それでもすぐに電話を切ることができなかったのは、まがりなりにも長年連れ添ってきた元・夫婦の情というやつだろうか。

どちらにしても、この電話番号が使えるのは明日までだった。バッティングセンターのアルバイトは、明日——木曜日で終わる。金曜日からはまた職探しの日々が始まる。正社員にこだわるのはもうあきらめて、臨時雇いや短期の仕事も探すつもりだったが、見通しはまだなにも立っていない。

「日曜日に試合あるんだって？　なんか、香織がピッチャーやるって言ってたけど」

そんなこともしゃべってたんだと思うと、「そうよ」と答える声はさらに沈んでしまう。

「おまえも試合に出るんだって？」

「……『おまえ』って呼ばれる筋合いって、ないと思うけど」

「洋子さん、でいいか？」

「……用があるなら早くして」

「近いうちに会えないかな」

「え？」

「ちょっと相談したいことがあるんだ」

「電話じゃだめなの？」

「うん……悪いけど、会って話したほうがいいと思うんだ」

話したいことは二つあるらしい。明日でもあさってでも、とにかく少しでも早いうちに会いたい、と英明は言う。

「話って、どんなことなの？　なにもわからないんじゃ行きたくないんだけど」

「忙しいのか？」

意外そうに訊かれてムッとした。

「そう、こっちだって忙しいの！」

そのまま電話を切ろうとしたら、英明はあわてて「香織に関係ある話なんだ」と言って、「もう一つは、洋子さんのこと」とつづけた。

「……わたしは関係ないでしょ、あなたに」

「まあいいからさ、とにかく都合つけてほしいんだ。洋子さんのことでも、結局は香織のことになるんだから」

「……なんなの？　わけわかんない」

「わかんなくていいから、一度会ってくれ、頼む、連絡待ってるから」

電話は向こうから切れた。こっちが切るつもりだったのに先手を打たれた。受話器を乱暴に親機に戻すと、英明の明るい口調にあらためて悔しさや腹立たしさが湧いてきた。

半分ほど埋まったケージに、ため息交じりに目をやった。ピッチングマシンから球が放られ、キン、という音とともに打球が返される。ケージごとに、それぞれのリズムで繰り返される球のやり取りをぼんやりと見ていると、うとうとしそうなほど退屈で、穏やかと言えば穏やかで、これからいったいどうなっちゃうんだろう、と今後の人生のことを――思いたくなくても、つい思ってしまう。

ほんとうに、これからいったい、どうなっちゃうんだろう……。


将大が足をふらつかせてバッティングセンターに入ってきたのは、営業時間が終わる間際――夜九時前だった。すでに先客は皆ひきあげて、洋子はフィールドに転がったボールを拾い集めていた。

「うおーっす！　失礼しあっす！」

タガのはずれた大声で、将大は吠える。直立不動で「加藤将大、気合い入れて打たせてもあいあうっす！　一球入魂ーっす！」――気合いが入りすぎて、腰と膝がへなへなと崩れ、その場に尻もちをついてしまった。

「ショーダイくん、どうしたの？　酔っぱらってるの？」

あわててフィールドの外に出た洋子に、将大は「うっす、恩師と呑んでたっす」と答え、コンクリートの地面に固定されたコイン投入機に抱きつくようにして立ち上がった。「加藤将大、酔ってるっす、だめっす」

「……香織の練習、コーチしてくれたんじゃなかったの？」

「急用っす、恩師っす……我が師の恩っす、自分、尊敬してて、一生かなわなくて、うれしくって、つらいっす」

ヘヘッと笑いかけたが、それを押しやるように嗚咽《おえつ》が漏れて、涙がぽろぽろと頬を伝った。

「やだ、泣き上戸《じょうご》なの？」

「自分、難しいこと、わかんないっす。わかんないから、野球しかできないっす……」

「ちょっと、ほら、泣かないでよ」

首に掛けていたタオルを差し出すと、将大は「しゃっす！」と一礼して受け取り、雑巾がけをするみたいに顔を拭いた。

「悪いけど、あと五分でおしまいなんだけど」

「……打ちたいっす」

「一ゲームだけでいい？」

「いいっす、打ちたいっす、自分が打たなきゃだめなんす、早く点を取ってやんないと、ヨッちゃん、キレちゃうんで、先取点、大事なんっす」

「はあ？　ヨッちゃんって誰？」

「ヨッちゃんはヨッちゃんっす、吉岡亮介って、知らないっすか、知らなきゃだめっすよ、あいつ天才なんすから、絶対に甲子園出ますから、優勝しますから……ほんとっす、態度でかくて生意気な奴っすけど、あいつ、ほんとに才能あるんすよ、だから、アタマ来るんだったら、自分、殴ってくれていいっす、先輩、殴ってくれていいっす、自分、誰にも言いませんから、その代わりヨッちゃんには手を出さないで……」

呂律のあやしい声でしゃべりつづけた将大は、ハッと真顔になった。雲の切れ間のように、一瞬、酔いが醒めたようだ。

呆然と将大を見ていた洋子もふと我に返り、「ねえ、だいじょうぶ？　今日はもう帰ったほうがいいんじゃない？」と言った。「あんた、もう記憶ばらばらになってるよ」

将大は顔をゆがめて、かぶりを振った。

「……すみません、打ちます、一ゲームだけ打たせてください」

「ほんとにだいじょうぶ？」

だいじょうぶっす、だいじょうぶっす、とオウム返しする声やバットを選ぶしぐさは、ちっともだいじょうぶそうではなかった。

しかも、ふらつく体で入ったのは〈時速百二十キロ〉のケージだった。素面《しらふ》ならともかく、こんなに酔っていては……と事務所に戻った洋子が案じる間もなく、一球目が投じられ、フルスイングした将大は勢いあまって打席にへたり込んでしまった。

「ショーダイくん、危ない！」

よろよろと立ち上がったところに、第二球――ストライクゾーンに覆いかぶさっていたせいで、危うく肩にボールが当たるところだった。だが、酔いが恐怖心を麻痺させているのか、そもそも二球目が来たことじたいわかっていないのか、将大は平気な顔でバットをかまえ、三球目を、また空振りして、今度は前のめりに膝をついてしまった。

ストライクゾーンの真ん中に、顔がある。

ピッチングマシンのアームがゆっくりと回りはじめる。

「バカ！」

洋子は緊急停止ボタンを押した。アームは、ボールをすくったところで停まる。

事務所を飛び出した洋子は、ケージに向かって駆けだして、ちょっと待った、とジュースの自動販売機の脇の手洗い場に寄った。

バケツ一杯に水を汲《く》んで、バカ、バカ、このバカ、と怒りながらケージに入り、四つん這いのままぼうっとしている将大に、頭からバケツの水をぶちまけた。

3

「いやー、でも、お母さんも無茶するひとだよねー、クラッシャー親子じゃん、うちら」

朝食のトーストを頬張って、香織がおかしそうに笑う。

「沢松くんもショーダイさんも、マジ、かわいそーっ」

「笑いごとじゃないでしょ、あんたのは」

洋子は香織をひとにらみして、すぐにまた三面鏡に目を戻し、気ぜわしい手つきで化粧をつづけた。時間がない。沢松の母親は仕事を持っているので、八時前には家を出てしまうのだという。ゆうべ電話で話したかぎりでは怒っている様子はなかったが——沢松が口の中を三針縫ったのは確かなことなのだ。

「わたしのは事故だもん、偶然っていうか、運が悪かったんだよ、沢松くんも」

ワンバウンドしたボールが顎に当たったとき、口の中を切ってしまった。思いのほか傷が深く、なかなか血が止まらず、本人は「平気だから」と家に帰ったものの、結局、夜になって救急病院に駆け込んだ。

ゆうべ香織が「やっぱ、ちょっと心配だから電話してみるね」と怪我の様子を確かめなければ、なにも知らないままだった。向こうから怒鳴り込まれたわけではないので多少は気が楽だったが、それでも、頭を下げに出かけるのは気が重い。

「沢松くんのお母さん、べつに来なくてもいいって言ってるんでしょ？　わたしも学校で沢松くんに謝っとくから、もういいんじゃない？」

「……そういうわけにはいかないの。治療費のことだってあるんだし」

「あ、でもさ、沢松くんちって、けっこうお金持ちなんだって」

「いいから、あんたは黙ってなさい」

化粧を終えると、手早く服を着替えた。普段着というわけにもいかないので、クリーニング店から戻ってきたばかりのパンツスーツを着て、汗になったらまたクリーニングだなあ、とため息をひとつ——。

「沢松くんより、ショーダイさんのほう、フォローしなくていいの？　びしょ濡れで走って帰ったなんて、ヘタすると警察に捕まってんじゃない？」

「そんなの自分が悪いんじゃない。あのままだったら大怪我してたんだから」

「でもさあ……なんでそんなに酔っぱらってたわけ？」

「知らないわよ、女の子にでもふられたんじゃないの？」

玄関にしゃがみ込んで靴を磨き布で拭いていたら、香織がトーストを手に持ったままダイニングから出てきた。

「ねえ、お母さん。ちょっとさあ、落ち着いたほうがいいんじゃない？」

「……なにが？」

振り向いて話に付き合う時間すら惜しい。

「っていうか、お母さん、なんか最近、優しくないよ。すぐ怒るし、文句ばっかり言うし、いつもあせってるし……」

「しょうがないでしょ、時間ないんだから」

「いまの話じゃないってば。ふつーだったらさあ、ショーダイさんがそんなに酔っぱらってたら、なにがあったか絶対に訊くでしょ。向こうが嫌がっても訊くじゃん、お母さん、野次馬根性で。で、いろんなおせっかいするじゃん。なんかさあ……なんか……やっぱ、いまのお母さん……優しくなくなってる気がする」

靴を履いて、そのまま外に出た。ドアを後ろ手に閉めるときに「お皿洗ってから学校に行きなさいよ」と言ったが、香織の返事はなかった。

将大は二日酔いの頭痛に苦しみながら、新幹線と在来線の鈍行を乗り継いで、関東地方のはずれの町に降り立った。

目的地までは、駅からさらに車で小一時間かかる。山間の温泉を利用したリハビリ施設に、吉岡が逗留《とうりゅう》している。リハビリが目的というよりマスコミの目を避けるためだろう、石井監督が言っていたとおり、客待ちのタクシーすら一台しかいない閑散《かんさん》とした駅前のたたずまいは、球界を代表するエースの華やかさとは、あまりにもかけ離れていた。

そろそろ昼食時だったが、食欲はまったくない。タクシーを使うには、財布の中身が乏しすぎる。バス停の時刻表を見ると、温泉行きのバスが出るのは一時間後だった。

重い足取りで駅舎に戻り、ベンチに倒れ込むように座った。こんなにひどい二日酔いはひさしぶりだ。記憶が途切れてしまうほど酔ったのも、大学一年生のときに野球部の合宿で先輩たちに一升瓶を無理やりラッパ呑みさせられて以来のことだった。

監督に勧められるまま——いや、途中からはぐい呑みをコップに替えて、自分で何杯もお代わりした。呑まずにはいられなかった。

あの吉岡が、再起不能？

二十年に一人の天才投手と謳《うた》われた吉岡亮介が、わずか五年で、現役引退？

「手術をするしかないんだ。腰にメスを入れたら、来シーズンの復帰は無理だし、再来年も難しいし……手術をしても元通りにはならないリスクもあるんだけどな、でも、このまま、だましだましやってても、プロじゃ通用しないんだ」

監督はそう言って、「でもなあ……」とため息交じりにつづけたのだ。

「ショーダイ、おまえならわかるだろう、あいつの性格」

わかっている。負けず嫌いで短気な吉岡が、一年も二年もかかるリハビリに耐えられるはずがない。傲慢なくせに臆病な吉岡が、リスクのある手術を受け容れるはずがない。そして、バックのエラー一つでたちまち球が荒れてしまう吉岡が、「吉岡世代」の選手たちの活躍を横目に見て、じっとしていられるはずがない。

「俺は……あいつがこのまま野球やめちゃうんじゃないかと思って、それが心配でなあ……復帰まで何年かかっても、そこいらの並みのピッチャーになっても、野球をやめてほしくないんだよなあ……」

酒の酔いが胸の奥に流れ込んでいったのは、監督がそんなことを言いだした頃からだった。

吉岡のことを案じる監督の横顔を見ていると、むしょうに寂しくなった。悔しくて、悲しくもなった。

「ここしばらく、おまえのことをよく思いだしてたんだ。いまの吉岡には、ショーダイのような相棒がいるのかなあ、プロの世界じゃいないのかもしれないなあって……ほんとだぞ、ずっと考えてたんだ。だから今日、駅でばったり会ったときは、なんかなあ、運命っていうのはあるのかなあ、って……」

吉岡のためのショーダイ――だったのだ。高校時代はずっとそうだった。それが自分の役割だった。吉岡を支えて、助けて、励まして、慰めて、しょっちゅう八つ当りをされて、結局、縁の下の力持ちのまま、自分にスポットライトが当たることはなかった。

「なあ、ショーダイ。忙しいと思うけど、近いうちに会いに行ってやってくれないか。吉岡も、おまえの顔見たら、ちょっとは変わると思うんだ」

リハビリ先の住所を書いたメモを渡された。

破り捨てようか——ふと浮かんだ考えは、深々と頭を下げた監督の姿を見たとたん消えて、代わりに、酔いが頭の芯を痺れさせたのだ。

バカ——!

耳の奥で、洋子の一喝が響きわたった。

思いだしたくなかった昨夜の記憶が、それで吹き飛んでくれた。バケツの水を浴びたときの冷たさと、痛さと、不思議とすっきりした心地よさもよみがえった。

やれやれ、とベンチから立ち上がる。小さな売店に向かう。棚に並んでいるのは饅《まん》頭《じゅう》に最中《もなか》に、煎餅《せんべい》……ヘンな土産買っちゃうと、また「バカ!」って言われそうだよなあ、と苦笑した。

ひさしぶりに会う英明は、少し太ったように見える。「昨日の今日で電話してくれるとは思わなかったよ」とにこやかに笑う表情や、注文を取りに来たウエイトレスに「俺もAランチでいいや」と応える声は、別れた妻と会う気まずさなど微塵も感じさせない。さばさばとして、潑剌として……香織の言うとおり、幸せのポイントをたっぷり貯め込んでいるのだろう。

洋子はガラスの壁越しに噴水池に目をやって、「買い物のついでがあったから……」と言った。言わずもがなのことを口にしてしまう。しかも、嘘。せっかくよそゆきの服を着たんだから、ついでに……というのも、言い訳になってしまう。

悔しかったのだ。

自転車をとばして沢松の家を訪ねたら、ちょうど母親は仕事に出かけるところだった。

玄関先でひたすら謝る洋子に、沢松の母親はかえって恐縮して、「ほんとにだいじょうぶですから、ウチの子もぼーっとしてたんだし、お互いさまですから、こういうことは」と逆に頭を何度も下げてくれた。いいひとでよかった。洋子は安堵して、やっと肩の力を抜いた。怪我の治療が一段落したら仲良くなれるかもしれない。

それでも、謝罪以外のおしゃべりをする余裕はなかった。沢松の母親は恐縮するだけでなく、時間を気にしていた。「もうだいじょうぶですから、ほんとうに」と早口に言う声は、丁寧すぎる洋子の謝罪に、少し辟易しているようにも聞こえた。

実際、話が終わると、母親はそれを待ちかねていたように「わたしも一緒に出ます」と言って、小走りにバス停に向かった。かっちりしたスーツ姿だった。飾り気のまるでない、だからこそいかにも仕事着という雰囲気で、駆け出す後ろ姿も、時間に追われることに慣れているように見えて……門の前に停めた自転車のスタンドを跳ね上げる自分が急にみじめに思えて……だから、このまま家に帰って服を着替えるのが悔しくなって……。

「洋子、さん」

英明の声で我に返った。目が合うと、英明は少し心配そうな顔をしていた。

「仕事……まだ見つからないのか」

「……けっこう高望みしちゃってるからね」

「バッティングセンターでアルバイトやってるんだって？」

「一週間だけね。頼まれちゃったからしかたなくやってるんだけど、今夜で終わりなの、それも」

「生活は……」

「あ、それはだいじょうぶ。おかげさまで慰謝料も養育費もきちんと振り込んでもらってるし」

笑いながら言ったが、英明は困ったように頰をゆるめるだけだった。

ランチの皿が運ばれてきた。「とりあえず飯食うか」と英明はぼそっと言って、洋子も黙ってナイフとフォークを動かした。沈黙のまま食事を終えて、コーヒーが来ると、ようやく英明は本題を切り出した。

二つのうち、一つは——香織に関係のある話だった。

「先週、香織に会ったときに話そうと思ってたんだけど、あいつ、急に帰っちゃったから、言いそびれちゃって……」

そのほうがよかったのかもしれない、と英明は言う。香織に伝えられなかったおかげであらためて考える時間ができて、考えれば考えるほど、はたして香織に告げるべきなのかどうか、わからなくなってきた。

だから——。

「とりあえず、いまここで話しとくよ。あとは香織に言うかどうか、そっちで決めてほしいんだけど」

「……押しつけるってこと？」

「そういうんじゃなくて……ほんとにわからないんだよ、俺。香織に言っといたほうがいいような気もするし、言わないほうがいいような気もするし……」

さっぱり要領を得ないまま、皮肉を込めて「奥さんはなんて言ってるわけ？」と訊くと、英明は真顔で「あいつは、言わなくていいんじゃないか、って言うんだけど」

と返す。

「じゃあ、言わなくていいじゃない」

「でもなあ……」

勝手に押しつけないでよ、結局自分が楽になりたくて、ややこしいことはぜんぶこっちに任せて、責任逃れをしたいわけでしょ——と言おうとしたら、英明は爆弾ゲームの風船を隣のひとに渡すみたいに、あわてて言った。

「子どもができたんだ」

「……え？」

「妊娠してるんだよ、いま、あいつ。来年の二月には生まれるんだ」

香織にとっては腹違いの弟か妹、ということになる。

「……あ、そう」

平然と応えたつもりだったが、声が微妙に揺れた。目もそらしてしまった。

「悪いんだけど、俺、ほんとに、香織にどう言えばいいのかわからない。任せるから、うまく伝えてほしいんだ」

ずるい。ひきょうだ。逃げるな。言ってやりたいことはいくらでもあったし、思いきりなじるように言ってやれる気もしたのに、最初の一言が喉につっかえて出てこない。

「あと、もう一つの話なんだけど」

英明は鞄《かばん》の蓋を開けて、中から取り出した紙をテーブルに置いた。会社の名前とひとの名前、それに住所と電話番号がいくつも書いてある。

「俺が紹介するとか、そんなのじゃないんだけど、もしよかったら使ってくれよ」

「なに？　これ」

「正社員は難しいんだけど、とりあえず契約社員とか、そういう感じで話は持っていけると思うんだ」

「だから……なんなの？」

答えの見当はついていたが、訊いた。声が震える。さっきとは違う震え方だった。

「仕事、探してるんだろ？」

英明は言った。決して恩着せがましい口調ではなかったが、それでかえってカッとなった。

洋子は黙って紙を手に取り、真ん中から二つに引き裂いた。

「バカにしないでよ！」

思わず声を張り上げると、まわりのテーブルの客がいっせいにこっちを振り向いた。

だが、当の英明は、最初からこうなることがわかっていたかのように、落ち着いたしぐさで鞄の蓋を閉め、伝票を取って、席を立つ。

世の中、そんなに甘くないんだよ——。

ぽつりとつぶやいた声が、聞こえた。


吉岡は、クアハウスの裏手にあるグラウンドにいた。テニスコートやバスケットコートに囲まれた、二軍選手の自主トレぐらいには使えそうな場所だった。

パートナーを立たせたまま、山なりの球でキャッチボールをしていた。体の動きを確かめるようにゆっくりとしたフォームでボールを放り、放ったあとに背中を軽くひねる。ときどき、それに首をかしげるしぐさも加わって、やはり腰から背中に違和感が——もしかしたら激痛が走っているのかもしれない。

将大はフェンスの外に立って、黙ってしばらくキャッチボールを見つめた。

先に将大に気づいたのは、パートナーのほうだった。球を吉岡に返しかけて、ぎくっとした様子で腕が縮んだ。マスコミの取材記者だと勘違いしたのだろう。

吉岡はゆっくりとこっちを振り向いた。言葉を交わせるほどの距離ではなかったが、表情はわかる。将大はせいいっぱいの笑顔をつくり、胸の前で、よお、と手を振った。怪訝そうな顔だった吉岡にも伝わった。表情が変わる。ムッとした顔でグローブを振って、早く球を返せ、とパートナーをうながした。

吉岡はボールを受け取ると、一塁側——将大がいるほうのブルペンに向かって歩きだした。またグローブを振って、こっちだ、とパートナーに命令する。パートナーは困惑して、不安げで、なにか言いたそうな顔だったが、吉岡には絶対服従なのだろうか、黙ってキャッチャーのポジションについた。

マウンドに立った吉岡は、将大に背中を向けてプレートのまわりの土を均しながら、「石井のオヤジに聞いたのか、ここ」と言った。

「……ああ」

「なにしに来たんだ」

「腰の具合……どうなんだ」

「おまえには関係ないだろ」

そっけなく言って、立ったままだったパートナーに気づくと、「座れよ！」といらだたしげに怒鳴った。

「ピッチング練習、できるのか？」

将大の声を無視して、一球投げた。力を加減した軽い投球だったが、球はきれいにストライクゾーンに入った。

「ここの場所、誰にも言ってないだろうな」背中を向けたままで言う。「マスコミに売ったら、おまえ、殺すぞ」

「……言うわけないだろ」

「じゃあ帰れ。変なのがうろうろしてると、地元の奴にばれるから」

二球、三球、四球……吉岡は速いペースで球を投げ込んでいく。まだウォーミングアップの段階だったが、球筋は悪くない。

「帰れよ、早く。石井のオヤジにも、よけいなことするなって言っとけ」

「……なにか手伝えないか？　なんでもいいんだけど、俺にできること、ないか？」

「ない」

五球目から、球が少し速くなった。

「あるわけないだろ、おまえ、自分の立場わかってるのか？　ど素人になにができるんだ。俺はプロだぞ、なめるなよ」

六球、七球……八球目で、パートナーが「ナイスボール！」と声をあげた。うれしそうな、そして意外そうな声だった。

「あいつな、ルーキーなんだよ。俺とバッテリー組むのが夢だって、入団会見のときに言ってて……でも、だめだよ、へたくそで話にならない。一軍で俺と組むことは、永遠にないな」

あいかわらず将大に背中を向けたまま、初めて、へヘッと肩を揺すって笑った。

だが、将大は知っている。ほんとうに調子が良くて上機嫌なときの吉岡は、無口になる。話しかけてもろくに返事もせず、自分のピッチングを全身全霊で味わうように、黙々と投げつづける。口数が増えるのは、調子が悪いとき――それも、自分でもどうしていいかわからなくなってしまったとき、なのだ。

吉岡は九球目のモーションになかなか入らなかった。グローブをはずして脇に挟み、両手でボールをこねながら、また一人で話しだす。

「ショーダイ、おまえ、草野球やってるんだってな。なんだよそれ、自分でも情けなくないか？」

「……けっこう楽しいけどな」

無理に笑って言うと、吉岡は「そう思い込んでるだけだろ」と吐き捨てる。「楽しいって思わないとやってられないもんな、哀れで、みじめで」

「ヨッちゃん、だいじょうぶか？　腰、痛いんじゃないのか？」

「おまえもなあ、大学でつぶれちゃって、それで草野球か？　未練がましいよ、やめろよ、そんなの」

「なあ、ヨッちゃん……腰、平気なのか？」

「うるせえよ。ど素人は黙ってろ」

グローブをはめて、ようやくピッチングモーションに入る。両手を大きく振りかぶり、背中を伸ばした。体の動きは、そこで止まった。腰と背中がこわばったのがわかった。息を詰める気配も伝わった。喉の奥で噛みころしたうめき声も。

吉岡は振りかぶった両手を下ろし、すねた子どものように足元の土をスパイクの先で蹴りながら、「もう帰れよ、うっとうしいから」と言った。「あのルーキーくんな、野球はへただけど腕っぷしは強いから、用心棒代わりで連れてきてるんだ。あんまり邪魔してたら、マジ、なにするかわかんないぞ、あいつ」

将大は言葉に詰まり、けれど立ち去ることもできずに、吉岡の背中をただ見つめるだけだった。

「帰れ！　バカ野郎！」

吉岡は将大を振り向いて怒鳴った。

初めて気づいた。たった八球しか投げていないのに、吉岡の顔からは、一試合完投したあとのように汗が滴《したた》り落ちていた。

4

ちぐさ台カープ史上初の接待試合は、ウズマキの「ほんとに、すみません、すみません、ありがとうございます」という詫びと礼の言葉から始まった。カントクは事情を伏せておいてくれたのだが、それではやはり気がすまない、と自らチーム全員の前で説明をしたのだ。

カントクは「かまやせんわい、接待のひとつもできんような草野球はつまらんがな」と鷹揚にうなずき、洋子と香織に目をやって、「おかげで夢のバッテリー誕生じゃ」とカカカッと笑った。むろん、チームの仲間たちにも異存はない。野球は好きだが、勝ち負けは唯一無二の目的ではない。それが草野球だと、メンバーは皆、知っている。

怪我をした沢松の代わりに、先発キャッチャーは洋子になった。カントクも最初は心配して、いつもどおり将大をキャッチャーにつけようとしたが、洋子は「だいじょうぶです、わたし、やれます」と譲らず、将大も「やれるところまでやってみて、あとは僕がフォローしますから」と言った。

木曜日、金曜日、土曜日の三日間で、真新しかった洋子のキャッチャーミットは、だいぶ革がなじんできた。

きっかけは木曜日――バッティングセンターのアルバイトの最後の夜だった。

事務所にほとんどこもりっぱなしで、ふさぎ込んでいた。昼間の英明の話を思いだすと、腹が立って、悔しくて、悲しくて、情けなくて、香織に赤ん坊の話をどう伝えるか、これから仕事がほんとうに見つかるのか、と考えれば考えるほど、頭の中がもやもやしてくる。

八時半過ぎに客がいなくなり、最後の後かたづけに外に出たら、将大がやって来た。

前夜の醜態《しゅうたい》を詫び、手土産の温泉饅頭を差し出して、「今夜は酔ってませんから、一ゲームやらせてください」と言った。

確かに酔ってはいなかった。その代わり、目が赤く血走って、なにかを思い詰めているように表情がこわばっていた。

「どうかしたの？」と訊いても、なにも答えない。温泉饅頭を指差して「温泉行ってきたの？」と訊いても、「ええ、まあ、ちょっと……」としか言わない。

まあべつにいいけど、と事務所に戻ろうとしたら、香織の言葉が不意によみがえった。

お母さん、なんか最近、優しくないよ――。

足を止め、振り向いて、「ねえ」と将大に声をかけた。「ゆうべのこととも関係あるわけ？　温泉に行ったのって」

目が合った。さあ、なんでもしゃべってごらん、という思いを込めて微笑んでみた。おばさんに相談しなさいよ、あんた若いんだから、人生のこと、まだろくすっぽわかってないんだから……。

将大はうつむいて、手に持っていたバッグを開けた。中から出てきたのは使い込んだキャッチャーミットだった。

「今日……吉岡のところ、行ってきたんです」

「吉岡って、あの吉岡亮介？」

「ええ……」

「いま怪我してるんだっけ、あのひと」

「……俺、あいつのこと、助けてやりたかったんですけど、なにもできなくて……俺、そんな資格なくて……」

「はあ？」

きょとんとする洋子をよそに、将大はバットではなくキャッチャーミットを持って、最速の〈時速百四十キロ〉のケージに向かった。コインを入れ、キャッチャーのポジションについて、「よっしゃあ！　気合い入れていくぞ！」と一声吠えて、身がまえる。

バッティングセンターのもうひとつの利用法を、洋子はそれで初めて知った。

ピッチングマシンの放る球をキャッチしては、「うっしゃ！　ナイスボール！」と吠える。金属バットがボールをとらえる固い音ではなく、パーン！　という革の張り詰めた音が響き渡る。

吉岡と将大の間になにがあったのかは、よくわからない。ただ、球を打つのではなく、捕ることで、胸の中のもやもやを消し去ろうとするのは——なんとなく、わかる。そして、それはあんがいバットを振るよりも気持ちいいのかもしれないな、とも思った。

洋子は事務所に駆け戻り、〈本日の営業は終了しました〉のボードと自分のキャッチャーミットを持って、また外に出た。

出入り口にボードを掲げ、最も遅い〈時速七十キロ〉のケージに入る。

将大が一ゲーム終えたのと入れ替わりに、洋子のゲームが始まった。さすがに「うっしゃあ！」という声は出せなくても、向かってくるボールを捕るのは——たとえ半分以上ミットの土手ではじいてしまったとしても、気持ちいい。

「どうしたんですか？」とケージの後ろから声をかけてくる将大に、「あんたも手伝って！　バッターになって立っててよ！」と言った。「でも振っちゃだめだよ！　バット振ったら、ひっぱたくからね！」

そんないきさつで、バッティングセンターを使った特訓が始まった。

翌日の金曜日は客として、他の客の驚いた視線にかまわず、将大をコーチに練習をつづけた。土曜日は、支配人に頼み込んでケージに二人で入る許可を特別にもらい、将大が実際にバットを振って、実戦の練習に取り組んだ。

どこまで上達したかはわからない。バットを振られるといまでも思わず目をつぶってしまうし、右打者の外角低めの球をミットをかぶせるように捕るコツは、まだうまくつかめないでいる。両手はアザだらけになり、左手の親指の付け根もズキズキと痛む。

それでも、なにかをこんなに必死にやったのは、ひさしぶりのことだった。必死にやった結果がどうこうというより、必死になれたということじたいが、なんともいえずうれしかった。

だから――。

「いいですか、とにかく怖いと思ったら、すぐに代わりますから。遠慮したり無理したりせずに、すぐに言ってくださいよ」

ベンチに残る将大が念を押すと、草野球には珍しいレガース付きの完全武装をした洋子は、親指をグッと立てて、「任せなさい」と言った。

マウンドに立つ香織に駆け寄って、声をかける。

「いい？　どんなに打たれてもかまわないから、とにかく一つだけでも三振とるからね。お母さんのこと壁だと思って、目一杯投げればいいんだから」

香織もこっくりとうなずいた。

香織はまだ「きょうだい」の話を知らない。いつ、どんな形で話せばいいのか、洋子にもわからない。

ただ、この試合で三振をとれれば——バッテリーで「やったね！」とガッツポーズをつくれれば、うまく話せそうな気がするし、うまく受け容れてくれそうな気がする。

洋子は小走りにマウンドを降りて、キャッチャーのポジションについた。マスクをかぶり、しゃがみ込んで、ストライクゾーンのど真ん中にミットをかまえた。

主審がプレイボールを告げる。緊張気味の香織は、唇をぺろりと舐めて、ゆっくりとワインドアップモーションに入る。

試合が、始まった。

イニング9

1

手のひらに握り込んでいた携帯電話が、ブルッと震えた。点滅する着信ランプの色は緑——メール着信だった。

〈試合開始。カープ後攻。先発は香織、キャッチャーは沢松から洋子に変更。初球、ワンバウンド、打者の背中を通過〉

液晶画面を覗き込んだ田村は、「はあ?」と声をあげてしまった。先発のマウンドに立つのが香織だというのは知っていたが、洋子がキャッチャーマスクをかぶるとは思ってもみなかった。

顔を上げる。傾斜をつけたベッドに横たわる父の様子をそっとうかがう。さっきまではぼんやりと天井を見つめていたが、いまは目を閉じて、息づかいに合わせてかすかに上下する肩の動きからすると、眠っているのかもしれない。

部屋から縁側に出た。ヒマワリの咲く庭に、真夏の陽射しと蟬時雨《せみしぐれ》が降りそそぐ。

まだ朝十時を過ぎたばかりで、アサガオの花も萎《しな》びていなかったが、今日もきっと三十五度近い暑さになるだろう。

携帯電話をあらためて手に取って、ヨシヒコに電話をかけた。コール音三回でつながった。田村が「俺だけど……」と切り出す間もなく、「ヤバいですよ、これ、シャレになんないです」と言ったヨシヒコは、たったいま先制点を奪われた、と伝えた。

「もう点取られちゃったのか？」

「取られたっていうか、もう、ちょっと、マジ、ヤバいって」

香織は先頭打者をストレートの四球で塁に出した。二番打者の初球もボールでランナーは二塁へ進み、つづく投球もボールでランナー三進。三球目もボールで、ランナーは生還。ヨシヒコが経緯を説明している間に香織は四球目を放って、これまたボールになってしまった。

要するに二者連続四球、八球連続ボール。それも、八球とも洋子がバックネット前まで拾いに行かなければいけないほどの大暴投だった。

「いまマウンドにみんな集まってます。向こうも武士の情けで、もう暴投してもランナーは走らないみたいですけど、これ、無理ですよ、ストライク入んないんじゃないかな、永遠に」

「……そうか」

ウズマキのリストラがかかった接待試合だ。主力のヨシヒコと将大をベンチに座らせて、はなから勝利は目指していないとはいえ、この調子では「試合」として成立するかどうかも危うくなってきた。

「カントクも試合に出てるんだよな？」

「ええ、田村さんの代わりにサード守ってますけど、守備の時間が長すぎるとキツいですよ。今日暑いし、倒れちゃったらヤバいよなって、いまもショーダイとしゃべってたんですよ」

「だよな……」

「ウズマキさんのこと考えると、俺がリリーフってわけにはいかないと思うんですけど、やっぱり、カントクにはベンチに下がってもらったほうがいいでしょ」

「万が一のこともあるからな」

「あと、洋子さんも」

幸か不幸か、香織のコントロールがあまりにも悪いために、いまは「キャッチャー」以前の「球拾い」の役目しか果たしていない。それでも、ヨシヒコは「いくらなんでも相手に失礼でしょ、ありえねーって話で」と言い、田村も「だよな……」としか返せない。

「だから、あと一人か二人ランナーが出たら、俺とショーダイが入りますよ。いいですよね？　田村さんでもそうするでしょ？」

「ああ……そうする」

「ほんとは香織ちゃんもベンチに下げたほうがいいと思うんですけど、まあ、それは無理なんで」

補欠の人数が足りない。ヨシヒコと将大が途中出場してしまうと、香織はもう、なにがあってもグラウンドの外に出るわけにはいかないのだ。

「あ、またクソボールです、これで九球連続。あーあ、洋子さん、かなり怒ってますよ。で、香織ちゃんも怒ってます」

負けず嫌いの母子なのだ。二人はお互いに否定するかもしれないが、田村から見れば、そっくりな性格のコンビなのだ。

「ねえ、田村さん、なんとかならないんですか？　ちょーウルトラ奇跡で、大速攻で広島から帰ってくるとか」

「……無理だよ」

苦笑交じりに答えると、ヨシヒコも「そりゃそうですよね」と苦笑いで返し、声をすとんと沈めて、「すみません」と謝った。

また動きがあったらメールを送ってくれるよう頼んで、田村は電話を切った。縁側にあぐらをかいて座り込んだまま、庭をぼんやりと見つめた。雑草が伸び放題で、逆に植木の緑は萎びている。草抜きや水やりにまで手が回らない。しかたないよな、とため息をつく。

携帯電話がまた震えた。着信ランプは赤の点滅――妻の寿美子からの電話だった。いま、病院を出たところだという。

「買い物してから帰ろうと思ってるんだけど、なにか足りないものとか、ある？」

当座に必要なものはなかったが、欲しいものは、あった。

「ビール買って来てくれないか」

「朝っぱらから飲むの？」

「もう昼前だよ。小さい缶一本でいいから、ちょっと買って来てくれ」

「……わかった」

「おふくろの様子、どうだった？」

「体のほうはだいじょうぶ。血圧も今朝は安定してるし。ただ、やっぱり精神的にね、そうとうまいってるみたいだし、お義父さんのことも心配してるし」

寿美子は「ひとのこと心配してる場合じゃないだろ、って」とつまらなさそうに笑い、すぐに帰るから、と電話を切った。

たてつづけに二人の声を聞いたせいで、電話を切ったあとのこの部屋の沈黙がひときわ重くなってしまう。さっきまで縁側のすぐそばの軒先で鳴いていたアブラゼミも電話中に飛び去ってしまったのか、聞こえてくるのはニイニイゼミの合唱だけだった。

ちょーウルトラ奇跡、か……。

起こせるものなら起こしたい。大速攻というやつで、ここから逃げてしまいたい。

最悪の事態になってしまった。父の介護に追われていた母が、金曜日の朝、ついに倒れてしまった。直接の原因は過労による脱水症状で、夏バテに近いものだったが、救急車で運び込まれた大学病院の医師は、駆けつけた姉に、腎臓《じんぞう》の数値がそうとう悪くなっている、とも告げた。

土曜日の朝一番の飛行機で、寿美子や息子たちを連れて帰郷した。病院のベッドに横たわって点滴を受ける母の姿を見たとたん、ああ、もうだめなんだな、と思った。命には別状なくとも、もともと体がじょうぶではないひとだ。これ以上、父の面倒を一人で見るのは、もう無理だろう。

いままで考えてこなかったわけではない。週末のたびに帰郷しながら、いつかは日帰りや一泊の帰郷ではすまなくなるときが来るだろう、と覚悟はしていた。

だが、その「いつか」が、こんなに早く来るとは思わなかった。早すぎる。長男の大樹は小学五年生で、次男の剛史は二年生。帰郷の飛行機の中で、大樹はおばあちゃんの容態よりも土曜日の夜のテレビの予約録画のほうを心配していたし、二年生の分際で卒業のときの皆勤賞を狙っている剛史は、「月曜は学校行けるよね？　だいじょうぶだよね？」としつこく念を押していた。父親の覚悟を子どもたちに伝える前に、現実の状況が一歩先に進んでしまった。早すぎる、ほんとうに。覚悟はまだ、寿美子にさえきちんと伝わってはいないはずなのだ。

携帯電話が震えた。再び、メールが届いた。

〈4連続四球。16球連続ボール、オール暴投。1対0。ノーアウト満塁。ショーダイとキャッチボール始めます〉

小走りにマウンドに向かった洋子を、香織はふてくされた顔で迎えた。

「いちいち来ないでよ、カッコ悪いから」

「なに言ってんの。ちょっと落ち着きなさいよ、スローボールでいいんだから、とりあえずストライク入れないと」

「……わかってるってば」

「わかってない！」

沢松と特訓していたときには、三球に一球はストライクが入っていたはずなのだ。全力投球するとボール球もキャッチャーミットの届く範囲に収まっていたはずなのだ。「とにかくコントロールがまだちょっとヤバいんだけどね」と香織自身もわかっていて、トロール優先でいきなさい」と試合前に洋子が言ったときも「そうだね」とうなずいていて……なのに、試合が始まると、ムキになって全力投球をつづけている。

すでに点差は三点に開いた。六者連続四球で、すべて暴投。最初は楽勝ムードにはしゃいでいた相手チームの板橋《いたばし》ハイマウンツも、ここまでボールがつづくとしらけきってしまい、河川敷のグラウンドには、野次も飛ばない間延びした空気が漂いはじめていた。

ショートを守る沢松が、業を煮やしてマウンドに駆け寄ろうとした。ファーストからは太鼓腹の橋本も歩いてくる。それを、カントクがサードのポジションから手で制した。

ワイルドピッチの連続で一点目が入った時点で、内野陣は一度マウンドに集まっている。一イニングに二度の作戦タイムを取ると、自動的にピッチャー交代が命じられてしまう。

カントクは、まだ香織に続投させるつもりなのだ。

「三振狙わなくていいから、打たせてとろう、ね？」

なだめすかすように、洋子は言った。

だが、香織は帽子のツバを下げて、「いいから、戻ってよ」と返す。初めてのマウンドで興奮している、というわけではなさそうだった。といって、どうしていいかわからずに頭の中が混乱している、という感じでもない。

そういえば、試合の始まる前からちょっと様子が変だったな、と思いだす。いつもは勝ち気な性格を前面に出して、おとなのチームメイトに「今日も勝ちますよ！　気合い入れてやってくださーい！」とハッパをかける香織が、今日は妙に口数が少なかった。初先発でさすがに緊張しているのだろう、と思い込んでいた。わかるわかる、その気持ち、と勝手に納得していた洋子のほうも、ひとのことを考える余裕などなかった。柔軟体操をしたり、プロテクターやレガースを将大につけてもらったり、「人」という字を手のひらに書いて呑み込んだりで、試合開始ぎりぎりまで香織とは言葉を交わせなかったのだ。

「ねえ、あんた、どっか具合悪いの？」

「だいじょうぶだから、もういいから、早く投げさせて」

「だって、このままじゃ、試合にならないじゃない」

セカンドを守るウズマキをちらりと見た。表情が固い。ウズマキ眼鏡の奥の目は、どうしようどうしようどうしよう、とあせっているはずだ。

「香織、わかってるよね、今日の試合。ウズマキさんの仕事がかかってるんだからね」

「……向こうが勝ってるんだから、いいじゃん」

「そうじゃないでしょ、野球って、打って点が入らないと面白くもなんともないんだから。でも、ストライクが入らないんだったら打つことできないんだもん、このままだとサイテーの試合になっちゃうよ」

香織はなにも応えなかった。うつむいて、足元の土をスパイクの爪で掘っていく。主審がうんざりした顔でマウンドに二、三歩近づき、「急いでください、タイム扱いにしますよ」と声をかけた。しかたなく、洋子はホームベースに戻る。レガースが重い。地面に置いてあったマスクを取り上げると、額や顎のパッドに染みた汗がぬるっとして気持ち悪かった。

ノーアウト満塁。

「ゲッツー取るよ！」

キャッチャーミットを掲げて叫んだ声は、炎天下のグラウンドにむなしく響き渡るだけだった。

「いま……何時なんか」

うたた寝から覚めた父が、ぽつりと言った。

「十時半、ちょっと過ぎてる」

田村は読みかけの新聞を閉じて答え、父のかすかな手振りで察して、麦茶の入った吸い飲みを差し出した。

「おう……すまんの……」

吸い飲みを受け取る父の右手は、小刻みに震えている。脳梗塞の後遺症で右半身が麻痺してしまった。最初の頃は脚がうまく動かせない程度だったが、療養生活が長引くにつれて体力や筋力が落ちてきたせいもあるのだろうか、梅雨に入ったあたりから、手にも痺れが出てきた。いまはもう、ベッドでコップを使うのは、無理だ。

「暑いのう、今日も……」

「汗拭こうか。下着も替えたほうがいいんじゃない？」

「おう、それは……ばあさんにやらせるけえ……」

田村はため息を呑み込んで、無理に頬をゆるめ、「おふくろは、いま病院だよ」と言った。「ほら、金曜日に具合悪くなったから」

ああそうか、と父は小さくうなずき、そうじゃったのう、とゆっくりと息をついた。

物忘れが少しずつ目立つようになってきた。それ以上に、表情や声に感情の起伏が乏しくなった。田村が子どもの頃に生意気な口答えをすると、一瞬で顔じゅう真っ赤にして怒りだしていた、その頃の面影はすっかり消えてしまった。

「もうすぐ寿美子や大樹たちが帰ってくるから、お昼はみんなで食べよう」

「……わしは部屋でええよ、食べこぼしたら汚《きたね》えけえ」

「そんなのいいって、みんなで食べたほうが、親父もたくさん食べられるだろ」

父と母の二人きりの食卓を思い浮かべると、父よりも、むしろ母に対してせつなさがつのる。

「じゃあ、下着取ってくるから」と立ち上がったとき、メールが届いた。

〈打者一巡プラス2人。11連続四球で。8対0。ストライクなし。カントクが、いま、マウンドにみんなを呼びました〉

自動的にピッチャー交代が決まった。

2

プレイすらできないまま三十分近くもグラウンドに立っていた野手陣は、さすがに疲れのにじむ足取りでマウンドに集まってきた。「ごめんなさい、ほんと、ごめん」と一人ずつに詫びる洋子に、いやあ、まあ、と苦笑いを返す顔も、皆、疲れている。

だが、最も体力を消耗しているはずのカントクは、試合前と変わらない調子でカカカカッと鷹揚に笑った。洋子と香織のバッテリーを一言も責めず、咎めず、笑顔のままで洋子からボールを受け取った。

「香織ちゃんよ、疲れたろう。ちょっと一息入れるか」

「……はい」

さすがに香織も、カントクの前ではふてくされた態度は取らなかった。

「試合の体裁をつくるか、ここらで。のう、小倉くんよ、なんぼなんでも一回表でコールドゲームいうたら、向こうもつまらんじゃろ」

「ええ……まあ……」

「よっしゃ、ほな、ショーダイとヨシヒコを入れるか」

ピッチャー、ヨシヒコ。キャッチャーは将大。ちぐさ台カープの黄金バッテリーが満を持して、復活――。

ウズマキは「ヨシヒコがピッチャーですか？」と訊き返した。「あの、すみません……ヨシヒコが投げると、向こうは全然打てないと思うんです……」

「八点も勝っとるがな」

「それはそうですけど……」

困惑するウズマキをよそに、カントクはメンバーを見回して言った。

「ええか、九対八で勝つど。もう一点もやらんし、なんとか逆転してみい」

「ちょ、ちょっと、カントク！」

ウズマキはあわてて割って入った。「逆転しちゃまずいんですよ、だめなんですよ、それ」とすがるように訴える。

「接待じゃろう?」カントクは軽く返した。「接待いうんは、向こうを楽しませることじゃ。八点のリードを守れるかどうかいうたら、おまえ、野球の醍醐味《だいごみ》じゃがな。ハラハラさせて、ドキドキさせて、楽しませてやりゃあええがな」

「いや、しかしですね……」

「のう、小倉くん、草野球はプロとは違うんよ、勝負だけがすべてじゃない。高校野球とも違《ちご》うて、フェアプレーやら正々堂々やらも、ええかげんなもんじゃ。ほいでも、負けるために試合をするわけにはいかん。そげなことをしたら、野球の神さまに叱られる」

「だって、この前は……」

負ける手はなんぼでもある、と笑っていたのだ、カントクは。負けることもできんような草野球は窮屈でつまらん、と言い切っていたのだ。

だが、カントクはあわてず騒がず、悪びれもせずに、きっぱりと言った。

「気が変わった」

「はあ?」

「香織ちゃんのピッチングを見とったら気が変わったんじゃ、文句言うな」

メンバーは皆、戸惑いながら顔を見合わせた。不満とまではいかなくとも、なにか納得しきれない空気がマウンドに漂った。

それを察した香織は、また帽子のツバを下げ、すねたように唇をとがらせて、「わたしがサイテーだったから?」と言った。

「アホ、逆じゃ、逆」

即座に返したカントクは、「香織ちゃん、あんた何球投げた?」と訊いてきた。

計算は簡単だ。十一人全員にストレートの四球——合計四十四球。

香織が答えると、カントクは「のう、おまえら」とみんなに訊いた。「たいしたもんじゃと思わんか?」

「それは、どういう意味で、ですか?」とカレー好きの伊沢が訊いた。薄毛の福田も「四十四球ってところに、なにかあるんですか?」と首をひねる。

しょうがないのう、とカントクは逆にため息をつき、首を何度も横に振って、言った。

「おまえら、いっぺん二十球ほどでも全力投球してみい。そしたらわかるわい。ハンパな気持ちで、中学生の女の子が四十四球も全力投球できりゃせんわい」

あ——と、香織以外の全員が口をぽかんと開けた。

カントクは香織に向き直って、「なんがあったんかは知らんが、あんたの必死で、一途《いちず》で、がむしゃらになっとるところは、じいちゃん、ようわかった」と笑った。

「じいちゃん、男でも女でも、そがいに一途になっとる子を負けさすわけにはいかんのじゃ」

香織はうつむいたまま、足元の土をスパイクのつま先で掘った。洋子にはわかる。さっきと同じようなしぐさでも、背中や肩の表情が違う。照れ隠し、いや、涙隠しなのかもしれない。

「ほんまに追いつけるかどうかは、わからん。ほいでも、このままじゃったら、香織ちゃんが負け投手になってしまう。おまえら、それでええんか？」

カントクはあらためてメンバー一人一人を見つめて、いつになく強い口調で言った。声に出した返事はなかったが、メンバーの顔つきが引き締まった。

リードされた八点は、接待のためのハンディキャップを与えたにすぎない。

ここからは、勝負だ。

「香織ちゃんの初先発に黒星をつけるわけにはいかん、わかっとるの」

沢松が無言で、けれど大きくうなずいた。

カントクは選手交代とポジションの変更を指示した。

カントクがベンチに退いたあとのサードには、セカンドのウズマキが入る。セカンドは、香織。ショートの沢松に「おまえの守備範囲ならだいじょうぶじゃ、香織ちゃんを助けちゃってくれ」と一声かけたカントクは、センターの伊沢に「すまんが、この試合はベンチで応援してやってくれ」と言った。

伊沢はきょとんとした顔になり、てっきり自分がベンチに下がるものだと思い込んでいた洋子も「ええーっ？」と声をあげた。

「洋子さんが伊沢の代わりにセンターに入るけえ、外野は少しラインを空けて、センター寄りに守っとけや」

ライトの福田とレフトの宮崎《みやざき》も、訝《いぶか》しそうな顔でうなずいた。

「わたし、無理です、そんな……」洋子は伊沢を気づかいながら、だめだめだめっ、と顔の前で手を横に振った。「香織とバッテリー組ませてもらっただけで十分です、ありがとうございました、もう、これ以上みんなに迷惑かけちゃうと……」

そのときだった。

「アホ！　なに言うとるんじゃ！」

カントクが怒鳴った。ハイマウンツのベンチにも届くほどの一喝だった。

「草野球に『迷惑』いう言葉はないんじゃ！　エラーしても三振しても、『どんまい』の一言ですむんが草野球なんじゃ！　あんたがベンチに下がったら、誰が香織ちゃんの球を受けるんな！　あんたは残っとらんといけんのじゃ！」

「……って、香織はもう……」

「逆転したら、もういっぺん投げてもらう。香織ちゃんもこのままじゃ収まらんじゃろ」

のう、と声をかけられて、香織はやっと顔を上げた。帽子のツバも持ち上げた。

「投げます！」

決意と覚悟に満ちた大きな瞳には、うっすらと涙がにじんでいた。


「……というわけで、僕がヨシヒコに代わって、田村さんに連絡する係になったんです。田村さんから用事があるときも、今度から僕のケータイ鳴らしてください」

伊沢の声にはまだ微妙な不満がくすぶっていたが、田村が「まあ、カントクらしい采配じゃないか？」と笑ってなだめると、「ですよね」と笑い返す。試合に出られないことよりも、香織を敗戦投手から救うための大逆転劇に参加できないことが悔しかったのだろう。外食で選ぶメニューには大いに偏《かたよ》りがあっても、性格は素直な男なのだ。

「で、ヨシヒコに代わって、どうなった？」

「すごいですよ、三者三振です。やっぱりたいしたもんですよ、あいつ」

たったいま、一回裏のカープの攻撃が始まったところだという。

「僕が下がってラッキーでしたよ、ショーダイが一番バッターになりましたから」

「あいつに打席がたくさん回らないとキツいもんなあ」

「いや、でも、田村さんがいないから、やっぱりキツいですよ、八点差は」

「……悪い」

「で、どうなんです？　お父さんとお母さんの具合」

うん、まあ、と言葉を濁したとき――電話の向こうで快音が聞こえた。

「あっ、打ちましたよ、ショーダイ……おおっ、すげえ、でかい……よっしゃあっ！　レフトオーバーです！　よし！　行け！　回れ！　ホームラン、ホームラン！　やった！　やった！　田村さん、聞こえました？　一点返しましたよ！　先頭打者ホームランですよ！」

興奮してまくしたてる伊沢に「聞こえてるよ」と苦笑交じりに応え、「またメールで知らせてくれ」と言って、電話を切った。縁側から眺める庭は、陽射しが強くなったせいで色が白く抜け、アサガオの花もしぼんでいた。

ついさっき帰宅した寿美子はさっそく早めの昼食の支度にとりかかり、子どもたちは庭でトンボを追いかけて遊んでいる。

縁側からサンダルをつっかけて庭に下りた。虫捕り網を振り回すだけの大樹にトンボ捕りのコツを教えてやろうとしたら、横から剛史が「ねえ、パパ、何時に帰るの？」と訊いてきた。

「夕方の飛行機だけど……ママと三人で帰るんだぞ」

「パパは？」

「今日は帰れないな。おじいちゃんと一緒に泊まって、明日は房江《ふさえ》叔母ちゃんが泊まりに来るから、それでパパと交代なんだ」

「会社は？　休んじゃうの？」

「うん、だってしょうがないだろ、おばあちゃんが病気になったんだから」

なっ、と剛史の頭を撫でると、今度は大樹が「ねえ、パパ」と少し声をひそめて言った。

「広島に引っ越すかもしれないって、ほんと？」

「……誰がそんなこと言ってたんだ？」

「佳江《よしえ》伯母ちゃん。さっき病院で、広島に引っ越してきたらまた遊ぼうね、って」

田村は思わず眉間に皺を寄せた。

「ねえ、ほんとに引っ越しちゃうの？」

すぐさま「そんなことないって」と笑って答えて——やれなかった。

大樹はさっと顔をこわばらせて「僕、嫌だからね、転校するの、ぜーったいに嫌だからね」と訴え、田村の手から虫捕り網をひったくって勝手口のほうに駆けていった。剛史もあわてて「お兄ちゃん、待って待って待って、僕も行くーっ」と大樹を追いかけていって、庭には田村一人が残された。

ベッドの父にも、いまの大樹の声は届いただろうか。それを確かめるのが怖くて、部屋のほうを振り向けなかった。ヒマワリを見つめた。黄色い花びらの先にとまっていたアブが、その視線に気づいたのか、逃げるように飛び去っていった。

3

香織をリリーフしたヨシヒコは打者十四人に対して被安打二、無四球、奪三振五の好調なピッチングをつづけた。攻撃のほうも、二打席連続ホームランを放った将大をはじめ、鋭い当たりが次々に飛ぶ。沢松を二塁に置いて打席に入った香織もきれいに三遊間を割り、三塁コーチの福田の制止を振り切って本塁に突入した沢松は、ヘッドスライディングでホームインした。打線の「穴」は、いつものように大振りを繰り返すウズマキと、あいかわらずバットにボールが当たらない洋子だけだった。

四回表のハイマウンツの攻撃が終わった時点で、八対四――逆転が十分可能な点差にまで迫っていた。四回裏のカープの攻撃も、先頭打者の橋本がさっそく二塁打を放って、ベンチは大いに盛り上がり、カントクの「ええど、ええど」の高笑いが響いた。

逆に、ハイマウンツのベンチでは、オーナー兼監督の高山社長が不機嫌きわまりない顔で戦況を見つめていた。腕組みをして、脚をしきりに貧乏揺すりさせて、煙草をいらだたしげに吸っては、すぐに灰皿に捨てる。

あまりに露骨な機嫌の損ね方に、洋子はウズマキに「ねえ、だいじょうぶなの？」と訊いた。「すごいワンマン社長なんでしょ？」

「……そうなんですよ、負けることがとにかく嫌いなひとですから」

うわずった声で答えたウズマキは、カープに四点目が入った頃から、三塁側のハイマウンツのベンチに目を向けなくなっていた。

「でも、まあ、試合なんだから、しょうがないんじゃない？」

「ふつうの試合だったらいいんですけど、ちょっと、このパターン、まずいんですよ。高山社長って、バカにされるのをいちばん嫌がるひとなんです。こんなのだったら、最初からヨシヒコに手も足も出ないほうが、まだよかったかもしれないなあ」

ぶつくさ言って、まいったなあ、まいっちゃったなあ、と繰り返す。いつもなら「いまさら言ったってしょうがないじゃない、イジイジしないのっ」と背中ぐらい叩く洋子のほうも、「だよね……」と力なくうなずくだけだった。

「これで、ウチが逆転したあとで香織ちゃんがまたマウンドに立つってことになると、ほんと、社長、怒りまくると思うんですよ」

「うん……」

「香織ちゃんが悪いわけじゃないんです、洋子さんだって悪くないし、カントクの言うこともわかるんです。僕なんですよ、僕がカープを接待なんかに使おうとしたから……僕が悪いんです、ぜんぶ……」

ヨシヒコの打球が、ライナーでサードの頭を越えた。フェアゾーンで弾んだ打球がファウルゾーンを転がる間に、橋本が拍手をしながらホームインした。

八対五——高山社長はついに灰皿をひっくり返してしまった。隣では、ヘッドコーチを務める専務が、あたふたしながらどこかに携帯電話をかけていた。

「洋子さん、香織ちゃん。そろそろキャッチボールしといたほうがええかもしれんど。この調子じゃったら、最終回に出番がありそうじゃ」

カントクに声をかけられて、二人はベンチの端と端で、黙って立ち上がる。

マウンドを降りてから、香織は洋子と一言も口をきいていない。目も合わさない。タイムリーヒットを放ったあと、ベンチでみんなとハイタッチを交わしたときも、笑顔で待ち受ける洋子からプイと顔をそむけて守備に向かってしまった。

怒っている。それは洋子にもわかる。だが、なにに怒っているのかがわからない。ベンチ裏でキャッチボールを始めても、帽子のツバを下げた香織の顔はこわばったままだった。

「ちょっとさー、あんた、言いたいことがあるんなら言いなよ」

「……べつに」

「あるでしょ？　言ってよ」

「……ないって言ってんじゃん」

手首のスナップだけで放る山なりのボールを交わしながら、言葉は少しずつとげとげしくなっていく。

「家を出たとき、べつに怒ってなかったよね。ここに来てからなにかあったわけ？」

「ないってば、なにも」

「あんたね、お母さんがいちばん嫌いなこと知ってるよね。いじけた態度ってね、ほんと、嫌いなの。わかってるよね、それは」

「いじけてないじゃん」

「って言い方が、もういじけてるっての」

「勝手に決めないでよ」

「どこが勝手なの。そんなの誰が見たってわかるじゃない」

洋子が少し強く放ったボールを胸で受けた香織は、そのまま両手をだらんと下ろし、憮然とした面持ちで言った。

「悪いけどさー、お母さんに投げたくない。キャッチャーはショーダイさんがいいし、沢松くんでもいいし……とにかくお母さんじゃ嫌なの、投げたくない」

二人のやり取りが聞こえたのか、将大が気まずそうに後ろをちらちら振り向いていた。香織の態度よりも、むしろ将大のその視線がわずらわしくなって、洋子も「じゃあ、好きにしなさい」とキャッチャーミットを手からはずした。

「ショーダイさん、キャッチボール付き合って」と香織が言った。いや、あの、でも、とためらう将大に、洋子も「相手してやって」と声をかけて、一人でさっさとベンチに戻っていった。


休日の割増料金で呼んだ介護ヘルパーに留守を任せた田村は、東京に帰る寿美子と子どもたちを送りがてら、路面電車で街なかに出た。

「まだ飛行機には時間があるけど……」と言う寿美子に「いいんだ、いいんだ」と笑って、急いで帰り支度をさせた。「親父もちょっと人疲れしたみたいだし、少し休ませたほうがいいと思うんだ」

寿美子に気をつかっただけではなく、実際、母と二人の静かな暮らしに慣れている父は、子どもたちの甲高い笑い声が少し耳に障るようで、早めの昼食を終えたあとは急にむっつりとしてしまった。

大樹と剛史も、なにも考えていないようでいて、じつは子どもなりに気疲れしていたのだろう、広島城の公園に着くとホッとしたような様子で遊びはじめた。身近なひとの病気や死に触れた経験は二人とも、まだ、ない。それ以前に、身近なひとが老いていく姿を目の当たりにしたことすらないんだと気づくと、胸の奥がじわじわと重くなってしまう。

追いかけっこをしたり玉砂利を拾って投げたりする子どもたちを、田村と寿美子はベンチでぼんやりと見つめる。

どうする——？　その一言が切り出せない。寿美子も訊いてこない。田村から寿美子への「どうする？」と、寿美子から田村への「どうする？」は、最後の最後で、きっとずれてしまう。

携帯電話が鳴った。発信者表示を確かめて、田村は「今日、カープの試合だったんだ」と無理に笑った。「いま逆転狙ってて、けっこういい感じなんだよ」

ふうん、と気のない様子でうなずいた寿美子は、ベンチから立ち上がり、子どもたちのほうへ歩いていった。

田村はその背中を途中まで見送って、小さな咳払いとともに電話をつないだ。

「田村さん、ちょっと大変ですよ、これ」

伊沢は勢い込んで言って、「延長戦です」とつづけた。

八対八の同点で、いま、最終回——七回裏のカープの攻撃が終わったのだという。

「グラウンドの時間、だいじょうぶなのか？」

「ええ、向こうのチーム、すごいワンマン社長らしくて、時間切れってのが大嫌いらしいんですよ。だから、午後の予約まで押さえてて……決着がつくまで延長無制限でやるぞ、って」

「無制限っていったたって、だいじょうぶだろ、すぐにサヨナラ勝ちできるんじゃないか？」

「いや、それがですねえ……」

ハイマウンツは六回からリリーフ投手を送ってきた。その前の攻撃中に車でグラウンドに乗り付けてきた男だった。「助っ人か？」と田村が訊くと、「そうなんですよ、どうも経験者みたいで」と言う。男は補欠の選手のユニフォームを借りて、試合に出場した。明らかなルール違反だったが、向こうのヘッドコーチは「最初にユニフォームを着ていた選手のほうが別人だったんだ」と言い張って、選手交代を強引に認めさせた。

「なんだよ、めちゃくちゃじゃないか」

「そうなんですよ。でも、ほら、とにかく今日はウズマキさんのリストラがかかってるわけだし、ウズマキさんも『穏便に、穏便に』って、どっちのチームなんだかわかんないようなことも言いだすし、カントクもそれを呑んじゃうんだから、もう……」

「で、そのピッチャー、いいのか？」

「かなり、いいです」

五回までに同点に追いついていたカープだったが、ピッチャーが代わってからの二イニングはどちらも三者凡退に終わった。

「五回が惜しかったんです。勝ち越しのチャンスだったんですけど、ウズマキさんが……」

ワンアウトながらランナーは一、三塁。犠牲フライや内野ゴロのゲッツーくずれでもいいから確実に一点を狙いにいく場面だった。ところが、ウズマキはいつものようにバットをグリップエンドぎりぎりまで長く持ち、プロの長距離打者のように大きく身構えて振り回す。万が一当たればでかい、という期待も抱かせないまま、たちまちツーストライクまで追い込まれた。「ミート、ミート！　小倉さん、当てなきゃだめっスよ！」とヨシヒコはいらだたしげに怒鳴ったが、福田は汗で蒸れた薄い髪を手で梳《す》きながら「無理なんじゃねえの？」とあきらめ顔でつぶやき、「今年はまだ外野にも飛んでないでしょ」と笑う橋本と顔を見合わせた。

三球目で当たった。振り遅れのセカンドゴロだったが、当たりが弱いぶん、ゲッツーは微妙なところだ。三塁ランナーの宮崎もためらいなく本塁に突入した。「よしっ！」とベンチが沸いた。

だが、その興奮もつかの間だった。一塁に向かうウズマキのスタートが遅れた。打った直後に体のバランスをくずして、打席でよろめいたせいだ。二塁から一塁へとボールが転送され、ゲッツーが成立——中腰になっていたヨシヒコは「あー、もう、ほんとに……」と自分の膝を叩き、ベンチにはしらじらとした空気が漂ってしまった。

「ヨシヒコもさすがにバテてきてますから、ちょっとヤバいかなあ」

「そうか……」

「あ、すみません、いいんですか？　こんな長電話しちゃって、お邪魔じゃないですか？」

「だいじょうぶだよ」

邪魔でもなんでもない。むしろ、ずっと電話をつないで試合経過を聞いておきたいぐらいだった。「俺も少しは現実逃避したいしな」と、わざと口にすることで、本音を冗談に紛らせた。

伊沢は「じゃあ……」と口調をあらためて、「ちょっとだけ、自分の話、してもいいですか」と言った。

母親の話だった。試合前の腹ごしらえのときも、打ち上げの飲み会を締めるときにも必ずカレーを食べる伊沢の、カレーと母親にまつわる、深い後悔の話——でもあった。

……僕ね、田村さん、こう見えても、ガキの頃ってめちゃくちゃ悪かったんですよ。喧嘩上等って感じで、地元でブイブイ言わせてたんです。外でも家でも荒れてて、親父なんてタコ殴りにしてたし、おふくろとか妹とかにも平気で蹴り入れてて、サイテーなガキだったんですよ。ほんと、想像できないでしょ。あ、もう『俺』でいいですか、そのほうがしゃべりやすいんで、この話は……すみません、じゃあ、『俺』でいきます。

で、親父、俺が高校を三日で退学になったら逃げちゃったんですよ。俺に愛想尽かして、っていうか身の危険を感じて、かな。で、俺と妹を抱えて、おふくろ、仕事に出たんです。コンビニの弁当つくってる工場なんで、夜勤とかもあって、夜勤明けの日はおふくろも疲れてるから、晩飯、手を抜くわけです。俺なんかそういうのワガママだったんで、文句つけるわけですよ。レトルトのカレーとか出てくると、もうマジギレして、一回カレーの皿を床に叩きつけて吠えたんですよ、カレーぐらい自分でつくれよババアって、こんなの二度と出したら、もう家に帰んねえぞコラ、つって。親父がいて、俺も荒れてなかった頃、おふくろのカレーって美味かったんです、すごいんですよ、ルーも自分でつくっちゃうんですから。俺、それが大好きでねえ、二杯でも三杯でもお代わりしちゃってたんですよ。

バカでしょ、ほんとバカですよ……そういうの、あとになってからわかるんです。

おふくろね、次の夜勤明けの日に、死んじゃったんです。家で倒れて、そのまま。晩飯つくってる途中で、晩飯ね……カレーだったんですよ。俺にボロクソ言われちゃって、しょうがないからって、徹夜明けで、昔とおんなじようにカレーつくろうとして、スパイスとか買ってきて、肉とか野菜とかもいいのを買ってきて、ほら、カレーって煮込んだほうが美味いから、昼過ぎからコトコト煮てて、その途中で倒れちゃったんです。妹が救急車呼んで、結局病院で死んじゃって、その夜のうちに家に帰ってきたんです、おふくろ。家の中、カレーのにおいがしてて、うん、線香よりもカレーのにおいなんですよ、印象に残ってるのって。

食いましたよ、カレー。おふくろの布団の横で、ガツガツ食いました。もうね、涙とか鼻水とかでぼろぼろなんだけど、美味かったんです、ほんと、なんかもう、たまんないぐらい美味くて……俺、生まれ変わろうって決めたんです、それで。悪い仲間と縁切って、高校を一年遅れで受け直して……。

だからね、カレーって、俺にとって特別なんですよ。しばらくは食えなかったんだけど、三十過ぎると、ほんと、おふくろが応援してくれてるんだって、俺のこと、もう悪い道に進むなよって言ってくれてるんだ、って……なんかマザコンですよね、カッコ悪いんですけど、俺、おふくろのより美味いカレーって食ったことないし、カレーで手を抜く女って許せないんですよ……。

すみません、田村さん、なんかわけのわかんないこと言ってますけど、俺ね、思うんですよ、やっぱ、親孝行って、親が生きてるうちにしてナンボですよ、ほんと。だから俺、田村さんにも、親父さんとかおふくろさんとか、しっかり親孝行してあげてほしいなって、生意気なんですけど……。

あ、いま、ツーアウトです。ヨシヒコがんばってます。もう三振取れるような球じゃないけど、がんばってますよ。サヨナラ勝ちしたいですよねえ、ほんと……。

4

洋子のトートバッグの中で携帯電話が鳴ったのは、八回裏のカープの攻撃中――香織がバッターボックスに立っているときだった。「すみません、電源切り忘れちゃって……」とあわててネクストバッターズサークルからベンチに駆け戻った洋子は、発信者表示を見たとたん、顔をこわばらせた。

「ごめんなさいっ、すぐ切りますからっ」

グラウンドに背中を向けて、肩をすぼめ、手のひらで口元を覆い隠すような格好で電話に出た。予感があった。それも、かなり、悪い予感が。

「もしもし？　俺だけど、もう試合終わったかなって思って……このまえ話した就職のことなんだけどさ……」

　のんきな英明の声をさえぎって、洋子は言った。

「香織に電話しなかった？」

「うん？」

「今朝、試合の始まる前、電話とかメールとか」

「あ、違う違う、逆だよ、香織からメールが来たんだ。初先発がんばりまーす、って。で、特別に三日間だけ着信拒否解除してあげまーす。って……恩赦《おんしゃ》みたいな感じなのかな」

「……返事送ったの？」

「ああ、すぐに。俺、そういうのってマメだし、やっぱりうれしかったし」

「なんて書いたの」

「なんなんだよ、なに怒ってんだ？」

「いいから、どんなこと書いたの、早く教えて！」

　悪い予感に後悔が交じりはじめた。あの日、英明に釘を刺しておかなかった。絶対に黙ってて、と念を押しておかなかった。

「なにかあったのか？」と、英明はどこまでものんきに訊いてくる。

「あのね……まさかとは思うんだけど、そっちのひとの妊娠のこと、書いちゃった？」

「ああ、あれな、うん」

「書いたの？」

「だって、洋子に話したんだから、もう香織も知ってると思って……まあ、軽くだけど、もうじき妹か弟ができるわけで、香織もお姉ちゃんになるわけで、だから野球も勉強もがんばれよ、って……まずかったか？」

洋子は目をつぶって、ああーっ、と嘆息した。ああ、もう、こいつは、ほんとに……と首を何度も横に振った。

打球の音が聞こえた。サードゴロ。ベンチは一瞬沸き立ったが、すぐにそれは失望のため息に変わってしまった。香織はバットを投げ捨てて全力疾走で一塁に向かったが、クロスプレーにすらならずに塁審にアウトを宣告された。

「もしもし？　洋子？　まずかったのか？　おまえ、まだ話してなかった……わけ？」

英明の声は、微妙に咎めるような響きになった。

「もしもし？　洋子、聞こえてるか？　もしもし？」

またこっちから電話する、と早口に言って電話を切り、バッターボックスに向かう。

ベンチに戻ってくる香織と目が合った。香織はまた、ぷい、と横を向き、帽子のツバを下げてしまった。

延長戦に入ってからの試合は、膠着《こうちゃく》状態がつづいた。九回の攻防を終えて、八対八——どちらもランナーは出るものの、得点につながらない。

十回の表、ついにヨシヒコがつかまった。ツーアウトを取ってから、四球と連打で満塁になってしまった。

「いま、カントクがマウンドに行きました」

伊沢は田村に伝え、「さすがにもう限界ですよ、あいつも」とつづけた。うだるような陽射しの下、一試合ぶん以上も一人で、追加点を与えずに投げてきた。八回からはカーブでストライクを取れなくなり、九回のウォーミングアップは将大を立たせたままだったという。

「そうか……ちょっと悪い、つづきはメールで送ってくれ」

田村は路面電車の停留所にいる。携帯電話をシャツのポケットに入れると、ホームから身を乗り出して線路の先のほうを覗き込んでいた大樹が、「電車来るよ、もうすぐ」と言った。

「下がってないと危ないぞ」と大樹の肩を引き寄せ、剛史と手をつないでいる寿美子に「ほんとにいいのか」と声をかけた。

「うん、平気平気」

広島駅から空港までは、リムジンバスで約一時間かかる。空港までは無理でもせめて駅までは送るつもりだったが、寿美子は「こっちはいいから、早く家に帰ってあげてよ」と言った。「わたしがいないほうがお義父さんも本音が言いやすいと思うし、あなたも一人のほうが考えがまとまるんじゃない？」

電車に乗り込んだ三人を手を振って見送った。大樹と剛史は屈託なく手を振り返してきたが、ホームの田村を見る寿美子の表情は最後まで固いままだった。

広島城の公園では、肝心なことはなにも話せなかった。自分の仕事のことをとりとめなく話す寿美子の口ぶりは、いまの仕事がいかに楽しくてやり甲斐があるかをことさら強調しているように聞こえたし、田村は逆に、父の介護と母の看病に追われる姉や妹の苦労を少し大げさに伝えてしまったかもしれない。結局、お互いに一人になって、これからのことを考えるしかないんだ、と思い知らされた。

ホームから歩道に戻ると、伊沢からメールが届いていた。

〈ピッチャー交代。香織ちゃんです。洋子さんとバッテリー組みました〉

カントクは強引だった。続投を志願するヨシヒコの声に耳を貸さず、セカンドから香織を呼び寄せ、センターから洋子も呼んだ。

「最後の一人じゃ。がんばってアウトを取ってみいや」

このピンチを乗り切って、十回裏にサヨナラ勝ちをする。思いきり虫のいい発想だったが、カントクは真顔で「なにごとも流れいうもんがあるんじゃけえ」と言い切り、洋子と香織を交互に見て、つづけた。

「ぎくしゃくしとるのう、あんたら。どげんしたんな」

二人は黙ってうつむいてしまう。

「まあ、なにがあったんかは知らんけど……キャッチボールは、仲直りにはいちばんええんじゃ。無理にしゃべらんでも、ボールがしゃべってくれる。口を開くより、ボールのほうがようしゃべってくれるときもある」

ほんまど、と笑って、カントクはマウンドを降りていく。将大とヨシヒコに、それぞれサードとセンターに回るよう指示を出し、サードにいたウズマキがセカンドに移動するのを呼び止めて、笑顔のまま、無言でウズマキの尻をポンと叩いた。

あとになって、ウズマキは言った。

「カントクにはぜんぶわかってたと思うんだ、見抜いてたんだよ、カントクは、俺のこと……」

レガースをつけた洋子は、再びマウンドに向かった。あいかわらずふてくされている香織に、「お父さんから聞いたんだってね、あのこと」と言うと、香織はマウンドの土を軽く蹴って、「なんで黙ってたの」と聞き返した。

「試合のあと、話すつもりだったの」

「嘘つかないでよ」

「ほんとだってば。あんたがピッチャーで、お母さんがキャッチャーで、どうせ打たれまくると思うけど、一つだけでも三振が取れれば……話せるかなって思ってた」

「野球とは関係ないじゃん」

「うん……でも、関係あるんだよ」

自信が欲しかった。いまでも欲しい。欲しくてたまらない。これからも母子二人でやっていける、やっていかなくちゃいけないし、だいじょうぶ、きっとうまくやれる、と自分に言い聞かせるために、ほんのささやかなことでもいい、暮らしのすべてを支えてくれる自信が欲しかった。

「まあ、三振は無理でも、とにかく、アウト一つ取ろうよ。今度はセットポジションにして、もっとコントロールを……」

洋子の言葉をさえぎって、香織は言った。

「全力投球する」

きっぱりと、洋子の顔をまっすぐに見据えていた。

「……全力投球、したいの？」

「絶対に、死ぬほど思いっきり投げたい」

「満塁だよ？」

「そんなの関係ないってば。もういいから、向こうに行って構えててよ。邪魔っ」

ボールを握った右手を、グッと前に突き出した。『巨人の星』のオープニング——

瞳の中で炎が燃え上がったようにも、見えた。

そのときだった。携帯電話を耳にあてた伊沢がベンチから立ち上がって、「洋子さん！　立ってボール受けてみろって！　田村さんの伝言！」と怒鳴った。サードのポジションについた将大も「それでいきましょう」と洋子に声をかけ、お手本を示すように中腰でキャッチングポーズをとった。

そのほうが的が大きくなって香織も投げやすいし、洋子のほうも少々の暴投でも対応できる。

わかった、と将大に応え、右手を大きく挙げて伊沢にＯＫマークを返した洋子は、香織に向き直って「じゃあ、思いっきり投げなさい」と言った。「怒る相手はお父さんでもお母さんでもどっちでもいいから、とにかくあんたの気がすむようにしなさい」

「べつに……怒ってるわけじゃないよ。だって、再婚したんだから、そんなのお父さんの自由なんだし……」

「自由でも、怒ってよしっ」

「怒ってんの？　お母さんも」

「怒ってるに決まってるでしょ」

「だって……」

「怒る筋合いがなくても怒っていいの。それくらい、していいの。すねたり落ち込んだりするぐらいだったら、怒ればいいんだって。いい？　この世の中、怒らなきゃパワーが出ないこと、いっぱいあるんだからね」

一息に言って、ダッシュでホームベースに戻った。主審に「投球練習、要《い》りません」と伝え、将大に教わったとおりの中腰の姿勢をとった。つい尻を退いてしまいそうになるのを、だめだめだめっ、と自分を叱りつけて、腰に力を込めた。

主審の「プレイ」の声とともに、香織は大きく振りかぶった。

一球目——外角に大きくはずれたが、洋子が逆シングルで飛びつくと、ボールはミットに収まってくれた。初めて、香織の投げた球が洋子に届いた。

「いいよ！　球、走ってるよ！」

ボールを投げ返す。香織もマウンドに仁王立ちして、それを受けた。

二球目――ワンバウンドした球を、プロテクターとミットで挟むようにして止めた。ミットで捕ることはできなかったが、うまい具合に足元に球が転がってくれた。本塁に突っ込みかけた三塁ランナーが、あわてて戻る。

「どんまい！　次で勝負！」

返球しようとしたら、球が当たったみぞおちに鈍い痛みが走った。腕を縮め、顔をしかめる洋子を見て、香織は「だいじょうぶ？」とマウンドを駆け下りようとした。

「いいから！」

息を詰め、歯を食いしばり、ミットを振って追い払う。怒りの剛速球って悪くないじゃない、と思う。娘の投げる球ぐらい捕れなきゃ親じゃないっての、と自分にカツを入れた。

三球目――いままでいちばん速い球が、初めてストライクゾーンに向かう。

「振って！」

思わず洋子が叫ぶと、バッターはつられてスイングした。

あたりそこねの鈍い音とともに、打球はふらふらとショートの頭を越えていく。満塁のランナーは一斉にスタートした。ポテンヒットだ、と覚悟した直後、下がりながら球を追いかけていた沢松が体をひねり、ダイビングした。

空中で捕った。グラウンドに背中から落ちた。砂埃《すなぼこり》が舞い上がる。沢松が倒れたまま高々と掲げたグローブの中に、白球が見えた。

ベンチに戻るウズマキは、覚悟を決めていた。試合中ずっともやもやしていた。正体のつかめなかった感情が、カントクに尻を叩かれたあとに「迷い」の輪郭を持つようになり、香織のピッチングと、洋子の気合いと、沢松のファインプレイで、きれいに断ち切られた。

サードを守っているときは、三塁コーチに立つハイマウント商会の営業部長にイヤミを言われどおしだった。

助っ人の男は、新規契約を求めて日参しているライバル社の営業マンらしい。社長は彼の奮闘に大いにご満悦で、おそらく契約は彼の会社に行く、という。

おたくもバカだよなあ、そんなさあ、中学生だろ、あの女の子、あーゆーのをピッチャーにしちゃうんだもん、おばちゃんがキャッチャーなんだもん、で、エースと四番を温存してたわけだろ、そりゃ社長だって怒るよ、コケにされたようなもんだから、そう思うだろ、あんただって、だめだって、ひとをなめてちゃ、オンナなんか試合に出すなよ、ほんと、まあ、せめてあんただけでも誠意は見せてくれてるのはわかるけどさ……。

誠意など、見せた覚えはない。必死にバットを振って、それで打てない、というだけだ。送りバントつづきの青春時代——その悔しさと、フルスイングの快感は、あんな男には絶対にわからない。

十回裏、カープの攻撃が始まる前に、カントクはチーム全員に円陣を組ませた。

「ええか、おまえら、香織ちゃんのピッチング、ちゃんと見たじゃろう？　洋子さんのど根性も見たじゃろう？　沢松もようがんばった。ヨシヒコも、ショーダイも、ようう試合をつくってくれた。ほいで……」

伊沢から携帯電話を受け取って、「おう、田村くんよ。広島も暑かろうが」と笑う。「いまからサヨナラ勝ちで決めちゃるけん、ビールの用意しとけや」

乾杯はチームみんなでやらんとのう。

カントクの声が、耳ではなく、胸に響く。

アーケードの商店街を歩いていた田村は、「わかりました」と応えて踵を返し、さっき通り過ぎた酒屋に向かって足を速めた。

カープの攻撃は、六番の宮崎からだった。七番が香織、八番が洋子、そしてランナーが一人出れば、ラストバッターのウズマキに打順が回る。

回してくれ、とウズマキは祈った。頼む、最後は俺に決めさせてくれ、と祈りながら、ベンチ裏で素振りをつづけた。

先頭の宮崎が、四球を選んだ。助っ人のピッチャーもかなり疲れてきたようだった。

つづく香織は、マウンドに立っていたときと同じ、めらめらと燃えるものを全身からたちのぼらせて打席に向かう。セオリーなら送りバントだが、カープにバントのサインはない。「草野球はガンガン打つけん面白いんじゃがな」がカントクの信条で、その信条があるからこそ、ウズマキはカープに入団したのだ。

打ち気にはやる香織にピッチャーも勝負に出て、そのぶん、ランナーへの警戒がおろそかになった。初球は内角高め、のけぞってよけるほど危ない球だったが、引き替えに宮崎が二塁へのスチールを決めた。

これでゲッツーはなくなった。ほぼ確実に、ウズマキまで回る。打ってやる、打ってやる、絶対に打ってやる……素振りにもいっそう力がこもった。

香織が打った。二遊間の深いところにゴロが飛んだ。内野安打になった。しかも、ランナーを三塁に進める進塁打のおまけもついた。

洋子が打席に入る。「お母さん！　怒れ！」と一塁から香織が叫んだ。「もっと怒んなきゃ、ヒット打てないよ！」

内野は前進守備でバックホーム態勢を敷き、ヒットゾーンが広がっている。転がせばなんとかなる、かもしれない。

だが、洋子のバットは――三度振って、三度とも空を切ってしまった。現実は、そこまで都合よくは進まない。ベンチに戻る洋子は、唇を噛みしめ、心底悔しそうな顔をしていた。ネクストバッターズサークルから打席に向かう途中ですれ違ったとき、ウズマキは、洋子の目に涙が浮かんでいるのを見た。

バッターボックスに足を踏み入れる直前、今度は一塁ベースに立つ香織の姿が、ウズマキの目に飛び込んできた。こっちを見ていた。キッと見据えたまなざしには、いまにも噛みついてきそうな、殺気にも似た迫力があった。

洋子の悔し涙と香織のまなざしが、ウズマキの胸の奥でぶつかって、はじけて、熱い飛沫《しぶき》になって全身に染みていった。

「すみません……タイム、いいですか」

ウズマキはベンチに駆け戻り、カントクに「お願いがあります」と頭を下げた。

「スクイズバント、やらせてください」

伝家の宝刀の封印を解くのは、いましかない、と決めた。

「ちょっと待て、伊沢、やめさせろ」

田村は商店街を歩きながら、あわてて言った。「ゲッツーくらったらおしまいだし、三振でもいいんだから、無茶なことやらせるな。次はショーダイだろ？ ショーダイに任せろ、そのほうが絶対にいいって」

道行くひとが驚いて振り向くほど勢い込んでつづけたが、もう遅かった。

「カントク、ＯＫしちゃいました」

「……なんでだよ」

「ウズマキさんの目、本気だったから、って」

ため息交じりに言った伊沢は、少し間をおいて、もっと深いため息とともにつづけた。

「あのー、いまですね、カントク、言っちゃいました。三塁にいる宮崎さんに、初球スクイズいくぞ、って。おっきな声で」

「……はあ？」

「スクイズのサインなんてないし、宮崎さんをベンチに呼んだらどうせバレるんだから、って」

「いや、だって、よく考えろよ。スクイズがバレても、何球目にやるのか相手にわからなかったら、それでいいんじゃないのか？」

その言葉をカントクに伝えた伊沢は、電話口に戻ると、さらに、さらに、深いため息をついて言った。

「カントクに訊いたら……そのこと忘れてた、って……」

田村は立ち止まり、アーケードの天井を仰いだ。酒屋はすぐ目の前だったが、乾杯ははるか彼方に遠のいてしまった。ここでサヨナラ勝ちを決めることができたら、わが家にまつわることも、きっとうまくいくんじゃないか——という淡い期待も、一緒に。

ウズマキは大きく深呼吸をして、打席に入った。足元の土を均し、バットのグリップを手のひらでこすって、ピッチャーを見つめた。

初球スクイズは、もう見抜かれている。ウエストボールで逃げてくるだろう。かまわない。キャッチャーが捕れる範囲の球なら、すべてバットに当ててやる。昔はずっと、ただひたすら、バントの技だけを磨いてきたのだ。バットを思いきり振りたい欲望に蓋をして、ヒットを放って塁上に立つときの快感に背を向けて、黙々と、淡々と、自分を殺してランナーを進めることだけ考えてきたのだ。

むなしい——か？

せつない——か？

上司の顔色ばかり気にしてきた。おいしいところを要領のいい同僚にさらわれながら、つなぎの役目ばかり負わされてきた。

むなしい――か？

せつない――か？

ピッチャーがセットポジションからモーションに入る。バットを倒し、右手でヘッドを支え、両足をマウンドに向けて、体を正対させる。

外角高め。大きくはずれる球に飛びついた。全身を伸ばし、両腕を伸ばし、グリップを持つ左手でバットを押し出すようにして――キン、という小さな音と、バットの先にボールが当たった感触を確かめて、グラウンドに倒れ込んだ。

砂埃が舞い上がる。「セーフ！」と主審が両手を広げる。一塁に滑り込んだ香織が、それを聞いて、歓声とともに大きくジャンプした。ベンチから真っ先に洋子が飛び出してくる。ウズマキは仰向けに地面に寝ころんだまま、「よしっ！」と吠えた。

田村はまた酒屋に向かって歩きだす。うまくいく。きっと、すべてはうまく進んでくれる。そう祈りながら、自動販売機の前でポケットの小銭を探った。

イニング10

1

机に向かって三十分もしないうちに、啓一《けいいち》は「おなかすいたー、もう死にそーっ」とシャープペンシルをノートに放り投げた。椅子の背にだらしなく体を預け、Tシャツの上からでもはっきりとわかる大きなおなかを撫でながら、「せんせー、休憩しよーっ」と甘えた声を出す。「パン食いてーえ」

「なに言ってんだ、さっきアイス食べたばっかかだろ」

将大があきれ顔で言っても、啓一は「アイスはアイス、パンはパンじゃん、ぜんぜん違うじゃん」「せんせー、知ってる？　腹が減ってはイクサはできぬ、なんだよ」とわけのわからない理屈を並べて、しまいには「ギャクタイじゃん、飢え死にしたらせんせーのせいだからね」とまで言いだした。

「いいから、ほら、がんばれ」

「がんばれって、なにを？」

「だから、ほら、まだ最後までやってないだろ。このページ一気にやるって、さっき約束しただろ。がんばってやろうよ、なっ？」

なだめすかしても、啓一はもう完全にやる気を失ってしまい、机に突っ伏して「腹減ったー、腹減ったー」と繰り返すだけだった。

将大のほうもやる気が失せた。まいっちゃうよなあ、とつぶやきが漏れそうになる。塾講師のアルバイトでは小学五年生や六年生しか教えていない。四年生がここまで幼いとは思わなかった。ニッポンの教育はやっぱりヤバいぜ……と暗澹《あんたん》として、だめだめだ、と自分を叱った。ほらスマイルスマイル、と頬を軽く手のひらで張って笑顔をつくった。

「あと一問だけがんばれよ。次の問題ができたら休憩しよう」

優しく、寛大で、前向きな、「先生」らしい声が出せた、と思う。

だが、啓一は机に突っ伏したまま、「できなくても休憩」と言った。

「……わかったよ、できてもできなくてもいいから、とにかくやってみろ」

「だったら、やんなくていいじゃん。どーせできないから、ペケつけといて」

贅肉《ぜいにく》でたるんだ背中を、一発ひっぱたいてやりたくなった。初日からこの調子だと、二学期いっぱいの約束のアルバイトも、最後までつづけられるかどうか自信はない。

「じゃあ……休憩だ」

「ほーい」と間の抜けた声で応えた啓一は、部屋を出てキッチンに向かうときだけはきびきびとした動きになる。そこもまた、腹立たしい。

部屋に残された将大は、ため息交じりに椅子から立ち上がった。母親がカウンターキッチンから持ってきてくれた椅子は、デザインがお洒落《しやれ》なぶん座りづらい。家庭教師の約束は一日二時間だったが、二時間まるまる座っていたら腰を痛めてしまいそうだ。

膝の屈伸をして、腰を左右によじりながら、机の前に貼られたポスターに目をやった。

吉岡がいる。マウンドからストレートを投げ込む瞬間のポスターだ。ピントの甘い写真だったが、粗い仕上げのプリントが逆に、豪腕・吉岡亮介の迫力をいきいきと伝えてくる。ユニフォームのデザインからすると、去年――初の最多勝のタイトルを獲り、プロ入り以来四年連続の奪三振王に輝いたシーズンのものだろう。

啓一は吉岡の大ファンだった。憧れて、尊敬もしているらしい。リビングで将大と初対面の挨拶をしたときも「せんせーって、吉岡さんとバッテリー組んで甲子園に出たって、ほんと？　すげーっ」と目を輝かせていたものの、お裾分けの尊敬は、結局三十分も持たなかった。

勉強を始める前、「吉岡選手のどういうところがいいの?」と訊いてみたら、答えはあっさり返ってきた。シンプルきわまりない理由——吉岡が「天才」だから。

「天才って、やっぱ、カッコいいじゃん。練習とかしなくてもすごいんだもん、カッコいいよ、マジ」

屈託なく言って、「いいよなあ、天才っていいよなあ……」と椅子をギシギシと軋ませる。机に突っ伏すか、頰杖をつくか、椅子の背にもたれるか、とにかく背筋をまっすぐ伸ばすことがほとんどない。ひ弱な背筋では太った体を支えきれないのかもしれない。

「天才っていっても、努力はしてるんだと思うけどなあ」

少し鼻白んで言うと、啓一は、わかってないね、と笑った。

「だって吉岡さん、ランニングも嫌いだし、コーチとかの言うこともシカトしてるじゃん。自分の才能だけで勝負してるじゃん。練習してうまくなるのってフツーでしょ、天才は違うの、最初からすごいの、だからすごいの。いいよなあ、吉岡さん、カッコいいよなあ、オレも吉岡さんになりてーっ……」

啓一の言葉を思いだすと、ため息に苦みが交じる。ポスターの中の吉岡に、おまえガキに悪い影響与えてるぜ、と笑いかけると、苦みが胸に溜まっていく。

ちゃんと練習してこなかったから、あいつはいまダメになってるんじゃないか。そう言ってやればよかった。だからなにごとも地道な努力は大切なんだよ。さすがにそこまで教訓めいたことを言うつもりはなかったが、「先生」なら言わなきゃいけないのかもな、とは思う。

玄関のドアが開く音が聞こえた。「パパ、お帰りー」という啓一の声と、「あれ？もう勉強終わったのか？」と意外そうに返す父親——薄毛の福田の声も。「いま休憩してんの」「なんだよ、それでパン食ってんのか？」「だって腹減ったんだもん」「しょうがねえなあ、おまえもなあ」……。

福田の声と足音が一緒に近づいてきて、将大はあわてて椅子に座り直した。

「おう、ショーダイ、悪いな」

戸口から顔を覗かせた福田は、所在なげな将大の様子に苦笑して、通勤用の鞄を提げたまま部屋に入ってきた。啓一がパジャマを脱ぎ散らかしたままのベッドに腰かけ、ネクタイをゆるめながら「どうだ？」と訊いた。「なんとかなりそうかな、あいつ」

啓一は、というより両親が、中学受験を目指している。冬休みの講習から本格的に進学塾に通うつもりで、その入塾試験を突破するための勉強を今日から始めたところだった。

「そうですねえ……」

「はっきり言って、勉強あんまりできないんだよ。理数系が苦手なんだ」

それ以前の段階だろうと思ったが、もちろん、黙っていた。

「まあ、でも、いままでろくに勉強してこなかったぶん、伸びしろはあると思うんだよ」

親バカなんだけどさ、と照れくさそうに付け加える福田に、ほんとそうですね、と心の中だけで返し、またポスターに目をやって、「吉岡のファンなんですね、啓一くん」と話題を変えた。

「そうなんだよ。オールスターのチケットも取ってたんだけどな、ほら、出場辞退しちゃっただろ。そしたら、吉岡さんが出ないんだったら行かないーって……親父には生意気なことばっかり言ってるくせに、吉岡のことは『さん』付けなんだから、もう、まいっちゃうよなあ」

首をかしげて笑った福田は、ふと真顔になって、声をひそめてつづけた。

「で、吉岡の腰、どうなんだ？　スポーツ新聞に出てたけど、来年も絶望的で、再起不能かもしれないって、ほんとうなのか？」

訊かれても困る。七月に温泉地のリハビリ施設を訪ねて、ケンもホロロに追い返されたきりだった。その後も何度かメールを送ってみたが、返事はない。

「すみません……僕もわからないんですよ、なにも」

「椎間板ヘルニアって、けっこうヤバいんだろ」

「ええ……」

「手術するしかないって言うじゃないか。でも、本人が嫌がってる、って」

「そうみたい、ですね……」

マスコミで情報を仕入れた福田と同じレベルの話しかできないのが、悔しくて、寂しい。

「へたすりゃ引退、か」

福田はぽつりと言って、「五年ってのは短すぎるよな、でも」とつづけた。

将大は黙ってうなずいた。皮肉なものだ、と思う。高校時代のバッテリーが、五年たって、それぞれの人生の分かれ道に立った。二十年に一人の逸材と呼ばれたエースは「終わり」を目の前に突きつけられ、エースのわがままを一人で受け止めてきたキャッチャーは、いま、ようやく「始まり」をつかもうとしている。

十月早々——ちょうど一ヵ月後には、教員採用試験の結果が発表される。七月の一次試験、八月の二次試験、いずれも手応えがあった。競争率が十倍以上の狭き門だが、とにかくやるだけのことはやった。悔いはない。受験勉強を通じて教師の仕事の魅力もあらためて実感したし、たとえ今年がだめでも、来年、再来年と挑戦をつづける覚悟はできた。

おまえはどうだ――？

ポスターの中の吉岡に訊いた。おまえは、プロに入ってから、やるだけのことはやったのか？　腰を治すために、やるだけのことをやろうとしているのか？

キッチンから、母親とおしゃべりする啓一の笑い声と、「まだ食べるの？」とあきれる母親の声が聞こえてきた。福田は地肌の透ける薄い髪を手で梳きながら、初めて気まずそうな顔になって、「どうもな、俺も女房も甘やかしちゃって……」と言った。「ガンガン厳しくやってくれてかまわないからな、頼むぜ」

将大はあいまいなつくり笑いを浮かべた。野球のときには堅実なプレイを見せる福田だったが、子育てにかんしては失敗しつつあるのかもしれない。

「なあ、ショーダイ。中学受験って、どこから手をつければいいんだ？　やっぱり算数なのかな、それともアレか、国語をきっちりやるほうが先なのかな」

なによりもまず、「天才」に憧れるのをやめることですよ。口には出せなかったけれど、本音だった。啓一よりも、むしろ吉岡に、そう言ってやりたかった。

2

分かれ道に立っているのは吉岡と将大だけではなかった。

『ちぐさ台カープ』の歴史も、大きな曲がり角にさしかかっている。

敬老の日に試合をした。対戦したのは、ちぐさ台地区の新聞販売店の連合チーム『ちぐさスーパーカブス』――去年の定期戦では五点差をつけて快勝した相手に、今年は一点差で負けてしまった。ヨシヒコと将大のバッテリーは相手打線を二点に抑えたものの、カープの打線が沈黙した。つながりが悪い。四番の将大が勝負を避けられると、五番で攻撃が途切れてしまう。

「やっぱ、田村さんがいないとキツいっスよ」

試合後の打ち上げで、ヨシヒコが言った。五番に抜擢されながらノーヒットに終わった沢松が責任を感じてうなだれるのを見て、香織が「いないひとのこと言ったってしょうがないじゃん」とかばったが、それでよけいに沢松の視線は下がってしまう。

「田村さん、どうするんだろうな……」

ウズマキが心配顔で言うと、「広島に帰っちゃうのかもな」と太鼓腹の橋本が答えた。

「仕事辞めて、か？」

「田村さんの会社、わりと大きいから、広島に支店ぐらいあるだろ。だったら転勤しちゃえばいいんだ」

「でも、会社に借りをつくるってわけだろ、そうなったら」

「出世はアウトだよな」

橋本は自分の言葉にうなずいて、「俺と逆のパターンだけど、結果は同じだ」と言った。

ちぐさ台がニュータウンとして開発される前から地元に住んでいる橋本は、三十代の半ばになっても独身で、両親と同居している。地価高騰期まっただなかの学生時代、両親が自宅を二世帯住宅に改築したのがあだになって、わが家から離れられなくなった。就職した全国規模の大手流通チェーンでも、「転勤なし」のコースを選択したため、昇進も昇給も同期入社の中で最も遅い。「カタツムリの殻にじいさんとばあさんがへばりついてるようなもんだから、俺」と、冗談とも本気ともつかず、ときどきぼやく。

「でも、子どもの学校のことだってあるだろ。奥さんも仕事してるんじゃなかったたっけ?」

口を挟んだ宮崎は、札幌《さっぽろ》に妻子を残して単身赴任中だった。

「学校のことなんて言ってる場合じゃないでしょ」伊沢がカレーを頬張って、少し怒ったふうに言う。「親孝行は生きてるうちにしなきゃ意味がないんだから……」

だが、福田は横から「いや、でも、学校のことは大事だと思うぜ」と言う。「なあ?」と将大を振り向き、将大が困惑気味にうなずくと、「そうなんだよ、うん、二十一世紀は教育の時代なんだから」とビールを啜る。

「転校でダメになるようなガキなら、それだけのものですよ、なに言ってるんですか」

「あ、なんだよ伊沢、それ、俺んちのこと言ってるのか？　おまえ単身赴任のことナメるなよ」

「違いますって、福田さんに言ったんですよ」

「でもなあ、俺も転校とか引っ越しとか、一度でいいからしてみたかったよなあ……」

「橋本さんの話じゃないでしょ、いまは」

「しゃべっちゃいけないのかよ。おまえなあ、酎ハイ飲みながらカレー食うんじゃないよ、こっちが悪酔いしそうだろ」

「なに食おうと勝手でしょ」

「まあまあまあまあ、揉めない揉めない。橋本さんのところ、ウチに売却任せてくださいよ、ばっちり売ってみせますから」

あわててとりなしたヨシヒコも、橋本から「手数料目当てで好きなこと言ってんじゃねえぞ」と言い返され、宮崎からも「そうだ、おとなにはガキにわかんない苦労がいっぱいあるんだぞ」とにらまれ、ついでにウズマキからも「中古の二世帯住宅を売るのって、ほんとに難しいんだぞ」とたしなめるように言われて、ムスッとふてくされてしまった。

『ちぐさ台カープ』の中核をなす三十五歳以上の中年組——福田と宮崎とウズマキと橋本は、田村が戦線を離脱してから約一ヵ月、ずっと機嫌が悪い。元気もない。打ち上げの飲み会でも、ひと汗かいた爽快感よりも疲れのほうが表情ににじんで、酒もほとんど進まない。

他人事ではないのだ、田村のことが。細かな状況はそれぞれ違っていても、四人とも年老いた親がいる。橋本以外の三人には子どももいる。リストラの影におびえながら目先の仕事をあたふたとこなしているのも、同じだった。

明日はわが身。口に出さなくても、中年組の誰もがそう感じている。

「明日」が遠い伊沢やヨシヒコや将大には、まだわからない。「しあさって」の距離にいる沢松や香織には、もっとわからない。それが遥か彼方の「昔」になったカントクは、なにを思っているのか、いつものように飄々《ひょうひょう》とした笑顔で日本酒を啜るだけだった。

「まあ、どっちにしても……」伊沢がカレーの残りを皿の隅に集めながら言った。「田村さん、もう草野球なんてやってる暇なくなっちゃいますよね。このまま引退なんですかねえ……」

中年組は互いにちらりと顔を見合わせ、すぐに目をそらして、誰も応えなかった。

洋子と香織は、早々にファミリーレストランをひきあげた。家に帰るとすぐにシャワーを浴びて、服を着替え、電車で都心に向かわなければいけない。今日はまだ大きな仕事が残っている。

英明と会う。いや、英明はどうでもよかった。会うべき相手は、英明のいまの妻――そして、英明の子どもをおなかに宿している、奈津美《なつみ》だった。

外出の支度を整えながら、洋子は「ほんとにいいのね？」と香織に念を押した。「気が変わったんだったら、すぐにキャンセルしちゃうから。それで全然いいんだから、気にすることないんだからね」

「いいってば、だーいじょうぶ、だーいじょうぶ、こっち余裕だもん」

会ってみたい、と言いだしたのは香織だった。

「やっぱりさー、一度はきっちり向こうの顔見て、ふくらんだおなか見とかないと、ケジメつかないじゃん」

いじいじと落ち込むぐらいならノーガードでも前に出る、ボクサーでいうならファイタータイプの性格は、間違いなく母親似だった。

「ねえねえ、お母さん、ちょっと今日、お化粧とか服とか若づくりしてない？」

顔を覗き込んで笑う。すぐにひとをからかって、それでいて鋭いところを衝いてくるのは英明に似ている。

ムッとした洋子は、「じゃあ、おばちゃんらしくするわよ」と化粧を落とし、服もPTAの会合に着ていくときのスーツに着替えた。軽いジョークを受け流せずに意地を張ってしまう、そういうところだけは香織に受け継いでほしくない。しょっちゅう思う。離婚してから、特に。

だが、洋子だって知っている。ゆうべ香織は自分の部屋でお気に入りの服を何着も着て、コーディネイトをあれこれ試していたのに、結局今日になって決めたのは、ブラウスにスカートという中学校の夏服だった。なんとなく、その気持ちはわかる。わかるから、なにも言わない。

「懐石料理って、ほんとに量が少ないからね、覚悟しときなさいよ」

「そうなの？」

「うん、ぜんぶ一口サイズだから」

会う場所は、英明が決めた。「顔合わせだけなんだから、あんまり大げさにしないでほしいの」と釘を刺しておいたのに、ホテルの懐石料理店の個室を予約した。「ほら、こういうのって大事なイベントなんだから、きっちりやったほうがいいと思うんだよ」――ここで「イベント」という言葉をつかうところが、要するに根本的な性格の不一致というやつなのだろう。

「あと、お箸もちゃんと持ってよ。ああいうところのお箸って持ちにくいんだから」

「なんかお見合いみたいじゃん」

「挨拶だけして、さっさと帰りたいんだけどね、こっちは……」

ため息交じりにドレッサーに向かい、化粧の最後のチェックをした。

「でもさー、挨拶って、お母さん、どんなこと言うわけ？『このドロボー猫！』とか？」

ドラマじゃないんだから、と鏡の中で頬が力なくゆるむ。

「だったら、『不出来な元亭主ですけど、老後の介護はよろしく』とか？」

なに言ってんの、と目尻のシャドウを少しだけ足した。

「やっぱりさー、挨拶だけって、かえって難しいんだと思うよ。短期決戦っていうか、セリフ一発でビシッと決めなきゃいけないじゃん。そういうの難しいよ」

それはそうかもしれない。

「だらだらメシ食って、てきとーに世間話してるほうが楽じゃん、お互い。意外とお父さん、そこまで考えてたんじゃない？」

「……そんなに深く考えるひとじゃないってば」

鏡の前から離れ、香織を振り向いて、「絶対にあとでおなか空いちゃうから、帰り、なにか食べて帰ろう」と言った。

昼食には遅すぎて、夕食には早すぎる中途半端なところが、むしろ今日の会食にはふさわしいのだろう。

「アブラぎとぎとの焼肉とか、いいっすね」

「そうそう、ガーッと食べちゃおう、二人で」

「うーっす」

香織は右手を突き出し、親指を立てて笑った。洋子もそれでやっと踏ん切りをつけて、「じゃ、行きますか」と玄関に向かった。

香織に気をつかっているのか、つかわれているのか、よくわからない。この子もいつの間にかおとなになったよね、と喜んでいいのかどうかも。

ただひとつ——。

子どもが女の子でよかったな、とは思った。


「ときどき思うんだ」

河川敷の運動公園のベンチに座った福田は、まだおまえにはピンとこないかもしれないけど、と前置きして、隣の将大に言った。

「この時代、子どもが男に生まれちゃうのって幸せじゃないよな、って」

「……そうなんですか？」

「本人よりも親のほうがな」

付け加えて、ようやく自転車に乗って姿を見せた啓一に、こっちだこっちだ、と手を振った。

啓一はスウェットの上下を着て、アップシューズを履き、首にタオルを掛けていた。どれもこれも真新しい。そして、なんともいえず、似合っていない。

やれやれ、と将大はため息を呑み込んだ。おなかがぷくんと突き出て、腰回りから腿にかけてふくらんだ体は、サイズこそ小学四年生でも、シルエットは中年男そのものだった。

「女の子はいいんだよ」

福田は話を戻し、「どんなに親の理想と違ってても、もう昔とは違うんだからって思えるだろ」と言った。

「昔とは違う、って？」

「価値観が違うんだ。いまどき、女の子はおしとやかでおとなしいのが一番だ、なんて誰も言わないだろ。女の子の幸せは嫁に行くことだ、なんて言うと笑われるだろ。茶髪だって化粧だってピアスだって、まあお洒落のうちなんだからって、みんな許しちゃってるじゃないか」

「どんどん幅が広がって、どんどん自由になってるんだよ。本人はもちろんそうだし、親のほうもな」

「ええ……」

啓一はベンチから少し離れたところに自転車を停め、チェーンロックをかけた。

「でもな、男の子は違うんだよ。昔もいまも、やっぱり勉強ができて、スポーツが得意で、クラスの人気者で、カッコいい奴が得するようにできてるんだ。価値観が全然変わってない、っていうか、かえって昔より幅が狭くなってるような気もするんだよな。現実は厳しくなってるんだ」

福田はそこで言葉を切って、啓一に「最初はストレッチだ、こないだ教えただろ」と声をかけた。

啓一は「はーい」と面倒くさそうに応え、膝の屈伸を始めた。よいしょ、よいしょ、よっこらしょ、という声が聞こえてきそうな、いかにも重たげな身のこなしだった。

「子どもがフリーターになるだろ。親としては困るよな。でも、女の子だったら、まあいいか、って思える部分あるじゃないか。嫌な仕事するぐらいだったら自由にやってろって、親としても言えるだろ。でも、息子はそういうわけにはいかないんだ。夢だのなんだのって言われても、現実的にはやっぱり正社員になってくれなきゃ将来困ると思うし、すぐにつぶれるような会社に入ったって苦労するだけだと思うし……」

結婚だってそうだぜ、と話はつづく。

「同じ三十過ぎの独身でも、女の場合なら、実際はどうであれ、『結婚しない』っていうふうに周囲から思ってもらえるんだ。その気になればいつでも結婚できたんだけど、あえて独身の生活を選んでるんだ、って。でも、男に対しては周囲の目も違うだろ。橋本を引き合いに出して悪いけど、やっぱりあいつ、『結婚できない』って思われてるじゃないか。男は所帯を持って一人前なんだよ、昔もいまも、理屈はあれこれあっても、現実にはそのままなんだ。俺なんて会社で人事やってるだろ、同じレベルの奴二人のうち一人を昇進させるとき、これほんとに、一人が独身で一人が家族持ちだったら、やっぱり家族持ちのほうを昇進させちゃうんだ、現実は」

一息に言って、野球帽を脱ぎ、汗で蒸れた薄い髪をいたわるようにタオルで拭いて、また帽子をかぶり直す。

福田の話は、正直なところ、将大には納得できなかった。価値観の幅が狭いという福田の発想じたいが、幅が狭すぎるような気もする。なにより、根本的なところで女性を下に見ているようにも思えてしかたない。

ただ、「やっぱり」と「現実」がやたらと連発される福田の話の、根っこにあるものは——間違っている部分も含めて、なんとなくわかる。気だるそうにストレッチをつづける啓一の背中を、見るともなく見る福田のまなざしが、それを教えてくれる。

ファミリーレストランで打ち上げをしたあと、「時間があるんだったら、ちょっと付き合わないか」と誘われたのだ。啓一のトレーニングを今日から始める。「受験勉強も最後は体力勝負だからな、いまのうちから少しは鍛えとかないとまずいだろ。でも、俺、きちんとしたトレーニングの方法って知らないし、小学生はスポーツクラブにも入れないから、へたなことやっちゃってケガしたら困るだろ」――だから将大に一度見てほしい、という。

気乗りはしなかった。気合いと根性ですべて押し切る大学の野球部のトレーニングが参考になるとは思わなかったし、「ケガしたら困る」という発想が最初に来るのもちょっと嫌だったし、「もちろん家庭教師とは別にバイト料払うからさ」という言葉は、もっと嫌だった。

それでも、福田はこんなことも言った。

「啓一は、ああ見えて、おまえのこと尊敬してるんだ。吉岡の相棒だったんだからな。家庭教師のことだって、先生がおまえだから『やってみる』って言いだしたんだ。トレーニングだって、やっぱり俺じゃだめなんだよ、おまえが見ててくれないと」

頼む、と手を合わされ、頭を下げられると、断りきれなかった。嫌なものは嫌だと言いきれない優柔不断さは——きっと、いつの時代でも、男の子に求められる理想像からははじき出されてしまうのだろう。

ストレッチを終えた啓一は、早くもこめかみに汗を滴らせていた。スウェットの上着の裾が上がってTシャツが外に出て、パンツも腰までずり落ちている。若々しさのかけらもない。

「じゃあ……軽くランニングだな」

将大は公園の真ん中に設けられたアンツーカーのジョギングコースを指差して、「ここを、ゆっくりでいいから二周だ」と言った。

啓一は、うげーっ、と顔をしかめた。

「ほら、啓一、走れよ、先生に言われたんだから」と福田が少し強く言った。

はいはい、走ればいいんでしょ、走れば……そんなつぶやきが聞こえそうなしぐさで、啓一はジョギングコースに入る。

「がんばれ！　ファイトだ！」

福田は両手をメガホンにして声をかけ、将大を振り向いて、「俺も一緒に走ったほうがいいかな」と訊いた。「ほら、親が自ら動かないと子どもは動かない、って言うだろ」

「……どっちでもいいと思いますよ」

啓一も福田も、なにかが、どこかが、ずれている。どこのなに、と具体的に説明することはできなくても、違うんだよなあ二人とも、と思う。教師になれば、うまく説明できるようになるのだろうか。それとも、かえってわからなくなってしまうものなのだろうか。

いったんベンチから腰を浮かせた福田は、啓一がのろのろと走りだしたのを見て、「まあいいか」と座り直した。

「一人で走ったほうがいいと思いますよ、自分のペースで」

「だよな……うん、いつまでも親がそばにいて見張ってるわけにもいかないんだもんな」

「ええ……」

「なあ、ショーダイ」

「はい？」

「情けない親子だと思ってるだろ、いま」

とっさにかぶりを振った。だが、いいえ、そんなことありませんよ、とは言えなかった。

少し間をおいて、福田はつづけた。

「俺は思ってるぞ、情けない息子で、情けない親父だ、って」

帽子のツバを下げ、ベンチにふんぞり返るように座り直して、ジョギングコースを走る啓一をじっと見つめる。

「俺は、この歳で草野球やってるぐらいだから、スポーツはそこそこイケるんだ。カミさんも若い頃はテニスとかスキー、人並み以上にはできてた。それで、息子がアレなんだからな……遺伝の法則なんて嘘だぜ」

ジョギングコースは一周四百メートルほどだったが、啓一はまだ最初のコーナーにもさしかかっていない。手の振り方も足の上げ方も悪い。背中も丸まっている。短距離走だったら、不格好な走り方がもっとあらわになってしまうだろう。

「勉強もできない。それはもう、ショーダイにもわかってると思うけどな」

「……基本がちょっと、身についてない感じですよね」

福田は鼻を鳴らして、つまらなそうに笑う。

「はっきり言って、中学受験なんて考えるような資格ないんだ、あいつには」

「いや、あの、そこまで……」

「いいんだ」

ぴしゃりと言った。「本人にその気がないのに無理やり受験させる親がバカなんだ、情けないんだ、それもわかってるんだ」とつづける声が、徐々に沈んでいく。

「でもな、親だからわかるんだ、あいつのこれからのこと」

いじめに遭う――と言った。

「いまでも、もう、そういうところあるんだ。クラスの男子からバカにされたり、からかわれたりしてる。屁理屈だけは一丁前でも、トロいだろ、太ってるだろ、やっぱりそういう奴がやられちゃうんだよな。女子なんて、啓一が触ったところ触らないっていうんだよ、まいっちゃうよな」

いまはまだ四年生だから、いじめといっても、幼くて他愛のないレベルにとどまっている。本人もそれほど傷ついている様子はない。

だが、五年生や六年生になったら――。

「いじめになるよ。うん、それ、わかるんだ。で、いま啓一をからかってる連中と一緒に中学に入ったら、俺……ほんとにヤバいんじゃないかと思ってる」

「……だから、私立に行かせるんですか」

「私立だっていじめはあるよ、どうせ。みんな頭がいいぶん、公立よりもっと陰湿かもしれないよな」

「そういう話、聞きますよね……」

「でもな、これは保険なんだよ。五年生や六年生でいじめに遭って、もう地元の中学には行きたくないって言いだしたときに、ちゃんと準備してないと私立に逃げることもできないだろ。弱っちい息子を持った親は、そこまで考えなきゃいけないんだ、そういう現実なんだよ、やっぱり」

　将大はうつむいて、なにも応えなかった。福田の気持ちはわかる。だが、それは――福田の口癖を借りるなら、やっぱり、寂しすぎる現実のような気もしてしまう。

　将大の沈黙の意味を察したのか、福田はハハッと空笑いをして、「いや、でも、理想はあるんだよ。うん、期待はちゃんとあるんだ」と言った。

「受験をがんばって、こつこつ勉強をしていって、志望校に受かれば……受からなくても、ちょっとでも成績が上がれば、あいつ、自信がつくと思うんだよ。やればできるっていうか、俺だってがんばればできるんだからって、そういうのがあると、強くなれるんじゃないかな、って」

　甘いかもしれないけどな、と照れくさそうに付け加える福田に、将大は「そんなことないですよ」と言った。公園に来て初めて、腹に力のこもった声が出た。

　ようやくコースを一周した啓一は、スタートラインに戻ると、走るのをやめた。肩で息をつき、汗を滝のように流して、「ねえ、一周でいいでしょ？」と訴える。「一周も二周も変わらないじゃん」

　顔を赤くして立ち上がりかけた福田を、将大はそっと手で制した。確かにあと一周走らせると、ウォーミングアップではすまなくなりそうだった。

「じゃあ、縄跳びやるか」と将大は言った。

啓一はすぐさま「えーっ、休憩させてよ」と口をとがらせる。

「汗がひいちゃうと、体が冷えるから、かえってよくないんだ」

「縄跳びして、なんかいいことあるの？　意味あるわけ？」

「あるさ。体のバランスとか、バネとか、リズム感とか、そういうのが鍛えられるんだ」

「……吉岡さんも、昔、やってた？」

「ああ」笑ってうなずいた。「そういうところでは手を抜かなかったぞ、あいつは」

嘘をついた。基礎トレーニングを徹底して嫌い抜き、サボり通した男だったのだ、吉岡は。

啓一は「じゃあ、やる」と不承不承《ふしょうぶしょう》ながらも応え、自転車のカゴから縄を取り出した。

「ゆっくりでいいから、まず三十回つづけて跳んでみろ。途中で失敗したら、また一からやり直して、三十回できるまでは休憩なしだ」

「そんなの無理だよ、できないよ」

「やってみなきゃわかんないだろ」

「わかるよ、できないもん。二十でいいでしょ、二十で」

「ああ……よし、いいぞ、二十で」

啓一は縄を回し、跳びはじめた。だが、ほんの五、六回で、すぐにひっかかってしまう。自分でも悔しさはあるのか、だんだん不機嫌そうな顔になってきた。

ここからだ、と将大はまなざしを強めた。思いどおりにできない悔しさがなければ上達はしないのだ、なにごとも。

だが、啓一は何度目かの失敗のあと、芝居がかったしぐさでうずくまった。

「足、くじいたーっ、痛い、もうだめーっ」

「啓一！」

福田もさすがに声を荒らげたが、啓一は「だめだよ、無理だよ、痛いよ、骨折れてる」と半べその声で言った。

福田は将大に目をやって寂しそうに笑い、その笑顔のまま、「わかった、じゃあ帰ろう」と啓一に声をかけた。すると、意外とあっさり許されて、かえって気まずくなったのか、啓一は「お父さんが悪いんだからね」とすねた顔で言った。

「なにが悪いんだ」

「お父さんとお母さんが悪いんじゃん、あーあ、天才に産んでくれりゃよかったのにさあ、サイテーだよ……」

福田は黙って帽子をとり、タオルで髪を拭いた。汗で濡れたぶん髪のボリュームはふだん以上に乏しくなり、地肌がはっきりと見えていた。

三十代半ばで髪が薄くなってしまった理由が、将大にもなんとなくわかった。

自転車を押してひきあげる二人を、将大はベンチに残って見送った。途中で二人の背中から顔をそむけ、秋晴れの空を見上げた。

むしょうに腹立たしい。そして、哀しい。バッグから携帯電話を取り出して、右の手のひらにしっかりと載せた。長いメールを打ちたくなった。

3

英明と奈津美は約束の時間より五分早く来たが、洋子と香織はそれよりさらに十分も早く着いて、お茶を飲んでいた。

仲居さんに先導されて、まず英明が座敷に入ってきた。さすがに緊張した面持ちだったが、あとにつづく奈津美を振り向いて、さあ入れよ、とうながすときには笑顔になっていた。

だいじょうぶ、心配いらない、俺がいるんだから――。

その笑顔をちらりと見たとき、洋子の胸の奥でひっかかっていたなにかが、溶けるように消えていった。あーあ、負けちゃったな、と認めた。勝ち負けの問題ではないんだとわかっていても、いまはあえて「負けた」と思っておきたかった。

　奈津美は想像していたよりもずっと線の細い女性だった。二十八歳という年齢以上に若く見える。おとなしそうで、控え目で、部屋に入るときも、掘り炬燵《ごたつ》の席に座る前も、座って向き合ってからも、洋子と香織にていねいに頭を下げた。妻子ある年上の男と不倫をつづけたすえ、妻から夫を奪った魔性の女、というイメージはまるでない。ついでに、外資系の化粧品会社の総合職というキャリアからこっちが勝手に描いていたイメージも、きれいに覆された。

　だめだな、これ──「負けた」をもう一つ重ねた。皮肉の一言や二言はぶつけてやるつもりだったが、そんなことをしたら、自分で自分を悪者にしてしまいそうだった。

　隣の香織も、拍子抜けしたような様子で、残り少なくなったお茶をちびちびと啜って間をもたせていた。奈津美の顔よりもおなかのほうに視線が向いているのが、洋子にもわかる。いまはまだほとんどふくらみのない奈津美のおなかの中にいるのは、洋子にとっては赤の他人でも、香織にとっては母親違いの弟か妹──なのだ。

　四人が席に着くと、先付けが運ばれてきた。おとな三人には食前酒のヤマモモ酒、香織にはオレンジジュースが添えられていた。

　一瞬、奈津美が戸惑った顔になったのを、洋子は見逃さなかった。その理由もすぐにわかる。

「ちょっと、予約したときに言わなきゃ、だめじゃない」

英明をにらんで、下がろうとしていた仲居さんに「すみません、このひとにはウーロン茶をお願いします」と声をかけた。「マタニティなんで、ごめんなさい」

仲居さんはすぐに察してくれたし、奈津美も恐縮しながら頭をぺこりと下げた。ワンテンポ遅れて、香織も、なるほど、とうなずいて、「だよね、それ、常識」と笑った。

「え？　え？　なに？」

最後まで事情が呑み込めずにいて、香織に「お父さんさあ、少しはものごとを真面目に考えたほうがいいんじゃない？」と諭されて、ようやく妊婦さんにはアルコールは御法度だと思い至った英明の、のんきでいいかげんなところが、洋子にはしみじみ懐かしくて、思いっきり腹立たしくて、やはりアタマに来る。

仲居さんがウーロン茶を持って戻ってくるのを待って、英明は言った。

「それじゃあ、まあ、せっかくの顔合わせなんで、乾杯……でいいよな？」

遠慮がちな声とまなざしを受けた洋子は、一瞬目を伏せて、みぞおちにグッと気合いを込めた。

「いいんじゃない？」洗濯糊のきいたシーツを広げるように、笑った。「乾杯でしよ、それは」

「だよな」と英明もほっとして頰をゆるめ、江戸切子のリキュールグラスを手に取った。

洋子もグラスを掲げた。奈津美は運ばれてきたばかりのウーロン茶。オレンジジュースがいかにも子ども扱いで嫌だったのか、最初は不服そうだった香織もグラスを取って、ぎごちない頰のゆるみ方ではあっても、とにかく全員笑った。

「かんぱーい！」

英明のおどけた声には、誰も応えなかった。洋子は甘いヤマモモ酒を舐めるように一口だけ飲んで、グラスを戻した。向かい側に座った奈津美も、唇を湿す程度でウーロン茶のグラスを口から離す。

目が合うと、奈津美は申し訳なさそうな顔で肩をすぼめ、うつむきかけたが、その前に、洋子は言った。

「つわり、もうだいじょうぶなの？」

英明が「あ、うん、先月はキツかったけどな……」と代わって答えようとしたら、それをさえぎって、奈津美は自分で「はい、だいぶ落ち着きました」と言った。

洋子は小さくうなずき、乾杯のときよりずっと自然な笑みを浮かべて、英明を親指で差した。

「このひと、手伝ってくれてる？　家のこととか」

「はい」奈津美の笑顔も、やわらかくなった。「助かってます、すごく」

「あ、そう、へえーっ」

大げさに驚いてやった——奈津美と、英明のために。

「わたしのときなんか、ぜーんぜん手伝ってくれなかったのよ、このひと。こっちがトイレの前から動けなくなってるときでも、おーい新聞持ってきてくれー、だもん」

「そうなんですか？」

「ほんとほんと、もうねえ、サイテーのひとだったんだから」

口元は笑ったまま、英明を軽くにらんで、「あの頃より少しはオトナになったってことじゃない？」と言うと、英明は妙にしんみりした顔になって「そうかもな……」とうなずいた。

そのときだった。

「おかーさん、いらないの？　いらないんだったら、もらっちゃうよ」

香織の声とともに、横から手がぬっと伸びてきて、ヤマモモ酒のグラスを取った。

あっ、ちょっと、だめ、やめなさい……と止める間もなく、香織はヤマモモ酒を一息に飲み干して、「甘くておいしーいっ」と笑った。

さらに香織は奈津美のお膳にも手を伸ばし、口をつけていないヤマモモ酒のグラスを手に取った。

「せっかくなんで、わたし、代わりに飲んであげまーす」

二杯とも一気に飲み干した。

「香織、あんた、なにしてんの！」

「べっつにーっ」

「……あの、だいじょうぶですか？　顔、赤いけど」

「へっいきーっ」

洋子と奈津美は顔を見合わせた。英明もおろおろと中腰になって、「おい、香織、だいじょうぶか？　気持ち悪くなってないか？」と訊いた。

「ちょーオッケー、でぇーす」

香織は笑って応えて、空になった洋子と奈津美のグラスを並べ、先付けの胡麻豆腐を一口で食べた。

「……ほんとに平気なの？　香織」

「うん、全然平気だってば」

「お水かなにか、もらいましょうか？」

「うわっ、奈津美さんって優しーい」

「香織、あんたやっぱり酔ってるでしょ」

「そんなことないって。お母さんの胡麻豆腐も、食べないんなら食べちゃうよ」

洋子の胡麻豆腐に伸ばした箸の動きも、ぺろっと頬張る表情も、なんとか、とんでもない事態だけは避けられそうだった。

「ねえねえ、お母さん、これっていいと思わない？　奈津美さんも見てよ」

二つ並んだグラスを指差して、「まあ、いろいろ言いたいことはあっても、とりあえずみんな仲良しこよし、ってことで」と笑う。

ばか、と洋子は香織の腕を肘で小突く。胸にこみ上げてきた熱いものをそらすには、そうするしかなかった。やだぁ、と表情だけで笑う奈津美の目も、赤く潤みはじめた。

「だってさー……」

香織は奈津美のグラスを軽く指ではじいた。透き通った、軽い音がする。

「このひと、わたしの弟か妹のママなんだもん……やっぱりさー、嫌いになっちゃうの、だめじゃん、うん……」

また、グラスを指ではじく。爪とガラスが奏でる音は、チン、という短い響きだったが、音が消えたあとの余韻《よいん》のほうが胸に残る。

奈津美の目から涙が流れ落ちた。洋子も鼻の奥がツンとしたから、あわててそっぽを向き、半月盆に描かれた萩《はぎ》の花の数をかぞえていった。

「おい、香織……」

英明は涙声で言って、ヤマモモ酒がほとんど残っていない自分のグラスを差し出した。

「お父さんのも、飲むか？」

こいつは、ほんとに、昔っから……。洋子のため息を追いかけて、奈津美も「もう、なに言ってるんですか」と英明をたしなめ、「やーだねっ」と香織があっかんべえをして——おとな三人、泣きだしたい思いで声をあげて笑った。

タイミング良く、前菜が運ばれてきた。

「さ、食うぞーっ」

腕まくりして仲居さんまで笑わせた香織の姿が、洋子の目の中で、にじんだ。

最後まで、香織はそんな調子だった。一人でしゃべって、一人で笑って、デザートが出た頃には、席を立ってピッチングフォームまで奈津美に披露した。しゃべりすぎて喉《か》を嗄らし、笑いすぎて座椅子ごと仰向けにひっくり返りそうになり、英明が飲んだビールの空瓶をバットにしてスローモーションで素振りをしたときには、瓶の底に残っていたビールが制服のスカートにこぼれて、「やだ、染みになっちゃう」と洋子をあわてさせた。

学校のこと、草野球のこと、友だちのこと、塾のこと、最近流行《はや》っているゲームのこと、ファッションのこと、アイドルのこと、高校受験のこと……「ねえねえ、奈津美さん、聞いて聞いて」で始まる話題は途切れることがなかった。「やっぱ、資格持ってるって大事だと思うんで、公認会計士とか司法書士とか、そういうのになろうかな、って」と、本気なのかどうか、洋子が初めて聞く将来の夢も話したし、「このままお母さんが無職だと、私立の推薦とかキツいと思うんですよねー」と、おとなたちをドキッとさせるようなことまで平気で口にした。

だが、暴走気味の香織のおしゃべりは、決して過去には踏み込まなかった。家族が三人だった頃の思い出は、なにも話さない。「お父さん」という言葉が出てこない。話題はすべて、いまと未来のことばかりで、過去に戻ることができずに、ひたすら前へ前へとつんのめるように進んだおしゃべりは、とうとう「奈津美さんは死んだらどんなお墓がいいですか？　わたしね、自分が入るんだったら、最近よくあるじゃないですか、ひらべったくて、『夢』とか『愛』とか彫ってあるやつ、そーゆーのがいいなって思うんですよ」まで至ってしまった。

一つの家族が壊れるというのは、そういうことだった。洋子は形だけ笑って相槌を打ちながら、胸の奥にある苦いものをそっと嚙みしめた。

封印しなければならない過去ができてしまう。子どもの思い出話のいくつかは、もう取り出せなくなってしまう。

英明と離婚したあと、洋子が真っ先にしたのは、アルバムの整理だった。新しいアルバムを買ってきて、いままでのアルバムに貼ってあった写真から英明が写っていないものをピックアップして、貼り替えていった。子どもじみた意地悪でそうしたわけではなかった。過去を切り捨てることで、先に進む力を得たかった。もうあの頃には戻れないんだ、と自分に言い聞かせることで、だからこれからがんばるんだ、と――決して現実にはできない「自分で自分の背中を押す」手助けにしたかった。

それでも、おしゃべりをつづける香織を見ていて、いま、思う。決して後戻りすることのできない人生というのは、窮屈なものかもしれない。背水の陣はキツい。たまには一歩下がって水に濡れてしまうのだって、ほんとうは、「あり」でいいのに。

「あ、そうだ」

香織のおしゃべりをさえぎって、洋子は言った。

「ねえ、香織、あんたがまだ幼稚園だった頃、よみうりランドのお化け屋敷で泣いたの覚えてる？　大泣きしてお父さんに抱きついたら、お父さん、お化けと勘違いして『うわわっ！』って転びそうになったでしょ」

わざと、後戻りさせた。香織は、ちょっと待ってよ、という顔になった。わたしの気持ち、わかってくれてないよなあ、と咎めるような目で洋子を見つめた。英明と奈津美の相槌も鈍かった。二人とも、洋子と同じように、香織のおしゃべりの話題がいびつなことに気づいていたようだ。かまわない。鈍感な母親でいい。場の空気が読めないおばちゃんでいい。

「ほんとにねえ、お父さんって、あの頃から頼りなかったのよねえ……」

しみじみと、懐かしそうに言ってやった。

アルバムから剝がした英明の写真は、クッキーの空き箱にまとめて入れて整理棚の奥にしまってある。今度、そこから何枚か、英明の写りがいいものを選んで、新しいアルバムに『あの頃コーナー』をつくってみよう、と決めた。

4

タクシーで帰るという英明と奈津美と、ホテルの玄関で別れた。「地下鉄の駅、そっちだから」と、英明は見送られる側より見送る側に回る方を選んだ。

そのほうが気分が楽だもんね、と洋子はさばさばした笑顔で「じゃあ、わたしたちは、ここで」と歩きだした。

香織は最後に、奈津美に言った。

「男の子か女の子かわかったら、すぐに教えてくださいよ、絶対ですよ、約束ですからね」

「うん……わかった、連絡するから」

目に涙を浮かべて微笑む奈津美と、指切りをした。

「じゃあ、ほんと、体に気をつけてくださいねー、お父さんのこと、こき使ってもいいですから」

バイバーイ、と大きく手を振って、後ろ向きにスキップするように体をはずませて、クルッと身をひるがえす。先を歩く洋子を小走りに追いかけるときには、もう、英明と奈津美のほうは振り向かなかった。

「お待たせっ」

並んで歩きだす。

「あんたもおとなになったよねぇ」

洋子が言うと、「そう?」とまんざらでもなさそうな顔で応え、「苦労がにじむおばちゃんになっちゃうとヤバいけどさ」と笑った。

「どうする?　いまから。デパートで買い物してから、晩ごはん食べて帰ろうか?」

「デパート寄っていいの?」

「うん、なんか服でも買ってあげる」

特別サービスだ。それくらいのことはしてやってもいいよね、とも思う。

だが、香織は「わたしの服もいいけど」と言った。「デパートだったらさあ、ベビー用品売場ってあるよね？」

「……あるけど」

「じゃあ、ベビー用品見てみない？　赤ちゃんが生まれたら知らん顔ってわけにはいかないんだし、お母さんだって懐かしいでしょ」

「知らん顔……しないの？」

「だって、きょうだいじゃん。奈津美さんじゃなくて、赤ちゃんにプレゼントするんだから。マジだよ、マジ。おねーさんとしてだねー、バッチリ恩は着せたほうがいいっしょ」

さっきのおしゃべりの余韻が残った、陽気な声で言う。「どう？　寄ってみない？」と歩きながら洋子の顔を覗き込む。

すぐには、うなずけなかった。やはり、そこまで屈託なくふるまうことはできないし、香織にも、もうこれ以上無理に明るくふるまわせたくない。

「……今度でいいんじゃない？　今日は服買ってあげるから」

「あ、お母さん、傷ついちゃってる？　もしかして」

「そんなんじゃないって」

「嘘だね、傷ついてるね、ラブラブの二人見て。でしょ？　いーんだよ、無理しなくて」

さらに深く顔を覗き込んでくる香織から、洋子は黙って目をそらし、足を速めた。

無理してるのはあんたのほうでしょ、もういいから、おとなにならなくていいんだから——言ったほうが香織が楽になれるのなら、言ってやろう。

そう決めたとき、香織は機先を制するように、すっと体を起こし、洋子から視線をはずして言った。

「じゃあ、まあ、今度にしましょっか」

「……赤ちゃんの服とかベビー用品って、すぐに使えなくなるんだから、通販でいいの、通販で」

「セッコーい」

やっと中学二年生の笑い方に戻った香織は、「デパート、やっぱりいいや」と言った。

「そうなの？」

「うん、晩ごはんもウチで食べればいいじゃん。懐石料理、お母さんが言うほど量も少なくなかったし、ほら、お母さんのぶんも横からけっこう食っちゃったし」

「『食う』なんて言わないの」

「で、さあ、デパートより行きたいところあるんだよね。バッティングセンターで汗流したいんだけど、ちぐさ台まで帰って、バッティングセンターに寄っていい？」

「だって、あんた制服じゃない」

「いーのいーの、スカート長いし」

しょうがないなあ、と黙って苦笑したら、その沈黙を勘違いしたのか、ちょっと早口になって付け加える。

「今日の試合、ノーヒットだったじゃん。せっかくスタメンになったのに全然活躍できないんじゃ、田村さんにも悪いし、お母さんにレギュラー奪われたら、マジ、屈辱だし……」

洋子はまた苦笑した。今度は勘違いされないよう、「わかったわかった、じゃあ寄ろうか」と声に出して言った。

こっちに向かってくるボールをバットでひっぱたく——ほんのそれだけの単純なことなのに、どうして球を打つことはこんなに気持ちいいのだろう。あまりにも単純すぎて、逆に、よけいなことをなにも考えずにすむから、なのだろうか。向かってくるボールに、ひっぱたいてやりたいなにかを託すことができるから、なのだろうか。

「あのね、お父さんってね、奈津美さんのこと『なっちゃん』って呼んでるんだよ」

「ほんと？」

「うん、さっきのお店から出るときさ、お父さん、小声で、心配そうに言ってるわけよ。『なっちゃん、車に乗ってもだいじょうぶか？』って。笑っちゃった。お母さんが妊娠してるとき、お父さん、あんなふうに心配してた？」

「ぜーんぜん」

軽く、あっさりと、記憶をたどるそぶりすら見せずに答えた。そういうテンポなら、なめらかに嘘をつける。ほんとうは、そんな言葉ならしょっちゅうかけられていた。のんきそうに見えて意外と心配性なのだ、英明は。でも、この際、ぜーんぜんなし、でいいよね――おばちゃんだって、この程度の場の空気なら読めるのだ。

「情けねーっ、もう完敗じゃん、お母さん」と香織もおかしそうに笑う。

「そうそう、完敗だよね、ほんと。だって、お母さん、お父さんに『ちゃん』付けで呼ばれたことなんてなかったもん。ずーっと『洋子、洋子』って呼び捨てだったの。ああいうところがね、なんかやっぱり嫌だったんだよねえ、昔から」

「ダンソンジョヒってやつ？」

「うん、そうなの。サイテーでしょ？　あんたも結婚する相手、ちゃんと選びなさいよ」

「お母さんの再婚相手も、優しいひと選んでよ。わたし、いつでもOKだし、すぐになついちゃうし、高齢出産で赤ちゃんも産んじゃってよ。そしたらさー、今度はパパ違いの弟か妹ができるわけじゃん。すごいじゃん、複雑ドロドロの人間模様ってやっ？　橋田壽賀子《はしだすがこ》の世界だよ、っていうか、昼ドラ？　ちょっとカッコいいよね、そーゆーの」

洋子は「はいはい」と軽くいなして歩く速度をゆるめ、斜め後ろから香織を見つめて、クスッと笑った。

出がけに思った「子どもが女の子でよかった」というのは間違いだったな、と気づいた。

女の子だからよかったのではない。

香織だから、よかったのだ。

『ちぐさ台バッティングセンター』に入ると、まるでそのタイミングを狙ったように、先客の誰かが放ったホームランのファンファーレが響き渡った。

「おっ、なんか幸先いいよね」

香織はうれしそうに言った。確かにそうだ。めったに出ないホームランのごほうび──一日に一回流れるかどうかのファンファーレに迎えられるとは思わなかった。

「明日からがんばりなさいよ、そこの母子家庭……なんて、神さまが言ってくれてたりして」

香織が笑うそばから、またファンファーレが鳴り響いた。

「うそ、またホームランって、マジ？」

「……すごいね」

「ショーダイさん、来てるんじゃないの？」

洋子も、だね、とうなずいた。『ちぐさ台バッティングセンター』でホームランを二連発できる客は、そうざらにいるものではない。

「ちょっと見てくるね」

香織はケージの後ろの通路を小走りに奥に進み、事務所の手前まで来て、こっちだよー、と洋子に手を振った。両手でつくった大きなマル――ホームラン二連発の主は、予想どおり将大だった。

将大は時速百四十キロのケージで打っていた。バッティングセンターの中で最速の設定だった。ちぐさ台カープのメンバーでまともに打球を前に飛ばせるのは将大だけで、その将大でさえもふだんは一ゲーム二十八球中ヒット性の当たりが数本あればいいほうの、最速にして最強のマシンだった。

常連客がつけた異名は、ヨシオカ。そのヨシオカを相手に、将大は――いま、三本目のホームランを打った。

「すっごーい！　なんか今日のショーダイさん、すごい！」

香織の驚いた声に、ケージの後ろに集まっていた見物客も、そうだそうだ、とうなずいた。

だが、将大は投球と投球の合間にも後ろをちらりとも振り向かず、すぐにバットを構える。背中に、鬼気迫るものがたちのぼっていた。

中年の見物客が言った。

「さっきから見てるんだけど、このあんちゃん、これで三ゲーム目なんだよ。休憩も全然しないで、ひたすら打ってるんだ」

「って、八十球以上？」

香織が目を丸くすると、その見物客は重々しくうなずいた。

「最初は空振りのほうが多かったんだけど、だんだんタイミングが合ってきて……でも、ふつうバテるよなあ、すげえよ、このひと……おねえちゃんの知り合いなのか？」

「うん、そう」

「プロの選手じゃねえよな、まさか」

「草野球でーす。『ちぐさ台カープ』って知りませんか？　そこの不動の四番なんでーす」

で、わたしは期待のリリーフエースでーす……とつづけた声をさえぎって、また鋭い打球音が響いた。今度はライナーのピッチャー返しだった。

「ショーダイさん、カッコいーい！」

香織が声援を送っても、振り向かない。背中からたちのぼる迫力は、いっそう凄みを増してくる。

返事が来たのだ。期待などしていなかった吉岡からの返事が、ついに来た。

公園からメールを送った。愚痴めいた、少し皮肉も交じった長いメールになってしまった。

啓一のことを書いた。おまえを「天才」だと尊敬して、「努力」することなんてはなから投げ捨てている小学生がいるんだぜ、と書いた。おまえは確かに「天才」で、「天才」にはそもそも「苦闘」も「復活」も無縁なのかもしれないけど、いまのおまえの、そういう姿を見せてやったら、きっと、啓一のように「天才」に憧れる連中も、なにかを感じてくれるはずなんだけどな――。

送信したあとで、ひどく後悔した。俺はいったいなにをやってるんだ、と自分を責めた。決して外には出さないあいつの苦しみを誰よりも知っているのは俺のはずじゃなかったのか……と情けなくなった。

家に帰って、詫びのメールを送るかどうか迷っていた矢先に、返事が来た。

シーズンオフになって気が向いたら啓一に会ってやる、と書いていた。

驚いて、喜んで、少し安堵もして……だが、それらすべてを押しやって、胸の中に嫌な予感が広がっていった。

吉岡は、現役引退を決意しているのかもしれない——。

イニング11

1

田村がベッドから出たのは昼前だった。ひさしぶりに休日の朝寝をした。といっても、深い眠りにはならなかった。途中で何度も目が覚めて、そのたびに、ここが広島の実家なのか東京のわが家なのか一瞬わからなくなって、親父のトイレは——と、肩をビクッと跳ね上げた。

睡眠時間の割には疲れが抜けていない。起き上がるときも、パジャマのまま寝室を出るときも、体がひどく重かった。金曜日の仕事を終えてから飛行機の最終便で広島に向かい、日曜日の最終便で帰京する、そんな生活が、三ヵ月近くつづいている。

「おはよう……」

リビングで片付けものをしていた寿美子に声をかけると、心配顔で「ずっとうなされてたわよ」と言われた。「今日はもう、一日中寝てたほうがいいんじゃない？」

「いいよ、だいじょうぶだよ」

「でも、明日も広島なんだから」

「今日は三時からカープの練習があるし、寝すぎると、かえって体調悪くなるんだ」

「練習に行くの？」

「……ああ」

あきれ顔の寿美子から目をそらした。「そんな元気があるんなら、子どもたちと遊んでくれればよかったのに」とつづける言葉のトゲを、黙って受け止めた。大樹と剛史は外に遊びに出かけていた。「パパのいない週末にもだいぶ慣れたみたいよ」と、トゲがまた刺さる。

親として間違っている、のかもしれない。それでも、心身ともに疲れ切っているからこそ、体を動かしたかった。白いボールを追いたかった。ものを考えるときには体を動かしながらのほうがいい。子どもの頃からそうだった。難しいことを考えるときには、特に。

「二人とも、なんて言ってた？」

「これからのこと」を省いたが、寿美子にはすぐに通じた。

「交渉の余地なしって感じだった」

「そうか……」

二人が「ありえねーっ」と即座に声を張り上げる様子が、くっきりと思い浮かぶ。

「しょうがないわよ、あの子たちにとっては広島なんて、お盆とお正月に遊びに行くだけの場所なんだから。そこに引っ越すなんて夢にも思ってないもん」

寿美子は慰めるように言った。「おじいちゃんやおばあちゃんのことも、好きだけど、年に一度か二度しか会ってないんだし」とつづけ、「やっぱりかわいそうだと思うのよね、家の犠牲にしちゃうのって」——「犠牲」の一言が軽く響いたのは、本音だから、なのだろう。

「じゃあ……おまえは？」

寿美子は少し間をおいて、ごめん、と口だけ動かした。

「東京を離れるのはね、やっぱり。あなたにとっては広島は生まれ故郷でも、わたしや子どもたちにとっては、別の世界なんだもん」

寿美子は東京の出身だった。子どもたちも東京に生まれ育って、「ふるさとは？」と訊かれたら、ためらいなく「ここーっ」と自分の足元を指差すはずだ。広島に「帰る」という言い方ができるのは、田村しかいない。

それにね、と寿美子はつづけた。

「お義父さんやお義母さんのこと放っといていいとは思わないけど、それでこっちの人生まで変えられちゃうのって、なんか納得いかないのよ。あなただってそうじゃない？」

「わたしだって、たとえばあなたが広島で独立してビジネスするんだとか、そういう前向きな話だったら、考える。子どもたちもわかってくれると思う。でも、そうじゃないでしょ。親の介護のために会社に頭を下げて広島支店に異動させてもらいます、せっかく買ったマンションも売って、田舎に引っ込みますって……未来とか、将来とか、夢とか希望とか、そういうのが全然感じられない話でしょ。あなたは親孝行できるから悔いはないのかもしれないけど、わたしや大樹や剛史は、困る、はっきり言って」

一息にまくしたてた寿美子は、興奮をさますように長いため息をついて、「明日、向こうでも相談してくるの？」と訊いた。

田村は黙ってうなずいた。広島の実家での話し合いはもっとキツいだろうな、と覚悟を決めた。

夏に腎盂炎《じんうえん》で倒れた母の入院は思いのほか長引き、ようやく先週退院した。腎臓の数値は正常に戻ったものの、長い入院生活ですっかり足腰が弱くなり、父の介護どころか、毎日の家事すらおぼつかないありさまだった。なにより気持ちが弱っている。すぐにめそめそと涙を流し、姉や妹が病院に詰めているときは愚痴ばかりこぼしていたのだという。

「……まあな」

そんな母が少しでも使い勝手がいいように——そして将来に備えて、台所をバリアフリーにリフォームし、風呂にも介護用の浴槽を入れることにした。

だが、そこに思わぬ横槍が入った。「どうせやったら思いきって二世帯住宅にリフォームしたほうがええんと違う？」と姉の佳江が言いだしたのだ。

思いつきではなかった。妹の房江も「お母さん、本音ではお兄ちゃんに帰ってきてほしいんよ」と言った。「どっちにしても、お兄ちゃんが継ぐしかないんやもん、あの家は」

工事の打ち合わせは、明日。工務店の親方に無理を言って、日曜日にしてもらった。「結論」とまではいかなくとも、なんらかの「方向」ぐらいは出さなければいけない。けれど、その「方向」が、まだ、まったく見えない。

「ねえ」寿美子が言った。「わたしたちのことより、あなた自身はどうなの？　もう広島に帰るしかないって決めてるの？」

「……わからないんだよ、俺にも」

「だって、そこから決めなきゃ、意味ないじゃない。あなたの気持ちが揺れてるのに、こっちに訊いてこないでくれる？」

「でも、俺のわがままで無理やり付き合わせるわけにはいかないだろ」

「まだ、わがままにもなってないんじゃないの？」

ぴしゃりと言われた。言葉に詰まった田村に追い打ちをかけるように、もう一言――。

「悪いけど、寿美子が反対してるからとか、子どもたちが嫌がってるからとか、わたしたちに押しつけないでね、決断を」

なにも言い返せない。やっぱり体を動かさなきゃだめだよな、と心の中でつぶやくことしかできなかった。

自転車を停めて河川敷のグラウンドを眺め渡し、なじみの顔ぶれを見つけると、自然と顔がほころんだ。

自転車の前カゴからグローブを取り出して左手にはめ、ウインドブレーカーのポケットに入れてあったボールを右手に握った。軟式ボールよりも重い、ずしりとした硬式ボールの感触が、指と手のひらに伝わってくる。

手首のスナップだけで放ったボールを、グローブで受けた。革と革があたって、ピシッ、としなるような音がする。ゴムの軟球では味わえない、革の硬球ならではの小気味よい音だった。

グローブに収まったボールは、「顔」をこっちに向けていた。古いサインボールだ。広島カープの主砲・山本浩二に書いてもらった。高校二年生の夏――一九七九年、カープが初の日本一に輝いた年に、試合前の広島市民球場に通い詰めて、ようやく手に入れた。サインの順番を待つ人だかりに気おされて〈田村康司くんへ〉とは書いてもらえなかったものの、紛れもなく青春時代の宝物だ。

野球のボールとして使うなど、とんでもない話だった。ふだんはアクリルのケースにしまって、地震や火事のときの非常持ち出し袋に入れてある。ケースから出してさわるのは、ここ一番のときにかぎられる。大学受験のときはお守り代わりにバッグに忍ばせていたし、寿美子にプロポーズする前夜も、難産だった剛史が生まれるときも、このボールを握りしめて、勇気をもらってきた。

そんな宝物を——初めて、使う。

迷いやためらいを断ち切るように、大股に歩きだした。キャッチボールをしているちぐさ台カープの面々に、おーい、と手を振った。

最初に田村に気づいたのは、ウズマキだった。「あれぇ？　田村さん、どうしたんですか？」と驚く声に、他のメンバーもキャッチボールの手を止めて田村を振り向いた。

カレーの伊沢がいる。薄毛の福田もいる。太鼓腹の橋本も、単身赴任の宮崎も。

「ひさしぶりですねえ、今週は広島に帰らなくていいんですか？」「ちょっと痩せたでしょ、田村さん」「そりゃそうだよなあ、毎週広島と往復してたらキツいよ、うん」「でもマイレージ貯まったでしょ」……。

口々に言う仲間たちに、なんともいえない懐かしさを感じた。広島に帰ってしまうとみんなともお別れになっちゃうんだな、と思うと胸がじんと熱くなってしまい、あわてて、キャプテンとしての威厳をもったしかめつらをつくって言った。

「なんだ、五人しか来てないのか？」

来週の試合に備えた自由参加の練習日とはいえ、五人というのはあまりにも少ない。

「若手はどうしたんだよ、若手は」

顔を見合わせた五人を代表して、福田が「最近集まり悪いんですよ」とぼやいた。

香織と沢松は学校の中間試験前なので、家で勉強。ヨシヒコは仕事でマンションの契約に立ち会っていて、将大は家電の配送のアルバイト。「若手」とは呼べない洋子も、今日は土曜日でも開いてる隣の区のハローワークにまで出かけて職探しだという。

「そうか……まあ、みんな、それぞれ忙しいよなあ」

「ちょっと待ってくださいよ、田村さん、そんなに物わかりよくていいんですか？」

橋本が不服そうに言った。「田村さんが試合や練習に来なくなってから、はっきり言って、なんかゆるんでるんですよ、空気。もっとガツンと言ってくれないと示しつかないでしょ、示しが」――ふくれつらでつづける橋本の横から、伊沢が教えてくれた。橋本は明日、通算二十回目になるお見合いに臨む。そのプレッシャーで、グラウンドに来たときからずっと機嫌が悪いのだという。

やれやれ、と田村は苦笑して、「カントクは？　今日は休みなのか？」と訊いた。

すると、五人はまた顔を見合わせた。さっきよりずっと気まずそうな、話し手の役回りを互いに押しつけ合うような視線を交わす。

「……どうした？」

目が合ったウズマキに「なにかあったのか？」と重ねて訊くと、ウズマキははずれくじをひいてしまったような顔になって、しかたなく口を開いた。

「いないんですよ、ずっと」

「え？」

「電話しても出ないし、夜になっても部屋の明かりが点かないし……先月の終わり頃からずっとなんです」

「おい……それって……」

「あ、でも、心配ないです、一回だけですけど、福田さんに電話かかってきましたから」

話を引き取って、福田が言った。

「旅に出てる、そうです」

「はあ？」

「すみません、田村さんを心配させたくないから黙っててくれって言われて、次の試合までには帰ってくるから、って」

「……なんなんだ？」

途方に暮れた顔が、五つから六つに増えてしまった。「山頭火《さんとうか》になるつもりだったりして」と伊沢が冗談めかして言ったが、誰も笑わなかった。

二十代の伊沢以外は、全員、三十代以上の中年組——長く生きているぶん、勘がすり減って鈍くなるところもあれば、逆に鋭くなるところもある。ちぐさ台カープの歴史は、いま、静かに、曲がり角にさしかかったのかもしれない。田村はそっと中年組の面々の顔を見た。ウズマキも、福田も、橋本も、宮崎も、黙って小さくうなずいた。

2

山本浩二のサインボールを使ってキャッチボールをして、トスバッティングをして、ノックを受けた。最初は「やめたほうがいいですよ、もったいないですよ」と口を揃えていたウズマキたちも、宝物にあえて汗や土をまぶそうとする田村の思いが伝わったのか、途中からはもうなにも言わなくなった。

使い慣れた軟球とは勝手の違うバウンドに戸惑い、軟式用のグローブやバットが傷《いた》まないよう気づかいながらの練習だったが、トレーナーの下がじっとりと汗ばんでくる頃には体もほぐれ、こわばっていた頭や心もほぐれていった。

愚痴と思われてもいい。弱音を吐くな、と笑われてもかまわない。

家族とも会社の同僚とも違う、「友だち」と呼ぶのは照れるけれど「知り合い」のレベルは超えている、そんな「仲間」に、自分の背負った重荷の輪郭だけでも伝えたかった。重荷の降ろし方はわからなくても、もっと楽な背負い方があるのなら、それを教えてほしかった。

ボールを投げて、捕って、打って、追いながら、問わず語りに事情を話していった。

みんなの反応は、ばらばらだった。

「転校はまずいんじゃないですか？　田村さんの息子さんだったらだいじょうぶだと思いますけど、いじめのこともあるし、あと、勉強のレベルも東京のほうが上でしょう？　息子さんたちの将来のこと考えたら、やっぱり東京を離れるのはマイナスですよ」——福田は言う。

「広島支店に異動できるっていっても、田村さん、いま本社の人事部でしょう？　中枢じゃないですか。なんか、もったいないなあ。それに、四十過ぎて営業畑の最前線に立つの、はっきり言ってキツいと思いますよ。広島なんて、ほら、いかにもアク強そうだし」──これは、ウズマキの意見。

一方、橋本は明日のお見合いがよほどプレッシャーになっているのか、半ば自分の愚痴をこぼした。

「長男はつらいっスよ、ほんと。俺だって親父やおふくろと同居じゃなかったら、絶対に人生変わってましたよ。こんなこと言うとアレですけど、自分より先に死んじゃうひとに自分の人生変えられちゃうのって、納得いかないっスよねえ」

そんな橋本をキッとにらみつけて、伊沢は憤然と言った。

「ちょっと待ってくださいよ、親がいるから子どもは生まれるんですよ、親がいなきゃ自分もいないんですよ、ってことは、親には感謝しても感謝しても、死ぬほど感謝しても足りないじゃないですか。孝行したいときに親はなし、ってマジですよ、ほんと、親孝行なんて親が生きてるうちにしなきゃ意味ないんだから……」

おふくろさんの形見のカレーの味を思いだしたのか、伊沢は目をしょぼつかせて、「そうでしょう？　田村さん」と言う。

だが、橋本は橋本で、太鼓腹を揺すりながら「そうかなあ」と反論する。「ほんとうの親孝行って、子どもが幸せになることだと思うんだけどなあ」

「三十ヅラさげてそんなガキっぽい身勝手なこと言わないでよ」「な、なんだよ、おまえ」「だってそうでしょ、お見合いの連敗記録だって親のせいだけじゃないですよ、橋本さんの人間としての魅力が足りないからなんですよ」「なに言ってんだよ、だったらおまえなんて元ヤンのマザコンじゃないか。たまには箸で食えるもの食ってみろ!」「あ、ちょっといまのムカついたなあ」「こっちだってアタマ来てんだよ」

……。

まあまあ、と福田が二人をなだめ、黙っていた宮崎に声をかけた。

「意外と単身赴任っていう手もあるんじゃないの? 宮崎ちゃん、どうかな、それは」

訊かれた宮崎よりも、田村のほうが虚を衝かれた。そういう発想は、頭の中になかった。

宮崎は遠慮がちに「そうですねえ、まあ、それが現実的かもしれませんよねえ」と言った。ふだんは口数の少ない宮崎だから——そして、現役の単身赴任者の言葉だからこそ、静かな説得力があった。

なるほど、と田村はうなずいた。

ところが、橋本が横から「いや、でもさあ……」と割って入る。「介護の単身赴任ってのは、先が見えないんだぜ？　へたすりゃ定年になっても親を看《み》なくちゃいけない時代なんだから」

「ってことは」伊沢が言った。「要するに、ただの別居ってことじゃないんですか？」

身も蓋もないまとめ方だったが、これも、なるほど、だった。

結局、みんなの考えを聞いただけで終わった。なにも決まらずじまいだったが、少しは気が楽になった。誰の言いぶんにも一理ある。それはきっと、若い連中のような知識や理屈ではなく、それぞれの人生がにじんだ言葉だったからだろう。

田村は、一人ずつのアドバイスに感謝しながら、土のついたサインボールを手でこねた。昔は指紋がつくのさえ嫌だったボールは、すっかり汚れてしまった。

もう青春時代の宝物に頼ってる歳じゃないんだもんな、と無理に笑った。

二時間ほどの練習が終わり、帰り支度をしていた田村に、宮崎が近づいて声をかけてきた。

「田村さん、このあと時間ありますか」

一瞬ためらった。打ち上げのビールなら、今日は断るつもりだった。秋の夕暮れは、もう街をオレンジ色に染めている。子どもたちもそろそろ帰ってくる頃だろう。せめて一緒に風呂ぐらい入ってやりたかった。

だが、宮崎は「十分……五、六分でいいんですけど」と言った。「ちょっと見てほしいものがあるんです」

「……なに？」

「ウチに寄ってもらえますか」

札幌から東京に単身赴任してきた宮崎がカープに入ったのは、おととしの、ちょうどいまごろだった。付き合いは丸二年ということになるが、お互いの家を行き来するほどの親しさではなかった。宮崎はとにかく無口で、控えめで、野球の話以外でおしゃべりに乗ってくることもめったにない。それを思うと、あっさり断るわけにもいかなくなって、「じゃあ、ちょっとだけ」とうなずいた。

宮崎は少しほっとした様子で、「さっきはすみませんでした」と言う。

「さっき、って？」

「単身赴任すればいいって話です。無責任なこと言っちゃって」

「そんなことないよ。参考になった」

「でも……ほんと、すみませんでした」

田村が恐縮するぐらいていねいに頭を下げて、「単身赴任なんて、ひとさまに勧めちゃだめですよね」とつまらなそうに笑った。

その理由がわかったのは、会社の借り上げ社宅だという1DKの賃貸マンションの部屋に入ったときだった。

先にたった宮崎に「どうぞ」とうながされて足を踏み入れた田村を最初に迎えたのは、うっすらと漂う生ゴミのにおいだった。玄関を入ってすぐのところにキッチンがあるせいだろうか。奥の六畳間に進むと、こちらは汗と煙草のにおいが澱んでいた。口に出して「くさい」とは言わなかったが、一瞬の身じろぎで察したのだろう、宮崎は部屋に一つきりの窓を開けながら「一人暮らしで勤めに出てると、なかなか外の風を入れられなくて」と申し訳なさそうに言った。

部屋には布団が敷きっぱなしになっていた。部屋干しの洗濯物と、布団のまわりに脱ぎ捨てた靴下、小さなテーブルの上にはコンビニの弁当の空き箱と、吸い殻が山盛りになった灰皿……。

「なんか、懐かしいなあ」

田村は笑って言った。弁当の空き箱を片づける宮崎に、「俺も学生時代は下宿だったし、独身の頃もこんな感じだったな、部屋」とつづけた。実際、においはともかくとして、悪い居心地ではなかった。学生時代に友だちの下宿を訪ねたときのような気分だった。

「青春時代に戻った感じですか？」

「ああ、ほんと、懐かしいよ」

テーブルの前にあぐらをかいて座り、あの頃の学生の下宿には必ずあったカラーボックスを眺めながら、懐かしい懐かしい、とうなずいた。殺風景な部屋だったが、寿美子の好みで統一されたわが家のリビングよりもくつろげる、ような、気がする。

「田村さん」

台所でコップを洗いながら、宮崎が言った。田村が「うん？」と振り向くと、手元のコップを見つめたまま、「いま、一瞬、単身赴任もいいなって思ったでしょ」とつづける。

「ちょっとだけな」

「気楽で、自由で、ウチにいるよりのびのびできるぞ、って？」

「……まあな」

苦笑交じりに応えると、宮崎は水道の蛇口を締めて、「三日だけですよ」と言った。「懐かしさでもつのは三日だけで、気楽さを愉《たの》しめるのは最初の一ヵ月だけです」

ゆるんでいた田村の頬が、しぼんだ。

「青春時代に戻るっていってもね、現実は三十七歳なんですから、やっぱり限界ありますよ、それは」

気まずくなって目をそらすと、カラーボックスの上に写真立てを見つけた。奥さんと息子と一緒の、家族三人の写真だった。

「さっき田村さん、部屋に入ってすぐににおいを嗅いだでしょ。そうなんですよ、住んでる本人はわかんないんです、部屋のにおいって。たまに札幌の家に帰ってもね、やっぱりにおいってあるんです。ウチのにおいが。でも、それがわかるのって、寂しいですよ」

写真立ての隣には、三本組み合わせたバットをスタンドにしたサインボールがあった。

〈健康第一。お酒とタバコは控えめに〉――これは奥さんの字だろう。

〈パパおしごとがんばってね!〉――これは息子の字。

宮崎が部屋に戻ってきた。まだ濡れたコップを二つ手に持って、小脇に抱えているのは、焼酎のお徳用三リットルのペットボトルだった。

「お茶の買い置きがないんで……オチャケにしましょうか」

なんてね、と宮崎は笑った。付き合って二年、初めて聞く宮崎の冗談だった。

「飲もうか」と田村は笑い返して、湯沸かしポットを手元に引き寄せた。

焼酎のお湯割りをちびちび啜りながら、宮崎は何度も昼間のことを謝った。

「単身赴任なんてね、やっちゃだめですよ。やらずにすむんなら、それに越したことないんですよ。わかります? 家族が離れて暮らすのって、やっぱり不自然なんです。不自然なことをつづけてたら、どこかに無理が出ちゃうんですよ……」

焼酎のペットボトルを指差した。サインペンで目盛りが記してある。一週間でここまで、と決めているのだという。

「ちょうど一カ月でボトルが空になるペースなんですけどね、笑っちゃいますよ、去年は二リットルのボトルだったんです。おととしの、東京に出てきてすぐの頃は、一・五リットルだったから、もう、来年はどうしようか、って」

寂しい、という。とにかく寂しいのだ、という。

「だって、しゃべる相手いないんですよ。酒飲んで寝ちゃうしかないじゃないですか」

仕事に追われる平日はまだいい。会社のない週末が、キツい。

「ウチの会社、帰宅手当が月に一回ぶんしか出ないんですよ。所帯が二つになると出費もかさみますしね、そうそう自腹で帰るわけにもいかなくて……カープに入れてもらってよかったです、ほんと、カープがなかったら、週末は絶対に酒浸りでしたから」

だから――と、宮崎は口調を強めた。

「僕が田村さんの家の事情に口出しする筋合いはないんですけど、できれば単身赴任はしないほうがいいです。東京に残るにしても広島に帰るにしても、とにかく、家族は一緒にいないと」

目に涙が浮かんでいた。日頃つのらせていた人恋しさが、酒の酔いでいっぺんに出てしまったのだろうか。

「札幌には、まだとうぶん帰れないのか？」

「じつはね……先月、部長に直訴したんですよ。もう帰らせてくれ、左遷でもなんでもいいから、とにかく札幌に戻らせてくれ、って」

「で、どうだったんだ？」

勢い込んで訊くと、宮崎は肩を落とし、かぶりを振った。

「十月の異動はもうほとんど内示が出てるんですけど、だめですね、直訴が遅かったのか、東京でよっぽど僕が必要なのか」

ははっ、と空笑いを挟んで、「来週いっぱい待って、だめならあと一年、ですね」

とつづける。

田村は唇を噛んでため息を呑み込んだ。

「まあ、でも、ほら、札幌に戻っちゃったらカープも辞めなきゃいけないし、僕がいなくなったら困るでしょ。八番・レフト、九番・レフトでも、けっこうシブい活躍してるんですから。ね、そうですよね？　いぶし銀ってやつですよね、僕……」

ははっ、ははっ、と笑いながら立ち上がる。「まだちょっとにおいますよね、空気入れ替えますね」と田村に背中を向けて窓を開け、洟をずずっと鳴らす。

部屋は六階だった。団地の公園が見える。暮れかかった空を、カラスが鳴きながら公園に向かって飛んでいく。

「あそこのケヤキに、カラスの巣があるんですよ」

宮崎は公園の目印にもなっている背の高いケヤキの木を指差して、ぽつりと言った。

「週末の夕方ね、ここから見てるんです、カラスが巣に帰るところを。いいなあ、カラスにも帰る家があるんだよなあ、子どもたちが待ってるんだよなあ……って」

田村は黙って焼酎を飲み干した。東京のわが家に「ただいま」を言い、広島の実家にも「ただいま」を言うのは、ずるいことなのだろうか。そんなことを、ふと、思った。

3

夕暮れの空をよぎるカラスを見るともなく見ながら歩いていたら、後ろから地響きのような音が聞こえ、まぶしい光で照らされた——と思う間もなく、車高の低い車が洋子のすぐそばを駆け抜けていった。

思わず「ひゃっ！」と身をすくめた洋子を叱るように、香織が「ぼーっと歩いてたら危ないよ」と言った。

「だって、すごいスピードだったじゃない、いまの車」

「ポルシェだったね」

「ポルシェって、あのポルシェ？」

「他にポルシェってないと思うけど」

「なんでこんなところ走ってるわけ？」

「知らないよ、そんなの。さっさと歩けばいいの、歩行者は」

香織はさっき、洋子がスーパーマーケットに呼び出したときから、ずっとご機嫌斜めだった。

「お一人さま一パック限り」のティッシュペーパーの特売のために試験勉強を中断されて、怒っている。そもそも勉強が思うように進まなくて、怒っている。そこに洋子の求職活動が今日も空振りだったことが加わって、のんびりした洋子の歩き方まで癪《しゃく》に障る。

「ほんと、どーすんのよ」

「なにが？」

「って、就職に決まってんじゃん」

「うん……土曜日に開いてるハローワークって少ないせいもあるんだけど、満杯なんだもん、びっくりしちゃった。おじさんだけじゃなくて、若いひともけっこう来てるのよ。もう不況とか就職難とかのレベル超えちゃって、ニッポン、ヤバいんじゃないの？」

「ヤバいのはニッポンじゃなくて、ウチなのっ、わが家なのっ」

「……なにカリカリしてんのよ、さっきから」

しゃべるとますます腹が立ちそうなので、香織は唇をキュッと結んだ。

昨日――金曜日に、担任の先生から進路調査票を配られた。中学生活も折り返し点にさしかかって、高校受験が見えてきた。第一志望の学校に合格するには、いまの成績ではちょっと心もとない、ということも。

妥協して合格確実圏内の学校を目指すのは、嫌だった。あくまでも初志貫徹。これから必死に勉強して、成績をぐんぐん上げて、みんなをごぼう抜きして……気持ちだけははやっても、肝心の勉強が進まない。本腰を入れて勉強を始めたぶん、足元のおぼつかなさが気になってしまう。特に、一年生の頃から苦手だった理数系は、二年生になってからは授業についていくのがやっとの状態になっていた。

今年は、いろいろあったから――。

自分に言い訳をするのは、悔しくて、恥ずかしくて、ずるい。わかっていても、つい、してしまう。両親が離婚して、父親が再婚して、再婚相手が妊娠して、母親は無職で、母娘で草野球まで始めて……。

「ねえ、香織」

洋子が言った。あいかわらずのんきな口調ではあったが、ちょっとそれがつくりものめいて聞こえた。

「ハローワークの帰りに考えてたんだけど、もし就職できたら、お父さんが送ってくる養育費、ちょっと減らしてあげようかと思って」

「なんで？」

「だって、向こうも赤ちゃん生まれたらお金かかるでしょ。奈津美さんだってしばらくは仕事に戻れないと思うし。こっちも養育費ゼロにするわけにはいかないけど、いままではお母さんが仕事しなくてもなんとかなるぐらいもらってたんだから、就職したら、少しは減らしてもいいかな、って」

「少しって、どれくらい？」

「よくわからないけど、半分ぐらい、かな」

頭の中ですばやく計算した。うげっ、と声が漏れそうになった。わが家の収入は年間で百万円近く減ることになる。

「だいじょうぶよ、お母さんの給料も入るわけだから。もともと相場よりちょっと多めにもらってたんだし、こっちに収入のめどがたったあともいまのままのお金をもらうのって、やっぱりスジが違うと思うのよ」

そうじゃないよ、と心の中で言い返した。お母さんがこだわってんの、スジじゃなくて、イジじゃん。

九月に奈津美に会って以来、洋子の様子が微妙に変わった。ふとしたときに黙り込んだり考え込んだりすることが増えた。夏までは都心のオフィス限定だった就職先も地元にまで広げ、「こういうのはちょっとなあ……」と言っていた時給制の仕事の求人広告にもじっくりと目を通すようになった。「就職先探すより再婚相手探したほうが早いんじゃないの？」と香織が冗談で言ったときには、「そりゃそうよ、お母さんだってまだまだイケてるんだから」と笑っていたが、つづけて香織が「そのほうが楽だし」と言ったら、かなり真顔で怒りだした。「ひとの人生、なんだと思ってんのよ」――あとで香織も、ひどいこと言っちゃったんだな、と悔やんだ。

「お母さん」

「うん？」

「負けず嫌いのギア、入っちゃった？　やっぱり向こうに負けたくないの？」

洋子は少し考えて、苦笑交じりに答えた。

「お父さんや奈津美さんがどうこうっていうんじゃないけど……だから、『向こう』

じゃなくて『ぜんぶ』に負けたくないよね」

「ぜんぶ、って？」

「世の中の、ぜんぶ」

「……スケール、でかすぎ」

口では茶化してみたものの、気持ちはなんとなくわかる。

「それよりさあ、ちょっと、あんた」

洋子は口調をあらためて、「昨日、進路調査票もらってきたんでしょ、学校で」と言った。「スーパーで美紀《みき》ちゃんのお母さんから聞いたわよ」

うわっ、と香織は顔をしかめた。

「なんですぐに出さないの」

「ごめん、忘れてた」

「第一志望、多摩川高校なんだってね」

あのおしゃべり……。美紀とお母さん、両方の顔を思い浮かべて、にらみつけた。

「だいじょうぶなの？　タマコーって、学年で二十番以内に入ってないとキツいっていうじゃない」

「だから勉強してんじゃん」

「城山《しろやま》高校あたりかなって、お母さん思ってたんだけど。あそこなら平気じゃない？」

勝手に決めるなっ、とムッとした。

「だったら私立に行かせてよ。パウロ学院とか大沢《おおさわ》女子とか、そのほうが城山より全然いいよ。パウロならエスカレータで大学まで行けるんだし」

実際、私立を滑り止めにするつもりなら、プレッシャーはうんと減る。それができないから、こんなにあせって、いらだって、「じゃあ私立にする？」とあっさり言う洋子にまた腹が立ってきて……。

「行けないでしょ、私立なんて。行けるわけないじゃん」

「なに勝手に決めてんのよ」

「お母さんだって、さっき勝手に決めたじゃん、ひとのこと。だったらさあ、私立行かせてくれる？　行けるの？　パウロも大沢も高いよ、はっきり言って」

「……就職が決まればなんとかなるって」

「養育費減らしたらおんなじじゃん！　お母さんの意地に巻き込まないでよ、こっちを！」

思わず声を張り上げてしまった。すぐに悔やんだ。怒鳴り返されたら笑ってごまかして、さっさと謝るつもりだったのに、洋子は黙り込んでしまった。公園沿いの道を足を速めて、うつむいて、肩をすぼめた。

攻め合いの口喧嘩には強い香織も、こういう沈黙には、勝てない。気まずさを結局一人で背負い込んでしまって、「あのさー……」と言葉を継いだ。なにを話すか決めていたわけではなかったが、口を開くと、胸の片隅にあった本音が、ぽろりと転がり出てきた。

「カープ、そろそろやめちゃおうかなって思ってるんだけど……」

「なんで?」

「だって、やっぱ、勉強しないと。部活ほどはキツくないけど、土曜とか日曜とか、半日とられちゃうのってイタいし」

「野球するの、嫌になっちゃった?」

「そういうわけじゃなくて、野球おもしろいし、好きだし、高校生になったらソフトボール部とか入ってみたくなったけど、その前にタマコー受かんなきゃ意味ないじゃん」

洋子は「そうだね」とも「そうじゃないよ」とも言わなかった。

その代わり——。

「あ、そうそう、こないだ沢松くんから聞いたんだけど、あの子もタマコー志望なんだってね」

振り向いて、笑った。

頬がカッと熱くなった。ちょっと待ってよ全然関係ないよそんなの誤解だよなに考えてんのよ勝手に決めんなっての冗談やめてよ冗談……あわてて言おうとしたら、逃げるみたいに笑いながら前に向き直った洋子が、「あれぇ?」と声をあげた。

「ね、あそこに停まってるの、さっきのポルシェじゃないの?」

公園の入り口の前に、間違いない、確かにさっきと同じメタリックシルバーのポルシェが停まっていた。だね、とうなずいた香織の目も、一点に据えられた。公園の植え込みの隙間から、見知った顔が覗いた。

「ショーダイさん……?」

ベンチに座って、誰かと話していた。

洋子を手招いて、「ショーダイさん、デートかもよ」と小声で言って、覗き込む角度を変えてみた。

将大とベンチに並んで座っていたのは、女性ではなかった。背が高く、がっしりとした体格の、若い男。キャップとサングラスで顔を隠していたが、洋子と香織は同時に口を「あっ」と開いて顔を見合わせた。

吉岡亮介だった。

4

「教員採用試験、受かったんだ。A採用だから、たぶん来年から教壇に立つと思う」

将大の言葉に、吉岡は「いいんじゃないか？」と軽く、冷ややかに笑った。「おまえには似合うよ、そういうフツーの人生が」

「……野球部の監督やりたいんだ」

「甲子園なんて遠いぜ、都立だと」

「いいよ」

素直にうなずいて、武蔵野学院の石井監督の顔と言葉を思い浮かべながらつづけた。

「勝ったり負けたりすることの大切さを、教えてやりたくてさ」

吉岡はさっき以上に冷ややかに笑ったが、将大はかまわずつづけた。

「あと……野球のこと、もっと好きにならせてやりたい。好きだから野球部に入ってくるんだけど、もっともっと好きになってほしい」

まだ出会っていない教え子たちに向けた思いが半分、残り半分は吉岡に伝えたかった。わかってほしかった。会ってすぐに吉岡が言った「俺、やめるよ」の言葉を、吉岡自身に取り消してもらいたかった。

だが、吉岡はキャップを取って髪を整え、またかぶり直して、「要するに自己満足の味を覚えさせるってことか」と言った。

「そうじゃないって。俺はさ……」

「いいよいいよ、もう。好きだのなんだのって甘いこと言ってりゃいいよ、それがど素人の特権だからな」

「プロだって同じじゃないのか」

「違うね、全然違う」

「だって、野球が好きだから、これでメシ食ってるんだろ?」

吉岡はあきれ顔でため息をついて、「俺がいちばん好きなのは、俺だよ」と言った。「で、俺が俺をいちばん好きになれるのは野球をしてるときの俺だった、それだけだ」

だから、もう――完治のめどがたたない重症の椎間板ヘルニアを患ったいまはもう、野球をつづける意味がなくなった。

「何年も二軍暮らししてまで現役にしがみついてもしょうがないだろ。そんなの俺じゃない、吉岡亮介じゃないんだ。四年半で七十勝近くしたんだから球団だって契約金のモトは取れてるし、俺が入団してから年間予約シートはずっと完売なんだぜ。もう十分貢献したんだ、ファンも楽しませてやったんだ」

「それでいいのか？　ヘルニアだって治るかもしれないんだろ？　おまえ、ここでやめて後悔しないのか？」

「ずるずる現役をつづけて、いい歳になって、結局治りませんでした、っていうほうが後悔するよ、俺は」

吉岡は将大に目をやって、「俺ら、まだ二十三だぜ」と言った。「いまなら第二の人生も間に合うだろ」

なにも返せなかった。

「だめになった姿を見せないのも、ファンサービスのうちだ」

きっぱりと言って、「これで俺も伝説の名投手だな」と笑う吉岡から、将大はそっと目をそらし、唇を嚙んでうつむいた。


ちょっとさー……。

ベンチの背後の植え込みの陰に身をひそめた香織は、隣の洋子を肘でつついて、息だけの声で言った。

ショーダイさん、だめじゃん、負けてるよ。

そんなことないって。

だって、はっきり言って、吉岡さんの言ってることのほうが合ってると思うもん。男の引き際っていうか、カッコいいじゃん。

そんなことない。

なんで？

そんなことないの、とにかく。

洋子は折り曲げた膝を両手で抱え込んで、そんなことない、絶対に、と心の中で繰り返した。

腕時計に目をやる将大のしぐさに気づいた吉岡は、「まだなのか？」と少しいらだった声で言った。

「悪い……もうちょっとだけ」

約束の時間から五分過ぎていたが、啓一はまだ姿を見せない。びっくりさせて――なにかにつけて醒めている啓一に「感激」というものを味わわせてやりたくて、あえて「吉岡亮介と会えるんだぞ」とは言わなかった。それが失敗だったかもしれない。

陽が暮れ落ちてから、急に肌寒くなった。いつも自慢のポルシェで移動して、街を歩くことなどほとんどないという吉岡は、薄手の服装だった。肩や肘をいたわっている様子も、予想していたとおり、なかった。

「これ、よかったら使うか?」

上着のポケットに入れておいた使い捨てカイロを差し出すと、「なんだよ、ショーダイ、冷え症になっちゃったのか」と笑われた。

違うよ、おまえのために持ってきたんだよ――と言っても、喜びはしないだろう。

「肩が冷えるとよくないから、使えよ」

「……いらねえよ、そんなの」

「腰も温めたほうがいいんじゃないのか」

「いらないって言ってるだろ」

吉岡はうっとうしそうに顔の前で手を振って、「それにしても、天才に憧れるなんて、しょうがねえガキだな、そいつ」と苦笑した。「ろくなおとなにならねえぞって言っといてやれ」

将大は黙ってうなずいた。吉岡とは別のことを考えていた。啓一にではなく、吉岡に、言わなければならない言葉がある。

「啓一に伝えとくよ」

「そうだよ、言っとけ、人間地道な努力が大事だぞ、センセイを見てみなさい、野球がへたでも立派なセンセイになりました、ってな」

「……天才でも、弱い奴になっちゃだめだ、って言うよ」

笑っていた吉岡の顔がこわばった。「なんだよ、それ」と声がとがる。「どういう意味だよ」と鋭い目で将大をにらむ。

将大は、今度は目をそらさなかった。黙って、じっと吉岡を見据えた。

「おまえに……俺の気持ちがわかるか」

うめくように言って、先に目をそらしたのは、吉岡だった。

「ちょっと電話してみるよ」

将大は携帯電話を手にベンチから立ち上がった。

電話に出た福田の奥さんの声には、涙が交じっていた。将大が訝しみながらも名前を告げ、「啓一くんいますか？」と訊くと、嗚咽をこらえるような声を漏らしたきり、絶句してしまった。

啓一は電話に出てこなかった。代わりに、福田が「おう、どうした」と受けた。笑っていた。ぐったりと疲れきったときに自然と浮かぶ薄笑いのように、聞こえた。

将大が約束の件を告げると、「そうか……でも無理だな、いまは」と言う。電話を取り次ぐつもりもなさそうだった。

「なにかあったんですか？」

「うん……ちょっとな」

そのまま電話を切りそうな気配だったが、途中で思い直したのか、福田は小さく咳払いして、「やっちゃったんだ」と言った。「ビンタ張っちゃったよ、啓一に」

一時間ほど前のことだった、という。

「練習のあと、橋本くんや伊沢くんと軽く一杯やったんだ。そんなに飲んだつもりはなかったんだけど、やっぱり酔ってたのかなあ」

赤ら顔で家に帰ると、リビングで啓一がゲームをしていた。いつもなら「適当なところでやめとけよ、目が悪くなるぞ」程度で終える小言が、今日は「いつまでやってるんだ、いいかげんに勉強しろ」になった。

「なんでだろうな、急にムカッとしたんだ。橋本くんのお見合いの話を酒の肴《さかな》にしてたから、啓一の将来も心配になったのかなあ」

口で言うだけではすまず、リビングの床に投げ散らかしてあったゲームのケースを「邪魔だよ、こんなところにあったら」と軽く蹴った。

「違うな……橋本くんのことは関係なくて、アレだ、田村さんの話聞いて、なんか親子とか家族とか考え込んじゃって、それが酔ってヘンなふうに出ちゃったのかなあ」

啓一もムッとして、ふくれつらでゲームを片付け、部屋にひきあげた。そのとき、捨て台詞のように「勉強したってむだだよ、親がコレだから」とつぶやいた。

「……聞こえたんだ、聞こえちゃったんだよ、それ。俺、キレるって感覚、そのとき初めてわかったなあ」

　啓一を追いかけて、廊下でつかまえて、振り向きざま頬を張った。

「初めてだ、あいつをぶったのなんて……っていうか、誰かを殴ったのも、ガキの頃以来だよ」

　ため息の背後で、奥さんの声が聞こえた。言葉は聞き取れなかったが、声の調子からすると、福田をなじっているようだった。

「まあ、そういう事情なんで、いまあいつ部屋にこもっちゃってるんだ。外には出せないと思うから、悪いけど」

「いえ……わかりました」

「たとえ親子でも暴力はよくない、悪いことだよ、でもな、ショーダイ、俺……間違ったことしたとは思ってないんだよなあ、いまでも……」

　福田が電話を切るまぎわ、奥さんが、またなにか言った。声はさっき以上にとがっていた。

　将大は夜空を仰いで、携帯電話を閉じた。福田の気持ちがわかると言えば、嘘になる。けれど、わからなくは、ない。

　啓一の顔が浮かぶ。おまえはやっぱり吉岡に会わないほうがいいよ、と噛みしめる。

歩きながら話しているうちに、ベンチからずいぶん遠ざかってしまった。

吉岡にキャンセルを謝らなくちゃな、と振り返ると——吉岡は立ち上がって、植え込みの前に立つ人影と向き合っていた。

人影は、二人。

洋子と香織が、決まり悪そうにうなだれていた。

5

泡を食って駆け戻った将大に、吉岡は「おい、マジかよ」と嘲るように言った。

「この二人、マジにおまえと一緒に草野球やってんのか?」

ショーダイくん、ごめん、と洋子が上目づかいで詫びた。いやー、まいっちゃったなあ、と香織もうなだれたまま、ぺろりと舌を出す。

「写真週刊誌に追われどおしだからな、そのへんの勘は鋭くなるんだよ」

将大がベンチを離れてすぐ、背後にひとの気配を察した、と吉岡は言った。「まさかこんな二人とは思わなかったけどな」と吐き捨てて、「おまえもすごいレベルの野球やってるんだな」と顎を上げて笑う。

「ショーダイさんは関係ないから、こっちが勝手に隠れてただけなんだから」

憤然として言った香織を制して、洋子が覚悟を決めたように一歩前に出た。

「盗み聞きして悪かったけど……せっかくだから言わせて」

俺に？　と自分を指差す吉岡をキッと見つめて、「本気でこのまま引退するつもりなの？」と訊いた。「それでいいの？　あなたは」

「……関係ねえだろ」

「さっきショーダイくんが言ってたように、あなた、あとで絶対に後悔するわよ」

「しねえよ。後悔したくねえから、やめるんだよ。聞いてただろ？」

洋子は「聞いてたわよ」と軽く返して、ふふっ、と笑った。「ガキだなあって思いながら聞いてた」

ちょっとやめなよお母さん、と腕を引く香織の手を払いのけて、さらにつづけた。

「どうせ引退するんなら、後悔しなさい」

「なんだよ、それ。後悔したくないって言ってんだろ」

「そうしないと、後悔しなかったこと、いつか、あんた後悔するから」

「はあ？」

「後悔する勇気もなかったこと、歳とっておとなになってから、絶対に後悔するよ」

「……わけわかんねえよ」

「おとなはみんな後悔しながら生きてんの！　後悔することたくさんあって、もうどうにもならないことといっぱいあって、でも、人生やめるわけにはいかないから必死に生きてんの！　後悔したくないとか、だめになったところファンに見せたくないとか、甘ったれたこと言ってんじゃないわよ！」

洋子の剣幕に気おされて肩をすぼめ、ほんとそうだよなあ、と理屈よりも迫力で納得したのは——吉岡ではなく、将大のほうだった。

吉岡はうっとうしそうに舌打ちして、あらためて洋子を見下ろした。

「関係ねえって言っただろ。いいんだよ、ほっといてくれよ。俺が決めることだろ、誰にも文句言わせねえよ、あんたに文句つける権利なんてあるのかよ」

「ないわよ」

「だったらババアは黙ってろよ、誰にも文句言わせねえって言ってるだろ！」

声を荒らげる吉岡に洋子はひるみかけたが、グッと足を踏ん張った。

「わたしには、文句言う権利ないわよ」

「だろ？」

「でも……」

言葉に詰まった。一瞬、頭の中がからっぽになった。そこに——言葉が降ってきた。

「野球の神さまが怒る！」

考えて言ったわけではなかった。なにかを思いだして湧いてきたのでもない。ショートバウンドの送球がグローブにきれいに収まったときのように。ベースランニングで歩幅やスピードを調整することなく一塁ベースを回れたときのように。フルスイングしたバットの真っ芯でボールをとらえたときのように。それしかない言葉が、それしかないタイミングで、口をついて出てきたのだった。

すこん、と抜けたような沈黙を挟んで、吉岡の甲高い笑い声が響きわたった。

「よお、ショーダイ、なんなんだよ、このおばちゃん……たまんねーよ、頭おかしいんじゃねーの？」

片手で将大の肩を抱き、片手で腹を押さえて笑う。「草野球ってさ、こーゆー世界なのか？　なあ、おい」と声を裏返して笑いつづけ、思いもよらない洋子の言葉に唖然とする香織に、「おまえのかーちゃん、変わってるよなあ」と声をかける。

だが――。

吉岡は、決して洋子と目を合わせようとはしなかった。

「あのときのお母さん、なんかオーラみたいなのが全身から出てたよ」

あとになって、香織は言った。

「怖かったです……感動っていうより」

将大が打ち明けたのも、あとになってからだった。

そして、ずっとあとになっても、香織も洋子も、将大も、知らずじまいのことが、ひとつ。

同じ頃、東京からはるか西の街で、広島カープの赤い帽子をかぶったカントクが夜空を見上げていた。

誰もいない広島市民球場の外野スタンドに、カントクは座っていた。ナイターのある夜はカクテル光線でまばゆく照らされるグラウンドは、いまは夜の闇に沈み、カントクの姿もスタンドの影と一つになっている。

夜空からグラウンドに目を移したカントクは、皺だらけの顔をわずかにほころばせて、「そうじゃ……それでええんよ……」とつぶやき、何度も満足そうにうなずいた。

ひとしきり笑った吉岡は「あー、腹が痛え」とみぞおちをさすりながら、将大の肩に載せた手をはずした。

「なあ、ショーダイ」

「……なんだ？」

「おまえさ、自分で自分が情けなくならねえか？　大学じゃ通用しなかったけど、おまえだって甲子園組だぜ？　俺の球を受けてたんだぜ？　それが、いまはこのざまかよ」

将大が顔をこわばらせても、むしろそれを待っていたように、せせら笑いながらつづける。

「草野球でもレベルってもんがあるだろ、レベルが。なにがつらくて、こんな、オンナの入ってるようなチームで野球しなきゃいけないんだよ」

「ちょっと！」香織が血相を変えた。「なによ、その言い方！　差別！」

だが、香織を振り向いた吉岡は悪びれた様子もなく、「野球をなめるな、ってこと」と言った。

「なめてるのはそっちでしょ」――これは、洋子が言った。

吉岡は洋子とは目を合わさず、また将大に向き直った。

「ガキ、来ないんだったら、俺もう帰るわ」

「ああ……」

「まあ、おまえも元気でやれよ。世間の隅っこでさ、くっだんねえ連中とカスみたいな野球やってろよ。それが似合ってるんだよ、おまえには」

言い捨てて歩きだす吉岡を、香織は怒りに満ちた形相で追いかけようとした。

だが、それより先に洋子が「待ちなさい！」と吉岡の背中に声をぶつけ、さらにそれより先に——将大が無言で吉岡の前に回り込んで、胸ぐらをつかみあげた。

「なにするんだ！　てめえ！」

「謝れ！」

「なにがだよ！」

「二人に謝れ！　俺たちに……謝れ！」

もみ合いになった。だが、プロの世界で鍛え抜いた吉岡の体はびくともせず、将大は逆に手首をつかまれてしまった。

「なにアツくなってんだよ、バカ」

「野球を……野球を……」

つづく言葉は声にならなかった。涙が目からあふれ、くそっ泣くなっ、と歯を食いしばったら、吉岡に突き飛ばされた。

地面に尻餅をついて倒れこんだ将大を、吉岡はシャツの襟を整えながら、黙って見下ろした。将大も、もうなにも言わない。地面に後ろ手をつき、息をはずませて、真っ赤になった目で吉岡を見つめる。

　吉岡は不意に身をかがめ、足元に手を伸ばした。もみ合いのはずみに将大の上着のポケットから落ちた使い捨てカイロを拾い上げ、ロージンバッグのように手のひらで軽くはずませて、襟元から服の中に入れた。右肩に載せて、上着ごと肩を何度か揉んで、「じゃあな」と笑う。

　初めて、素直な笑い方になった。

　将大も尻餅をついたまま、静かに言った。

「来週、試合があるんだ。俺たちの野球、一度見に来てくれ」

「……忙しいんだよ、俺だって」

　吉岡はまた歩きだした。遠ざかる背中を、将大も、洋子も、香織も、黙って見送った。

　やがてポルシェの重いエンジン音が響きわたる。長く尾を引くクラクションとともに、ポルシェは走り去っていった。

　カントクはスタンドからゆっくりと立ち上がる。出口に向かって通路を歩きながらグラウンドを見渡し、大きく深呼吸して、事務室から出て来た二人組の警備員に「すまんかったのう、カッちゃん」と声をかけた。「懐かしい思い出にひたらせてもろうて、もう、なんも思い残すことはないわい……」

カッちゃんと呼ばれた白髪頭の警備員は、泣きだしそうな顔でかぶりを振り、「また、いつでも遊びに来てつかあさい」と言った。

うんうん、とうなずいたカントクは、後ろを振り向くことなくスタンドから去っていった。

「誰なんですか、いまのじいさん」

二人組の片割れ——まだ若い警備員が訊くと、カッちゃんは、カントクの後ろ姿の余韻にひたりながら、「伝説のひとじゃ」と言った。

「伝説って……」

「まだカープが弱かった頃……赤ヘルになる前のカープを、あのひとはずうっと応援しとったんじゃ。市民球場の試合は、ほとんど来とるはずじゃ。常連も常連、牢名主のような存在じゃったんよ。値段の一番安い外野スタンドで、メシも食わず、酒も飲まずに、ひたすら応援じゃ」

大きな中華鍋をスリコギで叩き、ホイッスルで拍子を取って、まわりの客を巻き込みながら、遠いバッターボックスやマウンドにまで応援の声——というより、怒号を届ける。

「おやっさんは鉄工所で働いとったけえ、あの中華鍋は、手作りの銅鑼《どら》のつもりじゃったんかもしれん」

当時のカントクは四十代だった。やはりカープが大好きで市民球場の外野スタンドに通い詰めていた高校時代のカッちゃんを、とても可愛がってくれた。

「原爆でみなしごになって、戦後に結婚をした奥さんも早く亡くして、子どもさんもおらんようじゃったけえ……わしのことを息子のように思うてくれたんかもしれん」

弱いチームを応援するというのは、悔しい思いを何度も何度も味わうということだった。それでも、外野スタンドに足しげく通っていたファンは、負けても負けても、連日連夜、悔し涙にくれながら、カープを応援しつづけた。

「ほとんどマゾじゃないですか、そんなの」

もともと広島の出身ではなく、野球そのものにも興味がない若い警備員は、からかうように笑った。

カッちゃんは苦笑いでそれを受け流して、「勝つために応援しとるわけじゃないんよ」と言った。「勝ってほしいけえ応援するんと、勝つために応援するんとは、違うんよ」

「はあ……」

「わしは戦後の生まれじゃけど、おやっさんらは戦争も原爆も知っとるけえ、なおさらじゃ」

そんな長年の応援が、一九七五年の初優勝でついに報われた。

しかし、その年を最後に、カントクは市民球場からも広島の街からも姿を消した。

「なんでですか？」

「わしにもわからん。みんなもびっくりしとった」

「ですよねえ。これからはカープも強くなって、応援のし甲斐もあるのに」

「ほいでも……わかるような、気もする」

カッちゃんはそう言って、外野スタンドをあらためて振り向いて続けた。

「あの優勝のあとは市民球場から足が遠のいてしもうたひとは、けっこうぎょうさんおったんよ」

そして、スタンドの一角——さっきまでカントクが座っていたあたりを、じっと見つめる。

「おやっさん、広島を出たあと、お元気でおられましたか。幸せにしておられましたか。なんも訊けんかったけど、また……絶対にまた、来てつかあさい」

まるで目の前にいるかのように語りかけて、小さく頭を下げた。

イニング12

1

一番・センター、伊沢——亡き母親を偲んで、ゲンかつぎのカレーライスを食べつづける男。

ちぐさ台カープ解散の話を聞いて、誰よりもしょんぼりしたのは、伊沢だった。

「じゃあ、今度の試合が最後になるんですか」と田村に言ったときには、まだ不承不承ながらも納得顔だった。

「しょうがないですよね、カントクあってのカープですもんね。カントクには長生きしてもらうのが一番ですから」

さすがに親を早く亡くしただけあって、神妙な顔でうなずいてもいた。だが、最後の試合の段取りを伝える田村の話が進むにつれて、相槌にこんなフレーズが交じり始める。

「最後かあ」「最後なんですねえ」「最後ってのもなあ」「そりゃまあわかってますけ

どね、最後ってのは」「最後ですよねえ」「最後なんですかねえ」「最後にしなきゃいけないんですかねえ」「ねえ、やっぱり最後ってのやめません？」……。

この未練がましさが打席での粘りにつながっていてくれれば、出塁率ももうちょっとは上がっていたはずなのだが、とにかく、一番・センター、伊沢――いい男である。

*

「あ、俺ですか、もうカメラ回ってます？　あー、えーと、伊沢です。カープには長年お世話になりました。俺、元ヤンなんで、団体行動とかほんとは苦手で、仕事もけっこういろいろ替わったりとかしてるんですけど、カープは……っていうか、野球が俺大好きなんで、カープで上や横と揉めたらおしまいだって俺思ってたんで、でも、全然無理して我慢とかしたわけじゃなくて、ほんと、楽しかったです」

「で、俺、練習のあととか試合の打ち上げとか、カレーばっかり食ってすみませんでした。でも、なんか俺、あのー、マジに昔はヤンチャしてたんで、昼間のファミレスでみんなと一緒にカレー食ってるってところ、おふくろに見てもらいたくて……っていうか、いやほんと、おふくろ生きてたら、絶対にみんなのこと気に入ると思うんですよ、で、俺のこと安心してくれると思うんですよ、だから、俺ほんとはずーっと、田村さんとか福田さんぐらいのオヤジになるまでカープで野球やりたかったんですけど……あ、ちょっとタイム、泣けた……ヤバ……」

「ま、とにかく、カントク、心臓って大変だと思うけど、絶対に早く良くなって、元気になって、また新しいチームつくってください。俺、絶対に入ります。皆さん、お世話になりました。どーもです」

2

二番・ライト、福田——息子の鍛え方に空回りしどおしだった父親。

カープ解散を知らされた夜、福田は将大を駅前の居酒屋に呼び出した。「教員採用試験合格のお祝い、まだやってなかったもんな」と少々唐突な口実をつけて、困惑気味の将大とビールで乾杯した。

「ショーダイは知ってるんだろ、カープのことは」

「ええ……」

「残念だけど、考えてみれば、おまえだって四月からは高校の先生なんだもんな。いつまでも草野球に付き合うわけにはいかないよな」

「すみません……」

恐縮してうなずく将大の横顔をちらりと見て、福田は感慨深そうな笑みを浮かべた。

チームに入って半年——大学を卒業して半年の間に、将大の雰囲気は、本人は気づいていないかもしれないが、微妙に変わった。図体はでかくてもいかにも気弱そうだった顔つきが、しっかりとした意志を持ったおとなの表情に変わった。それを教えてやると就職のはなむけになるだろうか。一瞬思ったが、まあ若造を甘やかすこともないな、と黙ってビールを注ぎ足してやるだけにした。

サラリーマン生活も、ほぼ折り返し点に来た。現場では年上より年下と付き合うことのほうが増えてきた。若い連中を見ていると、ときどき、はっとする。急に成長したな、と驚く。経験不足や思慮の浅さを若さと勢いでごまかしながら、とにかく前にさえ進めばなんとかなると信じている若さが、むしょうにまぶしく感じられて、つい目を伏せてしまうことだってある。

もう俺たちは「成長」する歳じゃないんだもんな、とエイヒレと一緒に嚙みしめた。中年のサラリーマンが誰かに「雰囲気が変わったなあ」と言われるときは、「老化」の意味になる。歳を重ねるペース以上の速さで額が後退していった福田は、その寂しさやせつなさを身をもって実感している。

ビールを焼酎のお湯割りに替え、ほろ酔いに身を任せるように、福田は言った。

「家庭教師のバイト……中途半端で終わっちゃって、悪かったな」

将大は小さくかぶりを振って、「啓一くん、元気ですか」と訊いた。

「ああ。あいかわらず『一生遊んで暮らしてーえ』とか『天才になりてーえ』とか、ふやけたことばっかり言ってるけど、まあ、元気だよ」

「中学受験は……」

「やるとしても、本格的に勉強するのは、五年生に進級してからだな。とりあえずいまは、汗びっしょりになって、へとへとに疲れるまで遊ぶこと、覚えさせたくて」

公園での特訓は、ビンタを張ったのを機に終わってしまった。甘やかされて育った一人息子が自分をぶった父親と口をきくようになるまでには、うんざりするほど時間がかかった。その間の腹立ちやいらだたしさや、もどかしさや情けなさや、暴力をふるったことへの苦い後悔や、そんな後悔を背負ってしまう自分への怒りは、将大に聞かせてもしょうがないことだし、思いだしたくもないことでもあった。

ただひとつ――。

「子どもを育てるってのは大変だよ」

ぽつりと言って、「ショーダイもこれからわかるよ」と笑った。「育てることも教えることも大変だ」

将大はうなずいて焼酎のお湯割りを啜り、「でも……」と言った。最初は遠慮がちな声だったが、「いや、やっぱり、でも……」と口調をあらためてつづける。

「子どもっていいですよ」

「そうか？」

「だって、野球教えてやれるし」

遠い目をして言う。

「なんだよおまえ、カッコいいこと言って。酔ってんのか？」と福田がからかうと、
ははっと笑って、遠い目のままでつづけた。

「夢があるんです」

「うん？」

「僕の古い相棒とね、約束したんです。そいつ、いつか少年野球の監督やりたいって。で、そいつが鍛えた男の子が、僕のいる高校の野球部に入って、甲子園目指して……でも、甲子園ってやっぱり遠いから、負ける悔しさしか教えてやれないかもしれないけど……そういうのって、いいな、って」

おい、ショーダイ、その相棒って、まさか——。

言いかけた言葉を呑み込んだ福田は、まあいいさ、と口の中のキャンディーを溶かすように何度もうなずいた。

プロ野球がシーズンオフに入ったスポーツ新聞には、毎日のように吉岡亮介をめぐ

る見出しが躍っている。椎間板ヘルニアの手術を決意したという説があり、鍼《はり》療法のために近々中国に渡るという説もある。今後のことも、チーム残留説、メジャー移籍説、来季をリハビリにあてて再来年からの復帰を目指す説もあったし、もちろん、引退説もあった。

将大なら少しは詳しいことを知っているかもしれない。けれど、それは、将大が自分から切り出さないかぎり、こちらから尋ねてはならないんだ、と思う。

子どもの勉強とおとなの人生とは違う。子どもはわからないことを一つでも減らすために勉強する。そして、おとなは、わからないこととの付き合い方を覚えながら生きていくのだ。

「近所の高校になるといいな、赴任先」

「ですね……」

「啓一が入るかもしれないから、そのときはよろしく頼むぞ」

「だって、私立でしょ？」

「うん、でも、啓一が高校生になるときって五、六年先だろ。サラリーマンは、それくらいの時期が若手バリバリで一番がんばれるんだ。学校の先生だって同じだよ。ショーダイがいい先生に育ってたら、うん、啓一のこと預けてもいいからな」

冗談めかして言ったが、あんがいと本音でもあった。

「でも、そのほうがいいです」と将大は、「啓一くん、その頃はどんな子になってるんでしょうね」

「まあ……天才にはなってないな」

福田の苦笑いに付き合って頰をゆるめた将大は、「でも、そのほうがいいです」と

また遠い目をして──自分自身に言い聞かせるように応えた。

「五、六年先かあ。俺の髪、いよいよヤバくなってるかもなあ」

すでに地肌の透けている頭のてっぺんの髪を軽く手で梳いて、その頃にはもう野球をしようにも全力疾走できなくなってるんだろうな、と嚙みしめる。

「最後の試合、啓一も呼んでみようかな」

「あ、いいじゃないですか、それ」

「でも、誘っても来ないと思うけどな」

「来てくれますよ、きっと」

「だといいけど……そこでエラーとか三振とかしちゃったら、親父の面目丸つぶれだよなあ……」

そういう心配性が髪には最もよくないのだが、なにはともあれ、二番・ライト、福田──いい男である。

*

「うん？　帽子？　いいんだいいんだ、野球のチームなんだから帽子脱いじゃだめだろ。違うぞ、違う、べつに頭を隠してるわけじゃないんだ。えーと……もういいのかな、しゃべっても。うん、それでだ、あー、要するに、ちぐさ台カープも今日で解散ということで、あともうちょっとで最後の試合が始まるわけなんだけど……いい天気でよかった、うん、ほんとうにそれ、よかったと思う」

「それで、今日、息子がさ、いや、うん、なんか応援に来てくれたんで、ちょっといいかな、一緒に写っても。いい？　悪いなあ、ちょっと公私混同しちゃうけど」

「おい、啓一、いいからこっちに来なさい、お父さんと一緒にビデオ、ビデオ、いいからおいで、恥ずかしがらなくていいんだよ、なにやってんだよ、ほら、みんな順番待ってるんだから……あっ、あ、ああ……行っちゃったよあいつ、なにやってんだよ……」

「えーと、カッコ悪いな、いまの。あとでカットだぞ、香織ちゃん、忘れるなよ。まあとにかく、最後の試合、打ちます。守ります。走ります。そして、勝ちます！」

3

三番・ピッチャー、ヨシヒコ——ちぐさ不動産の二代目のボンボン。

カープ解散の知らせに、誰よりも怒ったのがヨシヒコだった。

「ちょっと待ってくださいよ、なんなんですか、それ。冗談じゃないっすよ」

食ってかかるヨシヒコに、田村は「しかたないんだ」と諭すように言った。「カントクが決めたことなんだから」

「だったら、残った俺らでやればいいじゃないっすか、どうせカントクなんて、べつに試合に出てたわけでもないんだし……」

「でも、カントクなんだ。カープはカントクがつくったチームなんだ。ちぐさ台カープは、カントクのものだ。カントクの思いが詰まってるから、カープなんだ。そのカントクが解散を決めたんだったら、俺たちに文句を言う筋合いなんてないんだよ、どこにも」

静かに——しかし、強く、田村は言った。ヨシヒコをじっと見つめるまなざしには、哀しみも宿っていた。

「……ねえ、田村さん、教えてくださいよ。なにかあったんですか？　カントク」

「さっき言っただろ。退院したら広島に帰るんだよ」

「なんで帰っちゃうんですか、病院だったらちぐさ台にもあるし、広島に帰っても身寄りないんでしょ？　同じだったら東京でいいじゃないっすか、俺、マジ、面倒見ちゃいますよ」

「奥さんに呼ばれたんだ」

「って、死んでるじゃないっすか、奥さん」

「うん、いないよ、奥さんも子どもも」

「だったら――」

言いかけた声を、ぴしゃりと封じるように、田村は「だから、呼ばれたら応えたいんだ、わかってやれ」と言った。

「だって、そんなの急に言われたって……わけわかんないっすよ」

駄々をこねる子どものように、ヨシヒコは唇をとがらせる。「もう決まったことなんだから」と田村が言っても、「イヤっすよ、俺、マジでアタマ来てますよ、あー、もう、サイテー、すげーむかつく」とふてくされたまま、そっぽを向いてしまう。

あいかわらずワガママで、幼い。

それでも――。

「じゃあ俺、勝手にチームつくりますからね、田村さんとか抜きで、もう、最強のチームつくりますから」

そっぽを向いた目が、見る間に赤く潤んできた。

「悔しいっすよ、俺……来年も、再来年も、ずーっと、俺、みんなと一緒に野球できると思ってて、信じてて……」

「新しいチームつくればいいだろ。それに、おまえだったらどこのチームに入っても、レギュラー獲れるよ」

「イヤっすよ！　俺、カープ以外だったら、もう野球やめますよ、会社の仕事も覚えなきゃいけないし、青年会議所の付き合いもあるし……俺、いままでだって忙しかったんすよ。でも、カープだから、田村さんとかカントクとか、伊沢さんとか沢松とか、みんながいるから、俺、わざわざ投げてやってたんじゃないっすか。でも、もういいっす、俺、もういいっす……」

頬を涙が伝い落ちる。つづける声は、もう嗚咽に紛れて聞き取れなくなった。

小刻みに震えるヨシヒコの肩に、田村はそっと手を載せた。

「最後の試合、頼んだぞ」

「……頼まれなくても気合い入れますよ、エースっすから」

田村の手を振り払ったヨシヒコは、そう言って胸を張る。誇り高いエースは、手の甲で目元をぬぐいながら、もう一言――。

「いまのコレ、嘘泣きっすからね」

無理やりひねくれた笑い方をしようとするから、顔がゆがみ、唇がひくついて、また新しい涙が目からあふれ出てしまうのだが、そういう詰めの甘さが、三番・ピッチャー、ヨシヒコ――いい男である。

＊

「まあ、なんていうかさ、守備に足を引っぱられた試合はけっこうあったけど、そこそこ楽しかったんじゃねーの？　まあ、暇つぶしにはなったよな」

「……って、なんだよ、なに笑ってんだよ、笑ったらカメラ揺れるし、声が入っちゃうだろ。おまえ考えろよ、もうちょっと」

「でも、まあ、香織ちゃんとか洋子さんとか、ワケのわかんないメンツもいたけど……いいじゃんよ、ほんとのことなんだから……香織ちゃんも、沢松といい感じになってるし……怒んなって、シャレだよシャレ……おまえさあ、自分の顔写せよ、真っ赤だぞ、うひゃひゃっ」

「で、ちょっと最後はキメるけど、中学の同級生と試合したときのこと、俺、一生忘れない。あと……洋子さんのこと『おばちゃん』って呼んだり、香織ちゃんのこと『オンナのくせに』とか言ってたの、ごめん。それと、ショーダイに言いたいこと言ってたけど、よく考えたら、吉岡亮介の女房役とバッテリー組んでたんだよな、俺……すげえことだよな、それ……自慢だよな」

「あ、最後に、今日の先発バッテリー、発表します。一回表の先頭打者限定で、ピッチャー香織ちゃん、キャッチャー洋子さん。黄金バッテリー復活ってことで……うん。だいじょうぶ、田村さんにもOKとったし、よくがんばったもんな、バツイチ親子。二人目からは俺がビシーッとキメるから、ランナー出すなよ、しょっぱなからセットアップってカッコ悪いからな。以上っ」

4

四番・キャッチャー、将大——元・甲子園球児、元・吉岡亮介の女房役、元・大学野球の落ちこぼれにして、現・ちぐさ台カープの超大型ルーキー、そして来年の春からは高校の教壇に立ち、野球部の監督としてグラウンドに立つ、はずである。

「走り込みは、きっちりやらせろよ」

それが——かつての相棒からの助言だった。

将大が新米教師として高校に赴任する頃、「二十年に一人の天才投手」と謳われた相棒は、元・天才投手と呼ばれて、新しい人生を歩みだすことになる。

「野球の技術は、野球をやめたら役に立たないけど、走り込みで鍛えた足腰とスタミナは一生モノだからな」

吉岡はさばさばした顔で言って、「文句言う奴がいたら、俺の名前出してやれ。おまえら、ここでしっかり走り込みしとかないと吉岡みたいになっちゃうぞ、ってな」

と笑った。

「……おまえみたいに太く短く活躍したいって思う奴もいるかもしれないけどな」

せめてもの切り返しで言うと、吉岡は「大事なのは長さだよ」とさらに返す。「だってそうだろう？　人生は長いんだぜ。野球が好きなんだったら、好きな野球を一年でも一日でも長くやるにはどうすればいいか、それを考えたほうがいい。絶対に、いいんだ」

好きな相手とだったら長く付き合いたいじゃないかよ、と吉岡はまた笑う。寂しさを隠しきれてはいなかったが、いままでのような自嘲めいた笑い方ではなかった。

「それにしても、いい天気だな」

吉岡はベンチ代わりの花壇の縁《へり》に腰かけたまま伸びをして、雲一つない空を仰いだ。

「腰、だいじょうぶなのか？」と将大は心配顔で訊く。スポーツ新聞の記事によると、オールスター戦前後には、顔を洗うために腰を少しかがめることさえできなかったのだ。

「皮肉なもんだよ、引退決めたら、だいぶ楽になったんだ。九月頃は立ち投げしかできなかったのに、いまはとりあえずピッチングの真似事ぐらいはできるようになったし……」

吉岡はそこで言葉を切った。将大の胸にふと兆した期待を嗅ぎ取ったのだろう、

「でも、治ったわけじゃないから」と言った。

将大も黙ってうなずいた。引退の決意を聞いたのはついさっきだったが、「会えないか」とメールをよこした吉岡が、待ち合わせ場所にここを――武蔵野学院のグラウンドを指定したとき、覚悟はできていた。

日曜日の朝だ。野球部の練習は午後なので、いまグラウンドにいるのは、吉岡と将大と、そして――「年寄りはどうせ早起きなんだしな」と将大の前では憎まれ口を叩く吉岡が、ゆうべは万感の思いとともに電話をかけた相手が、もうすぐ……。

吉岡は、あてのない復活を期して苦しむ自分を否定し、復活が果たせなかったときの自分を認めなかった。「天才」と呼ばれ「怪物」と称えられた吉岡亮介の姿をファンの記憶に封印する道を選んだ。「ショーダイに納得してもらえるとは思わないけどさ」と前置きした吉岡は、「俺が決めたんだ」ときっぱりと言い切った。

わかっている。ここから先は、もう誰にも口出しする権利はない。それでも、やはり、思う。たとえマウンドから降りても、グラウンドからは去ってほしくない。汗だくになって追いかけてきた白球に、背を向けてほしくない。

「なあ、吉岡……」

返事の代わりに、吉岡はゆっくりと立ち上がった。腰に痛みが走ったのか、とっさ

に手を添えて、小さくうめいて、しかし笑顔で校舎のほうを見つめる。

「ちゃーす！」

帽子をとる手振りをして、一礼した。

高校時代の野球部の挨拶――。

振り向くと、校舎の昇降口から石井監督が出てくるところだった。吉岡の声に監督もこっちを見て、よお、と手を振った。

監督は手にスポーツバッグを提げて、にこにこ笑いながら近づいてくる。高校時代はとにかく「鬼」としか思えなかった厳しい監督が、OBとして会うたびに、優しいおじいちゃんになっていく。それだけ歳をとったということなのか、こっちがおとなになったからなのか、たぶん両方だろう。

二人と向き合った監督は、「決めたのか、吉岡」と訊いた。

「はい……」

「引退か」

「いろいろ考えたんですが……そうします」

「どうするんだ、来年からは」

監督の問いは、将大がなにより訊きたいことでもあった。引退説で取材を進めていた週刊誌は、コーチや解説者の道に加え、スポーツキャスター、あるいはタレントへの転身の可能性もある、と報じていた。

だが、吉岡が選んだのは、そのどれでもなかった。

「トレーナーの資格をとるつもりです」

すでに専門学校に入学の手続きをとり、大学に聴講生として通う手はずも整えている、という。地味な仕事だ。野球の世界の裏方——正直に言って、似合わないな、と思った。

そんな将大の胸の内を察したのか、吉岡は「怪物」の面影を残す不敵な笑みを浮かべて、つづけた。

「整体とか運動生理学とか、体のことがきっちりわかってるピッチングコーチや監督がいたら、最強でしょ。俺、日本人初のメジャーリーグの監督目指しますから」

本音か冗談かはわからない。ただの強がりかもしれない。それでも、「英会話も勉強しますよ」とつづける吉岡の笑顔は、全盛期のマウンドさばきと同じように、自信に満ちていた。

「あとね、来年は子どもの野球教室で全国回るんです」

スポンサー契約を結んでいた用具メーカーの肝煎《きもい》りだった。

「まだ契約期間残ってるのに引退ってことで、向こうにも迷惑かけちゃったし、半分は恩返しみたいなものですよね」

残り半分は——吉岡自身の夢。

「子どもに野球教えてやりたいんですよ。いつになるかわからないけど、少年野球のチームも持ってみたいし」

「そうか……」

「吉岡二世を育てようと思ったら、そのへんから鍛えていかなきゃ間に合いませんから」

なんとなく、いまの一言は嘘だな、と思った。吉岡が育てたいのは吉岡二世ではない。そうではなくて、もっと……だから、もっと……それ以上言葉にしてしまうと、ヤボになるけれど。

監督は吉岡と将大を交互に見て、「俺に冥土《めいど》のみやげをくれるか」と言った。

きょとんとする二人をよそに、スポーツバッグのファスナーを開ける。中に入っていたのは、グローブとキャッチャーミットとボールだった。

「黄金バッテリーのキャッチボール、最後に見せてくれ」

ほら吉岡、とグローブを渡す。ほらショーダイ、とミットを渡す。

グローブもミットも真新しかった。高校時代と同じように、あまりうまくない監督の字で、〈一球入魂〉と書かれていた。

それを見たとき、ずっとにこやかだった吉岡の顔が初めてゆがみ、現役時代はどんなピンチにも決してひるまなかった目が、赤く潤みはじめた。

将大は手にはめたミットで吉岡の肩を叩き、「やるぞ」と声をかけた。ぶっきらぼうな声を、うまく出せた。顔は見ない。さっさと歩きだす。誰もいないグラウンドに向かって、あの頃のように、両手を挙げて吠えた。

「気合い入れていくぞお！」

甲子園のスタンドが、グラウンドを囲んで浮かびあがる。地響きのような喚声が、耳の奥からよみがえってくる。あの試合の、最後の一球――吉岡が放ったカーブの軌跡を、ひさしぶりに思いだした。相手打者がジャストミートしたときの、チーン、という金属バット特有の痺れるような音も、ライナーで右中間を割った打球の軌跡も、思いだしてから、忘れてはいなかったんだなと気づいた。

決して癒えない心の傷なのか、ほんとうはかけがえのない宝物なのか、いまはまだわからない。けれど、甲子園の記憶と付き合っていかなきゃいけないんだよな、と決めた。一生付き合っていける記憶があるって幸せなことなんだよ、と自分に言い聞かせた。

吉岡と向き合ってキャッチボールをつづけながら、一球ごとに「うっしゃあっ！」「ナイスボール！」と吠えた。吉岡はあきれ顔で、「熱血するなって、青春するなって、頼むよ」と笑った。

「よーし、ラスト一球、頼むわ」

監督に声をかけられた吉岡は、将大にしゃがむよう手で示した。

将大はうなずいて、キャッチングの姿勢をとる。

サインを出した。人差し指一本——ストレート。

吉岡が投げた球は、外角高めにはずれたものの、力のある、いいストレートだった。

将大はボールを受けたまま、手のひらに伝わる痛みを染みわたらせるように、目を閉じてしばらく動かなかった。

明日からの吉岡とは、今度こそ、長く付き合っていけるかもしれない。

目を開けて、思いっきり大きく吠えた。

「ナイスボール！」

吉岡にはあきれ顔のまま、へっ、と笑われてしまったが、それでもやはり、四番・キャッチャー、ショーダイ——いい男である。

＊

「……すみません、なんか、吉岡の話ばっかりしちゃったんですけど……カープのことは、ほんと、入れてもらって幸せでした。いやほんと、ほんとだって、俺、カープで野球やって、いろんなこと勉強したんだから。で、うん、いちばん教えてくれたのって、野球って楽しいんだぞって教えてくれた先生って……ちょっと照れくさくて、恥ずかしいんだけど、洋子さんと香織ちゃん……ほんとだってば、なに言ってんだよ、俺、いま真剣に言ったんだから……うん、ほんと、洋子さんと香織ちゃんと同じチームでよかった、心から、そう思ってる」

「俺さあ、ずっと思ってたんだ。甲子園のこと、自分が高校の野球部の監督になったら、絶対にあそこでカーブのサインを出さない選手を育てよう、って。かわして逃げる発想じゃなくて、真っ向勝負で挑んだほうがいい、そのほうが後悔しないから、って言ってやりたかったんだよ。でも、いまはちょっと違ってて……半分はそう思ってるけど、あと半分は……やっぱりカーブでもいいんだよ、って言えるような気がしてきた。うん、いいんだ、カーブでも。後悔してもいいんだ。その後悔に押しつぶされなかったら、それでいいんだ。俺、そのこと、生徒に言ってやりたい。野球部の部員だけじゃなくて、みんなに言ってやりたいし、俺も……うん、俺も……」

「あ、最後にいい？　吉岡から洋子さんに伝言預かってるんだ。いい、いい、呼ばなくていいから。いいってば、やめろよ香織ちゃん、ほんと、顔見ちゃうと恥ずかしくて言えなくなりそうな伝言だから。あの、えーと……吉岡が、洋子さんに伝えてくれって言ってました。『野球の神さまが怒る！』って心に染みた、って。僕も同じです。ありがとうございました」

5

五番・サード、田村――なにかと心労つづきだった、ちぐさ台カープ不動の、そして不遇のキャプテン。

「旅に出る」と言ったきり音信不通になっていたカントクと、田村は広島で再会した。原爆ドームをビルの狭間から望む、河川敷の緑地公園で、偶然――だった。

日曜日のお昼前、田村は年老いた両親とともに、その公園にいた。母親が早起きしてつくった弁当を食べていた。海苔《のり》を巻いたおむすびと卵焼き、ウインナー、鶏《とり》の唐揚げ、ほうれん草のおひたし……とりたてて珍しいものはなにも入っていない、子どもの遠足の弁当のような、だからこそむしょうに懐かしい、二十数年ぶりに食べる母親手作りの弁当だった。

その日、田村は朝一番の飛行機で広島に向かった。日帰りの帰郷は、すでに「帰郷」というほどの重みもなく、得意先回りと変わらない日常になっていた。ちぐさ台の自宅を出る時刻も、羽田までの電車も、広島空港からのリムジンバスも、すべて、いつもどおり。

違っているのは、険しい顔で窓の外を見つめる田村の心持ちだけだった。覚悟を決めていた。広島の実家を二世帯住宅に建て替えるか、バリアフリーのリフォームにとどめるか。それはつまり、東京のわが家をひきはらうか、年老いて体が不自由になった両親に二人暮らしをつづけさせるか、の選択でもある。田村が家族を残して広島に帰り、介護のための単身赴任に踏み切るか、という三つ目の選択肢も消えていない。

工事の契約は、建て替えとリフォームを両天秤にかけたまま、ずるずると結論を引き延ばしてきた。だが、工務店のほうもさすがに限界に達したようで、「年内の仕事になるかどうかで他の仕事の段取りも違うてくるんじゃけえ、そろそろ決めてくれんと、わしらもかなわんで」と先週、社長にじかに言われた。

一週間かけて、寿美子と何度も話し合った。ゆうべ、選択肢の一つが、完全に消えた。建て替えの線はない。寿美子は申し訳なさそうに、しかし、きっぱりと広島へ行くことを断ったのだ。

「子どものことを考えると、わたしは東京に残ります。お義父さんやお義母さんが東京に出て来てくれるんだったら、一所懸命にお世話します。でも、向こうに行くことは、できません」

あらたまった「です、ます」の口調が、寿美子の決意の固さを伝える。

「どうしても困るっていうんだったら、わたしと離婚して、一緒に広島で介護してくれるひとと再婚してください」

脅しではない、はずだ。そして、寿美子の決断を「わがまま」だと責めることはできないんだ、ともわかっている。

一家揃っての帰郷はない。あとは、田村が一人で広島に帰って同居をするか、いまのままの生活をつづけるか。それによって、リフォームの規模も……いや、そんなこと以上に、人生そのものが、変わる。

今日だ。今日、すべてを決める。

いつもどおり広島の実家に帰り、いつもどおり「ただいま」と玄関から中に入って、いつもどおり居間に向かって、両親を見る、その瞬間に胸に宿った思いにしたがおう。「ああ、やっぱり二人きりでは無理だ」と感じたら、迷いを捨てて、週明けにも会社に異動の相談をしよう。「まだ平気だな」と感じたら、とりあえずバリアフリーで当座をしのぎ、そこから先のことは、また、じっくり――結局、問題をさらに引き延ばしているにすぎないことは、わかっていても。

そんな覚悟を持って玄関のドアを開け、居間に顔を出した。

「おう、帰ってきたんか」と息子を迎える両親の姿は、田村の予想していたものより、はるかに――元気だった。

ふだんはジャージの上下を着て、やつれた体や細くなった脚が痛々しい父親は、ひさしぶりにポロシャツに背広姿だった。

母親は台所に立っていた。砂糖の焦げる甘い香りが漂ってくる。

「……どうしたの？　なにかあったの？」

驚いて訊くと、母親は卵焼きを菜箸で丸めながら、「今日はお天気がええけえ、外でお弁当食べようか」と言った。

「外で？」

「うん、おじいちゃんが、出てみたい言うんよ。自分からそがいなこと言い出すの、脳梗塞になってから初めてやもんねえ」

父親は、あれほど使うのを嫌がっていた車椅子を、昨日のうちにレンタル手配していた。

「わしは乗り方がようわからんけえ、後ろからあんじょう押してくれえよ」

照れくさそうに笑う。

母親によると、昨日の夕方になって急に「明日は晴れたら外に出たい」と言いだしたのだという。腎盂炎で入院して以来めっきり老け込んだ母親も、「おじいちゃんに言われて、ウチもなんか、ひさしぶりに外を歩きとうなったんよ」と言った。

「それで……お弁当まで？」

「うん、どうせ人混みの中には行けんけえ、どっかの公園でのんびりお弁当でも広げたらええん違うかなあ、思うて」

「だって、そんな、わざわざつくらなくても……」

最近はなにをやるにも億劫になってしまった母親なのだ。体よりも気持ちのほうが衰え、萎えているのが、傍目《はため》にもわかっていたのだ。

だが、母親は焼き上がった卵焼きを包丁で切りながら、軽く、鼻歌でも歌うように言った。

「あんたが帰ってくるのに、出来合いのもの出せるわけなかろう?」

親子――だから、なのか?

親子だから――息子が誰にも告げなかった胸の内がわかっている、のか?

介護タクシーを呼んで広島市の街なかに向かうときも、後ろの席に父親と並んで座った母親は、あそこのスーパーマーケットがつぶれたとか、あそこになにができたとか、まるで田村が子どもだった頃のように、よくしゃべっていた。もともと無口な父親が「おう……おう……」としか相槌を打たないのも、昔どおり。

田村は助手席から、じっと、にらむようにフロントガラス越しの風景を見つめる。膝に載せたトートバッグの布地を伝って、できたての弁当の温もりが、じんわりと胸の奥に染みていく。眉間に皺を寄せた。そうしないと、ほんとうに、子どもの頃のように声をあげて泣きだしてしまいそうだった。

緑地公園の芝生の上に座って、弁当を食べた。車椅子に座った父親の視線の先には、原爆ドームがある。それがわかっていたから、田村も声はかけなかった。直接被爆したわけではなくても、両親は親戚や友だちを何人も亡くしている。瓦礫《がれき》の山だった広島の街を知っている。怒りと悲しみの淵《ふち》から立ち上がったひとびとが、一歩ずつ歩きだす姿を、両親は見ている。いや、両親もまた、そんなひとびとの中にいた。

「こもうなったねえ、ドームも……」

母親がぽつりと言った。こまい——広島の方言で「小さい」という意味だ。父親は小さくうなずいて、「こもうなってええんじゃ」と言った。「ほいでも、のうしたらいけん」

のうする——「なくす」という意味。

「ほうじゃねえ……のうしたらいけんよねえ、ずうっとねえ……」

今後のことは、田村は話さなかった。両親も口に出さなかった。

小一時間ほどたって、父親がくしゃみをしたのを機に、「風邪をひいたらいけんけん、そろそろ帰ろうや」と母親が言った。

「じゃあ、電話でタクシー呼ぶよ」

田村が携帯電話を取り出したとき、父親の口が、ゆっくりと、動いた。

「……どげんもならんようになったら、ばあさんと二人で、施設に行くけえ」

目は合わさない。まなざしはずっと、原爆ドームに向いたままだった。

「あんたはあんたの人生を、しっかり生きていきんさい。うちらは足手まといにならんことが、最後の親の務めじゃけえ」

母親はそう言って、父親を振り向き、「明日くたびれて寝込んでしまわんよう、今夜は早《はよ》う寝んといけんなあ、おじいちゃん」と笑いながら言った。

「……タクシー、呼ぶから」

田村はまた眉間に皺を寄せ、介護タクシーの手配をした。うまい具合に空車があって、五分後には公園の正門前に来るという。「じゃあ、よろしくお願いします」と言って電話を切った、そのときだった。

芝生の広場の隅に、一人で座っている老人を見つけた。カープの赤い野球帽をかぶり、両親と同じように原爆ドームを見つめて、カップ酒を啜っていた。

「カントク！」

両親に「ちょっとだけ待ってて」と言ってカントクに駆け寄り、「おう、田村くん、ひさしぶりじゃのう」とのんきに笑うカントクに「いいですか、すぐ戻ってきます、すぐですから、ここにいてください、お願いです、ここにいてくださいよ！」とだけ言って、また両親のもとに戻って、父親の車椅子を押して正門に向かった。

父親を車椅子から降ろし、肩を支えてタクシーに乗せるとき、急に胸に熱いものがこみ上げてきて、父親の痩せた体を抱き締めた。

「お父ちゃん……ありがとう」

父親はなにも言わず、ただ田村の背中を、不自由な右手で何度もさすってくれた。

しかし、その感動の余韻にひたっている暇はない。両親が車に乗り込むと、「ごめん、一足先に帰っといて」と言って、また公園に駆け戻る。

四十歳――「不惑」など、嘘だ、と思う。毎日毎日、惑って、迷って、悩んで、あたふたして、落ち込んで、順番に来てほしい苦労にかぎって同時にやって来て……それでも、紛れもなく、五番・サード、田村――いい男である。

＊

「ん？　なんだ、これ、いまビデオ回してんのか？　あ、そう……俺も挨拶するの？　いや、俺はいいよ、そんなの……そうかぁ？　うん、まあ、キャプテンだもんなあ、わかった、ちょっと待ってくれ、一分でいい、気持ちの準備っていうか……」

「あー、ほんとうに皆さん、ちぐさ台カープでお付き合いさせてもらって、どうもありがとうございました。私は、今後も東京と広島の往復生活になりますが、どうか皆さんも健康には気をつけて……ん？　だって、しょうがないだろ。いいんだよ、ちょっとぐらい堅苦しいほうが挨拶らしいだろ」

「メッセージ？　いや、それはアレだろ、俺じゃなくてカントクのほうが……わかったよ、香織ちゃん、けっこう仕切るんだなあ」

「……みんな、やっぱりさ、人生って思いどおりにならないこと、いろいろあるよ。でも、本家本元の広島カープだって、万年最下位から、奇跡の初優勝をしたんだ。俺、その奇跡って、みんなにも信じてほしいなと思う。いや、っていうか、実際に奇跡が起きるとか、そういうのじゃなくて……わかるかなあ、言ってる意味、わかる？　だいじょうぶ？　だったらいいんだけど……でも、ほんと、人生いろいろ苦労はあるけど、どんまい、だ。うん、どんまい！」

6

六番・ショート、沢松――きわめて無口な職人肌、中学二年生にして、すでにいぶし銀。

カープ解散の知らせも、ただ一言「はあ……」で終わってしまった。

だが、洋子は知っている。その翌日から、連日、沢松が『ちぐさ台バッティングセンター』に通い詰めていることを。小遣いをはたいて、ひたすら打ち込みをつづけていることを。

『ちぐさ台バッティングセンター』支配人臨時代行——要するに、またアルバイトを始めた洋子だけは、知っているのだ。

「ねえ、沢松くん、コーラ飲む？　おごってあげるよ」

洋子が声をかけても、沢松はうつむいて「いいっす」としか言わない。「調子どう？」と訊いても、「まだまだっす」で会話は終わってしまう。

この人見知りをなくさないと、将来苦労するだろうな、と洋子は思う。でもまあ、そのぶん香織がおしゃべりだから、ちょうどいいか、とクスッと笑う。

会話ははずまなくても、一時間に一度のボール拾いのときには、洋子を手伝って黙々とボールを拾い集める。青春いぶし銀、六番・ショート、沢松——この少年もまた、いい男である。

＊

「…………どうもお世話になりました」

＊

「だめじゃん、沢松くん、そんなの。ほら、もう一回。お母さん、わたしもちゃんと画面に入ってる？　だいじょうぶ？　えー、では、わたくし、三上香織がインタビュアーってことで、進めさせてもらいます。さて、沢松さん、カープで過ごした日々の一番の思い出ってなんでしょうか？」

「あ……まあ、いろいろ」

「だめだって、元気ないよ。ヒーローインタビューのつもりでがんばってよ。えーと、じゃあ、高校に入ったら野球部で甲子園目指しますか？」

「うん……たぶん、だけど」

「『たぶん』はないでしょー、『たぶん』は」

「……絶対」

「レギュラー、とれそうですか？」

「いや、そんなの……まだ入ってないし」

「つまんねー」

「……悪い」

「えー、あと、高校生になったらもう部活でモメたりしませんか？」

「……うん」

「うそ、モメていいんだよ、沢松くんが悪くないときには。マジ、そう思うし、わたしはずっと応援してるから」

「以上、コメントよりもプレイで勝負の沢松選手でしたーっ、もうサイテー！」

「あ……どうも」

7

七番・ファースト、橋本——三十路《みそじ》半《なか》ばの独身男、親が早々と建ててしまった二世帯住宅のローンを払いつづける、自称「負けカタツムリ」。

カープ最終戦に先立つこと三日、橋本はまたもやお見合いに挑み、またもや、その日のうちに断られてしまった。趣味が草野球というのが、先方のお気に召さなかったらしい。

「そりゃあそうだよなあ、草野球じゃ自分しか楽しめないわけだから」と宮崎が同情するように言うと、「おまけに週末がつぶれちゃうしな。ウチも文句言われどおしだから」とウズマキもうなずき、「これが釣りだったらお土産の楽しみもあるんだけどなあ……野球じゃあなあ……」と福田もため息をつく。ちぐさ台カープの中核をなす三十路カルテット、野球の連係プレイはぼろぼろでも、精神的な結束だけは固いのである。

「なあ、橋本。ほかに趣味ないのか？」

「切手はけっこう凝ったな」

「……ほかには」

「パチスロ」

「……あとは」

「ガキの頃はラジコン少年だったけど」

既婚組三人は、顔を見合わせて、がっくりと肩を落とした。しかし、ここまで連敗記録がつづくと、橋本だって意地になる。いまさら妥協はできない、と固く心に誓う。

「いいんだ、俺はひたすら待つぞ。この世界のどこかに、草野球の好きなオンナはいる。絶対にいる。そのコに巡り合うまで、俺は絶対に妥協しないからな」

「いるかなあ、いまどき」

「いるって。だって、ウチだって洋子さんとか香織ちゃんとかいるんだから」

「あ、おい、考えてみれば、洋子さんって独身だぞ」

「……え？」

「香織ちゃんだって、いま中二だから、あと四、五年でストライクゾーンに入ってくるし」

「……やめろよ、おい、シャレになんねえだろ」

たちまち顔を赤らめてしまって既婚組の爆笑を誘う純情中年、七番・ファースト、橋本──花嫁募集中の、いい男である。

＊

「まあ、あいつらはさ、ひとごとだと思って勝手なことばかり言ってるわけで、最近は伊沢とかヨシヒコまで言いたい放題言いやがって、ほんと、カントクも田村さんも、よくこんなチームまとめてたよなって、マジで思うんだけど……でも、楽しかった。香織ちゃんもおとなになったらわかると思うけど、社会に出て仕事してると、なかなか会社関係以外で友だちってつくれないんだよ。仕事の話抜きで、好きな野球を一緒にやって、一緒に酒呑んで……あいつらに出会えたのが、いちばんうれしいかな、やっぱり」

「あ、それでさ、今日の試合、ビデオ回すんだろ？　じゃあ、俺の打席とか守備とか、きっちり撮っといてくれよ。うん、あとでダビングさせてもらって、パソコンに入れちゃうから。できるんだよデジタルに、簡単だよ……違うって、おたくじゃないって、ヘンなこと言うなよ、もうさ、なにかと独り身は肩身が狭いご時世なんだから……」

「まあ、それで、いや、要するに、ＤＶＤつくるんだ。お見合い写真なんて古いから、俺のプロモーション用のＤＶＤ。それに使いたいから、ばっちり撮っといてくれよ。完成したら、香織ちゃんにも一枚あげるよ。え？　いらない？　あ、そう……なあ、香織ちゃん、洋子さんもだけど、そんなに派手に嫌がらなくてもいいじゃないですかあ……」

「えー、でも、とにかく、チームのみんなと出会えてよかった、ほんとに。宮崎さんなんて単身赴任じゃなかったら絶対に接点なかったわけで、それ思うと、運命って不思議だよなあって……違う！　赤い糸じゃない！　いいかげんにしろっての！」

8

八番・レフト、宮崎――週末の孤独を草野球で癒し、夕暮れ空を飛ぶカラスに札幌に残した家族を思う、単身赴任サラリーマン。

おそらく、カープ解散に唯一ホッとしたのは、宮崎だったはずである。そして、カントクと田村がチームの解散を決めるにあたっての最後の一押しになった存在も、宮崎だった。

明日――月曜日に、宮崎は二年間暮らした１ＤＫのマンションを引き払い、札幌に帰る。人事部への直訴がかなって、札幌の本社への異動が発令されたのだ。

異動の内示が出たのは、ちょうどカープを解散するかどうか田村が迷っている時期だった。電話で異動の話を伝えた宮崎が「チームから抜けちゃうことになって、すみません」と謝ると、田村は「謝ることないよ、やっと家族一緒に暮らせるんだから、ほんとによかったな」と笑い、感慨深そうに「やっぱり、流れっていうのはあるんだなあ……」とつづけたのだ。

たとえカントク抜きでチームを残しても、来シーズンはメンバーがかなり減ってしまう。将大は就職してチームを去るし、沢松や香織も三年生になって受験勉強に本腰を入れなければならない。田村自身、広島との往復を考えたら、本音を言えば、もう草野球で半日つぶす余裕などない。そんな状況で宮崎が札幌に帰ることになったのは、まさに野球の神さまの配剤というやつなのだろう。

昨日、宮崎の奥さんと息子が札幌から東京に来た。マンションの引っ越しの手伝いと、そして、今日の試合でパパの勇姿を見るために――。

どうやら宮崎はわが家ではかなり見栄を張っていたらしく、奥さんは「クリーンナップじゃなかったの？」と拍子抜けした顔で言って、息子は「えーっ、パパ、外野なの？」とがっくりして……しかし、わははっ、わははっ、と笑ってごまかす宮崎の顔はほんとうにうれしそうで……とにもかくにも、八番・レフト、宮崎――いい男である。

＊

「あ、もういいかな？　えーと、女房と息子です。ほら、挨拶しろ……そうそう、おまえも……はい、ゆうべから女房と息子が東京に来てて、いよいよ明日、僕も札幌に帰ります。単身赴任生活は、キツいことも多かったし、とにかく寂しかったけど、カープの仲間とわいわいやっていけて、ほんとうに救われました。みんなも、北海道《ほっかいどう》に来ることがあったら、ぜひ声をかけてください。また東京にも出張で来ることあると思うので、福田くんとかウズマキとか、橋本くんとか、一緒に呑めるといいですね」

「カントク、いままでお世話になりました。心臓の具合がよくなったら、一度北海道に遊びに来てください。で、とにかく、いつまでもお元気で長生きしてください。いまだから言いますけど、僕、カントクが天涯孤独の身だっていうのを知って、両親やきょうだいとか、奥さんとか、みんな原爆の犠牲になったっていうこと知って……なんていうか、一人でマンションにいて、泣きたくなるほど寂しい夜とかあったんです。でも、そんなとき、カントクの住んでる団地を窓から見てて、俺もがんばろうって思ってて……だから、とにかく、お元気でいてください」

「東京生活……うん、ハッピーエンドです、ばんざーい！　ちぐさ台カープ、ばんざーい！　ばんざーい！」

九番・セカンド、ウズマキ――フルスイングの魔力に魅せられつつも、ただ一度だけ、封印していた伝家の宝刀を抜いた、バントの達人。

9

「俺はあの日広島にいたから、見てないんだよなあ、その場面」

田村が言うと、ウズマキは「だめですよ、歴史の生き証人になってくれなきゃ。ほんと、二メートルぐらい離れてたんですよ、ボール、それに飛びついたんですから」と身振り手振りを交えて、名場面を再現する。

「二メートルってことはないでしょ、勝手に話デカくしちゃうんだもんなあ」「ビデオ撮ってりゃよかったよな、そしたら、ちょっとバット出しただけだったりして」「言ったもん勝ちなんだよ、結局」「いや、それよりさ、アタマ来るのは、次の試合からまた大振りなんだもんな。おまえがバント専門でやってくれれば、もっと勝ってたよ、絶対に」……。

みんなはぶつくさと文句を言う。それでも、今シーズンの年間ベストプレイは、満場一致で、ハイマウンツ戦で見せたウズマキのスクイズバントに決まった。

賞品はファミリーレストランの生ビール中ジョッキ一杯と、みんなの拍手と、洋子と香織の投げキッス。その栄光と引き替えに、ハイマウント商会との商談はみごとにご破算になってしまったのだが、美味そうにビールを飲み干したウズマキ、それは誰にも話さなかった。

小兵《こひょう》の三振王、九番・セカンド、ウズマキ——意外とシブい意地を見せる、いい男である。

＊

「今日？　今日も振るさ、思いっきりバット振るよ。人生、フルスイング。これでいかなきゃ、男は……でも、今日の試合、接戦になったら、わかんない。やっぱり勝って終わりたいもんな」

「俺、勝手に大振りばかりしちゃって、みんなに迷惑かけてたと思うんだ。でも、カントクも田村さんもバントのサイン一度も出さなくて、いつも俺に任せてくれて……その期待に全然応えられなかったの、いまでも悔しいし、申し訳なく思ってる。でも、フルスイングって、ほんとに気持ちいいんだ。それを味わわせてもらって、ありがとうございました」

「これからはバッティングセンターでやるしかないのかなあ。他のチームじゃヒンシュクだもんなあ、俺みたいなのって。洋子さん、またバッティングセンターでお目にかかりましょう。空振りばっかりでも笑わないでくださいね」

「でも……なんていうか、カープって、いいチームだったよな……」

10

ちぐさ台カープ創立者、カントク——長らく本名は不詳だったものの、チームでただ一人、広島で入院先の病院を訪ねた田村は、病室のドアに掛かった名札から「松本《まつもと》伸六《しんろく》」という名前だと知った。

八人きょうだいの六番目。そんなカントクが天涯孤独になってしまうというのが、原爆——だった。

広島の緑地公園で、カップ酒を啜りながら、カントクはぼんやりと昔のことを思いだしていた。高層ビルが建ち並ぶ市街地は、往時を偲ぶにはあまりにも変わりすぎていた。むしろ、川の流れのほうに、苦い懐かしさがある。

「夢を見たんよ」

カントクはぽつりと、両親をタクシーに乗せたあと息せき切って戻ってきた田村に言った。

「死んだ嫁さんが出てきた。笑《わろ》うとった。こっちを向いて、もうそろそろ帰ってきんさい、言うとった。広島も大きな都会になったんよ、にぎやかになって、若いひとばあになって、もうつらいこと思いださんでもええようになったんよ……うちも一人でお墓に入っとるんは寂しいけえ、広島に戻ってきて、うちのそばにおってえな……ほんまじゃ、そげん言うとったんよ」

団地の中を散歩しているときに激しい胸の痛みに襲われたのは、その翌日のことだった。

病院へ行くと、即刻入院を命じられた。三日間の検査で、心臓がそうとう弱っていることがわかった。さらに設備の整った病院へ移ることを勧められ、紹介状を書いてもらって、その足で、広島へ向かったのだ。

田村は顔をゆがめ、「なにも知りませんでした、そんなこと……」とうめいた。「なんで一言、言ってくれなかったんですか」

「いま言うたがな」とカントクは笑う。

「入院……広島で、するんですか」

「え？」

「もうしとる」

「広島の病院は東京と違《ちご》うて呑気じゃけん、こげんして毎日、散歩じゃ」

カカカッ、といつものように笑う。けれど、その横顔は、会わなかったほんの一ヵ月ほどの間にめっきり老け込んで、皺が深くなっていた。

「広島は、ええ街になったのう……路面電車がなかったら東京とそげん変わらんがな」

田村は黙って、唇を嚙みしめてうなずいた。

「夜中になっても、ネオンだらけじゃ」

「ええ……」

「ほいでも、広島でいちばんまぶしかったんは、市民球場のナイターの明かりじゃ。まだネオンもろくにない時代じゃけえ、ほんまにまぶしゅうて……遠くからでも大歓声が聞こえてきて、ああ、これが平和ちゅうもんじゃ、平和はええのう、野球はええのう、いうて……嫁さんが死んだ晩も、ナイターの明かりが病院から見えとった。明るいけえ、道に迷わんと天国まで行けるのう、よかったのう、よかったのう、いうて……」

カントクの目からこぼれる涙は、頰の皺に吸い込まれていく。顎を覆う白い無精髭《ぶしょうひげ》が、ちりちりと震える。

「もういっぺんだけ、東京に帰る」

「……だいじょうぶなんですか？」

「最後に、ええ試合、見せてくれや」

それが——今日。

いま。

「あ、来たよ、車」

香織の声に、ウォーミングアップのキャッチボールをしていた選手は一斉にダッシュした。河川敷のグラウンドから土手の階段を駆け上って、整列してカントクを迎える。

車が停まる。運転席から、チーム全員の出迎えに困惑した顔の英明が降りてきた。

「あ、どうも……はじめまして……」

会釈をして、田村の顔を見つけると、ようやくほっとした様子で、よおタムちゃん、と笑う。

洋子と目が合った。ありがと、と洋子が口を動かすと、照れくさそうに、うんうん、いいからいいから、とうなずいた。

「お父さん、サンキュー」

ビデオカメラをかまえたまま、香織が手を振った。「お父さんも特別に撮ってあげるから、はい、さん、にぃ、いち、キューッ」

「あ、あの……今日はどうも、えーと、香織の、いちおう親父で、洋子の元・夫で……カントクさんの出迎え、香織から頼まれたので、お連れしました」

タイミングを合わせたように、後ろのドアが開いた。

先に出てきたのは、大きなおなかの奈津美――「おなかの中にいるのが、わたしの半分だけ弟か妹でーす」と香織がうれしそうに言った。

そして、英明に支えられて、カントクが車から降りてきた。

元気だった頃に比べて、ずいぶん体が小さくなった。いつものカープの野球帽も、サイズが変わったみたいに、ぶかぶかだった。

一瞬、チームに、なんともいえないもの悲しい空気が流れかけた。

だが、カントクは背筋を伸ばし、英明が肩を支えるのを断って、チームの一人ひとりを見回して、言った。

「野球は、ええのう」

カカカカカッと高らかに笑う。

ちぐさ台カープ創立者、カントク――偉大な老人である。

11

投球練習の一球目は、ホームベースのはるか手前でバウンドしてしまった。相手チームから、さっそく野次が飛ぶ。

香織、リラックスリラックス、と肩を上下に揺らす洋子の顔も、緊張でこわばっていた。

暴投がつづく。かろうじてキャッチャーミットの届く範囲に球がいっても、今度は洋子がミットの土手に当ててはじいてしまう。

最後の試合なのだ。これでみんなともお別れなのだ。

投球練習のラスト一球も、右打者の頭上を越えるような暴投になった。ジャンプした洋子のミットも届かず、ついでに洋子も着地にしくじって尻餅をついてしまった。

野次がいっそう激しくなるなか、洋子はマウンドに駆け寄った。

「香織、だいじょうぶ？」

「うん……やっぱ、アレだね、わたしとお母さんもビデオで撮ってもらっとけばよかったね。なんか、胸にいろんなものが溜まってる感じ、する。お母さんは？」

「……お母さんも、おんなじ」

二人はぎごちない苦笑いを交わし、そろってため息をついた。

「お父さん呼んだの、お母さん的には失敗だった？」

「そんなことないけど……」

「でもさ、最後のマウンドでフォアボールってサイテーだよね」

「それよりデッドボールのほうが心配だけど」

そりゃそうだ、とうなずいた香織は、カサカサに乾いた唇を軽く舐めて、ふう、と肩の力を抜いた。

「ね、お母さん、いまからビデオの代わりに一言だけ言っていい？」

「……なに？」

「わたしさ、野球やるようになってから、お母さんのこと、前よりずっと好きになってるみたいな気がする」

洋子を見つめる大きな瞳が、うっすらと潤んでいた。頬も赤い。

「あと、お母さんはイヤかもしれないけど、お父さんのことも、最近ちょっと好き」

洋子は笑ってうなずいた。少し寂しそうに、けれど、うれしそうに。

「じゃあ、お母さんも言うね」

「うん……」

「あんた、英語の宿題、まだ全然やってないでしょ。沢松くんなんて、おとといの夜にやったってよ」

おどけてずっこけた香織は、顔を上げると、やだあ、と笑った。洋子も笑う。ほんとうに言いたいことは他にいくつもあるから、いまは言わない。ずっと言わないままかもしれない。けれど、それでいいんだ——と思う。

「お母さんのほうもさ、就職、マジがんばってよ」

「うっさい」

「でも、ビンボーしてても、親子二人、仲良くやりますかあ」

「……だね」

主審が腕時計をちらりと見て、二歩、三歩とマウンドに歩み寄った。

「そろそろ始めますよ、いいですか」

洋子は振り向いて「はーい」と応え、香織のグローブにボールを入れた。

「三振とりなよ」

「うん……わかってる」

マウンドでの二人のやり取りが聞こえない相手ベンチから、「ビビってんのかあ？」と野次が飛んだ。

そのとき――サードから、田村が声をかけた。

「どんまい！」

ベンチに控える将大も立ち上がって「どんまい！」と声援を送る。隣のヨシヒコもあわてて中腰になって「どんまい！」とつづけた。

どんまい！　どんまい！　どんまい！

内野も、外野も。

どんまい！　どんまい！　どんまい！

スタンドからの声援の中には、英明の声も、あった。

どんまい！　どんまい！　どんまい！

ポジションに戻った洋子は、マスクをかぶるしぐさに紛らして、アンダーシャツの袖でそっと目元をぬぐった。

香織はマウンドに仁王立ちして、ボールを握った右手をグイと前に突き出した。洋子もキャッチャーミットを、右手の拳で叩く。

「プレイボール！」

主審の声が、秋晴れの空に響きわたる。

香織はゆっくりと、大きく、両手を振りかぶった。

文庫版のためのあとがき

「ドンマイ」は、「ナイター」や「ゲッツー」と同様、和製英語である。“Don't mind”は、もともと「(話者が) 気にしない」——許可を求められたときなどに「ああ、かまわないよ」「気にしないから、どうぞ」と答えるときに用いられる。それが、この極東の島国では、相手に対して「気にするな」「だいじょうぶ」と励ます意味になってしまったのだ(おそらく、“Don't stop”のような禁止の命令文と混同したのだろう)。

誰がいつどんな経緯で間違えたのが始まりなのかは、知らない。ただ、相手や仲間の失敗を大らかに受け容れてくれる言葉が増えることは、悪くない。仰々しい激励はかえってプレッシャーになりかねないものなのだが、「しょうがないなあ」以上・「がんばれ」未満の、「だいじょうぶ」——肩をポンと叩いて笑うような軽やかさが、いい。

実際、使い勝手がよほど良いのだろう、『広辞苑』の「ドン・マイ」の解説には〈スポーツなどで、失敗した人を励ます語〉とあるのだが、現実の生活ではスポーツの場面以外でもしょっちゅう目や耳にするし、口にもする。ここまで馴染《なじ》んでくれば、語源の“Don't mind”をいちいち意識しなくなり、英語由来であることじたい「そういえばそうだったな」程度に薄れてしまう。ならば、表記を平仮名にしても、さほどの違和感はないはずだ。

どんまい。

平仮名のまるみのおかげで、よりいっそう大らかさが増した。声に出して読むときの響きも——ほんとうは平仮名と片仮名とで違いなんてないはずなのに、さらにやわらかくなる。

よし、これでいこう。どんまい。どんまい。読んでも書いても、微妙にやぼったいのがいいな。使いこまれてきたからこそ、「昭和」感の漂う古くささもある。たいしたものではないか。そして、不寛容の時代、炎上と誹謗中傷だらけのご時世、この言葉を死語にしちゃいかんだろう……とも思うのだ。

そんな「どんまい」が物語のあちこちから聞こえてくる長いお話に挑んでみた。それが本作である。

しかし、「どんまい」が成立するには、その前に失敗をしておかなくてはならない。さらに、しくじったあとの失望や後悔を胸に抱いていなければ、「どんまい」の励ましが染みようもない。

ということは、たくさんの「どんまい」を描くお話は、すなわち、たくさんの失敗や失望や後悔を描くお話にほかならない……。

かくして、そうでなくても「さえない奴らばかり登場する」と嗤《わら》われどおしの僕のお話の中でも、本作は特にダメ濃度の高いものとなってしまった。辛気《しんき》臭《くさ》いという感想をお持ちになった方もいるかもしれない。ごめんなさい（どんまい、オレ）。

それでも、僕は「ちぐさ台カープ」の面々が好きなのだ。彼ら一人ひとりに「どんまい」を贈りたくて、長丁場のお話を書いた。意地っぱり、優柔不断、無愛想、生意気……みんな欠点だらけでも、ずるいヤツだけはチームに入れなかったつもりである。

読んでくださった人が、途中から「ちぐさ台カープ」を応援して頁《ページ》をめくってくれたなら、書き手としてなによりうれしい。さらに、いくつもの「どんまい」の中の、どれか一つでも、物語の外に飛び出して響いてくれれば……とも願っている。

本作は、「小説現代」の二〇〇三年六月号から二〇〇五年四月号まで、隔月で連載された。担当していただいたのは佐藤辰宣《さとうたつのぶ》さん、挿画は塚本《つかもと》やすしさんにお願いした。佐藤さん、塚本さん、お世話になりました。

単行本版は二〇一八年十月に上梓された。連載完結から十三年半におよぶ空白は、基本的にはシゲマツの怠惰ゆえだったのだが、あんがい物語そのものが、「どんまい」の一語が求められる世相になるのを待っていたのかもな……と、言い訳七分、本音三分で思っている。

刊行に際しては、装幀をお願いした鈴木成一《すずきせいいち》さんの肝煎《きもい》りで装画のコンペを開いていただいた。コンペの審査会場にお邪魔して、展示された数十点の作品に圧倒されたことは忘れられない。参加してくださった皆さんに、あらためて感謝したい。

そのコンペで鈴木さんとシゲマツが一致して「決まり！」と声を挙げた根木悟《ねぎさとる》さんの作品には、単行本版だけでなく、このたびの文庫版でも物語を彩っていただくことになった。鈴木さん、根木さん、ありがとうございました。

単行本版の編集は鍜治佑介《かじゆうすけ》さん、文庫版の編集は岡本淳史《おかもとあつし》さんである。両氏はもちろんのこと、本作が世に出るまでにお世話になったすべての皆さんに、心から感謝する。

しかし、なによりも深いお辞儀は、やはり読んでくださった人に向けるべきだろう。ほんとうに、ほんとうに、ありがとうございました。

二〇二一年八月

重松　清

本書は二〇一八年十月に小社より刊行された単行本を文庫化したものです。

|著者| 重松 清　1963年岡山県生まれ。早稲田大学教育学部卒業。出版社勤務を経て、執筆活動に入る。'91年『ビフォア・ラン』でデビュー。'99年『ナイフ』で坪田譲治文学賞、『エイジ』で山本周五郎賞、2001年『ビタミンF』で直木賞、'10年『十字架』で吉川英治文学賞、'14年『ゼツメツ少年』で毎日出版文化賞をそれぞれ受賞。小説作品に『流星ワゴン』『定年ゴジラ』『きよしこ』『疾走』『カシオペアの丘で』『とんび』『かあちゃん』『あすなろ三三七拍子』『空より高く』『希望ヶ丘の人びと』『ファミレス』『赤ヘル1975』『なぎさの媚薬』『どんまい』『木曜日の子ども』『ニワトリは一度だけ飛べる』『旧友再会』『ひこばえ』他多数がある。ライターとしても活躍し続けており、ノンフィクション作品に『世紀末の隣人』『星をつくった男　阿久悠と、その時代』、ドキュメントノベル作品に『希望の地図』などがある。

どんまい

重松《しげまつ》 清《きよし》

2021年10月15日第1刷発行

講談社文庫
定価はカバーに
表示してあります

発行者――鈴木章一
発行所――株式会社　講談社
東京都文京区音羽2-12-21　〒112-8001
電話　出版（03）5395-3510
　　　販売（03）5395-5817
　　　業務（03）5395-3615

KODANSHA

デザイン―菊地信義
本文データ制作―講談社デジタル製作
印刷―――凸版印刷株式会社
製本―――加藤製本株式会社

Printed in Japan

ISBN978-4-06-525728-9

講談社文庫刊行の辞

二十一世紀の到来を目睫に望みながら、われわれはいま、人類史上かつて例を見ない巨大な転換期をむかえようとしている。

世界も、日本も、激動の予兆に対する期待とおののきを内に蔵して、未知の時代に歩み入ろうとしている。このときにあたり、創業の人野間清治の「ナショナル・エデュケイター」への志を現代に甦らせようと意図して、われわれはここに古今の文芸作品はいうまでもなく、ひろく人文・社会・自然の諸科学から東西の名著を網羅する、新しい綜合文庫の発刊を決意した。

激動の転換期はまた断絶の時代である。われわれは戦後二十五年間の出版文化のありかたへの深い反省をこめて、この断絶の時代にあえて人間的な持続を求めようとする。いたずらに浮薄な商業主義のあだ花を追い求めることなく、長期にわたって良書に生命をあたえようとつとめるところにしか、今後の出版文化の真の繁栄はあり得ないと信じるからである。

同時にわれわれはこの綜合文庫の刊行を通じて、人文・社会・自然の諸科学が、結局人間の学にほかならないことを立証しようと願っている。かつて知識とは、「汝自身を知る」ことにつきていた。現代社会の瑣末な情報の氾濫のなかから、力強い知識の源泉を掘り起し、技術文明のただなかに、生きた人間の姿を復活させること。それこそわれわれの切なる希求である。

われわれは権威に盲従せず、俗流に媚びることなく、渾然一体となって日本の「草の根」をかたちづくる若く新しい世代の人々に、心をこめてこの新しい綜合文庫をおくり届けたい。それは知識の泉であるとともに感受性のふるさとであり、もっとも有機的に組織され、社会に開かれた万人のための大学をめざしている。大方の支援と協力を衷心より切望してやまない。

一九七一年七月

野間省一

講談社文庫 最新刊

大沢在昌
亡命者〈ザ・ジョーカー 新装版〉
受けた依頼はやり遂げる請負人ジョーカー。渾身のハードボイルド人気シリーズ第2作。

田中芳樹
海から何かがやってくる〈薬師寺涼子の怪奇事件簿〉
敵は深海怪獣、自衛隊、海上保安庁⁉ 警視庁の破壊の女神、絶海の孤島で全軍突撃《ヤシャスィーン》！

宮西真冬
友達未遂
全寮制の女子校で続発する事件に巻き込まれた少女たちを描く各紙誌絶賛のサスペンス。

木内一裕
飛べないカラス
すべてを失った男への奇妙な依頼は、彼を運命の女へと導く。大人の恋愛ミステリ誕生。

斎藤千輪
神楽坂つきみ茶屋3〈想い人に捧げる鍋料理〉
現代に蘇った江戸時代の料理人・玄の前に、死別したはずの想い人の姿が⁉ 波乱の第3弾！

横関大
ピエロがいる街
地方都市に現れて事件に立ち向かう謎のピエロ、その正体は。どんでん返しに驚愕必至！

舞城王太郎
されど私の可愛い檸檬
どんなに歪《いびつ》でも、変でも、そこは帰る場所。理不尽だけど愛しい、家族を描いた小説集！

トーベ・ヤンソン
ムーミン ぬりえダイアリー
ムーミン谷の仲間たちのぬりえが楽しめる、自由に日付を書き込めるダイアリーが登場！

乙野四方字
原作：吉浦康裕
アイの歌声を聴かせて
ポンコツAIが歌で学校を、友達を救う⁉ 青春SFアニメーション公式ノベライズ！

講談社タイガ

城平京
虚構推理短編集 岩永琴子の純真
雪女の恋人が殺人容疑に⁉ 人と妖怪の甘々な恋模様も見逃せない人気シリーズ最新作！

浜口倫太郎
ゲーム部はじめました。
青春は、運動部だけのものじゃない！ ゲーム甲子園へ挑戦する高校生たちの青春小説！

講談社文芸文庫

磯﨑憲一郎
鳥獣戯画／我が人生最悪の時
解説＝乗代雄介　年譜＝著者

「私」とは誰か。「小説」とは何か。一見、脈絡のないいくつもの話が、〝語り口〟の力で現実を押し開いていく。文学の可動域を極限まで広げる21世紀の世界文学。

いAB1
978-4-06-524522-4

蓮實重彥
物語批判序説
解説＝磯﨑憲一郎

フローベール『紋切型辞典』を足がかりにプルースト、サルトル、バルトらの仕事とともに、十九世紀半ばに起き、今も我々を覆う言説の「変容」を追う不朽の名著。

はM5
978-4-06-514065-9

島田荘司　御手洗潔の挨拶
島田荘司　御手洗潔のダンス
島田荘司　水晶のピラミッド
島田荘司　眩（めまい）暈
島田荘司　アトポス
島田荘司　〈改訂完全版〉異邦の騎士
島田荘司　御手洗潔のメロディ
島田荘司　Pの密室
島田荘司　ネジ式ザゼツキー
島田荘司　都市のトパーズ2007
島田荘司　21世紀本格宣言
島田荘司　帝都衛星軌道
島田荘司　UFO大通り
島田荘司　リベルタスの寓話
島田荘司　透明人間の納屋
島田荘司　〈改訂完全版〉占星術殺人事件
島田荘司　〈改訂完全版〉斜め屋敷の犯罪
島田荘司　星《せい》籠《ろ》の海(上)(下)
島田荘司　屋上

島田荘司　名探偵傑作短篇集　御手洗潔篇
島田荘司　〈改訂完全版〉火刑都市
島田荘司　〈改訂完全版〉暗闇坂の人喰いの木
清水義範　蕎麦《そば》ときしめん
清水義範　国語入試問題必勝法〈新装版〉
椎名　誠　にっぽん・海風魚旅〈怪し火さすらい編〉
椎名　誠　大漁旗ぶるぶる乱風編〈にっぽん・海風魚旅4〉
椎名　誠　南シナ海ドラゴン編〈にっぽん・海風魚旅5〉
椎名　誠　風のまつり
椎名　誠　ナマコ
椎名　誠　埠頭三角暗闇市場
真保裕一　取引
真保裕一　震源
真保裕一　盗聴
真保裕一　奪取(上)(下)
真保裕一　朽ちた樹々の枝の下で
真保裕一　防壁
真保裕一　密告
真保裕一　黄金の島(上)(下)

真保裕一　発火点
真保裕一　夢の工房
真保裕一　灰色の北壁
真保裕一　覇王の番人(上)(下)
真保裕一　デパートへ行こう！
真保裕一　アマルフィ〈外交官シリーズ〉
真保裕一　天使の報酬〈外交官シリーズ〉
真保裕一　アンダルシア〈外交官シリーズ〉
真保裕一　ダイスをころがせ！(上)(下)
真保裕一　天魔ゆく空(上)(下)
真保裕一　ローカル線で行こう！
真保裕一　遊園地に行こう！
真保裕一　オリンピックへ行こう！
真保裕一　連鎖〈新装版〉
篠田節子　弥勒
篠田節子　転生
篠田節子　竜と流木
重松　清　定年ゴジラ
重松　清　半パン・デイズ

柴崎竜人　三軒茶屋星座館3〈春のカリスト〉
柴崎竜人　三軒茶屋星座館4〈秋のアンドロメダ〉
周木律　眼球堂の殺人〈~The Book~〉
周木律　双孔堂の殺人〈~Double Torus~〉
周木律　五覚堂の殺人〈~Burning Ship~〉
周木律　伽藍堂の殺人〈~Banach-Tarski Paradox~〉
周木律　教会堂の殺人〈~Game Theory~〉
周木律　鏡面堂の殺人〈~Theory of Relativity~〉
周木律　大聖堂の殺人〈~The Books~〉
下村敦史　闇に香る嘘
下村敦史　生還者
下村敦史　叛《はん》徒《と》
下村敦史　失踪者
下村敦史　緑の窓口〈樹木トラブル解決します〉
九把刀　阿井幸作／泉京鹿　訳　あの頃、君を追いかけた
神護かずみ　ノワールをまとう女
四戸俊成　芹沢政信　神在月のこども
杉本苑子　孤愁の岸(上)(下)
鈴木光司　神々のプロムナード

鈴木英治　大江戸監察医
杉本章子　お狂言師歌吉うきよ暦
杉本章子　大奥二人道成寺〈お狂言師歌吉うきよ暦〉
諏訪哲史　アサッテの人
菅野雪虫　天山の巫女《みこ》ソニン(1)　黄金の燕
菅野雪虫　天山の巫女《みこ》ソニン(2)　海の孔雀
菅野雪虫　天山の巫女《みこ》ソニン(3)　朱鳥《あけがらす》の星
菅野雪虫　天山の巫女《みこ》ソニン(4)　夢の白鷺
菅野雪虫　天山の巫女《みこ》ソニン(5)　大地の翼
鈴木大介　ギャングース・ファイル〈家のない少年たち〉
鈴木みき　日帰り登山のススメ〈あした、山へ行こう!〉
砂原浩太朗　いのちがけ〈加賀百万石の礎〉
瀬戸内寂聴　新寂庵説法　愛なくば
瀬戸内寂聴　人が好き［私の履歴書］
瀬戸内寂聴　白道
瀬戸内寂聴　寂聴相談室人生道しるべ
瀬戸内寂聴　瀬戸内寂聴の源氏物語
瀬戸内寂聴　愛する能力
瀬戸内寂聴　藤壺

瀬戸内寂聴　生きることは愛すること
瀬戸内寂聴　寂聴と読む源氏物語
瀬戸内寂聴　月の輪草子
瀬戸内寂聴　新装版　寂庵説法
瀬戸内寂聴　死に支度
瀬戸内寂聴　新装版　蜜と毒
瀬戸内寂聴　新装版　花《か》怨《えん》
瀬戸内寂聴　新装版　祇《ぎ》園女御《おんにょうご》(上)(下)
瀬戸内寂聴　新装版　かの子撩乱
瀬戸内寂聴　新装版　京まんだら(上)(下)
瀬戸内寂聴　いのち
瀬戸内寂聴　花のいのち
瀬戸内寂聴　ブルーダイヤモンド〈新装版〉
瀬戸内寂聴・訳　源氏物語　巻《まき》一《いち》
瀬戸内寂聴・訳　源氏物語　巻《まき》二《に》
瀬戸内寂聴・訳　源氏物語　巻《まき》三《さん》
瀬戸内寂聴・訳　源氏物語　巻《まき》四《し》
瀬戸内寂聴・訳　源氏物語　巻《まき》五《ご》
瀬戸内寂聴・訳　源氏物語　巻《まき》六《ろく》

瀬戸内寂聴・訳 源氏物語 巻七《まきしち》
瀬戸内寂聴・訳 源氏物語 巻八《まきはち》
瀬戸内寂聴・訳 源氏物語 巻九《まきく》
瀬戸内寂聴・訳 源氏物語 巻十《まきじゅう》
先崎 学 先崎学の実況！盤外戦
妹尾河童 少年H (上)(下)
瀬尾まいこ 幸福な食卓
関原健夫 がん六回 人生全快
瀬川晶司 泣き虫しょったんの奇跡 完全版〈サラリーマンから将棋のプロへ〉
仙川 環《たまき》 幸福の劇薬〈医者探偵・宇賀神晃〉
仙川 環 偽装診療〈医者探偵・宇賀神晃〉
瀬木比呂志 黒い巨塔〈最高裁判所〉
瀬那和章 今日も君は、約束の旅に出る
曽野綾子 新装版 無名碑 (上)(下)
三浦朱門 曽野綾子 夫婦のルール
蘇部健一 六枚のとんかつ
蘇部健一 六とん2
蘇部健一 届かぬ想い
曽根圭介 沈底魚

曽根圭介 藁《わら》にもすがる獣たち
曽根圭介 TATSUMAKI〈特命捜査対策室7係〉
田辺聖子 川柳でんでん太鼓
田辺聖子 ひねくれ一茶
田辺聖子 愛の幻滅 (上)(下)
田辺聖子 うたかた
田辺聖子 春情蛸の足
田辺聖子 蝶花嬉遊図
田辺聖子 言い寄る
田辺聖子 私的生活
田辺聖子 苺をつぶしながら
田辺聖子 不機嫌な恋人
田辺聖子 女の日時計
谷川俊太郎訳 和田誠絵 マザー・グース 全四冊
立花 隆 中核VS革マル (上)(下)
立花 隆 日本共産党の研究 全三冊
立花 隆 青春漂流
滝口康彦 粟田口の狂女〈レジェンド歴史時代小説〉
高杉 良 労働貴族

高杉 良 広報室沈黙す (上)(下)
高杉 良 炎の経営者 (上)(下)
高杉 良 小説 日本興業銀行 全五冊
高杉 良 社長の器
高杉 良 その人事に異議あり〈女性広報主任のジレンマ〉
高杉 良 人事権！
高杉 良 小説消費者金融〈クレジット社会の罠〉
高杉 良 小説 新巨大証券 (上)(下)
高杉 良 局長罷免—小説通産省
高杉 良 首魁《しゅかい》の宴《うたげ》〈政官財腐敗の構図〉
高杉 良 指名解雇
高杉 良 燃ゆるとき
高杉 良 挑戦つきることなし〈小説ヤマト運輸〉
高杉 良 銀行大合併〈短編小説全集(上)〉
高杉 良 エリートの反乱〈短編小説全集(中)〉
高杉 良 金融腐蝕列島 (上)(下)
高杉 良 銀行大統合〈小説みずほFG〉
高杉 良 勇気凜々
高杉 良 混沌《こんとん》 新・金融腐蝕列島 (上)(下)

高田崇史　カンナ　鎌倉の血陣
高田崇史　カンナ　天満の葬列
高田崇史　カンナ　出雲の顕在
高田崇史　カンナ　京都の霊前
高田崇史　軍神の血脈〈楠木正成秘伝〉
高田崇史　神の時空《とき》　鎌倉の地龍
高田崇史　神の時空　倭《やまと》の水霊
高田崇史　神の時空　貴船の沢鬼
高田崇史　神の時空　三輪《みわ》の山祇《やまつみ》
高田崇史　神の時空　嚴島《いつくしま》の烈風
高田崇史　神の時空　伏見稲荷の轟雷
高田崇史　神の時空　五色不動の猛火
高田崇史　神の時空　京の天命
高田崇史　神の時空　前紀〈女神の功罪〉
高田崇史　鬼棲む国、出雲〈古事記異聞〉
高田崇史　オロチの郷、奥出雲〈古事記異聞〉
高田崇史　京の怨霊、元出雲〈古事記異聞〉
団鬼六　悦楽王〈鬼プロ繁盛記〉
高野和明　13階段

高野和明　グレイヴディッガー
高野和明　K・Nの悲劇
高野和明　6時間後に君は死ぬ
大道珠貴　ショッキングピンク
高木徹　ドキュメント戦争広告代理店〈情報操作とボスニア紛争〉
田中啓文　件《くだん》〈もの言う牛〉
高嶋哲夫　メルトダウン
高嶋哲夫　命の遺伝子
高嶋哲夫　首都感染
高野秀行　西南シルクロードは密林に消える
高野秀行　怪獣記
高野秀行　アジア未知動物紀行　ベトナム・奄美・アフガニスタン
高野秀行　イスラム飲酒紀行
高野秀行　移民の宴〈日本に移り住んだ外国人の不思議な食生活〉
高野秀行／角幡唯介　地図のない場所で眠りたい
田牧大和　花合せ〈濱次お役者双六〉
田牧大和　質草破り〈濱次お役者双六　二ます目〉
田牧大和　翔ぶ梅〈濱次お役者双六　三ます目〉
田牧大和　半可心中〈濱次お役者双六〉

田牧大和　長屋狂言〈濱次お役者双六〉
田牧大和　錠前破り、銀太
田牧大和　錠前破り、銀太　紅蜆《べにしじみ》
田牧大和　錠前破り、銀太　首魁《しゅかい》
田牧大和　大福三つ巴〈宝来堂うまいもん番付〉
高殿円　メサイア〈警備局特別公安五係〉
高野史緒　カラマーゾフの妹
高野史緒　翼竜館の宝石商人
瀧本哲史　僕は君たちに武器を配りたい〈エッセンシャル版〉
竹吉優輔　襲名犯
高田大介　図書館の魔女　第一巻
高田大介　図書館の魔女　第二巻
高田大介　図書館の魔女　第三巻
高田大介　図書館の魔女　第四巻
高田大介　図書館の魔女　烏《からす》の伝言《つてごと》(上)(下)
大門剛明　反撃のスイッチ
大門剛明　完全無罪
大門剛明　死刑評決〈「完全無罪」シリーズ〉
橘もも　OVER《オーバー》 DRIVE《ドライブ》
橘もも／沖田×華 原作／安達奈緒子 脚本　小説透明なゆりかご(上)(下)
橘もも／ヤマシタトモコ 原作／相沢友子 脚本　さんかく窓の外側は夜〈映画版ノベライズ〉

講談社文庫 目録

講談社文庫　目録

西村京太郎　新装版 天使の傷痕
西村京太郎　新装版 D機関情報
西村京太郎　十津川警部 猫と死体はタンゴ鉄道に乗って
西村京太郎　韓国新幹線を追え
西村京太郎　北リアス線の天使
西村京太郎　十津川警部 長野新幹線の奇妙な犯罪
西村京太郎　上野駅殺人事件
西村京太郎　京都駅殺人事件
西村京太郎　沖縄から愛をこめて
西村京太郎　十津川警部「幻覚」
西村京太郎　函館駅殺人事件
西村京太郎　内房線の猫たち〈異説里見八犬伝〉
西村京太郎　東京駅殺人事件
西村京太郎　長崎駅《ナガサキ・レデイ》殺人事件
西村京太郎　十津川警部 愛と絶望の台湾新幹線
西村京太郎　西鹿児島駅殺人事件
西村京太郎　札幌駅殺人事件
西村京太郎　十津川警部 山手線の恋人
西村京太郎　仙台駅殺人事件
西村京太郎　七人の証人〈新装版〉
仁木悦子　猫は知っていた
新田次郎　新装版 聖職の碑《いしぶみ》
日本文芸家協会編　愛染夢灯籠〈時代小説傑作選〉
日本推理作家協会編　犯人たちの部屋〈ミステリー傑作選〉
日本推理作家協会編　隠された鍵〈ミステリー傑作選〉
日本推理作家協会編　Play《プレイ》推理遊戯〈ミステリー傑作選〉
日本推理作家協会編　Doubt《ダウト》きりのない疑惑〈ミステリー傑作選〉
日本推理作家協会編　Bluff《ブラフ》騙し合いの夜〈ミステリー傑作選〉
日本推理作家協会編　Propose《プロポーズ》告白は突然に〈ミステリー傑作選〉
日本推理作家協会編　Acrobatic《アクロバティック》物語の曲芸師たち〈ミステリー傑作選〉
日本推理作家協会編　ベスト8ミステリーズ2015
日本推理作家協会編　ベスト6ミステリーズ2016
日本推理作家協会編　ベスト8ミステリーズ2017
二階堂黎人　ラン迷宮〈二階堂蘭子探偵集〉
二階堂黎人　増加博士の事件簿
新美敬子　猫のハローワーク
新美敬子　猫のハローワーク2
西澤保彦　新装版 七回死んだ男
西澤保彦　人格転移の殺人
西澤保彦　麦酒《ばくしゅ》の家の冒険
西澤保彦　新装版 瞬間移動死体
西村健　ビンゴ
西村健　地の底のヤマ(上)(下)
西村健　光陰の刃《やいば》(上)(下)
西村健　目撃
楡周平　陪審法廷
楡周平　宿命(上)(下)〈ワンス・アポン・ア・タイム・イン・東京〉
楡周平　血戦〈ワンス・アポン・ア・タイム・イン・東京2〉
楡周平　修羅の宴(上)(下)
楡周平　レイク・クローバー(上)(下)
楡周平　バルス
西尾維新　クビキリサイクル〈青色サヴァンと戯言遣い〉
西尾維新　クビシメロマンチスト〈人間失格・零崎人識〉
西尾維新　クビツリハイスクール〈戯言遣いの弟子〉
西尾維新　サイコロジカル(上)〈兎吊木垓輔の戯言殺し〉/(下)〈曳かれ者の小唄〉
西尾維新　ヒトクイマジカル〈殺戮奇術の匂宮兄妹〉
西尾維新　ネコソギラジカル(上)〈十三階段〉

2021年9月15日現在